CUTELO & CORVO

TRILOGIA MORRENDO DE AMOR · 1

CUTELO
& CORVO

BRYNNE WEAVER

Traduzido por Roberta Clapp

Título original: *Butcher & Blackbird*

Copyright © 2023 por Brynne Weaver
Copyright da tradução © 2024 por Editora Arqueiro Ltda.

Todos os direitos reservados. Nenhuma parte deste livro pode ser utilizada ou reproduzida sob quaisquer meios existentes sem autorização por escrito dos editores. Publicado mediante acordo com The Foreign Office Agència Literària, S.L. e The Whalen Agency, Ltd.

coordenação editorial: Taís Monteiro
preparo de originais: Karen Alvares
revisão: Juliana Souza e Rachel Rimas
diagramação: Miriam Lerner | Equatorium Design
capa: Qamber Designs
adaptação de capa: Ana Paula Daudt Brandão
impressão e acabamento: Ipsis Gráfica e Editora

CIP-BRASIL. CATALOGAÇÃO NA PUBLICAÇÃO
SINDICATO NACIONAL DOS EDITORES DE LIVROS, RJ

W379c

Weaver, Brynne
 Cutelo e Corvo / Brynne Weaver ; tradução Roberta Clapp. - 1. ed. - São Paulo : Arqueiro, 2024.
 320 p. ; 23 cm. (Trilogia Morrendo de amor ; 1)

 Tradução de: Butcher & Blackbird
 Continua com: Couro e Rouxinol
 ISBN 978-65-5565-677-0

 1. Ficção americana. I. Clapp, Roberta. II. Título. III. Série.

24-92212
CDD: 813
CDU: 82-3(73)

Gabriela Faray Ferreira Lopes - Bibliotecária - CRB-7/6643

Todos os direitos reservados, no Brasil, por
Editora Arqueiro Ltda.
Rua Artur de Azevedo, 1.767 – Conj. 177 – Pinheiros
05404-014 – São Paulo – SP
Tel.: (11) 2894-4987
E-mail: atendimento@editoraarqueiro.com.br
www.editoraarqueiro.com.br

AVISOS DE GATILHO E DE CONTEÚDO

Por mais que *Cutelo e Corvo* seja uma comédia romântica *dark* que, com sorte, fará você dar risada em meio à loucura, ainda assim é bem sombria! Por favor, leia com responsabilidade. Se tiver dúvidas em relação à lista abaixo, entre em contato comigo em brynneweaverbooks.com ou através de uma das minhas redes sociais (sou mais ativa no Instagram e no TikTok).

- Globos oculares e órbitas oculares
- Cirurgia amadora
- Enfeites feitos de pele
- Motosserras, machados, facas, bisturis e muitos objetos pontiagudos
- Canibalismo acidental
- Canibalismo não tão acidental
- Uso questionável de um cadáver mumificado
- Empregado lobotomizado
- Uso imprudente de utensílios de cozinha
- Sinto muito pelo sorvete (na verdade, não sinto, não)
- Cenas de sexo detalhadas que incluem (mas não estão limitadas a) práticas como *cock warming*, sexo violento, *praise kink*, anal, brinquedos para adultos, asfixia, cuspidas, interações de dominação/submissão, piercings genitais
- Referências a negligência de pais e abuso infantil
- Falecimento de familiar (sem descrições)
- Referências a agressão sexual infantil (não detalhadas)
- É um livro sobre assassinos em série, então há algumas descrições explícitas de homicídios

Para quem leu os avisos de gatilho e disse
"Canibalismo acidental?! É comigo mesmo!",
este livro é para você.

"Essa lição indica que, no fim, encontramos paz em nossa vida
humana apenas quando aceitamos a vontade do universo."

– Stephen King, *O cemitério*

PLAYLIST
DISPONÍVEL NO APPLE MUSIC E NO SPOTIFY

Apple Music

Spotify

CAPÍTULO 1 - ICHIGO-ICHIE
Stressed Out – Twenty One Pilots
Better on Drugs – Jim Bryson

CAPÍTULO 2 - UMA BRINCADEIRINHA
Red – Delaney Jane
Dodged a Bullet – Greg Laswell

CAPÍTULO 3 - PREGAS VESTIBULARES
Easy to Love – Bryce Savage
Obsession – Joywave

CAPÍTULO 4 - ATELIÊ
Territory – Wintersleep
Castaway – Barns Courtney

CAPÍTULO 5 - CERTEZA
Jerome – Zella Day
Trying Not to Fall – Jonathan Brook

CAPÍTULO 6 – SUSANNAH
Killer – Valerie Broussard
Demise – NOT A TOY

CAPÍTULO 7 – FASE CUBISTA
Demons – Sleigh Bells
I Don't Even Care About You – MISSIO

CAPÍTULO 8 – DENTRO DO COPO
Birthday Girl – Fletcher
BLK CLD – XLYØ

CAPÍTULO 9 – TRELA
Addicted (feat. Greg Laswell) – Morgan Page
The Enemy – Andrew Belle

CAPÍTULO 10 – DIJON
West Coast – MISSIO
Heart Of An Animal – The Dears

CAPÍTULO 11 – DISCÓRDIA
Knives Out – Radiohead
Walk On By – Noosa

CAPÍTULO 12 – QUEBRA-CABEÇA
Forget – MARINA
Shine – Night Terrors of 1927
Come Out of the Shade – The Perishers

CAPÍTULO 13 – HUMANIDADE CORROÍDA
Blastoffff – Joywave
Shimmy (feat. Blackillac) – MISSIO

CAPÍTULO 14 – DILACERADA
Indestructible – Robyn
Deadly Valentine – Charlotte Gainsbourg
Love Me Blind – Thick as Thieves

CAPÍTULO 15 – MARCAS
Best Friends – The Perishers
Novocaine – Night Terrors of 1927
Sentimental Sins – Matt Mays

CAPÍTULO 16 – FENÔMENO AVARIADO
Between the Devil and the Deep Blue Sea – XYLØ
For You – Greg Laswell

CAPÍTULO 17 – BELA RUÍNA
Heaven – Julia Michaels
Never Be like You (feat. kai) – Flume

CAPÍTULO 18 – EXPLOSÃO
Body – Wet
Crave – Dylan Dunlap

CAPÍTULO 19 – RESERVAS
Farewell – Greg Laswell
Spoonful of Sugar – Matt Mays

CAPÍTULO 20 – TORRE
Wandering Wolf – Wave & Rome
Where to Go – Speakrs

CAPÍTULO 21 – CHAVE
Look After You – Aron Wright
Heroin – Lana Del Rey

CAPÍTULO 22 – SUTILEZA
Vagabond (feat. CZARFACE) – MISSIO
Burn the Witch – Radiohead
Half Your Age – Joywave

CAPÍTULO 23 – PIGMENTOS
Bones – Scavenger Hunt
Don't Believe in Stars – Trent Dabbs

CAPÍTULO 24 – ARRANCADO
We Are All We Need – Joywave
End of All Time – Stars of Track and Field

EPÍLOGO – O FANTASMA
Lifetime Ago – Greg Laswell

PRÓLOGO

Açougueiro & Corvo

Confronto anual de agosto

7 dias

Desempate por pedra, papel e tesoura

Melhor de cinco

O vencedor fica com o Fantasma da Floresta

1

ICHIGO-ICHIE
SLOANE

Ser uma assassina em série que mata assassinos em série é um ótimo hobby… até você se pegar trancada em uma jaula.

Por três dias. Perto de um cadáver.

No verão da Louisiana. Sem ar-condicionado.

Olho para o cadáver rodeado de moscas deitado no chão do outro lado da porta trancada da minha jaula. Os botões da camisa de Albert Briscoe estão estufados por conta do inchaço de seu abdômen verde-acinzentado e distendido. A barriga dele *se mexe*, a pele fina ondulando em razão dos gases e vermes que mastigam a carne por baixo dela. O fedor de podre, o zumbido dos insetos e o cheiro de merda e de mijo que abandonaram o corpo são absolutamente repugnantes. E olha que eu não sou de me impressionar com tanta facilidade. Mas tenho meus padrões. Prefiro meus cadáveres frescos. Quero só pegar meus troféus, forjar a cena e *vazar*, e não ficar por perto enquanto eles começam a se decompor.

Como se tivesse sido ensaiado, ouço um leve ruído de algo se rasgando, um som que me remete a papel molhado.

– Não…

Quase posso ouvir Albert do além-túmulo: *Sim.*

– Ah, *não, não, não…*

Vai acontecer. Isto é por me matar, sua vaca.

A pele se abre e uma massa branca de vermes transborda, como pequenos grãos de risone. Entretanto, um número significativo deles está rastejando em minha direção num ritmo apático, em busca de um lugar tranquilo para completar a próxima etapa de seu ciclo de vida.

– Meu Deus do céu.

Eu me sento no chão de pedra encardido da jaula e me encolho feito uma bola. Pressiono a testa nos joelhos até meu cérebro doer. Começo a murmurar na esperança de abafar os ruídos que de repente estão altos demais ao meu redor. Meu murmúrio fica cada vez mais intenso, até que meus lábios rachados começam a formar palavras.

– *"No one here can love or understand me... Blackbird, bye, bye..."*

Sussurro e canto até as palavras desaparecerem, e a melodia também.

– Eu renuncio aos maus caminhos meus – digo depois que a música se desintegra em meio às partículas de poeira e ao zumbido das asas opalescentes dos insetos.

– Que pena. Aposto que eu ia gostar dos maus caminhos seus.

Levo um susto ao ouvir a voz grave e suave de um homem, a cadência de um leve sotaque irlandês aquecendo cada nota. Meus palavrões cortam o ar úmido quando bato a cabeça contra uma barra de ferro da minha pequena cela ao fugir do alcance do homem que caminha em direção ao fino feixe de luz que atravessa a janela estreita, o vidro opaco de excrementos de insetos.

– Pelo visto a situação está difícil pra você – diz ele.

Um sorriso torto surge em seu rosto, as demais feições cobertas pelas sombras. Ele dá alguns passos em direção ao meio da sala para observar o cadáver, curvando-se para olhar mais de perto.

– Qual é o seu nome?

Estou no terceiro dia sem café. Sem comida. Meu estômago provavelmente implodiu e sugou outros órgãos para o vazio. Meu corpo está faminto, em um monólogo interno que ecoa alto dentro de mim, tentando me convencer de que são, sim, pequenos grãos de risone marchando em minha direção e que talvez eu possa comê-los.

Não consigo lidar com essa merda.

– Acho que ele não vai responder – digo.

O homem ri.

– Não me diga! De todo modo, já sei quem ele é. Albert Briscoe, a Fera da Baía. – O olhar do homem permanece no cadáver por um bom tempo antes de se voltar para mim. – Mas quem é *você*?

Não respondo, permanecendo imóvel enquanto ele circunda a jaula com passos cuidadosos e calculados para poder analisar melhor o local onde estou encolhida em meio às sombras. Quando está o mais próximo que as barras permitem, ele se agacha. Tento me esconder sob meus cabelos emaranhados e membros dobrados, deixando apenas meus olhos à mostra.

E como não tenho *nenhuma* sorte, lógico que ele é *lindo*.

Cabelo castanho curto, despenteado de um jeito estiloso. Traços fortes, mas não pesados. Um sorriso malicioso com dentes perfeitos e uma cicatriz reta que corta seu lábio superior, lábios esses convidativos demais dada minha atual condição de cativa, o inferior um pouco mais carnudo que o superior. Eu não deveria estar pensando que adoraria mordê-lo. Não mesmo.

Mas estou.

Eu, por outro lado, estou *asquerosa*.

Cabelo todo embaraçado. Roupas manchadas e ensanguentadas. O pior hálito da história dos hálitos.

– Você não é o tipo do Albert – comenta ele.

– O que você sabe sobre o tipo dele?

– Que você é velha demais pro gosto dele.

Ele tem razão. Não que eu seja velha, tenho só 23 anos. Mas esse cara sabe, tão bem quanto eu, que sou velha demais para o gosto de Albert.

– E como é que você sabe disso mesmo?

O olhar do homem desliza para o cadáver, um leve sinal de repulsa atravessando suas feições sombreadas.

– Porque fiz questão de descobrir. – Ele olha para mim de novo e sorri. – Acho que você também, pela qualidade da faca de caça presa na garganta dele. Aço de Damasco, feita à mão. Onde conseguiu isso?

Dou um suspiro. Meu olhar permanece no cadáver e na minha faca favorita antes de pressionar o rosto contra os meus joelhos dobrados.

– No Ebay.

O cara ri, e eu pego uma pedrinha que está ao meu lado só para jogá-la no chão.

– Meu nome é Rowan – diz ele, estendendo a mão para dentro da jaula.

Olho para a mão e jogo outra pedra, e, embora não faça nenhum movimento para cumprimentar o estranho, ele ainda a mantém levantada em minha direção.

– Você deve me conhecer como o Açougueiro de Boston.

Balanço a cabeça, negando.

– O Assassino de Massachusetts...?

Balanço a cabeça outra vez.

– O Fantasma da Costa Leste...?

Dou um suspiro. Já ouvi falar de todos esses nomes, embora não queira *revelar* isso a ele.

Mas, por dentro, meu coração jorra sangue nas veias. Fico feliz por ele não conseguir ver minhas bochechas corarem. Sei *exatamente* os nomes pelos quais ele é conhecido e que ele não é tão diferente de mim: um caçador que mira no pior que a sociedade é capaz de desenterrar das profundezas do inferno.

Rowan finalmente tira a mão de dentro da gaiola, o sorriso se transformando em uma expressão desanimada.

– Que pena, achei que você reconheceria meus apelidinhos. – Ele bate as mãos nos joelhos e se levanta. – Bem, é melhor eu ir. Prazer em quase conhecê-la, prisioneira sem nome. Boa sorte.

Com um ar decidido e um sorriso fugaz, Rowan se vira e caminha em direção à porta.

– Espera! Espera. *Por favor*. – Eu me levanto e agarro as barras frias assim que ele chega à porta. – Sloane. Meu nome é Sloane. A Aranha Tecelã.

Há um momento de silêncio entre nós. Os únicos sons que preenchem o espaço são o zumbido das moscas e o trabalho constante dos vermes consumindo a carne em decomposição.

Rowan vira a cabeça e me encara.

E, num piscar de olhos, ele está ali, bem na minha frente, movendo-se tão rápido que levo um susto quando ele agarra minha mão e a aperta com vigor.

– *Ah, meu Deus*. Eu sabia. *Sabia* que só podia ser uma mulher. Que nome legal. A intrincada linha de pesca, os *globos oculares*... Porra, incrível. Sou muito seu fã.

– Hã... – digo, e Rowan continua a apertar minha mão, apesar do meu esforço para puxá-la de volta. – Obrigada... eu acho...?

– Foi você que inventou esse nome? Aranha Tecelã?

– Foi...

Puxo a mão e me afasto desse irlandês estranhamente entusiasmado. Ele sorri para mim como se estivesse admirado, e, se não houvesse sessenta camadas de sujeira cobrindo minha pele, tenho certeza de que ele seria capaz de ver o rubor que surge em minhas bochechas pela segunda vez.

– Você não acha tosco?

– Não, é maravilhoso. O *Assassino de Massachusetts* é tosco. A Aranha Tecelã é muito incrível.

Dou de ombros.

– Às vezes acho que parece o nome de um super-herói sem graça.

– Melhor do que qualquer nome que a polícia teria inventado pra você. Garanto.

O olhar de Rowan se volta para o cadáver e depois para mim, intrigado. Ele acena com a cabeça na direção de Albert.

– Ele devia mesmo estar se fazendo de verme. *Sacou*?

Há uma longa pausa; o silêncio entre nós é pontuado pelo zumbido das asas dos insetos.

– Não. Não saquei.

Rowan dá um tapinha no ar.

– É uma expressão irlandesa, significa que ele estava aprontando. Mas foi uma piada muito inteligente, dadas as circunstâncias – diz ele, com o peito inflado de orgulho e apontando o polegar para o cadáver. – Mas levanta uma questão. Como você foi parar nessa jaula enquanto ele tá morto com a sua faca aqui fora? Você o esfaqueou através das grades?

Olho para minha camisa antes branca e para a pegada de bota que se esconde sob o respingo de sangue.

– Acho que podemos dizer que o *timing* foi ruim.

– Humm – responde Rowan com um sábio meneio de cabeça. – Acho que já passei por isso uma ou duas vezes.

– Você quer dizer que foi trancado numa jaula com um cadáver e uma pequena infantaria de risones marchando em sua direção?

Rowan olha para o espaço ao nosso redor e franze a testa.

– Não. Não posso dizer que já passei por isso.

– Imaginei – murmuro, com um suspiro cansado.

Limpo a poeira das mãos no meu short jeans encardido e dou mais um passo para trás. Estou começando a ficar irritada com esse intruso que parece não estar fazendo nada além de atrasar minha morte lenta por inanição. Tenho certeza de que ele é meio doido e que pelo visto não está realmente interessado em me tirar daqui.

Mas não há razão para não ir em frente.

– Então...?

– Eles estão fazendo um belo avanço, os risoninhos – comenta Rowan, mais para si mesmo do que para mim.

Os olhos dele permanecem presos na trilha de minúsculos vermes brancos vindo em minha direção. Ao se erguerem do chão, encontram os meus com um sorriso ansioso.

– Quer almoçar?

Lanço um olhar descrente para ele e aponto para minha camisa ensanguentada com estampa de bota.

– A menos que queira nos mandar para a prisão agora mesmo... melhor não.

– Certo – diz ele, franzindo a testa e caminhando até o cadáver de Albert.

Ele vasculha os bolsos do corpo e não encontra nada. Quando olha para o pescoço inchado do morto, deixa escapar um pequeno som de triunfo, arrancando a faca antes de arrebentar uma corrente de prata, os elos se partindo com seu rápido puxão. Ele se vira sorridente para mim e se levanta, os dedos se abrindo para mostrar a chave que está em sua mão.

– Tome um banho. Vou arrumar umas roupas pra você. Depois vamos incendiar a casa.

Rowan destranca a porta e estende a mão em direção às sombras da jaula.

– Vamos, tô a fim de comer churrasco. O que acha?

2

UMA BRINCADEIRINHA
ROWAN

A Aranha Tecelã.

Estou sentado diante da *Aranha Tecelã em pessoa*.

E ela é absurdamente linda.

Cabelos pretos. Olhos castanhos e doces. Várias sardas nas bochechas e um nariz bem pequeno que está um tanto vermelho. Ela dá uma tossidinha, toma um longo gole de cerveja e em seguida franze a testa, os olhos fixos no copo ao colocá-lo na mesa.

– Você tá doente – constato.

Os olhos de Sloane encontram os meus, cheios de cautela, antes que a atenção dela se volte para o restaurante. Seu olhar penetrante pousa em uma mesa rodeada de clientes por apenas um segundo antes de seguir para a próxima. Sloane é uma pessoa ansiosa.

O que provavelmente tem sua razão de ser, levando em conta as circunstâncias.

– Três dias naquele inferno com certeza teriam um preço. Ainda bem que eu tinha água lá. – Ela alcança o porta-guardanapos e puxa um para assoar o nariz. Seu olhar encontra o meu de novo, mas não permanece em mim por muito tempo. – Obrigada por me deixar sair.

Dou de ombros e tomo um gole de cerveja, observando enquanto o olhar dela se desvia para um garçom que sai da cozinha com o pedido de outra mesa. Sloane escolheu um reservado mais ou menos no meio da janela, apontando para o local exato onde queria se sentar quando a recepcionista nos conduziu para dentro. Agora entendo por quê. Fica à mesma distância da entrada principal, da saída de emergência junto aos banheiros e da cozinha.

Será que ela é sempre tão arisca assim ou o tempo que passou na jaula de Albert a deixou assustada? Ou será que sou eu que estou causando essa reação?

Ela faz bem em ser cautelosa.

Meus olhos permanecem fixos nela, e aproveito a oportunidade para avaliar abertamente minha acompanhante enquanto ela examina o restaurante. Sloane torce os cabelos úmidos por cima do ombro, e meu olhar desce para o peito dela, como vem acontecendo a cada dois minutos desde que ela saiu do banheiro de Albert Briscoe com uma camiseta do Pink Floyd e sem sutiã.

Sem sutiã.

O pensamento ecoa em meu cérebro como sinos de igreja em uma manhã ensolarada de domingo.

Seu corpo é curvilíneo e forte, exercendo algum tipo de bruxaria nas roupas roubadas que deveriam parecer tudo menos sexy, visto que vieram do armário de Briscoe. Ela faz até a calça jeans dele ficar bonita, com as barras longas das pernas enroladas até os tornozelos e a cintura larga ajustada com dois lenços vermelhos amarrados para formar um cinto improvisado. Ela deu um nó na barra da camiseta para que ficasse na altura da cintura, mostrando um pedaço tentador de pele e o umbigo perfurado com um piercing quando se recosta no assento com um suspiro exausto.

Sem sutiã.

Preciso me recompor. Ela é a Aranha Tecelã, pelo amor de Deus. Se me pegar olhando para ela desse jeito, é capaz de arrancar meus olhos e me amarrar em uma linha de pesca antes que eu diga as palavras "sem sutiã".

Sloane gira o ombro para trás, não ajudando em nada minha missão de parar de repetir o mantra "sem sutiã". Os dedos dela encontram a articulação, e um pequeno estremecimento de dor surge em seu rosto. Ela franze a testa quando seus olhos encontram os meus.

– Ele me deu um chute – explica, ainda tocando o topo do ombro, respondendo à minha pergunta silenciosa. – Bati com o ombro na quina da jaula quando caí lá dentro.

Minhas mãos se fecham com força sob a mesa, uma raiva incandescente queimando nas minhas veias.

– Babaca.

– Bem, eu tinha dado uma facada no pescoço dele, então acho que ele teve seus motivos.

A mão de Sloane desliza pelo braço e ela funga, franzindo o nariz. Absurdamente *adorável*.

– Ele conseguiu me trancar antes de cair – continua. – Chegou até a dar risada.

A garçonete se aproxima com dois pratos de costeletas e um de batata frita, recebendo um olhar voraz de Sloane. Quando a mulher coloca o prato na frente dela, Sloane sorri, uma pequena covinha aparecendo perto do lábio.

Agradecemos à garçonete, que fica por perto por um tempo, até que Sloane confirma que não precisamos de mais nada. Quando a funcionária se afasta, Sloane dá uma risadinha, a covinha se aprofundando.

– Não me diga que você passa tanto por isso que seu cérebro nem registra mais. Que deprimente.

– Passo pelo quê...?

O olhar de Sloane se dirige para a garçonete, e eu o acompanho até a mulher, que lança um sorriso para a nossa mesa.

– Meu Deus, não registra *mesmo*. Tipo, *nada*. – Sloane balança a cabeça e pega uma costeleta quente do prato. – Bem, prepare-se, bonitão. Meu estômago está se alimentando dos órgãos próximos há três dias, e eu vou devorar essas costeletas da maneira menos elegante possível.

Não digo nada, fascinado pela visão de seus dentes perfeitos enquanto ela rasga a carne fumegante que desliza do osso cinzento. Uma gota de molho barbecue se acumula no canto dos lábios, e a língua se lança para reivindicá-la, e, caramba, eu quero morrer.

– Então... – Dou uma tossidinha na esperança de que minha voz não falhe. Sloane franze a testa e dá outra mordida na carne. – Por que não Corvo?

– Oi?

Ela enfia a ponta da costeleta na boca e chupa a carne até o osso, empurrando-a pelos lábios com os dedos manchados de molho. Meu pau pressiona o zíper da calça só de observá-la engolir.

Imagine o que ela é capaz de fazer com essa boca.

Tomo um gole de cerveja e olho para o prato.

– Seu nome – respondo, começando a comer uma costeleta, apenas para distrair certas partes do corpo que estão se tornando bastante insistentes em relação ao que querem. – Por que não escolheu algum nome com Corvo? Cabelos pretos, natureza arisca, o pássaro preto da música... Vou chutar que é coisa de infância, acertei? Eu ouvi você cantarolando lá dentro da jaula.

Sloane para de mastigar por um momento e me encara, o polegar pairando sobre o lábio inferior. É a primeira vez que o olhar dela realmente se fixa em mim e penetra direto no meu crânio.

– Isso é coisa minha – diz ela. – Aranha Tecelã é pra *eles*.

Os olhos de Sloane ficam enevoados e, de repente, ela passa de uma beleza sexy, voraz, de nariz escorrendo, a uma assassina perversa, implacável e obstinada.

Eu assinto.

– Entendo.

Talvez eu seja a única pessoa que entenda.

Sloane mantém seu olhar inabalável fixo em mim.

– Qual é o seu lance, bonitão?

– Meu lance?

– Não se faça de desentendido. Você aparece na casa daquele merda, me deixa sair da jaula, taca fogo na casa dele e me traz pra comer costeletas e tomar cerveja. Só que eu não sei basicamente nada sobre você. Então, qual é o seu lance? Por que você tava na casa do Briscoe?

Dou de ombros.

– Fui até lá esquartejar o sujeito e desfrutar da morte lenta e agonizante dele.

– Mas por que ele? – insiste Sloane. – Estamos um pouco longe de Boston. Tenho certeza de que lá tem muitos traficantes de drogas pra você se divertir e não precisar vir tão longe por causa de um cara.

Um silêncio pesado deixa o ar denso. Nós dois paramos com as costeletas a caminho da boca. Um sorriso malicioso se espalha pelos meus lábios, e o rosto de Sloane é tomado por uma expressão decepcionada.

– Você sabe *direitinho* quem sou eu – declaro.

– Ah, *não*.

– Sabe, sim. Sabe o que eu gosto de caçar no meu território. Há quanto tempo você é minha fã?

– Pelo amor de Deus, *para*.

Dou risada quando Sloane apoia a testa nos pulsos dobrados, uma costeleta ainda presa entre os dedos pegajosos.

– Qual deles é seu favorito? – pergunto. – O cara que eu esfolei e enforquei na proa daquele navio no cais em Boston? Ou o cara que eu suspendi no guindaste? Esse parece que ficou bem popular.

– Já posso dizer que você *não vale nada*.

Sloane mantém as mãos erguidas em um esforço inútil para cobrir o rubor que inflama suas bochechas. Os olhos castanhos dançam apesar de ela tentar lançar um olhar em minha direção.

– Me leva de volta pra cela do Briscoe – emenda ela.

– Seu desejo é uma ordem.

Olho em direção ao balcão e levanto a mão para a garçonete, que leva um segundo para me localizar antes de começar a vir em nossa direção com um sorriso cada vez maior.

– Rowan...?

– O que foi? Você disse que queria voltar pra casa do Briscoe, então vamos.

– Foi uma piada, seu psicopata...

– Não se preocupe, Corvo. Vou te levar de volta pra sua gaiola fedorenta. Tenho certeza de que ainda está de pé, apesar do incêndio. Acha que algum verme sobreviveu? Você pode catá-los das cinzas, se for o caso.

– *Rowan...*

Sloane estende a mão e agarra meu pulso, deixando impressões digitais pegajosas. Uma descarga elétrica percorre minha pele com o toque. Mal consigo esconder como estou me divertindo com o pânico crescente nos olhos dela.

– Algum problema, Corvo?

A garçonete para ao lado da nossa mesa com um sorriso radiante.

– Querem pedir alguma coisa?

Mantenho meus olhos em Sloane, erguendo as sobrancelhas enquanto o olhar cortante dela vai de mim para as saídas.

– Mais duas cervejas, por favor – peço.

Sloane parece relaxar enquanto me encara, e ela por fim semicerra os olhos.

– Volto já – diz a garçonete.

– Como eu disse – resmunga Sloane, tirando os dedos do meu pulso. – *Não vale nada.*

Sorrio com malícia para ela. O olhar de Sloane encontra o meu e se suaviza, embora eu perceba que isso acontece contra sua vontade.

– Você vai me amar um dia – retruco num ronronar.

Fixo os olhos nos dela. Minha língua lambe devagar o molho que ela deixou na minha pele. Os olhos de Sloane brilham sob a luz quente da tarde que se infiltra pelas janelas do estabelecimento, a covinha perto de seu lábio se formando com um lampejo de diversão que ela não consegue conter.

– Acho que não, Açougueiro.

Veremos, diz meu sorriso.

Sloane ergue as sobrancelhas escuras como se me lançasse um desafio e em seguida volta a atenção para a comida.

– Você ainda não respondeu à minha pergunta sobre o Briscoe.

– Respondi, sim. Esquartejá-lo. Desfrutar do sofrimento dele.

– Mas por que ele?

Dou de ombros.

– Pelo mesmo motivo que levou você a escolhê-lo, acho. Ele era um merda.

– Como você sabe que foi por isso que eu o escolhi? – pergunta Sloane.

– Por que não seria? – retruco, apoiando os braços no acabamento de alumínio da mesa de fórmica.

Sloane ergue o queixo com uma expressão indignada.

– Talvez ele tivesse olhos bonitos.

Uma risada borbulha em meu peito enquanto pego outra costeleta. Deixo o silêncio se prolongar, dando uma mordida antes de responder:

– Não é por isso que você arranca os olhos dos crânios.

Sloane inclina a cabeça para o lado, os olhos brilhando ao me avaliarem.

– Não?

– Não. Definitivamente, não.

– Então por que eu faço isso?

Dou de ombros, incapaz de encará-la, embora seu olhar me chame.

– Os olhos são a janela da alma, algo nesse sentido? – falo.

Sloane ri, e eu ergo o olhar a tempo de vê-la negar com a cabeça.

– Tá mais pra "crie corvos e eles te arrancarão os olhos".

Inclino a cabeça, tentando decifrar o que ela quis dizer. Pouco se sabe sobre Sloane, ou pelo menos bem pouco chega à imprensa. Ela é especialista em outros assassinos em série, e as cenas dos crimes dela são sempre bastante complexas. E só. Quaisquer outras teorias que o FBI possa ter sobre a Aranha Tecelã são cheias de lacunas. Pelo que li, a ideia de o esquivo justiceiro ser mulher sequer passou pelo minúsculo e previsível cérebro da instituição. Quaisquer que sejam o passado dela e suas motivações, seja lá o que ela queira dizer com esse comentário, tudo ainda é guardado a sete chaves.

Desde o momento em que nos conhecemos, ela despertou minha curiosidade, transformando meras brasas em carvões fumegantes, e agora o fogo acabou de reacender.

Quero saber. Quero a verdade.

E talvez eu queira que ela sinta a mesma curiosidade por mim.

– Você sabia que fui eu que matei Tony Watson, o Esfaqueador do Porto?

Ela afasta o copo de cerveja dos lábios, num movimento lento, os olhos fixos nos meus.

– Foi você?

Assinto.

– Achei que ele tivesse se metido numa briga com alguém que estava tentando matar.

– Acho que essa parte da história não tá errada. Ele se envolveu numa briga e definitivamente tentou ao máximo me matar, mas não conseguiu.

Aquele merda do Watson. Bati nele até o crânio partir ao meio e ele apagar, depois fiquei assistindo até que uma última respiração, sangrenta e gorgolejante, passou pelos dentes quebrados e os lábios cortados. Quando o corpo parou de se mexer, deixei-o lá no beco para os ratos comerem.

Não foi uma morte bonita. Não foi elegante. Não teve nada de encenado nem de inteligente nela. Foi visceral e inclemente.

E eu adorei *cada segundo*.

– O Watson não era tão burro quanto eu pensava – continuei. – Percebeu que eu estava na cola dele. Tentou me emboscar.

Um *hum* pensativo sai dos lábios franzidos de Sloane.

– Tô chateada.

– Chateada por quê? Porque ele não me matou primeiro? Pegou pesado, hein, Corvo? Magoei.

– Não – diz ela depois de soltar uma gargalhada. – É que eu tinha um plano muito legal pra ele. Os corpos das últimas cinco pessoas que ele matou já estavam mapeados na minha teia – explica ela.

Os dedos pegajosos dançam em minha direção como se traçassem um padrão no ar. Ela nem me olha. É como se aquilo não fosse uma revelação gigantesca que ela acabou de jogar na mesa entre nós.

Um mapa. Na teia.

– Não que isso tivesse alguma importância, acho, porque aqueles babacas do FBI ainda não tinham sacado nada disso. Mas, mesmo assim… você foi lá e estragou tudo – continua Sloane, sem tirar os olhos do osso que solta da carcaça à sua frente. Um suspiro pesado se espalha pela carne que leva aos lábios. – Acho que eu deveria estar agradecida. Talvez eu também tenha subestimado o Watson. Considerando que o Briscoe me chutou pra dentro daquela jaula com tanta facilidade sendo o merdinha preguiçoso que era, não sei se teria me saído tão bem quanto você em um embate contra o Watson.

Seus olhos brilhantes e incomuns encontram os meus através de mechas de cabelo negro que caem sobre a testa dela, sua expressão encantadora atingindo minha alma sombria.

– A propósito, me dói fisicamente admitir tudo isso. Mas não deixe essas coisas te subirem à cabeça, bonitão.

Um sorriso malicioso surge em meus lábios.

– Você me acha bonito.

– Eu acabei de dizer pra não deixar essa história do Watson te subir à cabeça. Isso se aplica à sua beleza também – retruca Sloane, revirando os olhos de um jeito incrível, uma das pálpebras tremelicando. – Além do mais, você já sabe disso.

Meu sorriso se alarga um pouco antes de se esconder atrás da borda do copo. Nossos olhares permanecem fixos um no outro até que Sloane enfim quebra o transe e desvia o olhar, um toque de cor se infundindo em suas bochechas sardentas.

– Bem, você chegou ao Bill Fairbanks antes de mim, então acho que estamos quites – comento.

Sloane arregala os olhos, os cílios grossos e escuros se esticando em direção às sobrancelhas.

– Você tava atrás dele? – pergunta ela.

Assinto e dou de ombros.

Eu odiava o fato de ter perdido Fairbanks, mesmo que fosse para a Aranha Tecelã, que considero uma espécie de ídolo. Mas agora, conhecendo a mulher por trás da teia, eu o perderia para ela de novo só para ver o orgulho iluminando seus olhos. Talvez até mais de uma vez.

Sloane tenta conter um sorriso malicioso.

– Eu não fazia ideia de que você tava caçando o Fairbanks.

– Passei dois anos atrás dele.

– Sério?

– Eu já planejava colocar as mãos nele um ano antes de você pegá-lo, mas ele se mudou do nada antes que eu tivesse a oportunidade. Levei alguns meses pra encontrá-lo de novo. Aí, veja só, pedaços do corpo dele foram pendurados em uma linha de pesca, com os globos oculares arrancados.

Sloane ri pelo nariz, mas vejo a faísca que brilha em seus olhos cansados. Ela se senta um pouco mais ereta, balançando na cadeira.

– Eu não *arranquei* os olhos dele, Açougueiro. Eu *removi*. Com bastante delicadeza. Como uma *dama.* – Sloane enfia o dedo na boca, pressionando-o contra a bochecha enquanto o envolve com os lábios, puxando-o em seguida com um *estalo.* – Bem assim.

Dou uma risada, e Sloane me presenteia com um sorriso radiante.

– Me expressei mal, desculpe – digo.

Sloane baixa o olhar e sorri antes que o nervosismo ameace dar as caras, e sua atenção se desloca para o outro lado do salão. Ela pega algumas batatas fritas, os olhos ainda percorrendo os clientes e as saídas, antes de empurrar o prato de costeletas em direção à borda da mesa.

Ela vai sair correndo.

E, se ela fizer isso, nunca mais a verei. Ela vai se certificar disso.

Dou uma tossidinha.

– Você já ouviu falar de uma série de homicídios cometidos nos parques nacionais de Oregon e Washington?

Sloane volta a atenção para mim, intrigada. Uma leve ruga aparece entre as sobrancelhas escuras. Um breve aceno de cabeça é a única resposta que ela dá.

– O assassino é um fantasma. Bastante prolífico. Preciso e muito, muito cauteloso – prossigo. – Seus alvos são pessoas que fazem trilha, que se hospedam em camping. Nômades com poucas conexões em sua área de caça. Ele os tortura antes de posicionar cada corpo voltado para o leste em áreas de floresta densa, ungindo a testa com uma cruz.

A expressão de Sloane vacila. Por dentro, é uma predadora farejando uma trilha. Quase posso ver seus pensamentos girando em espiral.

Esses detalhes são pistas que qualquer caçador talentoso é capaz de seguir.

– Quantas mortes até agora?

– Doze, mas pode ser que sejam mais. Mas tudo tem sido mantido em sigilo.

Sloane franze a testa. Há uma faísca nas profundezas verdes e douradas de seus olhos castanhos.

– Por quê? Por medo de espantar o assassino?

– Provavelmente.

– E como *você* sabe disso?

– Da mesma forma que você sabia quem era a Fera da Baía. É meu dever saber – respondo, com uma piscadela.

Sloane deixa o olhar percorrer meus lábios e minha cicatriz, me encarando em seguida. Descanso os braços na mesa e me inclino mais para perto.

– Que tal uma competição amigável? Quem vencer tem o direito de matar o sujeito – sugiro.

Sloane se recosta no estofado de vinil do assento, tamborilando as unhas cobertas de esmalte vermelho-sangue lascado na mesa. Ela morde o lábio inferior rachado por um momento longo e silencioso, deixando a atenção fluir sobre minhas feições. Posso sentir na pele. Tocando minha carne. Isso desperta uma sensação que estou sempre buscando, mas nunca consigo experimentar.

Nunca há risco suficiente para que eu sinta medo. Nunca há recompensa suficiente para me saciar.

Até agora.

Ela para de tamborilar.

– Que tipo de competição? – pergunta Sloane.

Faço sinal para a garçonete e peço a conta quando o olhar dela captura o meu de volta.

– Só uma brincadeirinha, um joguinho divertido. Vamos tomar um sorvete e aí conversamos sobre isso.

Quando encaro Sloane mais uma vez, meu sorriso é conspiratório. Perverso e sedento.

Traiçoeiro.

– É como dizem por aí, Corvo. "É tudo muito divertido até alguém perder um olho" – sussurro. – E é aí que fica bom de verdade.

3

PREGAS VESTIBULARES
SLOANE
UM ANO DEPOIS...

Â*nsia.*

Começa como uma coceira. Uma irritação por baixo da pele. Nada que eu faço é capaz de liberar o sussurro constante na carne. Ele rasteja até minha mente e não vai embora.

Torna-se dor.

Quanto mais a nego, mais ela me arrasta para o abismo. Preciso contê--la. Faço qualquer coisa.

E só há uma coisa que funciona. Matar.

– Preciso me recompor – murmuro, olhando para o celular descartável pela quinquagésima vez no dia.

Meu polegar desliza sobre o vidro liso, e percorro minha breve troca de mensagens com um único contato.

Açougueiro é o que diz logo abaixo da foto que escolhi para o perfil de Rowan: uma linguiça fumegante na ponta de um garfo de churrasco.

Decido não analisar os vários motivos que me fizeram escolher aquela imagem e, em vez disso, me visualizo espetando o pau dele com o garfo.

Aposto que aquele pau é bem bonito. Assim como o resto.

– Meu Deus. Preciso de ajuda – digo entredentes.

O homem sobre minha mesa de aço inoxidável interrompe minha mente ocupada enquanto luta contra as restrições que prendem seus pulsos e tornozelos, a cabeça, o tronco, as coxas e os braços. Uma mordaça apertada contém seus apelos, mantendo sua boca aberta como a de um peixe. Talvez seja um exagero amarrá-lo em tantos pontos, afinal ele não vai a lugar nenhum. Mas o ruído da carne batendo contra o aço me irrita, transformando a coceira em um tormento cortante, como garras que arranham minha massa cinzenta.

Eu me viro, com o celular na mão, checando as poucas mensagens que Rowan e eu trocamos no último ano, desde o dia em que nos conhecemos e concordamos com essa competição notadamente maluca. Será que deixei algo passar em nossas conversas limitadas ao longo dos últimos doze meses? Existe alguma indicação de como esta competição deva se desenrolar? Será que eu poderia estar mais bem preparada de alguma maneira? Não faço a menor ideia, mas isso está me dando uma dor de cabeça ridícula.

Vagando até a pia, pego um frasco de ibuprofeno da prateleira e apoio o celular na bancada. Coloco dois comprimidos na mão enluvada, relendo nossas mensagens de texto do início da semana, embora eu provavelmente fosse capaz de recitá-las de cor:

Te mando os detalhes no sábado

Como vou saber se você não vai ter alguma vantagem pra vencer essa rodada?

Acho que você vai ter que confiar em mim...

Parece uma ideia burra

E divertida! *Suspiro* você sabe como se divertir, não sabe...?

Cala essa boca

Essa LINDA boca, você quer dizer?

Sábado. Fica de olho no celular!

Foi exatamente o que fiz. Passei a maior parte do dia agarrada ao celular, e agora são 20h12. O tique-taque do imenso relógio, que na verdade só está pendurado na parede voltada para a mesa para torturar ainda mais minhas vítimas, agora está *me* torturando. Cada tique vibra em meu crânio. Cada segundo queima minhas veias, que pulsam com uma avidez desconcertante.

Só percebi até que ponto estava obcecada por essa competição quando a expectativa se enraizou em meus pensamentos.

O homem sobre a mesa se assusta quando abro a torneira e a água bate na pia de aço inoxidável.

– Segura a onda – disparo, olhando para trás enquanto encho um copo. – Ainda nem chegamos na parte divertida.

Choramingos e lamentos, súplicas abafadas. O medo e os apelos dele me excitam e me frustram. Engulo o remédio e bebo água, colocando o copo vazio na bancada com um baque alto.

Verifico o celular descartável mais uma vez: 20h13.

– Merda.

Meu celular pessoal vibra no bolso, e eu o pego para ler a notificação. *Lark*. A mensagem dela é apenas um emoji de faca e um ponto de interrogação. Em vez de responder, tiro meus AirPods do bolso e ligo para ela, deixando as mãos livres para trabalhar.

– E aí, amiga! – diz ela, atendendo no primeiro toque. – Alguma notícia do tal Açougueiro?

Eu me deleito com a voz ensolarada de Lark por um instante antes de deixar um suspiro pesado sair dos meus pulmões. Tirando o trabalho perverso que faço com as mãos, Lark Montague é a única coisa neste mundo capaz de me trazer clareza quando minha mente afunda em outra dimensão sombria.

– Nada ainda.

Lark murmura, pensativa.

– Como você tá se sentindo?

– Inquieta.

Do outro lado da linha, Lark solta um "hum" pensativo, mas apenas espera. Ela não me pressiona nem dá nenhuma opinião sobre o que devo ou não fazer. Ela ouve. Ela *escuta*, como ninguém mais é capaz de fazer.

– Não sei se essa é uma ideia muito burra, sabe? Eu não *conheço* o Rowan. Talvez isso seja algo imprudente e impulsivo de se fazer.

– O que há de errado em ser impulsiva?

– É perigoso.

– Mas também é *divertido*, certo?

Franzo os lábios.

– Talvez…?

A risada tilintante de Lark toma conta dos meus ouvidos, e me dirijo para as fileiras de utensílios polidos alinhados na bancada: facas, bisturis, parafusos e serras brilhando sob as luzes fluorescentes.

– Sua ideia atual de… diversão… – diz Lark, a voz desaparecendo como se ela pudesse ver o bisturi que pego e examino. – Ainda é *divertida* o suficiente pra você?

– Acho que sim – respondo, com um dar de ombros. Coloco a lâmina no suporte ao lado de uma tesoura cirúrgica, um pacote de gaze e um kit de sutura. – Mas falta alguma coisa, sabe?

– Será que é porque o FBI não tá descobrindo as pistas que você vem deixando na linha de pesca?

– Não, eles vão acabar encontrando, e se não conseguirem vou enviar uma carta anônima. *"Verifiquem as teias, seus otários de merda."*

Lark dá risada.

– *Os arquivos estão* no *computador* – diz ela, citando *Zoolander*.

Ela nunca perde a oportunidade de usar alguma fala de filme que, embora aleatória, seja relevante.

Lark ri da própria piada, e rio junto com ela, seu brilho radiante infundindo os limites frios do meu contêiner adaptado como se ela estivesse conectada ao circuito elétrico. A leveza entre nós desaparece quando agarro as bordas da bandeja e a levo em direção ao meu prisioneiro.

– Acho que tem algo nesta competição que é… estimulante. Tipo uma aventura. Há muito tempo que não acontecia nada que me deixasse tão animada assim. E acho que a esta altura o Rowan já teria tentado me matar, se quisesse. Ou é o que eu espero. Não sei por quê, e este talvez seja o lado mais imprudente e impulsivo dessa ideia, mas acredito que ele se sinta como eu, como se estivesse à procura de algo pra aliviar uma ânsia que tá se tornando cada vez mais difícil de aliviar.

Lark murmura de novo, mas desta vez o som é mais profundo e sombrio. Já conversamos sobre isso antes. Ela sabe a minha situação. A cada morte, tem sido mais difícil encontrar alívio. Não dura tanto. *Falta* alguma coisa.

É por isso mesmo que estou com esse pedófilo de merda em cima da minha mesa.

– E aquele assassino da Costa Oeste sobre o qual Rowan falou, aquele que sempre dá um jeito de escapar? Descobriu algum detalhe sobre ele?

Franzo a testa, a dor de cabeça fazendo meus olhos latejarem.

– Na verdade, não. Li sobre um homicídio que talvez tenha sido cometido por ele dois meses atrás, no Oregon. Uma pessoa morta numa trilha no Ainsworth Park. Mas não havia detalhes sobre os rituais como o que Rowan descreveu. Talvez ele esteja certo, talvez as autoridades estejam mantendo tudo em sigilo pra não espantar o assassino.

O homem na mesa solta um gemido por trás da mordaça, e dou um tapa na bandeja, fazendo os instrumentos sacudirem.

– Cara, *cala a boca*. Choramingar não vai ajudar em nada.

– Você tá mesmo um pouco tensa hoje, Sloaney. Tem certeza de que não tá…

– *Não.* – Eu sei o que Lark quer perguntar, mas não estou entrando em parafuso. Não estou pirando. Não estou fora de controle. – Assim que essa competição começar de verdade, vou ficar bem. Só quero saber os detalhes do primeiro alvo, entende? Não lido bem com espera. Preciso me aliviar um pouco, só isso.

– Contanto que esteja tomando cuidado.

– Mas é claro. Sempre – respondo, girando a máquina de sucção na direção do homem, que tenta se libertar das implacáveis tiras de couro.

Aperto o botão de ligar, os gemidos desesperados cada vez mais intensos. Uma fina camada de suor cobre a pele dele. Lágrimas vazam pelos cantos enrugados dos olhos arregalados, e o homem tenta balançar a cabeça, a língua forçando a mordaça amarrada na boca. Estreito os olhos e observo sua expressão tensa, o desespero vazando pelos poros como almíscar.

– Está com um convidado respeitável hoje, hein? – comenta Lark, o pânico do homem se espalhando pela ligação.

– Pode crer.

O cabo de metal do meu bisturi favorito esfria as pontas dos meus dedos através das luvas de látex, um beijo reconfortante contra a pele morna. A tensão decorrente da concentração reduz minha voz a um sussurro, e foco em posicionar o fio da lâmina abaixo do pomo de Adão do sujeito.

– Ele é um merda.

Guio a ponta afiada da lâmina pela pele do homem, mantendo uma linha reta, e em seguida pressiono a lâmina, cortando a carne. Ele grita contra a esfera de silicone presa em sua boca.

– Isso aqui é o que eu chamo de consequências pelas suas ações, Michael. – Limpo o sangue que escorre pela incisão. – Você quer bater papo com garotinhos na internet? Mostrar pra eles fotos desse seu pau murcho? Atrair as crianças da vizinhança, prometendo cachorrinhos e doces? Já que você gosta tanto de falar, vou arrancar sua voz primeiro – declaro, enfiando o bisturi na fenda aberta na garganta de Michael Northman para um segundo corte mais profundo a fim de acessar suas cordas vocais e pregas vestibulares.

A máquina de sucção gorgoleja ao sugar o sangue dele através da válvula que seguro com minha mão livre.

– Depois vou arrancar seus dedos, por conta de cada mensagem nojenta e cada ameaça que você enviou, e vou enfiá-los bem no meio do seu cu. Se tiver sorte, vou ficar entediada e te matar antes de chegar nos dedos dos pés.

– Meu Deus, Sloane! – exclama Lark, sua risada sombria borbulhando na linha. – Olha, sabe de uma coisa? Acho que você deveria mesmo participar dessa competição com o tal do Açougueiro. Precisa liberar um pouco dessa agressividade reprimida, garota.

Aham, eu não poderia concordar mais.

Os gritos finais de Michael Northman tomam conta do meu matadouro. Eu me despeço da minha melhor amiga e corto a chamada, e também as cordas vocais da minha presa. Quando o procedimento cirúrgico termina, suturo a ferida sem outro motivo a não ser lhe dar uma falsa esperança de sobrevivência, instruindo Michael a manter os olhos no relógio antes de me voltar para a bandeja de instrumentos para pegar meu alicate próprio para cortar ossos. Talvez ele não dê ouvidos às minhas ordens, mas nesta sala aprendi o suficiente sobre a frágil mente humana para saber que ele vai querer algo em que se concentrar nas próximas horas, e nada mais tentador e implacável do que observar o tempo passar lentamente rumo à própria morte.

Estou prestes a voltar para o homem amarrado à mesa quando o celular descartável vibra no meu bolso.

> Meu irmão Lachlan vai fazer um sorteio. Ele vai mandar uma mensagem pra nós dois com a localização. Assim que ele fizer isso, começa a competição. O primeiro a matar vence. Se nenhum de nós encontrar o alvo dentro de sete dias, teremos um empate. Depois acho que vamos ter que decidir no pedra, papel e tesoura quem fica com o maldito.

Sinto uma forte pontada atingir minhas costelas, e meu coração dispara.

> Isso é ridículo, você tem vantagem.

Observo os pontos piscarem em nossa conversa e espero Rowan digitar sua resposta à minha mensagem.

> Confia em mim, o Lachlan quer que você ganhe, não eu. Não tenho vantagem nenhuma. Ele não me falou porra nenhuma

Abro um sorriso. A respiração desesperada e acelerada de Michael Northman se torna um ruído branco indistinto enquanto digito minha resposta.

> Não te conheço o suficiente pra confiar em você. E se eu descobrir que ele tá te fornecendo informações, acabo contigo. Tô avisando agora só pra garantir que a gente esteja falando a mesma língua, tá?

O ar gelado parece mais pesado no contêiner, e observo os pontinhos cinza pulsando no canto inferior esquerdo da tela.

> Acho que talvez eu também queira que você ganhe, então por mim tudo bem 😉

> Você não vale nada

> Talvez... mas pelo menos você me acha bonito 😏

> Meu Deus do céu

Sei que estou sorrindo para o aparelho em minhas mãos. Eu deveria me achar ridícula por isso. Tudo isso deveria parecer tão perigoso quanto de fato é. Mas a única coisa que sinto é um alívio que se instala na minha medula, uma empolgação que preenche as câmaras do meu coração. É uma corrente que banha cada célula de energia.

Estou prestes a largar o celular e me concentrar em meu prisioneiro quando ele vibra na minha mão com uma mensagem de um contato desconhecido.

> Ivydale, West Virginia

> E boa sorte, aranha costureira, ou seja lá qual for seu nome. E você, maninho: seu título de mané está prestes a se tornar oficial

Meu sorriso se alarga. Uma mensagem do Açougueiro chega logo após as mensagens de Lachlan.

> Viu, só? Te falei. Te vejo em West Virginia, Corvo.

Coloco o alicate de lado e pego de volta o bisturi ensanguentado. Quando me viro para o homem amarrado à mesa, os olhos dele estão arregalados com o tipo de medo que me traz paz. O rosto está pálido de estresse e dor. Sangue e saliva escorrem do canto dos lábios. Ele tenta balançar a cabeça quando eu giro o bisturi sob a luz artificial.

– Tenho que ir, então acho que vamos ter que dar uma acelerada – digo antes de enfiar a lâmina sob sua orelha. O sangue escorre pela mesa, inundando-a de carmim. – A competição começou.

4

ATELIÊ
ROWAN

— O que você tá fazendo? – pergunta Fionn ao entrar no meu quarto, partindo uma cenoura com os molares. – Vai viajar?

Reviro os olhos e aponto para a cenoura.

– Que merda é essa? Por acaso é alguma nova fase dessa sua doutrinação Crossfit? Andar por aí comendo legumes crus?

– Betacaroteno, porra! Antioxidantes. Estou ajudando meu corpo a eliminar os radicais livres.

– Toma uma vitamina. Tá parecendo um idiota.

– Respondendo à sua pergunta, Dr. Kane, o Rowan vai participar de uma pequena expedição de caça acompanhado de alguém bem parecido com ele – interrompe Lachlan, se sentando em uma das poltronas de couro no canto do quarto. – Mas, no verdadeiro estilo Rowan, decidiu transformar isso numa competição. Ele me convenceu a encontrar uma presa suficientemente capaz de surpreender os dois. Então, basicamente, ele vai levar uma surra, como o grande masoquista que é.

Lanço um olhar mortal para Lachlan, mas ele apenas sorri por cima do copo de uísque, tomando um longo gole e batendo o anel de prata na borda de cristal.

– Onde? – pergunta Fionn.

– West Virginia.

– Por quê?

Lachlan dá risada.

– Eu diria que é porque ele tá tentando sair da *friend zone*, mas nesse ritmo me parece que nem na *friend zone* ele tá ainda.

Fionn dá outra mordida em sua cenoura, enchendo a boca e soltando uma risada boba feito uma criancinha.

Então eu faço o que qualquer homem adulto e razoável faria com o irmão mais novo. Tiro a cenoura da mão dele e a atiro em Lachlan, acertando-o na testa com um ruído satisfatório.

Meus irmãos protestam ao mesmo tempo, e eu sorrio para minha mala enquanto coloco outra calça jeans na bagagem de mão.

– Acho que você não faz tanto esforço por uma mulher desde… nunca. Há quanto tempo vocês não se veem, um ano? – pergunta Lachlan, sem dar trégua.

O som da tosse sufocada de Fionn preenche a sala. Lachlan e eu o observamos catar pedacinhos de cenoura.

– *O quê?* Um *ano?* Por que só tô sabendo disso agora?

– Porque você tá bancando o médico numa cidadezinha no cu do mundo, por isso – retruca Lachlan com uma risada. – Volta pra Boston, Fionn. Para de bancar o personagem desses filmes água com açúcar que passam na tevê e volta pra casa pra praticar medicina *de verdade*.

– *Babaca* – entoamos Fionn e eu em uníssono.

Lachlan sorri e coloca o copo na mesa ao lado, puxando do bolso uma faca retrátil com cabo perolado e se inclinando para trás a fim de desafivelar a tira extra de couro desgastado do cinto personalizado na cintura. Ele passa o dedo médio pelo anel de metal preso à ponta da tira de couro extra e a estica, depois começa a afiar a lâmina no lado áspero. É algo que faz desde que éramos crianças, algo que o acalma. Lachlan pode até gostar de zombar de Fionn e de mim, mas sei que ele está estressado porque nosso irmão mais novo não mora mais na mesma cidade que a gente, e também porque vou participar de uma competição de morte insana com uma assassina em série que mal conheço.

– Não tô errado – diz ele depois de passar a lâmina algumas vezes no couro. – Nebraska é muito longe, garoto. Além disso, você obviamente tá perdendo maravilhosos detalhes da vida amorosa tragicômica e inexistente do Rowan.

– Verdade – admite Fionn.

Seu olhar pensativo recai no chão de madeira, e ele cruza os braços e se apoia na cômoda. Provavelmente está atribuindo valores numéricos para *ficar por dentro das fofocas* versus *estar fora do grupinho*, e está pesando a probabilidade estatística da própria felicidade dividida por *pi*.

Nerd dos infernos.

– Você conhece essa garota? – pergunta Fionn, saindo de sua névoa analítica, olhando diretamente para Lachlan como se eu nem estivesse presente.

– Só por foto. – Lachlan toma um gole de sua bebida e sorri para meu olhar letal. – Ela é gatíssima. Definitivamente tem um lado sombrio. Gosta de arrancar os olhos das vítimas enquanto elas ainda estão vivas. O FBI a chama de Aranha Tecelã. O nome verdadeiro dela é Sloane Sutherland.

– Tira o nome dela dessa sua boca imunda – vocifero.

A risada estrondosa de Lachlan toma conta do quarto. Ele leva a mão que segura o canivete à boca, e o som de sua gargalhada preenche o espaço entre nós. O espertinho sem dúvida está me lembrando que, de nós dois, *é ele* quem está com a arma em punho.

Se ele não estivesse com uma lâmina afiada, eu já estaria socando a cara presunçosa do meu irmão.

– Digamos que você consiga entrar na *friend zone* e então, por algum milagre, você a ultrapasse e caia nas graças da dona Aranha sem perder um olho… Como você gostaria que eu me referisse a ela?

– Não sei, babaca. Que tal *Rainha*? Ou *Vossa Alteza*? Vai se foder.

Dou um gemido quando a risada de Lachlan nos rodeia outra vez, ainda mais alta do que antes.

– *Vai se foder* será! "Prazer em conhecê-la, *Vai se foder*. Sou seu cunhado, bem-vinda à família, *Vai se foder*."

Estou prestes a pular no pescoço de Lachlan quando meu celular descartável toca no bolso.

Curtindo

Há uma foto dos dedos delicados de Sloane ao redor de uma taça de champanhe na classe executiva de um avião, as unhas vermelho-sangue brilhando sob a luz artificial da cabine.

Meu coração dispara.

Quase posso sentir aquelas unhas arranhando meu peito e minha barriga, envolvendo meu pau com a firmeza ideal. Consigo imaginar o calor daqueles olhos castanhos fixos nos meus, a respiração aquecendo meu pescoço enquanto ela sussurra no meu ouvido.

Lachlan ri como se pudesse ler todos os meus pensamentos, e eu dou uma tossidinha.

> Tô vendo que você já tá no avião. Isso é… ótimo

> Tô, sim. E você claramente não tá.
> A gente se vê se conseguir me alcançar.
> Mas não vou diminuir o passo, não 😏

Minhas bochechas ficam vermelhas, e meus polegares pairam sobre o teclado.

> É muito tarde pra propor que a gente comece de novo?

A resposta de Sloane é imediata.

> Com toda a certeza.

Um grunhido vibra em meu peito, e tento fazer as malas o mais depressa que consigo, mesmo sabendo que isso não vai me fazer chegar mais rápido ao avião.

– Tudo bem aí, maninho? Ou a *Vai se foder* já matou seu alvo?

Penso em arremessar a mala pela metade na cara sorridente de Lachlan quando o celular dele toca. Qualquer traço de humor se desintegra de suas feições como cinzas caindo de um tronco carbonizado, deixando apenas carvão rachado para trás.

– Lachlan falando.

Sua voz é rouca, e ele só responde curtos "sim" ou "não", mantendo o timbre baixo. Estou enrolando uma camisa para colocar na mala e a torço com tanta força que os dedos ficam brancos. Meus olhos estão fixos nos do meu irmão mais velho, que não tira os dele do canivete que gira na mão.

– Estarei lá – diz ele. – Me dá meia hora.

Quando Lachlan me encara, dá um sorriso breve e sombrio.

– Turno da noite? – pergunto.

– Turno da noite – confirma ele.

Durante o dia, Lachlan administra o Ateliê Kane, seu estúdio especializado em couro, onde produz beleza a partir de pele morta. Mas, à noite, sempre que Leander Mayes liga, meu irmão se torna a ferramenta implacável do diabo.

Pessoalmente, gosto de tirar a vida de qualquer canalha que entre no meu caminho vivendo nesse grande inferno que é a sociedade moderna.

Já Lachlan... Não sei se ele gosta de qualquer coisa ultimamente. Ele mata com propósito, mas sempre com um distanciamento frio. Exceto quando está com as mãos ocupadas trabalhando couro ou enchendo o meu saco e o de Fionn, acho que a vida não tem importância para ele.

Uma pontada atinge meu peito quando Lachlan se levanta da cadeira, guardando o canivete no bolso, estalando o pescoço e prendendo o cinto de volta no lugar. Um leve traço de seu sorriso retorna quando olha para mim.

– Se cuida, palhaço – diz ele.

– Você também, otário.

Lachlan abre um sorriso sarcástico, mas mesmo assim dá um tapinha caloroso no meu ombro ao passar por mim. Ele pressiona a cabeça na minha por um segundo e depois se afasta, indo em direção à porta para fazer o mesmo com Fionn. Nosso irmão mais novo nunca foi bom em esconder suas preocupações. Fionn exibe todos os tons de tristeza e preocupação em seus olhos azul-claros e observa Lachlan se afastar com um receio doloroso espalhado por suas feições infantis.

– Vejo vocês mais tarde, crianças – diz Lachlan, saindo do quarto e desaparecendo no corredor mal iluminado. – E você, Fionn, vá pra casa.

– Sei não, viu? – responde Fionn.

Logo depois, uma risada vem da escuridão antes que a pesada porta do meu apartamento se feche com um baque reverberante. Fionn se vira para mim, a ansiedade ainda gravada como uma ruga no espaço entre as sobrancelhas.

– Tem certeza de que essa sua viagem é uma boa ideia? Tipo, o que você sabe sobre essa Sloane?

Desvio o olhar de Fionn, sorrindo enquanto fecho minha mochila e a penduro no ombro.

– Quase nada. Só estive com ela uma vez.

Fionn engole em seco de nervoso, e quase consigo ouvir.

– Uma vez? Como vocês se conheceram?

– Acho que você não quer saber.

– Isso tá me parecendo um pouco impulsivo, Rowan, até pra você. Sei que você tem todo esse lance de filho do meio – diz ele, sacudindo a mão na minha direção do jeito que ele e Lachlan sempre fazem para explicar meu comportamento impetuoso e minhas decisões imprudentes. – Mas ir se encontrar com uma assassina em série que você só viu uma vez um ano atrás não é... normal.

Minha risada não parece tranquilizar meu irmão.

– Nada envolvendo a gente é normal, mas vou ficar bem. Tenho um bom pressentimento em relação a ela.

O celular descartável toca no meu bolso.

> Estou prestes a decolar. Se isso fosse uma corrida, você já estaria pra trás.

> Peraí... isso É uma corrida! Olha só. Espero que goste de globos oculares fora das órbitas, porque vou matar esse merda. Então você que se foda e boa viagem. 😚

– Pois é, Fionn – digo, com um sorriso radiante, colocando o aparelho de volta no bolso e caminhando em direção à porta. – Acho que vai ficar tudo bem.

5

CERTEZA
SLOANE

sso é ridículo. *Eu* sou ridícula.

Estou sentada no saguão do Cunningham Inn, tentando me concentrar na mesma página do meu e-reader, na qual estou presa há cinco minutos, me perguntando se devo sair correndo ou ficar.

Que merda estou fazendo da minha vida?

Isso é perigoso. E uma burrice.

Que ridículo.

Mas não consigo me obrigar a ir embora.

Meus pulmões são tomados pelo cheiro de desinfetante e de más decisões, um suspiro profundo e tenso cruzando meus lábios. Desisto do livro, me recosto no assento e observo o saguão silencioso, onde minha única companhia é um gato cinza taciturno que me encara de uma cadeira de couro ao lado da lareira apagada. O local é datado, mas confortável, com painéis de carvalho escuro e um antigo tapete estampado que um dia foi vinho. Os móveis antigos não combinam muito entre si, mas são polidos e brilhantes. Um par de corujas empalhadas como se estivessem em pleno voo monta guarda acima das reproduções de Rodin desbotadas pelo sol e das ferramentas ferroviárias e de mineração desgastadas espalhadas pelas paredes.

Suspiro outra vez e verifico meu relógio. São quase duas da manhã, e eu deveria estar cansada, mas não estou. A noite foi agitada: comecei fatiando o corpo de Michael Northman e o enfiando no meu freezer, depois reservei a passagem, fiz as malas em um tempo recorde de trinta minutos, peguei uma carona com Lark até o aeroporto e no caminho aluguei um carro para minha chegada em West Virginia. Quando choraminguei que toda essa aventura era uma ideia besta, a resposta dela foi:

– Sei lá, só acho que você precisa sair e fazer mais amigos.

– Eu tenho amigos – rebati. – Você.

– Você precisa de mais de um, Sloane.

– Mas esse Rowan? Um cara totalmente aleatório? Será?

Ainda ouço a cadência da risada de Lark quando ela olhou para meu rosto confuso com um sorriso gentil.

– Ter outro amigo que possa entender você, quem você é *de verdade*, talvez não seja algo ruim – disse ela, dando de ombros, o sorriso inalterado por meu olhar inabalável e penetrante. – Você não pulou do carro em movimento. Ainda estamos indo para o aeroporto. Então, sim, acho que esse Rowan aleatório é seu amigo agora.

Talvez eu devesse ter pulado do carro.

Dou um gemido ao deslizar ainda mais para as profundezas da minha cadeira.

– O raciocínio dela nem faz sentido – digo ao gato, relembrando a conversa com Lark, e o felino lança um olhar fervilhante e crítico na minha direção.

– Tentando sugar a alma dele, Corvo?

Deixo cair meu e-reader com o susto, me voltando com a mão no coração para a fonte do sutil sotaque irlandês.

– Meu Deus do céu – sibilo, ao ver Rowan emergir das sombras próximo à porta, com um sorriso malicioso.

Perco o ar ao me dar conta da realidade: ele está aqui, *de verdade*.

Rowan está igualzinho a um ano atrás. Eu devo estar um pouco melhor do que em nosso primeiro encontro, já que não passei os últimos dias em uma jaula nojenta enquanto um corpo apodrecia lentamente a poucos metros de distância. Acho que ele não deu tanta importância à falta de maquiagem, aos cabelos desgrenhados ou aos lábios rachados, considerando que passou o tempo todo olhando para os meus peitos. A lembrança me faz corar, e não de vergonha.

Engulo em seco um súbito nó de nervosismo que se forma em minha garganta.

– Talvez eu *devesse* sugar a alma do gato. A minha acabou de deixar o corpo.

– Eu imaginava mesmo que tinha sido assim que você tinha ganhado essas sardas: roubando almas.

– Vejo que você está tão hilário quanto na primeira vez em que a gente se viu.

Reviro os olhos e me movo para pegar meu e-reader, mas Rowan chega primeiro.

– Me dá isso aqui, bonitão – falo.

Ele abre um sorriso magnético que preenche meus sentidos e extingue minhas preocupações com um tipo diferente de ansiedade. A cicatriz reta em seu lábio parece se iluminar conforme o sorriso se torna travesso.

– O que será que esse corvo nervosinho gosta de ler, eu me pergunto? – diz ele, balançando o dispositivo na minha direção.

Um suspiro de desdém atravessa meus lábios, embora as palavras dele rastejem em minhas veias e injetem um calor vermelho nas minhas bochechas.

– *Monster porn*, óbvio – respondo.

Rowan dá risada, e consigo arrancar o dispositivo de suas mãos, o que só o faz rir ainda mais.

– O sensível homem dragão tem dois paus e sabe como usá-los – falo. – Uma língua bifurcada também. E uma cauda muito talentosa. Então mais respeito, por favor.

– Deixa eu ficar com ele. A tevê do meu quarto tá quebrada, e esse é o tipo de entretenimento de que preciso na minha vida.

– Vai à merda, Açougueiro. – Coloco o e-reader sob minha nádega esquerda e lanço um olhar letal na direção dele. – Peraí. A sua tevê tá quebrada? Quando você chegou aqui?

Ele dá de ombros e deixa a mochila cair no chão com um baque abafado, e abre um sorriso malicioso, sentando-se na cadeira ao lado da minha.

– Há uns 45 minutos. Você devia estar no quarto. Saí pra ver se encontrava alguma coisa pra beber. A propósito, sou seu vizinho.

– Excelente – respondo, impassível, e reviro os olhos, o que só o faz sorrir.

Rowan abre o zíper da mochila, apenas o suficiente para mostrar a garrafa de vinho tinto que está lá dentro.

– São duas da manhã. As lojas não estão fechadas? – pergunto.

– Mas a cozinha, não.

– A cozinha também tá fechada.

– Ah, é? Então me enganei.

Rowan tira a garrafa da mochila e abre a tampa de rosca, seu olhar se fundindo ao meu ao dar um longo gole. Estreito os olhos quando ele dá uma piscadela.

– Não me diga que você tá chateada com um pequeno furto – provoca ele.

– Não – respondo, debochada. Arrepios explodem em meu braço no breve momento em que nossos dedos se tocam ao redor do vidro gelado quando pego a garrafa da mão dele. – Tô chateada porque você tá demorando demais pra passar a garrafa. E tá espalhando seus germes de homem nela toda. Você deve estar tentando me infectar, daí vou ficar presa no quarto depois de pegar essas suas perebas de macho enquanto você vence a competição.

– *Perebas de macho.*

Rowan bufa, e tomo um longo gole e devolvo a garrafa. Ele mantém seu olhar fixo no meu enquanto imita meu movimento, a malícia ainda brilhando nos olhos.

– Bem – diz ele, fazendo um floreio ao entregar a garrafa para mim –, eu tô com seus piolhos de fêmea agora, então estamos quites.

Tento não abrir um sorriso, mas acontece de qualquer maneira, e ao surgir em meus lábios ilumina os olhos de Rowan, como se ele estivesse refletindo minha diversão. Não apenas refletindo, mas *a amplificando.*

Ao me recostar na cadeira, me dou conta de que é como se tivéssemos nos visto no dia anterior. É muito fácil estar com ele, mesmo quando não quero que seja, exatamente como quando nos sentamos juntos no restaurante um ano atrás. Apesar do esforço que fiz para desviar minha atenção para outro lugar, ela continuava se voltando para ele. E não é diferente agora. Ele me atrai, um pontinho de luz constante na escuridão estática.

– Alguma ideia de quem será nosso alvo aqui? – pergunta Rowan, me afastando dos pensamentos que me assolaram.

Tomo um gole de vinho e olho para ele com cautela.

– Lógico.

– Por "lógico", você quer dizer "nenhuma ideia", certo?

– Bem por aí. E você?

– Nada.

– Como Lachlan descobriu esse lugar, afinal? E como posso saber se ele não vai fornecer informações extras pra te ajudar a vencer?

Rowan solta uma risada debochada e puxa a garrafa dos meus dedos, tomando um longo gole antes de responder.

– Porque, como eu disse, o meu irmão não tem interesse em me ver ganhar. Se eu perder, ele vai passar um ano esfregando isso na minha cara e vai aproveitar cada segundo.

Ao me devolver a garrafa, Rowan olha ao redor do salão, percorrendo com cuidado cada detalhe, como se estivesse procurando câmeras escondidas ou hóspedes que não havia notado. Já sei que somos os únicos que fizeram check-in. Além do proprietário, um cara chamado Francis que mora em uma casa estilo Segundo Império muito bem-cuidada com vista para a pousada, somos os únicos na propriedade. Tenho certeza de que Rowan também sabe disso, mas ele está certo em ser cuidadoso.

– Quanto a como ele chegou a West Virginia, bem… digamos que ele tenha conexões com certas pessoas que podem acessar certos arquivos de certas agências governamentais e alguns colegas que podem preencher as lacunas.

– Parece bastante suspeito, sem dúvida – retruco, sorrindo quando Rowan revira os olhos com minha provocação. – Seu irmão trabalha com o quê?

Rowan se recosta e dá um tapinha no braço da cadeira, os olhos seguindo as curvas e os ângulos do meu rosto. O azul-marinho deles é uma carícia que provoca um rubor em minhas bochechas. Ele olha para mim de um jeito que mais ninguém olha, como se não estivesse apenas tentando decifrar meus pensamentos e motivações. É como se estivesse tentando memorizar os mínimos detalhes da minha pele para descobrir cada segredo escondido por trás da minha carne.

– O nosso hobby – responde ele quando parece perceber que é seguro me contar. – Para Lachlan, não é um só passatempo. É uma profissão.

Eu assinto. Agora compreendo por que ele consegue ter acesso a informações a respeito de investigações criminais. Ou ele trabalha para as autoridades ou para indivíduos perigosos e bem-relacionados.

– Então você tem certeza de que ele não vai te ajudar a trapacear.

– Se fosse pra fazer algo assim, ele daria um jeito de ajudar *você* a trapacear.

– Já gosto dele. – Meu sorriso se ilumina quando Rowan me lança um olhar feio, de brincadeira. Tomo um gole do vinho e passo a garrafa para ele. – E você? Gosta do setor de restaurantes?

Rowan dá um sorriso malicioso.

– Andou pesquisando sobre mim, Corvo?

– Como se você não tivesse feito o mesmo comigo – rebato.

– Me pegou, admito.

Rowan toma um longo gole de vinho e equilibra a garrafa no joelho. Ele me observa por um segundo antes de assentir, com um sorriso um pouco melancólico.

– Gosto, sim. Adoro ter minha própria cozinha. Gosto do ritmo. Pode ser frenético, mas eu gosto. Eu me dou bem com um pouco de caos. Talvez seja por isso que gosto de você – diz ele com uma piscadela.

Solto uma risada e reviro os olhos. *Esse homem.* Ele poderia fazer qualquer coisa parecer sedutora.

– E o que significa esse nome? – pergunto, e embora eu desvie do comentário dele, isso não parece incomodá-lo nem um pouco. – Por que você escolheu *Três de Econômica*?

– Meus irmãos – explica Rowan, o sorriso assumindo mais uma vez um ar nostálgico conforme seu olhar recai na garrafa que tem na mão. – Nós éramos adolescentes quando saímos de Sligo e viemos para os Estados Unidos. Eu me lembro do Lachlan comprando as passagens. *Três de Econômica*. Foi o início de uma nova vida pra nós três.

– Assim como o restaurante – digo, concluindo o rastro de pensamento que ele deixou para eu seguir. Ele assente, e seus olhos brilham. – Gostei.

Rowan passa a garrafa para mim. Nossos dedos roçam em torno do vidro gelado. O toque dura um pouco mais do que deveria, mas, por alguma razão, acho que ainda é menos tempo do que eu gostaria.

Isso é ridículo, lembro a mim mesma. *Você nem conhece esse cara.*

Ajeito minha postura, desvio o olhar para a recepção e dou mais um gole na bebida, observando Rowan em minha visão periférica. Defesas são importantes. Limites são necessários. Ele é o tipo de cara que vai passar por cima de tudo se eu baixar a guarda. E, afinal de contas, isso aqui ainda é uma competição. Eu deveria apenas estar buscando informações que me ajudem a vencer.

Pelo canto do olho, vejo a mão de Rowan se aproximando furtivamente da minha cadeira, e me viro para ele, furiosa. O safado faz sua cara mais inocente.

– Que merda é essa?

– Vou roubar seu e-reader. Quero ler sobre o homem dragão de dois paus.

– Eu estou sentada nele. Experimenta tocar na minha bunda, e eu quebro a sua mão – retruco, sem conseguir conter uma risada enquanto ele não para de cutucar meu braço.

– Não vou tocar na sua bunda. Vou te empurrar e depois agarrá-lo, então vou começar a gargalhar feito doido e correr triunfante pro meu quarto.

– É só baixar o aplicativo como uma pessoa normal e ler no celular, seu esquisito.

– Pedra, papel e tesoura pra resolver isso.

– Nem pensar.

– Ah, vai, Corvo. Tô precisando de uma dupla penetração do homem dragão.

Ele começa a cutucar meu braço outra vez, e estou dando risada quando um som estranho invade nosso território. De repente, parece que estávamos em uma bolha que acabou de estourar. Não é algo normal para mim, e a aparição de Francis na recepção me causa um choque. Em geral, estou sempre bem consciente dos meus arredores. Mas Rowan me prendeu em outro mundo, como se nada mais existisse além de nós. E, por alguma razão, isso foi um alívio, uma pausa na pressão constante de buscar o perigo escondido nas sombras.

– E aí, cara. Espero que a gente não esteja atrapalhando o sono de ninguém – diz Rowan.

Ele nem tenta esconder a garrafa de vinho que equilibra no joelho, a outra mão enrolada no braço da minha cadeira.

Os olhos de Francis vão do vinho para Rowan, os lábios comprimidos em um sorriso tenso.

– Não, de jeito nenhum. Vocês são os únicos hóspedes. Só vim buscar o Winston Church – responde ele, indicando com a cabeça o gato ainda encolhido na cadeira perto da lareira.

Francis desliza a mão pela gravata rosa, e seus olhos saltam de mim para Rowan.

– Não tem muito movimento por aqui, não com tantos lugares novos abrindo na região – explica ele. – Todo mundo tem um Airbnb agora, tentando fazer uma graninha extra.

Aponto para o saguão.

– Eu gosto daqui. Tem charme. Parece que o Winston vai arrancar a minha cara com as unhas se eu chegar muito perto, mas tudo bem.

– Que nada, ele é inofensivo.

Francis passa a mão no cabelo escuro e vai até o gato, que lhe lança um olhar de reprovação e sibila, desviando os olhos felinos e amarelos para mim. Não sei ao certo se ele quer apenas se livrar de Francis ou só continuar me encarando, mas os resmungos se dissipam quando Francis ergue seu corpo cinzento nos braços.

– Vieram visitar alguém na região? Ou estão só de passagem?

– É a nossa trilha anual – me disponho a responder. – Todo ano escolhemos um lugar novo, geralmente um lugar um pouco "fora do circuito", digamos assim.

Francis assente, acariciando a cabeça do gato.

– Tem ótimas trilhas por aqui. Elk River é um bom lugar pra começar. O Bridges é um circuito panorâmico. Só tomem cuidado se forem em direção a Davis Creek. É fácil se perder. Uma pessoa desapareceu assim no ano passado e nunca foi encontrada. De todo modo, não seria a primeira vez.

– Valeu, amigo. Pode deixar que vamos ter cuidado – diz Rowan em um tom que sugere educadamente "agora vaza daqui".

Francis pega a deixa e se despede com um meneio de cabeça.

– Tenham uma ótima noite, pessoal. Fiquem à vontade pra ligar se precisarem de alguma coisa – diz ele, e então acena com a pata de Winston para a gente antes de partir.

Nossas palavras de agradecimento o acompanham enquanto ele desaparece por um corredor à direita do saguão. O som de uma porta distante se fechando chega até nós um tempo depois.

– Ele deveria estar fazendo transmissões na Twitch ou coisa do tipo pra tentar pegar mulher usando um avatar besta que não tem nada a ver com ele, e não gerenciando um hotel no meio do nada em West Virginia – resmunga Rowan.

Ele mantém o olhar fixo no corredor, puxando o braço da minha cadeira na tentativa de aproximá-la.

– Qual é o seu problema? – pergunto, rindo. – Ficou com inveja da gravata rosa dele ou algo assim?

Rowan bufa e endurece o olhar, puxando minha cadeira de novo.

– *Não*. Credo. Agora me dá aqui esse pau de dragão, Corvo.

– Sem chance.

Dou um jeito de me levantar com o e-reader antes que ele possa pegá-lo, balançando-o na direção dele e me afastando em direção aos quartos.

– Boa noite, esquisito. Vou dormir. Deus ajuda quem cedo madruga, sabe como é. Talvez eu faça uma caminhada sozinha até Davis Creek. Meninos não são permitidos, a menos que tenham escamas e fetiche em engravidar pessoas.

– Logo hoje que esqueci meu macacão de dinossauro em casa. – Rowan suspira, inclina a garrafa na minha direção e se recosta na cadeira. Seu sorriso é caloroso, os olhos brilhantes, apesar da hora. – Vejo você amanhã, Corvo.

Com um último aceno, eu me viro e vou para meu quarto.

Estou deitada na cama, olhando para o teto, quando meu celular vibra com uma mensagem de texto.

> Boa noite. Cuidado com os percevejos.

> Tenho certeza de que tem percevejos aqui.

Abro um sorriso na escuridão. E em seguida pego no sono.

6

SUSANNAH
ROWAN

A parte ruim é que ainda não consegui descobrir de quem estamos atrás, afinal.

A boa é que Sloane também não.

Para ficar ainda melhor: ela *odeia* quando eu menciono isso.

Bato na porta do quarto dela e enfio as mãos nos bolsos, tentando parecer indiferente, apesar da tempestade de empolgação que inunda meu peito. Quando ela abre, seu rosto se fecha em uma expressão sombria no mesmo instante.

– Estava esperando outra pessoa? – pergunto, com um sorriso.

– Não – responde ela, dando uma bufada, como se a ideia de que algum outro cara pudesse aparecer ali às nove da noite de uma quinta-feira fosse absolutamente ridícula. Acho que as opções são um pouco escassas no vilarejo de Ivydale. – Sei que você só tá aqui pra se gabar.

Deixo escapar um suspiro teatral.

– Jamais.

Meu sorriso se expande, e o olhar de Sloane recai nos meus lábios. Ela gosta de fingir que não quer me ver, mas toda vez que seus olhos se voltam para minha cicatriz, uma pequena ruga aparece entre as sobrancelhas dela.

– Se me deixar entrar, eu te conto como consegui essa cicatriz que você não consegue parar de encarar.

O olhar que ela me dá é de absoluto horror. O rubor sobe por seu pescoço e colore suas bochechas.

– Eu não estava... Eu não... – Ela bufa e levanta o queixo. – Você *não vale nada.*

Toda aquela fúria combinada com a timidez, o conjunto completo de sua habilidade letal embrulhada em um pacote facilmente destrutível. Ela é tão adorável... Preciso dar tudo de mim para não rir, e ela percebe.

Sloane se apoia na soleira, os dedos agarrados ao batente da porta, tentando me impedir de ver o interior do quarto. Seu olhar furioso percorre meu rosto.

– Sou uma assassina em série, sabia? – sussurra ela. – Eu posso entrar no seu quarto enquanto você dorme e sugar os olhos da sua cabeça com o aspirador industrial que o Francis usa pra limpar os pelos de gato daquele tapete horroroso do saguão.

– Tenho certeza de que você poderia fazer isso, Corvo. Sem dúvida. – Meu sorriso aumenta, e ergo as mãos em sinal de trégua, embora Sloane não pareça convencida. – Então, vai me convidar pra entrar ou não?

– Na verdade, não. – Sloane tira o cartão magnético do suporte ao lado da porta e o enfia no bolso de trás da calça jeans ao passar por mim. A porta se fecha atrás dela com um clique alto. – Preciso sair.

Meus pés parecem colados ao chão enquanto observo Sloane descer o corredor, cruzando a alça da bolsa no corpo no trajeto.

– Precisa... *Como assim?* – Saio correndo atrás dela e a alcanço, examinando seu perfil conforme ela marcha pelo corredor com um sorriso malicioso. – *Precisa sair?* Pra onde?

– Preciso *sair*, Rowan. Ou você esqueceu que isso é uma competição? – pergunta ela, tentando esconder o sorriso, mas sem conseguir.

Meu coração martela no peito quando percebo que ela está um pouco mais arrumada do que o normal. Um suéter de caxemira branco. A maquiagem é a mesma que usou nos últimos três dias desde que chegamos, delineado gatinho, rímel preto e batom vermelho matte, mas ela trocou os vários brincos por um conjunto diferente de peças douradas, algumas com pedras que brilham sob os cachos negros.

Minha boca fica seca.

– Você vai a um encontro? – pergunto, ao virarmos no corredor e nos dirigirmos para a ampla escadaria que leva ao saguão.

Sloane suspira.

– Eu não chamaria de *encontro*, exatamente...

– Então aonde você tá indo? Tipo, só por uma questão... de segurança e tal...

Sloane bufa.

– Você acha que eu preciso que você me proteja, bonitão?

Não. Mas também sim.

– É melhor eu ir com você, só por precaução. Não quero que aconteceça algo como na situação do Briscoe – digo, quando entramos no saguão.

Sloane para e se vira para mim.

– Não, Rowan, você não pode vir. E se for *mesmo* um encontro? Vai ser muito estranho. – Ela dá um tapinha no meu peito e sorri. – Não se preocupe, eu te conto todos os detalhes sangrentos mais tarde.

Com um último tapinha no meu peito, que acaba saindo forte demais, ela se vira e vai embora.

– Mas… era eu quem deveria estar me vangloriando! – grito quando ela chega à saída do saguão.

– Sinto muito, só que não – cantarola ela, e em seguida me mostra o dedo do meio antes de cruzar as portas, deixando para trás apenas o eco de um barulho.

Fico ali, atordoado. Confusão, preocupação e ciúme invadem meu peito. De uma só vez, fui inundado por uma onda avassaladora de sentimentos.

Que porra é essa?

– Sloane! – grito atrás dela, marchando até a saída.

Empurro a porta com mais força do que o necessário, e ela colide no batente com um baque satisfatório de madeira contra metal e borracha.

– Caramba, *Sloane…*

Olho para a esquerda e para a direita. Fico em silêncio e ouço.

Nada.

Passo a mão pelo cabelo. Não sei se estou mais irritado por estar perdendo nossa primeira competição ou por Sloane estar em um suposto encontro com algum otário qualquer.

Eu me esforço para ouvir qualquer coisa que não sejam grilos, mas nenhum sinal de Sloane.

– *Merda.*

Corro de volta para o hotel e vou direto para o quarto. Passo um tempo andando de um lado para outro, refletindo sobre minhas opções. Talvez devesse sair, encontrar o pub local e encher a cara. Mas e se ela esbarrar em alguém como o Briscoe ou o Watson? Briscoe deve ter dado sorte: o sujeito era sedentário que nem uma pedra. Mas Watson era ardiloso. E se ela for encurralada por alguém assim? E se for pega, e eu não conseguir encontrá-la? E se ela pedir ajuda, e eu estiver completamente bêbado numa taverna cantando música country?

Jamais imaginei que estaria andando pelo meu quarto atormentado com o paradeiro da Aranha Tecelã, meu coração disparado e as palmas das mãos suadas, preocupado com a possibilidade de ela se machucar.

O som de uma mensagem recebida é a única coisa que me impede de fazer um buraco no chão.

> Eu tô bem.

Eu bufo.

> Eu não estava preocupado.

O que foi uma mentira absoluta, lógico. Eu me sento na beira da cama e balanço os joelhos, tentando resistir à vontade de retomar minha caminhada pelo quarto.

> Que bom.

> Nesse caso, não me espere acordado

— Que *porra é essa*...

É difícil controlar a vontade de atirar o celular contra a parede, então opto por agarrá-lo com toda a minha força e socar o colchão. Aliás, é extremamente insatisfatório socar um colchão.

Por isso, volto a andar de um lado para outro.

Depois de um tempo, desisto de zanzar pelo quarto e tento pesquisar um pouco sobre a região, mas não descubro quase nada, assim como aconteceu em todos os esforços que fiz nos últimos três dias. A única coisa que achei de significativo foi uma meia dúzia de notícias. Matérias aleatórias, nada que ligasse os casos a um suspeito. Uma pessoa desaparecida em uma trilha, tal como Francis dissera. Outro cadáver em um barranco. Um carro com placa de Nova York retirado do rio Kanawha. Como diabos Lachlan descobriu que há um assassino em série na região, não faço ideia. Na verdade, estou começando a achar que ele nos mandou aqui de sacanagem.

Desisto, me jogo na cama e fico olhando para o teto.

Já se passaram três horas quando finalmente ouço o clique silencioso da porta de Sloane se fechando quando ela entra no quarto ao lado do meu.

Três horas.

Além da possibilidade de ela ter vencido a competição naquele período, ela também poderia ter feito milhares de *outras* coisas. Um encontro, por exemplo. Talvez ela tenha jantado algo diferente das ervilhas congeladas e das costeletas de porco cozidas demais e sem tempero de Francis, que provavelmente me farão quebrar um dente antes do fim da semana.

Talvez ela tenha ficado com algum cara.

Um gemido vibra em minha garganta, e eu me viro para me sufocar no padrão floral do edredom de poliéster barato.

– Rowan, sua *besta* – rosno contra o colchão indiferente. – Essa competição já tá acabando com você, e é só o *terceiro dia*.

Como se tivesse sido combinado, uma música vem da porta ao lado.

O volume está baixo, mas consigo distinguir parte da letra através das paredes finas feito papel, e depois o som da voz de Sloane enquanto ela acompanha o compasso da música.

Embora eu esteja aliviado por ela estar de volta inteira, cubro a cabeça com um travesseiro e tento abafar o som, para me impedir de ir até lá e exigir que ela me conte o que estava fazendo, mesmo que não seja da minha conta e talvez eu nem queira saber.

O travesseiro não serve para nada, é claro. E não apenas porque é fino feito um lenço de papel, mas provavelmente porque estou me esforçando para ouvir, ainda que finja que não.

A música muda, e a voz calma de Sloane desaparece.

A ausência de sua presença se estende, arranhando meu crânio. Embora saiba que não é uma boa ideia, rolo para fora da cama, vou até a parede que nos separa e me inclino para encostar o ouvido no papel de parede com estampa desbotada.

A música fica um pouco mais inteligível, o volume ainda baixo. Ouço o colchão dela ranger. E então um zumbido suave.

– Jesus, Maria e José – sussurro, esfregando o rosto.

O que eu não daria para estar naquele quarto agora. O gemido rouco de Sloane faz meu sangue incendiar. Meu pau já está duro feito pedra.

Estou prestes a me afastar da parede. Juro. Estou começando a me afastar quando ouço uma única palavra passar pelos lábios dela.

Rowan.

Ou talvez Cohen. Ou Samoan. Não dá para ter certeza. Vou ficar com Rowan.

Meu sangue parece lava. Meu coração troveja. Cada célula do meu corpo grita de necessidade. Preciso dar tudo de mim para começar a me afastar de novo, mas então ouço algo estranho vindo de um ponto mais distante da parede.

Um gemido silencioso.

Eu me arrasto em direção à fonte do som.

Outro gemido. Um sussurro distorcido. Quando pressiono o ouvido contra a superfície, ainda ouço o leve zumbido do brinquedinho de Sloane. Mas muito mais próximo está o ruído característico de alguém se masturbando.

Recuo da parede e observo a estrutura. Cerca de dois terços para baixo, na direção de onde ela se junta ao fundo do cômodo, há um ângulo reto onde a parede adentra a área de estar. Então vou até lá, a passos silenciosos e cautelosos.

Calcanhar. Ponta do pé. Calcanhar. Ponta do pé.

Paro na saliência da parede e encosto o ouvido na moldura de latão de um retrato.

Ouço o sussurro de um homem acima do som rítmico de uma mão bombeando um pau duro.

– *Isso, gostosa... Assim, vai...*

Minhas veias são tomadas pela ira.

Dou um passo para trás e examino o cômodo em busca de algo que possa usar para destruir a parede antes de ter que recorrer às minhas próprias mãos. Meu olhar pousa na mesa de cabeceira e fica lá. Se objetos inanimados tivessem sentimentos, a luminária de latão ao lado da cama estaria se cagando de medo.

Marcho até ela e a arranco da tomada, agarrando seu longo corpo como um taco de beisebol e me virando em direção àquela parte da parede onde o pervertido está escondido. Estou prestes a dar meu primeiro golpe quando os olhos da pintura se abrem. Um verdadeiro par de olhos humanos olha para mim e se arregala, alarmado.

– Merda – sussurra uma voz de homem.

Meu instante de choque se transforma em fúria quando os olhos desaparecem, deixando buracos escuros e vazios para trás.

– *Desgraçado.*

Corro até a parede e destruo a pintura com minha arma, cambaleando até a metade do quarto minúsculo e escondido quando a tela fina cede sem nada por trás. Nem sequer avisto o outro homem, consigo apenas ouvi-lo sair correndo feito o merdinha que é.

Em meio ao caos, o grito de Sloane emerge do quarto ao lado, a sequência de palavrões se fundindo em uma cascata de ácido sulfúrico.

– *Rowan Kane, seu irlandês pervertido de merda, QUE PORRA É ESSA, eu vou acabar com você...*

– *Não*, não, não – protesto, embora ela não me ouça por conta dos xingamentos incessantes e dos estrondos.

Ela deve estar jogando seus pertences na parede. Imediatamente minha imaginação me leva direto para o vibrador que ela estava usando quando ouço um baque abafado contra a placa de gesso. Tropeço para trás, para dentro do meu quarto, e em seguida para o corredor, o abajur ainda na mão enquanto corro para o quarto dela e bato na porta. Ela se abre antes mesmo de eu terminar a terceira batida.

Sloane está *furiosa.*

– Tinha um cara na parede – falo.

– *Eu sei!* – vocifera Sloane, me empurrando com as duas mãos. – O nome dele é *Rowan Kane* e ele *não tem limites* porque é um pervertido de merda...

– Não, eu juro...

– Você tava me espionando?

– *Não* – respondo em protesto, mas ela me encara como se não estivesse convencida de que estou dizendo a verdade.

Não ajuda em nada o fato de ela estar usando um minúsculo short de dormir e uma regata de alças finas. Tenho certeza de que ela consegue ouvir o alarme *sem sutiã* tocando sem parar na minha cabeça.

– Tá bem, eu *ouvi* você – confesso –, mas me *afastei* da parede...

– *Rowan...*

– E aí ouvi outra coisa – digo, agarrando o pulso dela e a arrastando junto comigo. Ela se contorce e protesta, mas me recuso a soltá-la. – Você tá certa, tinha alguém te espiando pela parede. E a pessoa foi embora antes que eu tivesse a chance de ver a cara dela, muito menos de espancá-la com o abajur.

Paramos diante do buraco na pintura agora em ruínas pendendo da parede toda torta, e solto o pulso de Sloane para que ela possa espiar a salinha. Ela se inclina, se contorcendo para avaliar a saída para um corredor escondido na parede dos fundos.

– *Desgraçado* – sussurra ela.

– Tá vendo? Foi o que eu disse.

Sloane se vira para mim, com os braços cruzados. Espero ver raiva ou suspeita, não os olhos dela dançando na penumbra e um sorriso assassino surgindo em seus lábios.

– Porra, eu sabia.

Um segundo depois, Sloane está passando por mim.

– Peraí... O que tá acontecendo? – pergunto.

Vou atrás dela e paro na porta, observando-a vestir uma camisa xadrez, sem se preocupar em fechar os botões. Ela calça o tênis e saca do chão a faca de caça embainhada, depois passa por mim mais uma vez e desce o corredor em direção à escada. Jogo a luminária no quarto dela com um estrondo de vidro se quebrando e saio correndo, alcançando-a enquanto ela desce as escadas às pressas.

– O que você tá fazendo?

– Tô fugindo apavorada, Rowan. O que você acha?

– Você... *O quê?*

– Tô indo atrás daquele merda, é isso que eu tô fazendo.

– *Quem?*

– Francis – responde ela, atravessando o saguão. – Francis Ross.

Todas as peças se encaixam, a imagem surgindo à minha frente. O carro no rio. As placas de Nova York. Quando as vítimas certas tomavam as decisões erradas e acabavam no Cunningham Inn, ele as espiava. E, às vezes, as matava.

Ele estava espiando Sloane. Talvez tivesse tentado matá-la também.

A raiva turva minha visão de vermelho quando deixamos o saguão noite adentro.

A ideia de que ele poderia tê-la machucado colide com outra conclusão, me paralisando no estacionamento enquanto Sloane avança por um caminho pavimentado que serpenteia a lateral do hotel, levando em direção à casa do zelador.

– Aquele merda aspirante a emo de gravata rosa é o assassino? E você *saiu* com aquele merda?

Sloane dá uma risada pelo nariz, mas não para.

– Que nojo.

– Sloane…

– É uma competição, Açougueiro – diz ela. Mal olha para mim ao mostrar o dedo do meio e me deixar com duas palavras de despedida: – Vaza daqui.

Sloane vira a esquina com uma gargalhada diabólica, seus passos apressados consumidos pela sombra.

– Não mesmo – sibilo.

E então corro atrás dela em meio à escuridão.

7

FASE CUBISTA
ROWAN

Sloane não passa de um vulto ao subir a colina em direção a uma velha casa preta, os picos íngremes do telhado se projetando em direção à lua como dardos. Feixes de luz amarelada cruzam as janelas e descem pela trilha que atravessa o jardim íngreme, proporcionando iluminação suficiente para que eu localize minha presa.

Meu sorriso é selvagem enquanto diminuo a distância entre nós.

Dou tudo de mim ao correr na direção de Sloane e pulo em cima dela como um jogador de rúgbi. Nós giramos no ar, então sofro o impacto do golpe. Levo arranhões nos antebraços ao rolar na grama e no cascalho para prendê-la embaixo de mim.

A respiração pesada de Sloane inunda meus sentidos com gengibre e baunilha. Ela sopra uma mecha de cabelo dos olhos e se contorce sob meu peso.

– Dá o fora. Ele é *meu*.

– Não posso fazer isso, docinho.

– Me chama de docinho de novo, e juro por Deus que corto suas bolas.

– Você que sabe, Corvo.

Sorrio e dou um beijo rápido na bochecha dela, a sensação de sua pele macia e maleável gravada na minha memória no momento em que meus lábios tocam o rosto dela.

– Até mais.

Eu me afasto e saio correndo, deixando para trás o delicioso som de seus protestos de frustração, que ecoam como a mais bela melodia.

Meu coração dispara e minhas pernas queimam conforme subo a colina íngreme. Estou quase chegando à cerca baixa de ferro forjado que contorna a casa quando o ruído de um motor corta a noite.

Francis está fugindo.

Desvio e vou margeando a cerca em direção à entrada de veículos, onde a luz que vem do automóvel na garagem ilumina o asfalto. Chego à beira da calçada e pego uma pedra do canteiro no exato momento em que a porta da garagem se abre e o carro sai em disparada.

Então faço o que qualquer pessoa sã faria.

Pulo no capô.

Sloane grita meu nome. Os pneus cantam. Fixo os olhos no motorista, e o pânico dele colide com minha determinação.

Deitado de barriga para baixo sobre o capô, agarro a borda com a mão e bato no para-brisa com a pedra. Não paro, nem quando ganhamos velocidade, nem mesmo quando o carro dá uma guinada no momento em que o motorista tenta me arremessar para longe. Dou um golpe atrás do outro. O vidro estilhaça com as batidas. Corta meus dedos. Desliza por baixo da minha pele quando meu braço o atravessa. Solto a pedra para alcançar o volante. Um grito apavorado se eleva acima do caos.

– *Rowan, árvore!*

Tiro o braço do para-brisa e solto o capô, deslizando para fora do veículo e caindo de lado no chão com força. Meu grunhido de dor é engolido por uma sinfonia de metal quando o para-choque dianteiro colide em cheio com um carvalho.

Em um segundo, estou de pé. Respirações pesadas saem do meu peito. A raiva me cobre como uma cortina vermelha enquanto observo o motorista desorientado se movimentar devagar e com dificuldade dentro do pedaço de metal fumegante.

– Puta merda, Rowan, você tá...

A preocupação de Sloane é interrompida quando me viro para ela e agarro seu pescoço com minha mão pegajosa. Chego muito perto, empurrando-a para trás a cada passo, e seus olhos se agitam, desafiadores e alarmados. Ela agarra meu braço com as duas mãos, mas não tenta lutar comigo enquanto a forço a ficar longe do carro. Só quando ela sai da entrada de veículos e está protegida pelas sombras profundas de uma árvore é que paro. Mas não a solto.

Um som percussivo ressoa atrás de mim, os movimentos de um metrônomo abafados pelo véu das batidas do meu coração quando encaro os olhos vidrados de Sloane. Seu pescoço delicado se move sob minha mão ensanguentada.

– Rowan – sussurra ela.

– Ele é *meu*.

Os olhos dela brilham ao luar.

– Tá bem. – Ela assente. – Ele é seu.

Eu a puxo para mais perto e encaro aquele abismo escuro de medo e coragem, não parando até que o ar morno de sua respiração sopre meu rosto. Os cortes em meu antebraço queimam, e o peito dela roça a carne destroçada a cada respiração.

– Sloane…

Um gemido de metal deformado e uma sequência de xingamentos se sobrepõem às batidas atrás de mim.

– Fica aqui – digo, e, abrindo um dedo de cada vez, eu a solto.

Dou uma última olhada nela, meu sangue pouco mais do que uma mancha preta brilhante em sua pele, antes de dar meia-volta e me afastar.

Acelero o passo quando localizo meu prêmio no instante em que ele sai mancando do veículo, arrastando um pé e com um braço quebrado agarrado ao peito. Ele se vira quando chego perto, os olhos arregalados ao pousarem em meu sorriso perverso.

– Vou adorar cada segundo disso tudo – declaro.

Francis já está implorando por misericórdia quando agarro sua camisa pelas costas. Enrosco a gravata rosa horrorosa em meu punho para estrangulá-lo, mas ela se solta do pescoço dele.

Olho para o tecido enrolado na minha mão. Depois para Francis. Em seguida para a gravata de novo.

– Sério? Uma gravata de clipe? Quantos anos você tem, 12?

– P-por favor, amigo, me deixa ir – implora ele, olhando para mim de baixo.

Lágrimas brilham em seus olhos quando atiro a gravata na calçada e o agarro com as duas mãos. A raiva queima minha garganta, mas eu a engulo.

– Fala o que você estava fazendo atrás da parede.

Os olhos dele se voltam para os arredores, talvez em busca de Sloane, talvez em busca de alguém que possa salvá-lo.

– Eu não ia machucar ela – diz Francis, sua atenção recaindo em mim. – Eu só estava olhando.

O medo dele é como uma droga que invade cada célula do meu corpo, cada desejo que corre em minhas veias. Um sorriso lento surge em meus lábios ao vê-lo se debater quando aperto seu pescoço.

– Duas coisas. Primeiro, não acredito em você. Acho que você ia ficar espiando e depois matá-la. Não seria a primeira vez, não é, Francis?

– Não, eu juro que...

– Em segundo lugar, e esta é a parte mais importante, então escuta bem, seu desgraçado. – Ergo seu corpo trêmulo do asfalto até que a orelha fique próxima aos meus lábios. – Aquela mulher que você estava espiando... – Meus dedos apertam ainda mais sua garganta, e ele balança a cabeça em desespero. – É *minha*.

Tenho certeza de que ele implora. Mas não ouço seus apelos. São palavras inúteis que não vão salvá-lo agora.

Deixo Francis cair no chão e vou para cima dele, fora de mim.

Meu primeiro golpe atinge seu queixo. O seguinte, a têmpora. Um soco atrás do outro. Mandíbula. Têmpora. Mandíbula. Têmpora. Erro a mira e quebro o nariz dele com um estalo satisfatório, e Francis dá um gemido. Sangue jorra das narinas e cobre meus dedos. A mandíbula se parte em seguida com um estalo. Dentes quebrados cortam seus lábios e caem na calçada como lascas de porcelana. São como memórias que quero esquecer, então luto contra eles. Cerro o maxilar e bato com mais força.

O cheiro de sangue, mijo e asfalto. O gorgolejo de respirações sufocadas. A pele dele se cortando sob meus punhos. É como se fosse combustível. Penso nele olhando para ela. Penso no rosto dela. E continuo batendo. Mesmo quando ele desmaia. Mesmo quando se afoga no próprio sangue.

Mesmo depois que morre.

Estou batendo num pedaço de carne todo arrebentado quando finalmente paro. Respiro com dificuldade ao apoiar a mão no asfalto quente e encarar os nós dos meus dedos, onde a dor lateja a cada batimento cardíaco. É uma sensação bem-vinda. Não porque eu a mereça, mas porque *ele* merecia, e eu fui lá e fiz o que esse verme merecia. Extermínio com minhas próprias mãos. Sofrimento a quem merece.

Só agora uma ponta de medo invade meu peito.

– Sloane – chamo em direção às sombras.

Apenas silêncio.

– *Sloane.*

Nada.

Merda.

Merda, merda, merda.

Uma nova onda de adrenalina inunda meu coração quando me sento sobre os calcanhares e examino cada sombra de escuridão que me rodeia. A empolgação do assassinato é dissipada quando uma onda de pânico se instala.

Eu a assustei demais.

Ela deve ter corrido de volta para o hotel para pegar suas coisas e ir embora. O barulho dos pneus do carro provavelmente será a próxima coisa que vou ouvir quando ela sair de lá e nunca mais olhar para trás.

E como posso julgá-la?

Somos dois monstros, afinal.

Monstros diferentes, reunidos na jaula que criei. Sloane é calculista e metódica. Ela espera, tece uma teia e captura sua presa. E embora eu goste de fazer uma cena de vez em quando, essa morte aqui, esse monte de carne destroçada e fraturas expostas, isto está na minha *alma*. Eu sou selvagem em essência.

Talvez seja melhor que ela fique o mais longe possível de mim.

Mesmo assim, sinto meu peito queimar, uma agulha quente deslizando entre minhas costelas e se alojando bem no meio do coração. É um lugar em que achei que nunca mais seria capaz de sentir dor ou anseios. Mas parece que me enganei.

Passo a mão pegajosa pelo cabelo, e meus ombros caem.

– Caralho, Rowan, *sua besta.*

Estreito os olhos.

– Sloane…

– Estou aqui.

Sloane emerge das sombras, e meu olhar se volta na direção dela. Quando respiro, sinto como se estivesse mergulhando muito fundo, sem saber se chegarei à superfície a tempo. Sinto alívio em todas as minhas células quando o ar atinge meus pulmões.

Não me movo enquanto ela se aproxima, os passos hesitantes, o corpo iluminado pela luz fraca que emana do carro destruído, o pescoço ainda manchado com meu sangue. O olhar dela assimila cada detalhe, desde a camada de suor em meu rosto até a pele inchada das minhas mãos. Somente depois que ela me analisa e para ao meu lado é que sua atenção se volta para o corpo esfriando na entrada de veículos.

– Você tá bem? – pergunta ela, me encarando com as sobrancelhas franzidas.

Quero trazê-la para mim, sentir o conforto de seu toque desconhecido. Mas não faço isso. Apenas observo.

– Parece um Picasso – continua Sloane, apontando para o rosto destruído de Francis, a mão fluindo na direção do corpo com a graça de um pássaro. – Olhos aqui, nariz ali. Muito artístico, Açougueiro. Abraçando sua fase cubista. Legal.

Continuo em silêncio. Não sei o que dizer. Talvez seja a dor física que não para de aumentar. Ou a adrenalina baixando. Mas acho que é só Sloane. O medo de tê-la perdido e o alívio de sua presença.

Sloane me dá um sorriso fraco e torto e se abaixa até ficar na minha altura, com os olhos grudados nos meus. O sorriso não dura. A voz é calma, quase um sussurro, quando diz:

– O gato comeu sua língua, bonitão? Jamais imaginei que isso fosse possível.

Um sopro de ar escapa dos meus lábios, e uma gota de suor pinga do meu cabelo e desliza pela bochecha feito uma lágrima.

– Você tá bem? – pergunto.

Sloane dá uma risada, e sua covinha aparece perto do lábio.

– Lógico que tô. Por que não estaria?

As palavras dela pairam sem resposta enquanto meu olhar recai no corpo. A surpresa irrompe no meu peito quando os dedos delicados de Sloane tocam as costas da minha mão, seu toque leve como uma pluma enquanto ela traça uma mancha de sangue que escorre de uma fenda na junta do meu dedo.

– Eu que deveria estar perguntando isso pra você.

– Eu tô bem – respondo, assentindo.

Ambos sabemos que é mentira, assim como sabemos que as palavras dela também. Ela ia embora. Não tenho a menor dúvida.

Mas ela não fez isso. Ela ainda está aqui. Talvez não por muito tempo, mas pelo menos por enquanto.

– Vai demorar um pouco pra limpar isso tudo – diz Sloane, sua mão deixando a minha, e ela se levanta. O olhar percorre toda a extensão do cadáver ao nosso lado antes de se virar para o carro destruído. – Ainda bem que tenho alguns dias de folga. Nós provavelmente vamos precisar.

Sloane estende a mão, e fico olhando para as linhas que cruzam sua palma. Vida e morte. Amor, perda e destino.

– Nós? – pergunto.

– Sim, *nós* – responde ela. Seu sorriso é suave. A mão dela se aproxima, os dedos bem abertos. – Mas é melhor começarmos com você primeiro.

Deslizo minha mão na dela e me levanto do asfalto escuro.

Deixamos Francis na entrada e seguimos para a casa dele em silêncio. Ele mora sozinho, mas mesmo assim tomamos cuidado. Nós nos separamos, vasculhamos a casa e nos encontramos de volta na sala quando temos certeza de que não há ninguém no recinto.

– Foi aqui que você esteve esta noite? – pergunto, dando uma olhada ao redor da sala.

A decoração é igual à do hotel, cheia de antiguidades e pinturas desbotadas, móveis com estofados desgastados, mas com estruturas de madeira brilhante e detalhes polidos. Sloane concorda com a cabeça quando meu olhar pousa nela.

– Não parece o estilo dele.

– Pois é, pensei a mesma coisa. Ele falou um pouco sobre a família. Disse que estão aqui há gerações. Parece que ele foi preso pelos fantasmas do passado de outra pessoa – conta ela, parando diante da cornija da lareira e se inclinando na direção de uma antiga lanterna ferroviária.

– Acho que é o tipo de casa perfeita pra ser cheia de fantasmas – falo.

Sloane se vira para mim e dá um sorriso rápido e fraco antes de apontar para um corredor.

– Vamos. Deixa eu dar um jeito em você.

Eu a sigo como se fosse uma assombração.

Paramos no banheiro, onde ela faz um gesto para que eu me sente na beira da banheira. Sloane pega um kit de primeiros socorros no armário de medicamentos, abre um pacote de gaze e prepara curativos com pomada antibiótica. Quando está tudo pronto, embebe uma gaze estéril em álcool e se ajoelha na minha frente para limpar a pele rasgada dos nós dos meus dedos.

– Você vai ficar com cicatrizes – diz ela ao tocar a ferida mais profunda, deixando uma ardência desconfortável para trás.

– Já tenho algumas.

Sloane ergue o olhar e o pousa nos meus lábios, mas então volta a se concentrar na minha mão, o toque extremamente gentil, apesar do sofrimento que sei que ela, se quisesse, poderia me proporcionar.

Observo em silêncio enquanto ela pega o primeiro curativo da bancada e o coloca sobre a pele rasgada antes de preparar outra compressa com álcool, reiniciando o processo com o corte seguinte.

– Foi meu pai – conto, e o olhar de Sloane se volta para o meu, intrigado. – A cicatriz no meu lábio, foi ele que me deu de presente. A que você sempre fica olhando por ser muito sexy.

Sloane solta uma risada. O cabelo cobre a maior parte do rosto, mas mesmo assim consigo ver o rubor através dos fios negros.

– Achei que já tivesse te dito pra não deixar sua beleza subir à cabeça – diz ela.

– Queria só saber se você ainda me acha bonito.

Sloane mantém a cabeça baixa, mas consigo ter um vislumbre dos olhos dela se revirando. Sorrio quando me encaram com um ar cruel.

– Eu também disse que você não vale nada, e isso ainda é verdade.

– Que crueldade, Corvo. Você me magoou mais uma vez – digo, levando a mão livre ao coração.

Isso me rende um sorriso antes de Sloane virar o rosto. Ela coloca mais um curativo nos nós dos meus dedos, e não tenho coragem de dizer a ela que eles provavelmente vão cair durante o banho que pretendo tomar hoje à noite para aliviar meus ombros doloridos. Resolvo roubar o pacote com as gazes restantes quando a gente for embora, para que ela não saiba.

– Ele ainda tá vivo? Seu pai? – pergunta ela, me trazendo de volta de minhas reflexões sobre o que mais valeria a pena levar dali, alguma pequena lembrança da nossa primeira competição, talvez.

– Não.

Engulo em seco. Segredos que nunca compartilho imploram para serem revelados sempre que ela está por perto, e não é diferente desta vez.

– Eu e o Lachlan o matamos. Foi na mesma noite em que ele me deu essa cicatriz. Quebrou um prato na minha cara.

O movimento da mão de Sloane diminui, e ela me observa.

– E a sua mãe?

– Morreu no parto do Fionn.

Os ombros de Sloane sobem e descem com uma respiração profunda e pesada, e seus lábios se contraem. Ela me olha bem nos olhos.

– Sinto muito.

– Tudo bem. Eu não teria acabado aqui se tudo não tivesse acontecido do jeito que aconteceu. – Coloco uma mecha do cabelo dela atrás da orelha para poder ver suas sardas. – Não me arrependo de estar onde estou.

E ali está. O rubor. Um rosa tão viciante que me assombra. Quero acumular imagens como essa de Sloane, seu rosto ruborizado, os olhos dançando, aquele sorriso desesperado para desabrochar.

– Você não vale nada. Sabe disso, né?

– Tecnicamente, valho, sim. Porque acabei de ganhar.

Sloane até dá um gemido de irritação, mas não consegue deixar de sorrir também.

– E tenho certeza de que você vai me lembrar disso para sempre.

– É muito provável.

– Sabe, mesmo que eu não tenha ganhado, o que é um saco, aliás – diz ela, semicerrando os lábios e suavizando a expressão em um leve sorriso –, eu me diverti. Estou me sentindo... bem. Melhor, até. Como se isso fosse o que eu precisava. Então... obrigada, Rowan.

Ela alisa o esparadrapo do último curativo sobre minha pele com um movimento lento do polegar, e então seu toque desaparece. Em seguida, Sloane se levanta e recua, parando na soleira da porta, a mão em volta do braço.

– Vou começar pela entrada de carros – diz ela, e com um último lampejo de um sorriso vacilante, desaparece.

Espero por um longo momento. Os passos silenciosos dela seguem até a porta da frente, e então todo o som da casa se esvai.

Ela poderia fugir no meio da escuridão. Deixar tudo isso para trás. Fazer o que for preciso para jamais ser encontrada.

Mas, nos três dias seguintes, toda vez que penso que ela pode desaparecer, Sloane prova que estou enganado.

8
DENTRO DO COPO
SLOANE

Sabe o que eu fiz hoje de manhã?

suspiro profundo

Decorei meu strudel de torradeira

Impressionante. Estou fascinada.

Peraí, strudel de torradeira? Isso não é coisa de adolescente cheio de hormônio que precisa de um monte de açúcar pra funcionar de manhã? Achava que você era um homem adulto

Um homem que aprecia massa folhada produzida em larga escala e um volume de cobertura de baunilha suficiente pra escrever "VENCEDOR"

Tenho 100% de certeza de que te odeio

E eu tenho 100% de certeza de que um dia você vai me amar

Já se passaram seis meses.

Seis meses desde a última vez que o vi. Seis meses de mensagens diárias.

Seis meses de Rowan me contando sobre como vai celebrar sua vitória. Seis meses de memes, piadas, mensagens de texto e às vezes ligações, só para dar oi. E, todos os dias, anseio por isso. Todos os dias, isso me aquece, iluminando lugares que sempre estiveram na escuridão.

E, todas as noites, quando fecho os olhos, ainda o imagino sob aquele raio de luar em West Virginia, ajoelhado no asfalto, como se estivesse prestes a fazer um juramento. Um cavaleiro vestido de prata e sombra.

Acho que você ia ficar espiando e depois matá-la, disse ele. Francis implorou por misericórdia nas mãos de Rowan. E o que Rowan disse em seguida foi apenas um sussurro, mas aquelas palavras libertaram o demônio em seu coração. Não havia nada entre ele e a raiva que o queimava por dentro. Nenhuma máscara atrás da qual se esconder.

– Ele deu uma baita surra no cara – conto a Lark ao reler uma última vez nossa recente troca de mensagens de texto antes de deixar o celular de lado.

Coloco a tigela de pipoca entre a gente e pego Winston, colocando o gato eternamente insatisfeito no meu colo. Já se passaram seis meses desde que vi Lark também. Como é bem de seu feitio, ela teve uma oportunidade de última hora para fazer uma turnê com uma banda indie e aproveitou, e desde então tem pulado de uma cidadezinha hipster para outra. E ela parece feliz. Radiante.

– Foi sexy? – pergunta ela, enrolando as longas ondas douradas em um coque caótico no topo da cabeça. De alguma maneira, sempre fica perfeitamente bagunçado. – Me parece sexy.

– Nossa, muito sexy. Mas, por um minuto, fiquei preocupada. Tô acostumada a… ter tudo sob controle. E aquilo foi brutal. Sem dúvida, a antítese do controle.

Meu olhar se volta para a manta de crochê sob minhas pernas, que a tia de Lark fez para mim no ano em que a gente se formou no Ashborne Collegiate Institute, quando a família de Lark me acolheu e pagou uma dívida que nunca lhe pertenceu. Enfio os dedos nos buraquinhos entre os pontos e, quando ergo os olhos outra vez, Lark está me observando, seus olhos azul-claros fixos nos contornos do meu rosto.

– Eu quase larguei ele lá.

Lark inclina a cabeça.

– E você se sente mal com isso?

– Sinto.

– Por quê?

– Acho que ele não teria me deixado se fosse o contrário.

– Mas você não foi embora – diz ela, e balanço a cabeça. – Por que não?

Sinto uma dor no peito. Acontece sempre que me lembro da maneira como ele chamou meu nome, como uma súplica. Os ombros dele caindo derrotados são uma imagem vívida em minha mente, mesmo agora.

– Ele parecia muito vulnerável, apesar do que tinha acabado de fazer. Eu não podia deixá-lo ali daquele jeito.

Lark contrai os lábios como se estivesse segurando um sorriso.

– Que bonitinho. – Ela mordisca o canto do lábio inferior, e eu reviro os olhos. – Foi fofo. Você ficou. Fez outro amigo.

– Cala a boca.

– Quem sabe um futuro *namorado*.

Dou uma risada incrédula.

– *Não*.

– Uma *alma gêmea*, talvez.

– Você é minha alma gêmea.

– Então uma grande amizade. Colorida.

– Para, por favor.

– Já tô até vendo – diz Lark, com os olhos brilhando, se espreguiçando, erguendo a mão de um jeito gracioso. Ela dá uma tossidinha. – *Ele vai te mostrar... como é belo este mundo...* – canta ela. – *Nosso amor é capaz de qualquer coisa* – completa.

– Você pegou mesmo uma versão da música do *Aladdin*, assassinou e depois misturou com *O diário de uma paixão*? Você tem uma voz de anjo, Lark Montague, mas isso foi vandalismo.

Lark dá risada e se acomoda no sofá enquanto *Constantine* passa na minha tevê, uma opção recorrente de nossa lista limitada de filmes reconfortantes. Assistimos por um tempo em silêncio enquanto Keanu Reeves prende uma aranha dentro de um copo.

– Ele poderia vir na minha casa pegar aranhas sempre que quisesse – diz ela, sacudindo os dedos em direção à tela. – Misterioso, fechadão e mal-humorado? Tô dentro.

– Tenho quase certeza de que você disse isso em todas as duzentas vezes que assistimos a esse filme.

– É o Keanu Reeves no auge. Você não pode me julgar. – Lark suspira e pega um punhado de pipoca da tigela. – Tô na seca. Todo mundo acha que só tem músicos gostosos na estrada, mas esses são todos muito emo. Eu só quero que me joguem na cama. Um pouco de brutalidade, sabe? Me chama de puta imunda que eu tô dentro. Esses sujeitos que choramingam no microfone não vão me proporcionar nada disso.

Dou uma risada e jogo uma pipoca no ar numa tentativa fracassada de pegá-la com a boca.

– Nem me fale de seca. Se continuar nesse ritmo, vou precisar de um supercomputador pra calcular meus dias de celibato.

– Ou… agora me escuta – diz Lark, dando um tapa no meu braço quando dou um gemido. – Você podia fazer uma viagenzinha até Boston pra visitar seu Açougueiro e dar um jeito de acabar com essa seca. Vamos encher esse poço aí, amiga.

– Que nojo.

– Encher até vazar. *Transbordar*.

– Você é doente.

– Aposto que ele te faria esse favor.

– A gente acabou de falar sobre isso. Eu e Rowan somos *amigos*.

– E vocês podiam ter uma amizade colorida. Não existe nenhuma regra que proíba duas pessoas de continuarem amigas depois de transarem uma com a outra – argumenta Lark.

Tento ignorá-la e me concentrar na tevê, mas o olhar dela pesa como um véu quente contra meu rosto. Quando finalmente me viro, o sorriso provocador de Lark se transformou em uma expressão convencida.

– Mas você tá com medo – dispara ela.

Desvio o olhar de novo e engulo em seco.

– Entendi – diz Lark.

Ela aperta meu pulso até que olho para ela outra vez. O sorriso de Lark é como o sol, e ela está sempre pronta para compartilhar sua luz brilhante.

– Você tem razão.

Ergo uma sobrancelha.

– Em relação a quê?

– Você provavelmente nunca mais vai encontrar alguém como o Rowan. Ele deve ser o único cara por aí igual a você. Pode ser que você estrague tudo. Ou que ele te decepcione. Ou a amizade de vocês pode ir por água abaixo. Você tá certa em relação a todas as preocupações que estão girando dentro da sua cabeça. Talvez todas tenham fundamento. Mas talvez isso não devesse importar, porque todo mundo faz merda. Todo mundo se decepciona de vez em quando. E às vezes as melhores coisas vêm das dificuldades.

Minha voz é suave quando digo a ela uma verdade muito simples:

– Você nunca me decepcionou.

– E se eu fizer isso um dia? Você acha mesmo que não me daria a chance de corrigir meu erro?

– Claro que eu daria, Lark. Eu te amo.

– Então dá uma chance pro Rowan também.

Meu suspiro contido não ajuda em nada a abafar a súbita explosão de nervosismo em meu peito. Lark aperta meu pulso até eu revirar os olhos.

– Tá bem, tá bem. Se eu tiver uma reunião em Boston, talvez eu pergunte se ele tá livre pra fazer alguma coisa.

– Você não precisa de nenhuma desculpa. Aposto que ele ia adorar ver você. Só *vai*. Mesmo que seja apenas pra vocês se verem pessoalmente mais de uma vez por ano. Você sente falta dele, né?

Meu Deus, e como. Sinto falta do leve sotaque dele, do sorriso imenso e das piadas constantes. Sinto falta das provocações e do calor dele, e de como é fácil ser eu mesma perto de Rowan, de como é bom deixar a máscara de lado. Sinto falta de quanto ele faz eu me sentir especial, única, e não uma aberração.

– Sinto – sussurro. – Sinto, sim.

– Então vai – diz Lark, se aconchegando sob a manta e sorrindo para Keanu Reeves. – Vai lá e se diverte. Você pode fazer isso mais de uma vez por ano, sabe.

Ficamos em silêncio, e reflito. E continuo refletindo.

Por mais três meses.

E daí que neste momento estou encolhida na entrada de uma loja de departamentos do outro lado da rua do Três de Econômica há mais tempo do que qualquer pessoa sã ficaria, apenas observando a garçonete e os clientes enquanto a barulheira causada pelo movimento do almoço diminui para um leve zumbido. Como uma verdadeira stalker, li todas as matérias sobre o restaurante desde sua inauguração, sete anos atrás. Cada fotografia, até o final dos resultados de pesquisa do Google. Centenas de comentários. Encontrei até as plantas baixas enviadas para obtenção da licença. É bem capaz que eu consiga andar pelo lugar com os olhos vendados, e nunca sequer entrei lá.

Talvez seja hora de mudar isso.

Comprimo os lábios e enfio as mãos nos bolsos do casaco de lã. Meu corpo é atingido por um vento excepcionalmente frio para a primavera.

Ao entrar no restaurante, sou saudada por uma música famosinha, mas completamente sem alma, e por uma hostess loira com um sorriso animado.

– Bem-vinda ao Três de Econômica. Você tem reserva para hoje?

Uma pontada de nervosismo revira meu estômago quando olho para o grande salão cheio de mesas de madeira escura e tijolos expostos.

– Não, desculpe.

– Sem problemas. São quantas pessoas?

– Sou só eu.

O olhar da mulher percorre meu cabelo, que está caído sobre os ombros, e ela me encara com um sorriso constrangido, como se tivesse sido pega fazendo algo que não deveria.

– Certo. Por aqui.

Eu a sigo até a salão e, antes de ter a oportunidade de solicitar um lugar específico, ela me leva até uma mesa semicircular junto à parede dos fundos, em vez de uma das mesas menores no meio do restaurante. Ela recolhe os três conjuntos de talheres que não serão utilizados e começa a ir em direção à cozinha, mas um grupo grande entra, então ela muda de rumo e os cumprimenta.

O tamanho da estupidez do que estou fazendo começa a penetrar em minhas veias como vermes se contorcendo. Deixei essas emoções desconhecidas assumirem o controle. Coisas como *saudade*. E *solidão*. É como se eu tivesse sido atirada no oceano, como se estivesse me afogando nas ondas, e de repente percebo que o tempo todo poderia ter colocado os pés no chão. Eu poderia ter me levantado e seguido em frente. Foi tudo apenas fruto da minha imaginação.

Eu deveria simplesmente ir embora. Isso é ridículo. É uma burrice e coisa de gente obcecada. E não de um jeito sexy. Parece mais o jeito bizarro e assustador que uma assassina em série tem de perseguir alguém, rastrear. Então preciso sair daqui, antes que...

– Oi, meu nome é Jenna e vou atender você hoje. Deseja alguma coisa para beber?

Volto a me sentar direito, fingindo que não estava afundando no assento, e olho para Jenna. Ela é ainda mais deslumbrante do que a hostess, seu rosto iluminado por um sorriso largo e genuíno, o cabelo ruivo volumoso preso em um rabo de cavalo perfeito.

Por que estou fazendo isso comigo mesma?

– Álcool... – respondo.

Jenna sorri, notando minha ansiedade. É algo que sempre funcionou a meu favor. Uma mulher como Jenna, que abre o cardápio de drinques e sugere algumas de suas bebidas favoritas, jamais suspeitaria que eu seria capaz de matar alguém.

Tudo que ela vê é uma cientista de dados nervosa, assustada com a mulher linda, simpática e extrovertida que acabou de sugerir uma margarita de pepino, que ela insiste ser sua bebida favorita. É verdade, estou nervosa e agindo de um jeito esquisito, não só por causa bebida que aparentemente acabei de pedir, mas por toda essa coisa de me intrometer em um espaço que parece sagrado demais para ceder às minhas obsessões.

Talvez eu precise me valorizar. Ter pensamentos positivos, lembrar meus pontos fortes e todo esse besteirol. Porque, por mais que eu pareça quieta e assustada por fora, também sou uma assassina em série que gosta de vivissecção e um pouco de cartografia.

E também gosto de competições anuais de assassinatos.

E posso estar cada vez mais atraída por outro assassino em série, e agora não tenho mais certeza, mas talvez Lark tivesse razão no ano passado: estou perdendo a cabeça.

Tento me agarrar aos pensamentos racionais, que ainda estão mergulhados na sopa de ansiedade que é meu cérebro, como se estivessem se afogando. *Pode ser que Rowan nem esteja aqui hoje.* Tá, isso é mentira, eu dei um jeito de descobrir a escala do restaurante, e ele vai fazer o serviço do almoço. *E daí que Rowan está aqui? Ele está na cozinha. Se eu me levantasse e fosse embora agora, ele nem saberia que estive aqui.*

Escorrego da ponta da almofada para o meio do assento, onde estou protegida pelo encosto alto e curvo. Levo um minuto para conseguir me concentrar o suficiente para de fato ler o cardápio, mesmo ele sendo curto e bem estruturado, mas, quando Jenna volta com meu drinque verde brilhante, estou pronta para pedir.

E então sofrer em silêncio. E beber em silêncio.

E comer em mais silêncio ainda.

Pego meu celular descartável e penso em mandar uma mensagem para Rowan, mas acabo guardando o aparelho quando a pressão só me deixa mais inquieta. Em vez disso, opto por uma caneta e meu caderno, e passo para uma nova folha de papel.

Foco em traduzir a imagem em minha mente para o papel. O universo inteiro pode desmoronar em uma única página. As distrações diminuem, e meus pensamentos seguem as linhas de tinta preta, ideias e conversas ganhando vida em pinceladas desferidas pela minha mão. Mal noto quando Jenna traz as couves-de-bruxelas tostadas e o curry com leite de coco, alheia ao mundo a meu redor.

Pelo menos até a porta se abrir e um grupo barulhento de sete pessoas entrar no restaurante. Ergo a cabeça e faço contato visual com um homem que nunca vi antes, mas cujas feições são inconfundivelmente familiares.

Cabelos escuros. Lábios carnudos formando um sorriso malicioso. Tatuagens que sobem pela lateral do pescoço por baixo do colarinho. Seu braço está sobre os ombros de uma mulher pequenininha, de cabelo escuro, os anéis nos dedos tatuados brilhando entre as ondas perfeitas do cabelo dela. Ele é alto e sarado. Mesmo com a jaqueta de couro e o suéter pesado, dá para ver que ele é basicamente uma parede de músculos. E com aqueles olhos escuros e aniquiladores, afiados como uma lâmina pronta para me cortar, sei que ele só pode ser sinônimo de cilada.

Uma cilada gigantesca que atende pelo nome de Lachlan Kane.

Desvio o olhar quando Jenna retorna à minha mesa com a sobremesa, um mil-folhas de figo.

– Desculpe, mas você poderia colocar isso aqui pra viagem e trazer a conta, por favor? Tive um imprevisto e preciso ir.

O sorriso de Jenna não vacila.

– Claro, sem problema. Volto já.

– Obrigada.

Quando meu olhar volta para Lachlan, sua atenção está em uma mesa comprida no meio do salão, onde os amigos dele escolhem seus lugares, alguns já estão sentados e outros conversando enquanto tiram os casacos. Mas, no segundo em que puxo meu casaco para vesti-lo, o homem me encara outra vez, a diversão colorindo seu semblante com a espécie de brilho que me deixa nervosa.

Volto meu foco para o desenho e me forço a não olhar para ele enquanto coloco o casaco e fecho os botões com um leve tremor nos dedos. Jenna chega com a sobremesa embalada e dou a ela dinheiro mais que suficiente para pagar a conta, e em seguida ela vai até a mesa de Lachlan para anotar os pedidos de bebidas. Quando ouço um sotaque irlandês em meio às vozes, aproveito a oportunidade para fugir, mas não antes de arrancar do caderno uma folha com o desenho de um corvo. Parte de mim só quer deixar um pedacinho de mim para trás, existir em um lugar que signifique algo para Rowan, mesmo que apenas por um momento. Talvez Jenna jogue fora. Ou talvez ela prenda em algum lugar da cozinha. Talvez ele fique ali por tempo suficiente para eu já ter encontrado um buraco para me enfiar e morrer.

Assim que arranco a folha, me afasto da mesa.

Chego na metade do caminho até a porta com passos apressados antes que uma única palavra me pare.

– *Corvo.*

A voz cruza o restaurante, e tenho certeza de que *todo mundo* está olhando para mim neste momento.

Xingo baixinho, respirando fundo, enchendo os pulmões por completo, em uma tentativa vã de livrar minhas bochechas do rubor. Ao me virar lentamente, meus olhos pousam primeiro em Lachlan, cujo sorriso é nada menos que diabólico.

E então meu olhar colide com o de Rowan.

As mangas de seu dólmã estão enroladas até os cotovelos, algumas manchas laranja pontilhando o tecido branco antes imaculado. São da mesma cor da minha sopa e, por algum motivo, isso faz com que minhas bochechas corem ainda mais. Sua calça preta e larga é incrivelmente sexy e adorável ao mesmo tempo. Mas é a expressão dele que faz um nó se formar na minha garganta. Está tomada de choque, confusão, empolgação e algo quente, algo que me queima por dentro. A combinação provoca um curto-circuito no meu cérebro, e tudo que sai da minha boca é uma única palavra estridente.

– Oi.

Rowan quase sorri.

Quase.

– Meg – diz ele, irritado, voltando a atenção para a porta da frente e apontando para mim. – Que porra é essa?

Meg, a hostess, fica imóvel, a cor desaparecendo de seu rosto como se seu sangue tivesse sido sugado com um canudo.

– Ai, meu Deus, me desculpa, chef. Eu ia te contar, mas acabei me distraindo.

O olhar de Rowan vai exatamente na direção da mesa onde eu estava sentada e depois volta para Jenna, que se aproxima dela com um borrifador e um pano. A folha de papel que deixei sobre a mesa parece a prova de um crime, destacando-se contra a superfície preta brilhante.

– Não toque nessa merda dessa mesa – retruca Rowan.

Jenna arregala os olhos, e seu olhar vai de mim para ele, os lábios se contraindo para reprimir um sorriso. Ela se vira e vai para o bar. Rowan a observa por um tempo, e sua expressão endurece ainda mais quando ela olha para trás e lhe lança um sorriso.

O olhar dele pousa no maldito desenho. E em seguida se fixa em mim.

– Sloane… – diz ele, dando alguns passos cautelosos para mais perto, como se tentasse não provocar um animal selvagem. – O que você tá fazendo aqui?

Experimentando uma morte lenta, agonizante e constrangedora, é óbvio.

– Hum… comendo?

Os olhos azul-marinho de Rowan brilham, uma faísca acendendo em suas profundezas.

– Em Boston, Corvo. O que você tá fazendo em Boston?

– Eu… vim a trabalho. Pra uma reunião. Uma reunião de trabalho. Não aqui no restaurante, lógico. Na cidade. Boston. Na cidade de Boston.

Querido Deus, me faça parar de falar. Estou *pegando fogo*, meu casaco de lã retendo o calor do meu corpo e o intensificando até eu ter certeza de que meu sangue se transformou em lava. O suor escorre pelas minhas costas, e tento manter o controle, optando por dar mais um passo em direção à porta em vez de tirar o casaco.

O olhar de Rowan desce na direção dos meus pés. Ele interrompe o interrogatório e avança, uma ruga se formando entre as sobrancelhas numa expressão pensativa.

– Fica – diz ele com a voz baixa e calma. – Podemos ficar ali na mesa.

Uma risada nervosa explode em meus lábios, contaminada por meus pensamentos autodepreciativos. O último lugar no mundo para o qual quero voltar é aquela mesa onde deixei um desenho feito uma adolescente tímida e patética do ensino médio, confusa e apaixonada por seu primeiro amor.

Então faço o que qualquer adolescente patética do ensino médio faria. Dou outro passo para trás em direção à porta e minto sem pudor.

– Tenho que ir, na verdade. Mas foi muito bom te ver.

Lanço um sorriso constrangido a Rowan antes de me virar e caminhar em direção à saída, apenas para ser interrompida por Lachlan, que está de pé feito uma sentinela entre mim e a porta. Ele leva um copo de uísque aos lábios e toma um gole com um sorriso diabólico. Eu estava tão fora do ar por me ver diante de Rowan e me digladiando com minhas emoções que nem o notei receber a bebida e levantar-se da mesa, muito menos bloquear meu acesso à rua.

Merda.

– Ora, ora – diz Lachlan, com seu sorriso babaca. – *Vai se foder!*

Rowan rosna atrás de mim.

– Lachlan...

– Se não é a misteriosa Sloane Sutherland – prossegue Lachlan, girando o gelo no copo. – Eu estava começando a achar que você era uma invenção da mente hiperativa do meu irmão.

– Senta, Lachlan! – grita Rowan.

Ele está imóvel e bem perto de mim, com os punhos cerrados.

– Como quiser, maninho.

Lachlan ergue o copo fingindo um brinde e faz menção de ir até a mesa onde eu estava.

– Se você tocar nessa merda dessa mesa, vou arrancar suas mãos e usar elas pra limpar minha bunda até o dia em que eu morrer! – vocifera Rowan.

Lachlan para, virando-se lentamente para o irmão com um sorriso traiçoeiro e dando de ombros, voltando para a própria mesa, passando perto o suficiente do chef, que está soltando fogo pelas ventas. Ele dá um tapinha no ombro de Rowan e sussurra algo no ouvido dele. Os olhos de Rowan escurecem, mas em momento nenhum desviam dos meus. Mesmo quando olho ao redor, toda vez que volto para Rowan, ele está lá, esperando.

– Sloane…

O som de uma conversa animada adentra o restaurante junto com a corrente de ar fresco que vem da porta aberta.

– Rowan! Já encerrou o dia?

Eu me viro e vejo uma linda mulher loira com duas amigas igualmente lindas logo atrás, ambas envolvidas em uma conversa animada, cheia de risadas e confiança. A loira vai direto até Rowan. Ela usa sapatos de salto alto finíssimo que acentuam suas pernas nuas, iluminadas, e seus passos não vacilam em momento algum, a pele brilhando como se tivesse acabado de voltar de férias caras em um spa. Ela lança um sorriso largo para Rowan, alheia à tensão que acabou de quebrar no recinto, seus fragmentos me cortando até a carne.

– Oi, Anna – diz ele.

As duas palavras parecem cheias de resignação quando a mulher passa o braço em volta de seu ombro em um gesto carinhoso que ele não retribui, embora ela pareça não notar. Quando o solta, ela se vira, me vendo pela primeira vez.

– Ah, me desculpe, eu meio que saí entrando, né?

Ela me oferece o que parece um sorriso genuinamente arrependido. Posso dizer que ela está tentando avaliar se sou uma cliente insatisfeita, uma crítica gastronômica ou uma fornecedora de carne ou legumes, embora eu não tenha cara de quem gosta de jardinagem.

Não, Anna. É lógico que estou aqui para morrer de vergonha.

– Anna, essa é a Sloane. – Rowan faz uma pausa, como se estivesse pensando no que dizer para explicar de onde nos conhecemos, mas nada lhe ocorre. – Sloane, essa é minha amiga Anna.

– Olá, muito prazer – diz ela, o sorriso habilidoso passando de constrangimento a simpatia. – Vai se juntar a nós?

Minha garganta está em carne viva. Minha voz sai rouca e áspera em comparação ao tom suave e radiante de Anna.

– Não, mas obrigada pelo convite – falo. – Tenho que ir.

– *Sloane...*

– Prazer em ver você, Rowan. Obrigada pelo almoço, estava ótimo – digo, sacudindo a caixa com o mil-folhas que tenho vontade de jogar na lixeira mais próxima, à qual pertence o resto da minha vida.

Encaro Rowan por um segundo e me arrependo assim que o faço. A resignação presente em sua voz momentos atrás chegou aos olhos, em um misto de desespero e desânimo. É uma combinação terrível que transforma o aperto em meu coração numa dor aguda e lancinante.

Abro um último sorriso fugidio, sem esperar para ver que efeito pode causar. A vontade de sair correndo é tão intensa que preciso pensar em cada um dos passos apressados que dou até a porta. Não deve ter me restado muita dignidade a ser salva, mas pelo menos posso me forçar a andar.

Então é isso que faço. Vou embora. Cruzo a porta. Sigo a rua. Sem saber para onde estou indo. Não lembro em que momento joguei fora a caixa com a sobremesa. Não sei bem quando a primeira lágrima quente de vergonha escorre pela minha bochecha.

Continuo andando até chegar a Castle Island, onde paro na orla e olho para a água escura. Fico ali por muito tempo. Tempo suficiente para que a caminhada de volta ao hotel pareça sem fim, como se toda a minha energia tivesse sido gasta.

Assim que entro no quarto, ligo meu laptop e passo um tempo remarcando meu retorno para o primeiro voo da manhã seguinte, depois mergulho na cama e caio em um sono agitado.

Pode falar?

Estou entrando no avião. Pode ser quando eu chegar em casa?

Sim, claro, é só me avisar. Boa viagem

> Ei, você chegou bem naquele dia?

> Cheguei, desculpa. Tem sido caótico. O trabalho está frenético. Tenho passado o dia em reuniões, mas te mando uma mensagem quando puder

> Minha semana está sendo uma loucura

> E desculpa por simplesmente aparecer no seu restaurante sem ter falado com você antes. Foi bem estranho da minha parte.

Os últimos dez dias desde que voltei de Boston passaram como um borrão, e toda vez que meu celular vibra com uma mensagem, meu coração se agita com uma explosão de nervosismo. Venho me preparando para esse momento, mas, quando aperto o botão para enviar a mensagem e coloco o celular descartável no colo, virado para baixo, já começo a me perguntar se devo apagar a mensagem antes que Rowan leia. Ainda estou olhando para o tapete, vagando pelas profundezas da indecisão, quando o aparelho toca no meu colo.

> Não foi estranho. Eu só queria ter sabido antes que você estaria aqui. Queria que você tivesse ficado.

Desligo o celular e o coloco na mesa de centro, depois apoio a cabeça nas palmas das mãos e espero que elas possam me levar para outro mundo. Um mundo onde eu não precise sentir nada. Porque se vingar é fácil. Mas todo o resto é difícil.

9

TRELA
ROWAN

Observo por trás do olmo do outro lado da rua o garoto que paguei para bater na porta amarela do número 154 da Jasmine Street. A porta se abre um segundo depois, e lá está ela, a confusão estampada no lindo rosto ao encarar o saco de papel que o garoto estende em sua direção. Não consigo entender a pergunta que ela lhe faz, mas percebo o discreto dar de ombros do garoto antes de me encolher atrás da árvore para evitar o olhar de Sloane, que examina os arredores. Meu sorriso aumenta ao ouvir atentamente o som da porta se fechando e os passos do garoto, que deixa a casa para se aproximar do meu esconderijo.

– Pronto, moço – diz ele, pegando a bicicleta onde a deixou, encostada na árvore.

– Ela perguntou de quem era?

– Aham.

– Você disse alguma coisa pra ela?

– Não.

– Muito bem, garoto.

Dou 50 dólares para ele, que enfia as notas no bolso de trás da calça jeans.

– Mesmo horário amanhã. A gente se encontra na caixa de correio no final da rua, beleza?

– Tranquilo. Até mais.

Com isso, o garoto dispara em sua bicicleta, cem dólares mais rico para gastar em doces, videogames ou no que quer que garotos de 12 anos comprem hoje em dia. Ele vai virar um monstrinho se seguir nosso combinado.

Entregue o pacote a ela. Não saia do roteiro. Cinquenta pela entrega, cinquenta quando concluir a tarefa.

Pego meu celular descartável, abrindo minha conversa mais recente com Sloane por mensagem de texto.

Queria que você tivesse ficado foi minha última mensagem. E ela não respondeu.

Isso já tem mais de uma semana. Já se passaram quase três desde que ela esteve no Três de Econômica com um olhar absolutamente aflito, como se tivesse jogado o coração no chão só para que fosse pisoteado. Isso me fez um mal que jamais imaginei sentir. Achei que poderia convencê-la a ficar e conversar, mas o timing não poderia ter sido pior, com nossos amigos presentes para o almoço de aniversário de Lachlan. Como de costume, o primeiro instinto de Sloane foi sair em disparada, uma pluma ao vento.

Não posso deixar que ela se afaste mais, ou escapará por entre meus dedos e jamais vou recuperá-la.

Estou atrás da árvore, espiando a casa, quando o celular vibra na minha mão.

> Risone...?

Eu me recosto no tronco e abro um sorriso para a tela.

> ???

> Você mandou entregar risone na minha casa??

> Não faço a menor ideia do que você tá falando.

> Mas... já que tá aí, é melhor usar.

> E se tiver parmesão na sacola, você provavelmente deveria começar a ralar.

> Ah, e pique um pouco de alho também, se tiver.

> Tem cogumelos? Talvez seja bom lavar eles

> Aspargos vão bem como acompanhamento.
> Tem aspargos?

O celular toca, e me forço a esperar alguns segundos antes de atender.

– Pois não, Corvo?

– O que você tá fazendo? – pergunta ela com um tom desconfiado e um pouco apreensivo, mas mesmo assim percebo que está se divertindo.

– Não sei se entendi o que você quis dizer.

– Você mandou entregar comida na minha casa? – Há uma pausa. Imagino que ela esteja verificando as janelas, procurando algum sinal meu. – Eu tenho comida, Rowan.

– Bom pra você. Acho que isso a qualifica como uma adulta de verdade.

Consigo praticamente ouvir os olhos de Sloane se revirando, quase posso sentir a quentura do rubor subindo pelas bochechas dela. Queria poder tocar a camada de sardas que salpica sua pele.

Ela solta o ar de forma lenta e constante, e este é o único som entre nós por um momento. A voz de Sloane é melancólica e calma quando ela pergunta:

– O que você tá fazendo?

– O que eu deveria ter feito no outro dia. Estou cozinhando com você. Vamos preparar o prato juntos. Coloque o celular no viva-voz e comece a ralar o parmesão.

Outra pausa estica o fio que nos conecta até dar a sensação de que vai se romper.

– Eu queria que você tivesse ficado, Corvo – digo baixinho, já sem o tom de brincadeira. – Eu teria levado você até a cozinha. Poderíamos ter feito algo juntos.

– Você estava ocupado. Eu estava... me intrometendo.

– Eu teria arranjado tempo pra você. Você é... – Engulo em seco antes de acabar falando mais do que deveria. – Você é minha amiga. Talvez um dia seja minha melhor amiga.

O silêncio se estende por tanto tempo que tiro o aparelho do ouvido para verificar se a ligação caiu. Quando a voz de Sloane volta a atravessar a linha, é pouco mais que um sussurro, mas ainda assim me atinge mais do que se fosse um grito.

– Você mal me conhece – diz ela.

– É mesmo? Porque aposto que conheço seu lado mais sombrio melhor do que ninguém. Assim como você conhece o meu. E mesmo assim você gosta de estar comigo. Na maioria das vezes, pelo menos. – Sorrio quando a risada suave de Sloane atravessa a linha. – Então, acho que isso faz de você minha amiga, goste ou não.

Há um silêncio prolongado e, em seguida, o som de uma gaveta se abrindo e talheres farfalhando.

– É pra eu ralar esse pedaço inteiro de queijo? É do tamanho de um bebê.

Sei que devo estar parecendo ridículo, sorrindo feito um doido encostado numa árvore, mas não dou a mínima.

– Você gosta de queijo?

– Muito.

– Rale o que seria a cabeça do bebê.

– Você tá falando sério?

– Você disse que gosta de queijo. Mãos à obra, Corvo.

Um "tá beeeeeeem" inseguro atravessa a linha, embora eu tenha certeza de que ela está falando consigo mesma, e não comigo. O ritmo cadenciado do parmesão duro contra os dentes de metal do ralador cria um balanço suave em meus pensamentos enquanto tento imaginar como é a cozinha de Sloane, ela parada na frente da bancada, os cabelos pretos amarrados em um coque bagunçado e uma camiseta velha descolada presa com um nó na cintura. Eu poderia estar lá com ela, chegando por trás, prendendo-a contra a bancada, meu pau se encaixando naquela bunda redonda que quero tanto morder, e então...

– O que eu faço depois de ralar uma quantidade de queijo equivalente à cabeça de um bebê? – pergunta Sloane, o som do ralador ao fundo.

Por um segundo, me pergunto se por acaso teria gemido em voz alta. Dou uma tossidinha, de repente sem conseguir me lembrar dos ingredientes que havia colocado no pacote para ela.

– Hã... lave os aspargos e corte a ponta dos talos.

– Tá bem.

O ralador continua com uma batida constante. Passo a mão pelo cabelo e tento me recompor.

– Então, você disse que estava em Boston a trabalho – falo. – Reunião?

– Humm… isso.

– Que tipo de reunião?

– Reunião de investigadores.

– Parece… assustador.

Sloane solta uma risada.

– Sim e não. Não são investigadores tipo investigadores *da polícia*. É o que chamamos de médicos de estudo, que realizam nossos ensaios clínicos em seus estabelecimentos. Uma Reunião de Investigadores é o momento em que fazemos o treinamento dos médicos e de suas equipes em relação ao estudo. As reuniões só são um pouquinho assustadoras quando preciso fazer uma apresentação. Estar ali na frente de um grupo de médicos pode ser um pouco intimidante. Pode haver cinquenta pessoas na plateia, pode haver trezentas. Já fiz muitas apresentações, mas às vezes ainda fico nervosa na hora que o pessoal do TI coloca o microfone em mim.

– Microfone? Tipo Madonna, Britney Spears?

Sloane dá uma risadinha.

– Às vezes, sim.

Já chega de tentar me recompor.

A ideia de Sloane como uma profissional, com uma saia lápis colada no corpo e um microfone da Madonna, de pé no palco enquanto dá ordens a um bando de médicos com sua voz rouca de cantora de *lounge music* é a fantasia de que eu nunca soube que precisava.

Sou um caso perdido.

– Legal, legal… – digo, inquieto, enquanto meu pau praticamente me implora para ir até lá e transar com ela na bancada da cozinha. – Posso ir assistir?

Sloane dá risada.

– Não…?

– Por favor?

– *Não*, seu esquisito. Você não pode assistir.

– Por que não? Parece sexy e educativo.

A risada rouca dela aquece meu peito.

– Primeiro, porque é confidencial. E segundo, você acabaria me distraindo.

Meu coração se ilumina com fogos de artifício.

– Com o meu belo rosto?

– Aff. *Não*.

Esse "não" é totalmente um "sim". Quase consigo ver o rosto dela ficando vermelho do outro lado da linha. Queria poder falar com Sloane por vídeo, mas ela saberia onde estou, parado do outro lado da rua feito um bobo apaixonado, nervoso demais para de fato bater na porta dela, mas louco demais por ela para me importar de verdade com isso.

– Já tem queijo equivalente à cabeça de um bebê. Vou cortar os aspargos agora – diz Sloane, com a voz suave.

– Quando terminar, coloca um pouco de água com sal para ferver.

– Tá bem.

Começo a ouvi-la cortar os aspargos ao fundo, um som que preenche meus ouvidos em meio à ausência da voz dela. Fecho os olhos e encosto a cabeça na árvore, tentando imaginar a mão dela ao redor do cabo de uma faca, segurando-a com habilidade. Não sei por que isso é tão sexy, mas é. Assim como a ideia dela no palco com seu pequeno microfone da Madonna. Assim como a imagem dela na mesa do meu restaurante, curvada sobre um desenho.

– Por que você trabalha lá? – pergunto de repente.

– Na Viamax?

– Aham. Por que não ganha a vida com arte?

Há uma pausa, e então ela bufa. Seu pescoço e seu colo devem estar completamente vermelhos.

– Eu nunca vou ganhar dinheiro desenhando passarinhos, Rowan.

Fico surpreso por ela ter ido direto ao ponto, depois do jeito que olhou para a mesa do Três de Econômica, como se quisesse usar um lança-chamas para incendiar o desenho que havia deixado para trás, e provavelmente o restaurante inteiro. Mas, mesmo abordando sem rodeios um momento que obviamente a deixara constrangida, aquilo era uma tentativa de se esquivar.

– Mas você poderia. Poderia investir em outro tipo de arte, se quisesse.

– Não quero. – As palavras firmes reverberam como se ela estivesse esperando que eu as assimile. – Eu gosto do que faço. É diferente da carreira que imaginei para mim quando era mais nova. Tipo o que acontece com todo mundo, né? Não é todo mundo que vira treinador de golfinhos ou coisa do tipo.

Ela ri e faz outra pausa, mas desta vez não a pressiono, disposto a esperar que ela conclua o pensamento.

– A arte às vezes traz lembranças ruins. Eu adorava pintar. Passava horas pintando. Fiz uns testes com escultura também. Mas as coisas… mudaram. Esboços são a base. Foi só o que sobrou depois que o resto foi por água abaixo… a única coisa de que ainda gosto. Bem, isso e minhas teias, que são como arte pra mim.

Talvez essas coisas sejam apenas pequenos fragmentos de Sloane, mas mesmo assim vou me ater a elas. Minha arte nunca foi desprezada a ponto de eu não suportar criá-la. Isso me faz pensar no que pode ter levado Sloane a desistir completamente da arte, levando-a a não conseguir mais pintar ou esculpir, limitando-se a desenhos monocromáticos.

– Eu sempre quis ser chef – falo. – Desde bem novo.

– Sério?

– Aham.

Olho para meus sapatos, me lembrando da cozinha da casa da minha infância em Sligo, comendo a uma mesinha com meus irmãos, nós três geralmente sozinhos na casa escura e nada acolhedora.

– O Lachlan sempre dava um jeito de levar comida pra casa. Eu cozinhava. E nosso irmão mais novo era um merdinha exigente naquela idade, então acabei ficando muito bom em criar sabor mesmo com recursos limitados. Cozinhar virou uma espécie de fuga. Um lugar seguro pra minha mente correr e explorar livremente.

– Arte culinária. Literalmente.

– Exato. E minha habilidade de cozinhar provavelmente fez com que os tempos difíceis na minha casa fossem um pouco mais fáceis.

Pelo menos os rompantes de raiva do meu pai, causados pelo álcool ou pelas drogas, não eram agravados pela fome. Algumas vezes ele conseguiu se controlar por tempo suficiente, me empurrando para a cozinha e exigindo que eu fizesse o jantar, em vez de me bater. Cozinhar se tornou uma espécie de armadura. Não era infalível, mas pelo menos era uma barreira. Algo para suavizar o golpe.

– Acho que tive sorte. Minha arte sobreviveu. Em determinado momento, cozinhar se tornou outro mecanismo pra que eu e meus irmãos construíssemos uma vida melhor.

Sloane faz uma pausa e em seguida diz, com uma voz melancólica:

– Lamento que você e seus irmãos tenham passado por isso. Mas fico feliz por você, por sua arte ter sobrevivido.

– E eu lamento que você não goste mais da sua.

– Eu também. Mas obrigada por me ensinar a sua. Posso ter ralado uma quantidade de queijo equivalente à cabeça de um bebê, mas... – Ela faz uma pausa para respirar fundo, como se reunisse coragem. – Estou me divertindo.

Dou um suspiro teatral.

– *Não*, não pode, isso não fazia parte do meu plano.

Sloane ri, e eu sorrio durante o resto da preparação do prato. Ficamos na linha enquanto ela come e insiste que eu arrume algo para comer também, para que não jante sozinha. Tudo que tenho é uma barra de granola que estava esmagada na minha bagagem de mão, mas como mesmo assim, enquanto conversamos sobre aleatoriedades. Raleigh. Boston. Comida. Bebidas. Tudo. Nada.

Vou embora quando ela termina de comer, só saindo do meu esconderijo quando sei que está ocupada com a louça.

No dia seguinte, eu volto. Fico esperando atrás da árvore enquanto o garoto entrega a sacola de compras. Ele ganha mais 100 dólares. Sloane me liga e fazemos camarão com queijo feta assado e polenta. Trago uma salada pré-pronta para poder comer com ela. Falamos sobre trabalho. Diversão. Um pouco sobre Albert Briscoe e as consequências de nossa visita fortuita à casa dele. Vários assassinatos eram atribuídos ao sujeito, e Sloane parece satisfeita. Talvez eu tivesse colocado a polícia na direção certa, mas não digo isso a ela.

No terceiro dia, me escondo um pouco atrás de uma árvore diferente, mais perto da casa dela, onde posso ouvi-la quando abre a porta. Sloane enche o garoto de perguntas, mas ele resiste. Preciso admitir, ele é muito confiável. Quando espio por trás do tronco, vejo a frustração dela, que claramente também não quer assustar a criança. Quando ele pega a bicicleta, pergunto o que vai fazer com todo aquele dinheiro, e o garoto me diz que está juntando para comprar um PlayStation. Antes de ele ir, dou 200 dólares a mais.

Sloane prepara um bife, um belíssimo filé mignon de Wagyu, com couves-de-bruxelas tostadas como acompanhamento. Esse foi o que a deixou mais apreensiva. Sei que ela não quer errar. Mas não erra. O ponto da carne está perfeito. Ela murmura a cada mordida. Falamos sobre nossas famílias. Bem, eu falo sobre meus irmãos. Ela não tem muito a dizer sobre a dela. Sem irmãos. Nenhum primo próximo. Os pais fazem contato no aniversário dela e no Natal, mas só. Estão imersos demais na própria vida, e sinto que Sloane não tem vontade de compartilhar nada. Talvez apenas não tenha muito que valha a pena falar sobre eles. E entendo isso, bem melhor do que a maioria.

No dia seguinte, passo um bom tempo atrás da árvore e observo a casa dela. A certa altura, Sloane abre a porta e dá alguns passos para fora. Olha para a rua, com a testa franzida. Saio de seu campo de visão quando ela olha na minha direção, analisando o outro lado da rua. Mas não há nenhuma criança. Nenhum mantimento.

Ela volta para dentro e tranca a porta. Abre as cortinas um pouco e logo em seguida as fecha.

Depois de mais alguns minutos, vou embora. Estou no meu carro alugado, já dirigindo em direção ao aeroporto, quando uma mensagem vibra no meu celular. Mas me forço a não ler. Não até chegar a meu apartamento em Boston.

Porque sei que, se fizer isso, existe uma chance de eu quebrar a porta do avião e voltar para a Jasmine Street.

Algumas horas depois, estou agarrado ao celular quando despejo uma dose generosa de uísque sobre cubos de gelo estalantes. Só quando estou acomodado em minha poltrona de couro favorita, sem sapatos e com os pés para cima, é que olho para a tela.

Me obrigar a esperar é um delicioso tormento. O álcool queima minha garganta enquanto abro a mensagem não lida de Sloane.

> Senti sua falta hoje. Também me dei conta de que não sou capaz de cozinhar nada sem você. Acho que não sou uma adulta de verdade, afinal de contas.

Abro um sorriso e dou um longo gole, colocando o copo de lado para digitar minha resposta.

> Também senti sua falta. Na próxima vez que você vier a Boston pra uma dessas reuniões, vamos fazer mil-folhas de figo no restaurante.

A princípio, não sei se ela vai responder, por ser tarde e pelo tempo que levei para enviar uma resposta. Mas quase na mesma hora vejo três pontos piscando, e então:

> Eu ia adorar

Meus olhos se fecham, e encosto a cabeça no couro. Sorrio ao pensar no rosto dela mais cedo, quando estava na varanda e olhava para os lados em busca da entrega que não chegou. A decepção nunca pareceu tão doce.

Meu celular vibra na minha mão.

> Te vejo daqui a algumas semanas para a competição. Amigos ou não, ainda assim vou acabar com você. Só pra você saber...

Sorrio sob a luz fraca.

> Estou contando com isso.

10

DIJON
SLOANE

Não deixa de ser uma arte encurralar um homem como Thorsten Harris. O primeiro truque é abordá-lo em um lugar onde ele se sinta confiante, na zona limitada onde se considere o predador alfa por já ter sido bem-sucedido em uma caçada antes. Como este lugar, o Orion Bar, um sofisticado bar de drinques naquela que já sei ser a área preferida de atuação de Harris. É longe o suficiente para que considere uma aventura, mas ainda perto o suficiente da casa dele para tornar viável atrair sua presa até lá.

A segunda etapa do processo é aprender do que ele gosta. O que o empolga. O que ele detesta. No caso de Thorsten, ele gosta de vinho tinto, culinária de alta qualidade e coisas caras. Nem sempre são coisas *boas*; na verdade, muitas vezes são cafonas e pretensiosas, mas mesmo assim são caras. E o que ele odeia? Falta de educação. E inhame, pelo visto. Agora é só pegar todas essas informações e começar a criar uma sintonia com ele.

E o último passo é a parte complicada: fazê-lo acreditar que a vítima é inteligente o suficiente para ser considerada uma conquista interessante. Você pode até ser uma presa, mas é um troféu que faz o risco valer a pena. Mas também tem que parecer burra o bastante para aceitar de bom grado o convite para jantar na casa dele no dia seguinte, mesmo ele sendo praticamente um desconhecido.

… Ou basta deixar tudo isso de lado e apenas agir como Rowan Kane.

Um capacete de motociclista é jogado no espaço vazio ao meu lado no sofá de couro branco.

No mesmo instante, meu sangue ferve.

– Que bom te ver por aqui – diz Rowan, se sentando ao meu lado com um sorriso sonso.

Em resposta, eu o encaro com um olhar mortal.

Minha raiva só me rende uma piscadela antes de ele se inclinar para a frente com o braço estendido sobre a mesa de centro na direção do homem sentado diante de mim.

– Olá, muito prazer. Eu sou o Rowan.

– Thorsten Harris, o prazer é todo meu – diz meu acompanhante mais velho e bem-vestido ao aceitar o aperto de mão.

Passei os últimos quatro dias tentando evitar exatamente esse cenário durante minhas tentativas de encurralar Thorsten, que Rowan agora sabe ser nosso alvo do ano, embora pareça não saber *por quê*.

Achei que finalmente tivesse escapado de Rowan quando saí do hotel, vendo que o carro alugado dele ainda estava no estacionamento.

É lógico que foi uma conclusão precipitada.

E ele está *radiante* por isso.

– Desculpe interromper – prossegue Rowan, pronto para acender o pavio de cada canhão de seu arsenal de charme. Ele direciona seu maldito sorriso impecável para minha presa, sua pele brilhante e ruborizada, provavelmente pela empolgação de ter conseguido me encontrar. – Vi o carro da minha amiga lá fora quando estava passando, e já fazia tanto tempo que não nos víamos que quis parar pra dar um oi rápido.

Em seguida, ele usa toda a força de seu charme contra mim.

– Oi, amiga.

– Que alegria imensa te ver por aqui, Rowan. Estou muito contente.

Tomo um longo gole do meu vinho e abro um sorriso tenso. O silêncio entre nós se estende. Thorsten se mexe na cadeira, e eu reprimo um gemido, ciente de que já estou passando de todos os limites dele quanto à boa educação.

– Gostaria de se juntar a nós? – pergunto, sem emoção.

Meu sorriso tem um tom cruel que diz com todas as letras: "Some daqui, porra."

– Eu adoraria – responde Rowan.

Um minuto depois, Thorsten serve uma taça generosa de um Chianti caríssimo.

Cinco minutos depois, Rowan já o faz gargalhar e bater palmas.

Dez minutos depois, Thorsten está louco para convidar Rowan para o nosso jantar na casa dele no dia seguinte, algo que passei a noite toda orquestrando como um empreendimento solo.

Duas horas depois, saímos juntos do bar chique, um de cada lado de Thorsten, com os planos para o jantar do dia seguinte gravados em pedra.

E estou fervendo de ódio.

– Preciso admitir – sussurro, quando Thorsten entra em seu carro, e nós acenamos em despedida quando ele parte. – Aquela historinha de entregar compras na minha casa foi mesmo muito fofa. Você quase me enganou com aquele lance de cozinhar juntos.

– *Te enganei?* – Os olhos de Rowan vagam por mim, reluzentes e irônicos. – Não entendi direito o que você tá querendo dizer, Corvo.

– Você me enganou me fazendo pensar que não ia virar uma enorme *pedra no meu sapato* na primeira oportunidade que tivesse durante a competição deste ano.

Ele solta uma risada, e eu cruzo os braços.

– Você é um *trapaceiro*.

– Não sou, não.

– Você tem me seguido direto pra tentar descobrir de quem estamos atrás, em vez de procurar por conta própria.

– O manual não fala nada sobre isso ser proibido.

– Nós não temos um manual, porra. Mas é melhor ter. Regra número um: faça sua própria pesquisa.

– Por que, quando posso me divertir seguindo você? – O sorriso de Rowan só fica mais tortuoso quando sibilo em minha imitação mais precisa de Winston. – Então... quem é esse cara, afinal?

Eu reviro os olhos antes de dar meia-volta e ir até meu carro alugado.

– Você *não vale nada* – digo entredentes enquanto Rowan abre a porta do motorista para mim. – Você e essa sua... – Gesticulo na direção dele e deslizo para meu assento. – Pilantragem.

Rowan bufa e se inclina para dentro do carro, seu rosto tão perto do meu que sinto cada respiração dele na minha bochecha. Tento ignorar o modo como isso faz meu estômago revirar com um tipo diferente de fúria.

– *Pilantragem.* Devo interpretar isso como um sinal de que você trocou os dragões por ladrões?

– Talvez eu tenha, sim.

– Sabe, você fica linda quando tá indignada.

– E você *vale menos que nada* – rebato, irritada, livrando a porta de seu alcance.

Ele consegue se mover antes que eu prenda sua mão, mas ainda ouço a risada provocante e as palavras de despedida de Rowan:

– Um dia você vai me amar.

O dia seguinte ainda não é esse dia.

Não, não quando Rowan se convida para tomar café da manhã comigo no restaurante do hotel. Nem quando ele aparece no shopping enquanto eu compro uma roupa, embora carregue minhas sacolas e me ajude a escolher um lindo vestidinho frente única estilo retrô. Afinal, é apenas uma estratégia para obter vantagem. Desgraçado ardiloso. E *um dia* definitivamente não será hoje, quando estaciono na imensa e isolada casa de Thorsten em Calabasas e a motocicleta alugada de Rowan já está lá. Ele está encostado nela, absurdamente gato, usando uma jaqueta de couro preta, me olhando de cima a baixo, com um olhar que me deixa em chamas, e ele sabe disso.

– Boa noite, Corvo – diz ele, se afastando da motocicleta.

– Açougueiro.

Rowan para na minha frente enquanto cruzo os braços e jogo o quadril para o lado.

– Belo vestido. Alguém te ajudou a escolher? Seja quem for, é lógico que tem muito bom gosto.

– Gosto excelente. Nenhum limite.

Ele sorri.

– Tô muito feliz que a gente esteja falando a mesma língua.

Reviro os olhos de forma extremamente dramática, e estou prestes a pular em cima dele quando a porta da frente se abre. Thorsten está na soleira com os braços abertos em saudação.

– Bem-vindos, meus jovens amigos – diz ele, parecendo pronto para receber convidados ilustres. Seu cabelo branco está perfeitamente penteado. O smoking em jacquard vinho brilha ao sol poente. O sorriso que nos lança tem um tom sombrio e mordaz. – Por favor, entrem.

Ele abre caminho e faz sinal para que entremos na casa suntuosa.

Começamos com coquetéis na sala de estar, onde estamos cercados de suas primeiras edições de livros, estatuetas de cerâmica e quadros, e aproveito o tempo para apreciar as obras de arte enquanto Thorsten nos mostra sua coleção, seus bens mais preciosos cuidadosamente rotulados. Ele continua falando, mas passo um tempo olhando para uma gravura à ponta-seca assinada por Edward Hopper chamada *Sombras da noite*. O esboço mostra um homem visto de cima enquanto caminha sozinho por uma rua da cidade, a luz do poste lançando sombras intensas à sua volta. Algo nele parece sinistro. Ele poderia estar perseguindo alguém. Poderia estar *caçando* alguém. E, quando olho para a esquerda e para a direita, vejo a narrativa emergir das obras a meu redor.

À minha esquerda, uma fotografia em preto e branco de Andrew Prokos chamada *Fulton Oculus #2*. A imagem evoca a sensação de um olho sinistro que tudo vê, feito de aço e vidro.

À minha direita, uma pintura de John Singer Sargent de uma mulher sentada à mesa de jantar. Ela encara o espectador, a mão em volta de uma taça de vinho tinto. Um homem está sentado ao lado dela, no canto direito da imagem. Mas não está olhando para o espectador. Está olhando para *ela*.

Mais adiante, uma gravura de *A valsa*, de Félix Vallotton. Retrata casais dançando, mas quase fantasmagóricos. A mulher no canto inferior direito parece estar dormindo.

Além disso...

Olho para Rowan e coloco meu drinque em um apoio para copos, na mesinha lateral, intocado. Ele está imerso em uma conversa com nosso anfitrião e não me nota.

Mas Thorsten, sim.

– A bebida não está do seu gosto, minha querida? – pergunta ele, com um sorriso tenso.

– Está deliciosa, obrigada. Estou apenas me guardando para sua maravilhosa coleção de vinhos – respondo com um meneio de cabeça.

Thorsten parece mais relaxado quando, sorrindo, coloca o próprio copo na mesa e declara que é hora de passarmos para o evento principal.

– Não consigo expressar como estou feliz por ter um chef profissional à minha mesa esta noite – diz Thorsten, conduzindo-nos à sala de jantar, onde é possível ouvir uma música clássica tocando baixinho e velas tremulam em meio a flores escuras de um arranjo de mesa elaborado. Ele me indica uma cadeira de mogno estofada com veludo vermelho, afastando-a da mesa e empurrando-a de volta quando me sento. – E sua adorável acompanhante também, é claro.

– Obrigada – respondo, lançando um sorriso recatado para meu lugar à mesa.

Não entendo nada de porcelana chinesa antiga, mas aposto que Thorsten daria um chilique se alguma peça fosse quebrada.

Deixo para pensar nisso mais tarde.

– E vocês formam um casal tão bonito. Como se conheceram, afinal?

– Ah, nós somos só amigos – digo.

Ao mesmo tempo, Rowan responde:

– Durante *um passeio na baía*.

Trocamos olhares penetrantes, e Thorsten dá risada.

– Parece que vocês têm opiniões divergentes sobre o relacionamento de vocês.

– Bem, é difícil competir com uma equipe de garçonetes estonteantes, e Rowan vive bajulando os membros da alta sociedade que frequentam o restaurante dele – comento, com um sorriso doce e perverso.

– Ninguém é páreo para a Sloane. – Os olhos de Rowan se fixam nos meus, me arrastando para as profundezas de um mar azul-marinho. – Ela só não percebeu isso ainda.

Nossos olhares permanecem presos por um segundo que parece pesado demais em meu peito. Mas o momento é interrompido quando Thorsten dá uma risada e o estalo de uma rolha de vinho rompe a conexão entre nós.

– Talvez esta noite ela perceba. Vamos nos inspirar na arte da cozinha. Pois, como disse Longfellow, "a arte dura e o tempo é passageiro, e nossos corações, embora fortes e corajosos, ainda assim, como tambores abafados, tocam marchas fúnebres até o túmulo".

Rowan e eu nos entreolhamos enquanto Thorsten se concentra em servir o vinho, e me irrito ao ver o breve sorriso de Rowan em resposta antes que nosso anfitrião se vire para a gente.

Depois que meu vinho é decantado em uma taça de cristal entalhada e Thorsten se acomoda em sua cadeira, ele ergue a taça para um brinde.

– A novos amigos. E, para alguns de nós, quem sabe um pouco mais do que apenas amigos.

– A novos amigos – repetimos, e uma inesperada pontada de decepção invade minha pele quando percebo que esperava que Rowan repetisse a última parte do brinde.

Nosso anfitrião toma um longo gole de vinho, e eu faço o mesmo, imaginando que deve ser seguro, já que ele está bebendo também. Thorsten ergue a taça e sorri para o vinho cor de rubi.

– Tenuta 2015 Tignanello, "Marchese Antinori" Riserva. Eu amo um bom Chianti – diz ele, dando outro gole, fechando os olhos e respirando fundo antes de suas pálpebras se abrirem. – Vamos começar.

Thorsten pega uma sineta ao lado de seus talheres, e uma melodia tilintante inunda a sala de jantar. Um segundo depois, um homem entra a passos lentos e cautelosos, empurrando um carrinho de prata em direção à mesa. Ele parece ter quase 30 anos, é alto, atlético, com ombros largos e curvados, como se os músculos tivessem esquecido há pouco tempo que têm uma tarefa a cumprir. Resquícios amarelados de hematomas em cicatrização circundam seus olhos vazios.

– Este é o David – diz Thorsten, enquanto David coloca um prato de aperitivos à minha frente.

O homem mais novo não levanta os olhos, apenas volta até o carrinho onde vai buscar um prato para Rowan.

– O Sr. Miller não fala – acrescenta Thorsten. – Ele sofreu um acidente terrível recentemente, então eu o contratei.

– Ah, que gentil da sua parte – comento.

Meu estômago revira de desconforto. Achava que desde o dia anterior Rowan já tivesse entendido com quem estamos lidando, mas, quando olho para ele, os primeiros sinais de arrependimento começam a penetrar na minha pele. Ergo as sobrancelhas quando ele me encara. "Ainda não entendeu, bonitão?", tento transmitir com nada mais do que meus olhos arregalados.

Ele inclina a cabeça e me lança uma expressão fugaz e confusa, uma resposta que simplesmente diz "quê?".

Não. Ele definitivamente não entendeu. A pontada de arrependimento começa a queimar.

Quando o prato de Thorsten é colocado na mesa, David se retira.

– Crostini de queijo de cabra com tapenade de azeitona – informa Thorsten. – Bom proveito.

Tento não deixar meu suspiro de alívio parecer óbvio demais quando iniciamos o primeiro prato. É mesmo muito bom, talvez um pouco salgado, mas pelo menos começamos bem. Rowan encanta Thorsten com elogios que parecem sinceros, e os dois conversam sobre possíveis refinamentos que elevariam o prato. Rowan sugere figo para trazer doçura e equilíbrio, e mantenho minha atenção em nosso anfitrião para escapar de seu olhar intenso, que se fixa na minha bochecha, queimando minha pele feito ferro quente quando ele menciona o mil-folhas de figo do cardápio de sobremesas do Três de Econômica.

Sigo com a conversa, aceno e rio em todos os momentos certos, mas na verdade não estou prestando muita atenção; estou preocupada demais em como vou comunicar qualquer coisa a Rowan apenas com o poder de minhas expressões faciais.

Quando terminamos, Thorsten chama David de novo com a sineta, e ele recolhe nossos pratos e volta com um gaspacho. É uma boa rodada, nada de especial, mas Rowan parece satisfeito, e os dois discutem as variedades de tomate que Thorsten cultiva em sua propriedade.

– Eu adoraria ver seu jardim – diz Rowan depois que Thorsten detalha as outras ervas e os alimentos do quintal.

A agradável máscara de Thorsten cai, um brilho selvagem surgindo em seu rosto antes que um piscar de olhos o leve embora.

– Ah, tenho certeza de que podemos dar um jeito nisso.

Rowan sorri, mas é seu sorriso secreto, e eu o conheço bem. Pelo menos ele sabe que estamos na presença de outro assassino, então acho que isso é uma vantagem. Tenho uma esperança momentânea de que Rowan saiba quem é Thorsten, afinal, e esteja apenas disfarçando na expectativa de vencer esta rodada da nossa competição.

Mas, quando Thorsten abre uma nova garrafa de vinho, enchendo nossas taças, mas não a própria, e observando com interesse predatório enquanto Rowan toma um longo gole, sei que estou enganada.

Acho que eu deveria estar feliz. Parece uma vitória fácil. Na realidade, entretanto, a ansiedade faz com que meu peito pareça ligado a uma corrente elétrica. Fico grata pela toalha de mesa horrorosa que esconde minhas pernas inquietas.

Rowan toma outro gole generoso de vinho conforme a discussão culinária continua. Thorsten chama David para buscar as tigelas de gaspacho vazias, dando-lhe instruções explícitas para trazer uma salada em uma bandeja específica que fica na cozinha. Ele repete o passo a passo para David pela terceira vez quando Rowan olha para mim por cima da borda da taça de vinho com uma expressão confusa, como se estivesse perguntando o que diabos está acontecendo.

– *Lobotomia* – digo sem emitir som, tentando dar a impressão de que estou coçando a testa quando dou um tapinha na minha fronte e aponto em direção a David.

Rowan inclina a cabeça sem entender e eu reviro os olhos, cerrando os dentes.

– *Lo-bo-to-mi-a.*

A cabeça de Rowan se inclina para o outro lado, a testa ainda franzida, mas um leve sorriso brinca em seus lábios. Ele sutilmente aponta para mim e depois para si mesmo.

– *Você me ama?* – murmura.

Dou um tapa na cabeça, frustrada.

– Tudo bem, minha querida? – pergunta Thorsten, enquanto David se retira para a cozinha.

– Ah, sim, claro. Acabei de me lembrar de algo que esqueci de fazer no trabalho antes de sair. Mas tudo bem, resolvo amanhã de manhã. – Thorsten sorri com minha desculpa, mas ela é frágil, a incerteza sangrando de sua máscara. – *No final* da manhã, nesse ritmo. Este vinho está uma delícia – acrescento, com um sorriso encantador.

Ele me observa levar o copo aos lábios e engolir, embora eu não deixe nenhum líquido entrar na boca. A encenação parece acalmá-lo, e pouso a taça na mesa, cruzando as mãos no colo.

O comedimento de Thorsten vacila quando o carrinho que se aproxima range no corredor, um sorriso radiante e voraz tomando conta de suas feições enquanto sua máscara refinada é removida. Mas Rowan não percebe. Ele apenas sorri para mim, balançando-se de leve na cadeira, um brilho vítreo cobrindo seus olhos semicerrados.

– Você tá tão bonita, Corvo – diz ele quando David entra na sala com três pratos cobertos no carrinho.

Minhas bochechas queimam.

– Obrigada.

– Você sempre tá bonita. Quando você foi no restaurante, eu disse… – Rowan soluça duas vezes, depois afoga o terceiro soluço com um gole de vinho. – Eu disse: "A Sloane é a mulher mais linda do mundo." Aí meu irmão me chamou de *besta*, porque eu poderia ter todas as mulheres que quisesse em Boston, mas em vez disso fiz um voto de *obstinência*…

– Abstinência.

– … *abstinência* por causa de uma mulher que não me quer.

Tenho quase certeza de que o rubor incendiou minha pele e de que a fonte da chama é meu coração dilacerado.

De relance, noto que Thorsten sorri, claramente entretido com nossa conversa à mesa. Meus lábios se abrem, uma respiração presa queimando em meu peito. Tudo que consigo dizer é uma única palavra:

– Rowan…

Mas sua atenção se voltou para o prato diante dele.

– Salada niçoise com carne – diz Rowan com um sorriso encantado, pegando a faca e o garfo. Olho para Thorsten, que observa Rowan com muita atenção. – Adoro salada niçoise com carne.

– Sim – diz nosso anfitrião, colocando na língua uma fatia dobrada da carne malpassada, fina como papel. – Carne.

– Rowan…

– Estou tão curioso para saber sua opinião, chef – prossegue Thorsten. – Esta é a minha versão especial da receita tradicional.

– *Rowan*… – sibilo, mas é tarde demais.

Rowan já colocou uma garfada de salada na boca, fechando os olhos enquanto saboreia a alface picada, a vagem, o tomate-cereja e… a carne.

– Isso está fantástico – elogia ele, arrastando as palavras. Dá outra garfada de salada com a mão trêmula e enfia na boca já cheia. – Molho caseiro de mostarda Dijon?

Thorsten sorri com o elogio.

– Sim, usei meia colher de chá a mais de açúcar mascavo, porque a carne é de caça.

– Muito bom.

Passo a mão no rosto enquanto Rowan consegue dar mais uma garfada, desmaiando de cara no prato logo em seguida.

Há um segundo de silêncio. Thorsten e eu olhamos para o homem dormindo em uma cama de salada com fatias finas de carne humana malpassada penduradas na boca.

Quando os olhos de Thorsten encontram os meus, é como se ele estivesse saindo de uma névoa de euforia.

Ele achou que eu estivesse bebendo o vinho. Como eu não estava bêbada o suficiente, ele provavelmente pensou que poderia me subjugar com facilidade.

Pensou errado.

Sustento o olhar confuso de Thorsten e empurro a haste da minha taça de vinho, derrubando-a no prato. O cristal se estilhaça, lascando a porcelana, inundando a salada com o líquido cor de sangue.

– Bem – digo, me recostando na cadeira, colocando a mão na mesa com a faca de aço agarrada à palma da mão. – Acho que agora somos só você e eu.

11

DISCÓRDIA
ROWAN

Meu primeiro pensamento consciente é uma única palavra, que passa pelos meus lábios como se estivesse presa em um xarope viscoso.

– Sloane.

Meu segundo pensamento é a consciência da batida constante da música. No início, estava convencido de que eram meus batimentos cardíacos, mas estava errado. A voz angelical de um homem flutua acima de uma bateria leve e uma melodia de guitarra onírica que me lembra o deserto ao pôr do sol.

Sloane cantarola junto com a música que gira ao meu redor. Enquanto ela canta sobre cozinhar alguém e esmagar sua cabeça, percebo que reconheço a melodia. "Knives Out". Radiohead. A voz rouca e opulenta de Sloane enche meu peito de alívio. Sei que ela está bem, graças a Deus. Porque eu *não* estou.

Gritos preenchem a sala, e abro os olhos. Vejo um candelabro vagamente familiar, cheio de cristais espalhafatosos. Tento me concentrar neles enquanto o resto da mesa gira no meu campo de visão.

– Fica… quietinho… – diz Sloane, soltando cada palavra por cima dos gritos distorcidos do homem. – Eu diria que vai doer menos se você parar de se debater, mas estaria mentindo.

O homem grita outra vez, e viro a cabeça em direção ao som. Talvez tenha sido a coisa mais difícil que já fiz. Minha cabeça parece pesar uns 50 quilos.

Os gritos ficam mais intensos. Sloane está de costas para mim. Ela está montada no homem aterrorizado sentado na cadeira na cabeceira da mesa, impedindo que eu o veja. Parte da noite chega nadando em meio à sopa de vinho e sedativos que nublam meus pensamentos. *Thorsten*. O homem é Thorsten. E ele *me fodeu*.

– Só um cortezinho. Muito bem.

Os berros param de repente, e os ombros de Sloane desabam de decepção.

– Fracote.

Ela estende a mão para trás sem se virar, com a mão enluvada coberta de sangue, e deixa cair um globo ocular decepado ao lado de outro que já está no prato de pão ao lado da minha cabeça.

Eu vomito.

Sloane se vira ao ouvir o som.

– *Na tigela*, Rowan. Caramba.

Ela arranca as luvas e sai de cima do sujeito, levantando meu tronco para que eu possa vomitar em uma tigela de aço inoxidável perto do meu rosto. Ela segura meus ombros com força enquanto o vinho tinto e o jantar desocupam meu estômago.

– Melhor botar pra fora do que pra dentro. Confia em mim – resmunga ela, com um tom sombrio.

– Esse desgraçado me drogou! – consigo gritar quando o vômito finalmente acaba e limpo a boca com um guardanapo, a mão úmida e trêmula.

– Drogou mesmo.

– Há quanto tempo tô apagado?

– Algumas horas – responde ela.

Sloane me passa uma garrafa d'água lacrada com uma das mãos e arrasta a tigela com a outra. Depois olha para a porta do corredor, hesitante.

– Preciso me livrar disso, mas o David tá me assustando.

– Ele ameaçou você? Se ameaçou, juro por Deus...

– Não, não mesmo – diz Sloane, me empurrando de volta na cadeira quando tento me levantar.

Meu corpo cai para um lado. Acho que ela tenta sorrir, mas o que sai é uma careta.

– Ele parece inofensivo – acrescenta Sloane.

– Então qual é o problema?

– Ele tá comendo. Na cozinha – explica ela. Balanço a cabeça, sem acompanhar. – Os próximos pratos. A... comida.

– É o que a maioria das pessoas come. Comida.

Sloane fica pálida.

– Sim… a maioria…

– Não tô entendendo…

– *Você comeu uma pessoa, porra* – diz ela de uma vez.

Fico olhando para ela por um segundo antes de puxar a tigela para vomitar de novo.

– Ai, meu *Deus*, Rowan, foi muito nojento. Você se esbaldou. Não conseguia parar.

Continuo vomitando.

– Você desmaiou enquanto mastigava. Tive que tirar a comida da sua boca pra você não engasgar.

Eu a encaro com olhos lacrimejantes antes de vomitar outra vez, embora felizmente não houvesse muito do que me livrar.

– Você sabia que aquilo era carne de bunda? Eu torturei o Thorsten até ele me contar. Tive que tirar *bunda humana* da sua *boca*.

– Pelo menos você não *engoliu* essa merda, Sloane. Por que diabos você não me impediu?

– Eu tentei, mas você simplesmente foi comendo. Você não lembra?

Merda. Eu lembro.

Lembro muito mais do que isso.

Sloane me observa com atenção demais. Ela não é tão indiferente quanto tenta parecer. Quanto mais eu olho, mais sua máscara de indiferença desmorona, e um leve rubor surge sob as sardas que cobrem as bochechas e o nariz.

Essa mulher. Está em pânico porque dei a ela um vislumbre de como me sinto. Claramente nervosa com uma conversa que está desesperada para não ter. Pronta para sair correndo.

E eu faria qualquer coisa para mantê-la por perto, mesmo que isso significasse levar uma martelada no meu próprio coração.

– Não. – Balanço a cabeça e volto o olhar para o arranjo no centro da mesa. – A última coisa que lembro é do David entrando pela porta com o carrinho. Não me lembro de mais nada depois disso.

Quando ergo os olhos, Sloane contrai os lábios. É quase um sorriso. Os olhos dela estão um pouco mais suaves.

Merda.

Como eu suspeitava. Ela está aliviada.

Vou absorver o veneno desta picada lancinante. Deixo a cabeça cair nas mãos. Ela nunca vai saber que me lembro de cada segundo da minha confissão constrangedora e não correspondida. Nunca vou esquecer o modo como a pele dela ganhou um lindo tom de rosa quando eu disse que ela era linda. Eu teria rastejado pela mesa para beijar aqueles lábios carnudos quando eles se contraíram assim que coloquei meus segredos na mesa.

Preciso enfiar isso na minha cabeça dura. Ela nunca vai querer mais do que isso. Mas me recuso a perdê-la. Sloane é a única pessoa no mundo capaz de olhar para o monstro que eu sou e encontrar um amigo. E sei que ela precisa de um amigo tanto quanto eu. Talvez mais, até.

– Você tá bem? – pergunta ela, sua voz pouco mais que um sussurro.

– Estou. São só as drogas – minto de novo. Juro neste exato momento que esta será a última mentira que contarei a Sloane Sutherland. – Tô me sentindo um merda.

Isso é verdade.

– Imagino. Sei como é – diz Sloane, e puxa a tigela quando parece razoavelmente certa de que terminei. – Bem, não a parte de comer gente. Não sei nada sobre isso.

Eu a encaro com um olhar indiferente que só serve para iluminar seu sorriso. Ela se vira e leva a tigela até o corredor, murmurando para si mesma sobre lidar com isso mais tarde. Há um gemido de dor na cabeceira da mesa, e fico ligeiramente grato por ter outra coisa em que me concentrar além da queimação na garganta.

Olho para Thorsten. E, pela primeira vez, realmente presto atenção na cena ao meu redor.

– Aranha Tecelã – sussurro, minha respiração presa no peito diante do horror de uma bela e complexa teia que brilha à luz das velas. – Sloane… como?

Seu sorriso é tímido, e ela se afasta da mesa com um dar de ombros.

– Eu precisava passar o tempo.

Sloane vai até Thorsten. A cabeça dele pende contra o peito, o sangue escorrendo pelo rosto saindo das cavernas sem luz onde antes estavam os olhos. Ele se mexe um pouco e geme antes de ficar inconsciente de novo.

– Estamos quase lá – diz ela, dando um tapinha no ombro do homem ao parar e examinar o padrão da linha de pesca atrás dele, que se estende do chão ao teto.

Algumas linhas se cruzam, outras se sobrepõem. Algumas são mais grossas do que outras, as mais finas amarradas em nós delicados para segurar o fio mais pesado em curvas ou ângulos específicos. Em pontos e profundidades diferentes, há finos pedaços de carne pendurados na teia.

Sloane tira um par de luvas de látex de uma caixa sobre a mesa, depois uma fita métrica e dois pedaços de linha de pesca pré-cortada e mais fina. Ela cantarola a música de uma de suas playlists que toca numa caixa de som portátil enquanto amarra o primeiro dos dois fios na teia acima da cabeça de Thorsten, usando a fita métrica para colocar a primeira e a segunda corda a uma distância de um metro. Quando conclui as medições, retorna para a mesa, dando de cara com minha expressão extasiada e meu sorriso maléfico.

– Sem problemas se não quiser assistir à cena, bonitão – diz ela, segurando o prato de pão pela borda para deslizar os olhos de Thorsten para mais perto da cabeceira da mesa.

– Vai à merda. Eu não sou fresco.

– Tem certeza?

Meu estômago *não* tem certeza.

– *Em geral,* não sou fresco. Vou ficar bem.

Sloane dá de ombros e pega um dos olhos do prato com dedos cuidadosos e delicados.

– Certeza absoluta?

– Prefiro ver você fazer enfeites de pele e penduricalhos de olhos do que ir até a cozinha e verificar como anda nosso amigo David Lobotomia. Vamos em frente.

– Justo.

Sloane volta para a teia, enrolando com cuidado o primeiro dos dois fios medidos ao redor do olho para prendê-lo no filamento transparente.

– Você fez mesmo tudo isso em algumas horas? – pergunto.

A bainha do vestido sobe na parte de trás das coxas enquanto ela dá nós na linha. Meu pau endurece só de imaginar como seria a curva da bunda dela nas minhas mãos, a suavidade da pele em minhas palmas.

– Eu preparo as camadas antes, no hotel. É mais fácil colar tudo em folhas separadas, depois enrolar e então soltar cada uma quando chegar aqui – responde ela, apontando para vários pedaços de plástico amassados, finos como papel, caídos no chão, perto da parede. – Eu sabia que queria criar a cena na sala de jantar, então descobri as medidas nos registros da imobiliária.

Sloane se aproxima para pegar o outro olho, me dando mais um sorriso tímido antes de voltar para a teia com seu prêmio. Assim como fez com o primeiro olho, ela enrola a fina linha de pesca ao redor do globo e o amarra em sua obra-prima antes de dar um passo para trás e examinar sua obra.

– *Voilà!* – exclama ela no ouvido de Thorsten, mas ele não acorda.

Ela o observa por um momento, cutucando seu braço ensanguentado onde está amarrado à cadeira. Quando se certifica de que ele permanece inconsciente, ela suspira e se vira para mim.

– Esse aqui não é muito durão. É a quinta vez que ele desmaia.

– Bom, você arrancou...

– *Removi*, Rowan. Eu *removi* os olhos dele.

– Você *removeu* os olhos dele. Embora, sei lá, Corvo... aquele buraco da esquerda pareça um pouco arrombado.

Ela se inclina na direção de Thorsten com a cara amarrada, examinando as órbitas vazias. Eu reprimo um sorriso.

– A esquerda dele? Ou a minha esquerda?

– A esquerda dele.

– Vai à merda, não parece nada *arrombado* – diz ela. Sua dúvida se transforma em uma carranca quando olha para trás e percebe a diversão em meus olhos. – Babaca.

Dou risada e tento escapar da fita métrica que ela atira na minha cabeça, embora ainda esteja muito bêbado e drogado para evitar ser atingido no braço. Quando encontro seus olhos, ela tenta parecer irritada, mas não está.

– Uma vez você falou sobre corpos mapeados na sua teia – digo, esfregando meu antebraço. Ela assente. – Como assim?

Sloane sorri e se aproxima, tirando as luvas e me encarando com seus olhos castanhos brilhantes, a covinha aparecendo no canto de seus lábios quando ela estende a mão para mim.

– Vou te mostrar, se achar que consegue ficar de pé sem vomitar em mim.

Dou um tapa na mão dela, e Sloane ri, mas estende a mão de novo, e dessa vez eu seguro. A sala gira quando me levanto. Não estou tão convencido de que vou conseguir me controlar, mas Sloane apenas espera, firme e paciente. Seu aperto é uma âncora. Quando paro de me balançar, ela ainda está ali, garantindo que cada passo que dou seja firme ao me conduzir à sua obra de arte.

– Isso aqui é a escala – explica ela, apontando para os olhos separados por um metro acima da cabeça inconsciente de Thorsten. – Um metro equivale a 10 quilômetros nesse mapa.

Sloane me puxa para mais perto. O calor irradia de seu corpo, exalando seu aroma de gengibre e baunilha. Ela me leva até a ponta da primeira camada de linha de pesca e depois solta minha mão, parando atrás de mim. Seus dedos envolvem meus braços, e ela fica na ponta dos pés para olhar por cima do meu ombro.

– É difícil, mas tente imaginar a teia em três dimensões. A primeira camada são as ruas. A segunda são as zonas úmidas. A última é o solo – explica ela.

Ela coloca as mãos delicadas na minha cabeça e me desloca para que eu possa ver as camadas de um determinado ângulo, onde a carne cortada está amarrada com cuidado em pontos específicos da teia.

– Se esses investigadores burros pegassem cada seção do projeto e colocassem no software ArcGIS, seria o suficiente para fazer um mapa topográfico. O pedaço do peito dele no meio da teia é esta casa. Cada pedacinho de Thorsten representa o último paradeiro conhecido de pessoas desaparecidas que ele capturou ou matou. – O braço de Sloane repousa sobre meu ombro, e ela aponta para um pedaço de pele na linha de pesca. Sua respiração aquece minha orelha, provocando arrepios no meu pescoço. – Este aqui é para um homem chamado Bennett, que ele matou há dois meses. Tirei do bíceps do Thorsten. B de Bennett.

Olho para Thorsten, que volta a tentar se mexer. A manga da camisa dele foi cortada, um pedaço de carne viva exposta onde a pele foi arrancada.

– Isso dá muito trabalho – comento.

Sloane para ao meu lado.

Ela olha para mim, um toque de rosa subindo pelas bochechas antes de sorrir e revirar os olhos.

– Você deve achar que eu deveria me contentar em fazer crochê, adotar doze gatos e gritar com as crianças da vizinhança mandando elas saírem do meu jardim.

– Jamais. – Eu me viro e fixo meu olhar no dela. – Bem, talvez *gritar com as crianças da vizinhança* faça sentido. Sempre vou aprovar. Mas isso aqui, Corvo? Isso aqui é *arte*.

A expressão nos olhos de Sloane se suaviza. Um leve sorriso surge em um dos cantos de seus lábios. Eu poderia facilmente me inclinar e inalar seu perfume. Poderia beijá-la. Passar a mão em seus cabelos pretos. Dizer que a considero brilhante, inteligente e linda demais. Que me divirto com ela. Embora esteja me sentindo um merda agora, fico desapontado ao pensar que a competição deste ano está quase acabando, porque odeio vê-la ir embora. O que temos agora não é suficiente. Eu quero mais.

Mas acredito que fazer pressão só vai afastá-la. Levando em conta o pavor dela quando saiu correndo do restaurante e o tempo necessário para convencê-la a voltar, esse é um risco que não estou disposto a correr.

Dou um passo para trás e disfarço meus pensamentos com um sorriso arrogante.

– Fico surpreso de você ainda não ter doze gatos. Você me parece o tipo que faz coleção de gatos.

Sloane dá um soco no meu braço, e dou risada.

– Vai se foder, bonitão.

– Você poderia ganhar muito dinheiro como influenciadora de caixas de areia pra gatos no Instagram.

– Eu ia deixar você fazer as honras e matar esse babaca pretensioso, mas mudei de ideia.

Com um olhar derradeiro e sem emoção, Sloane se vira e volta para a mesa colocando as luvas de látex antes de pegar um bisturi. Thorsten geme e se mexe, mas não está totalmente consciente até que ela remove a tampa de um frasco de amônia e o coloca sob o nariz dele.

– Por favor, *por favor*, para...

– Sabe de uma coisa, Thorsten... ou é Jeremy? Esse é seu nome verdadeiro, não é? Jeremy Carmichael? – Sloane para ao lado dele e olha para sua teia, estendendo a mão para tocar em um dos olhos, que aponta para o outro lado da sala. – Você me lembra uma pessoa que eu conheci.

Os gritos de Thorsten se tornam mais desesperados quando Sloane passa a ponta da lâmina no pescoço dele. Um leve arranhão marca a pele do homem, e eu sorrio ao vê-lo se debater. Conheço o processo dela e os próximos passos. Sloane vai fazer um corte preciso na jugular dele com um único golpe e o deixará sangrando na cadeira.

O último toque de cor em sua tela perfeita.

– Esse homem atraía as pessoas prometendo segurança e cuidado, apenas para lhes dar o oposto disso – diz ela, olhando com desdém para o corpo trêmulo de Thorsten. – Muito parecido com você, na verdade. Você nos atraiu com a promessa de um jantar e boa companhia apenas para nos drogar e nos enganar. Só não foi bem do jeito que você esperava, não é?

– Estou te implorando, me desculpe, de verdade, eu...

– O David implorou pra você parar quando você decidiu transformá-lo numa Barbie lobotomizada? Aposto que ele implorou e você adorou ouvir. Mas o mais curioso, Sr. Carmichael, é que eu e você temos algo em comum. Deixa eu te contar um segredinho. – Um sorriso devastador de tão lindo surge em seus lábios. Ela se inclina, chegando perto do ouvido dele. – Eu também adoro ouvir minhas vítimas implorarem.

– Não, não, você não entende... *David! David, me ajuda!*

Mas os pedidos de ajuda ficam sem resposta. Sloane recua e retorna à mesa para trocar o bisturi pela faca de aço de Damasco. Thorsten balança a cabeça de um lado para o outro quando perde a noção do paradeiro de Sloane, dando seus gritos desesperados e estridentes. Mas ela não faz ruído algum ao se aproximar de sua presa. Move-se como uma coruja em pleno voo, em silêncio, com fluidez e graça. Uma predadora poderosa.

– Esse homem que você me lembra dava a impressão de ser super-civilizado, mas, por dentro, era um demônio. Ele prometia a melhor educação. As melhores oportunidades para alunos talentosos nas artes. Prometia um lugar seguro para aprender e a chance de entrar nas universidades mais exclusivas para aqueles cujos pais eram ricos o suficiente para pagar. E, como os meus nunca estavam por perto, eles não perceberam o preço que paguei de verdade.

Muitas vezes acho que minha alma não passa de uma pedra, mas Sloane Sutherland sempre prova o contrário.

As palavras dela ecoam na minha cabeça até que minha imaginação me faz percorrer todas as possibilidades sombrias e terríveis. Meu coração bate em todos os ossos do corpo em seu caminho até o chão. Tudo que resta é um buraco negro que só aumenta a cada batida oca.

– Eu podia aguentar – diz ela. – Seria capaz de lidar com aquilo. Tinha um objetivo à vista. E, de certa forma, eu *estava* aprendendo. Estava aprendendo a manter minha raiva e meu lado sombrio atrás de uma máscara para poder viver neste mundo. Então mantive minha boca fechada enquanto abria mão de pedaços de mim mesma. Mas sabe qual foi o preço que não consegui pagar? – pergunta ela, parando atrás de Thorsten.

O sorriso dela se foi. Sloane olha para a frente, os olhos quase pretos na penumbra. Sua voz é baixa e ameaçadora quando diz:

– O preço que eu jamais poderia pagar era a Lark.

Sinto minhas veias gelarem. Um arrepio se espalha pelos meus braços e desce pela coluna.

– Ela era a única pessoa com quem eu me importava. Quando descobri o que ele estava fazendo com ela, o que ela vinha escondendo, comecei a esconder algumas coisas também. Naquela mesma noite em que ela me confessou os pecados de outra pessoa, eu aguardei nas sombras. Fiz uma promessa no escuro. De que eu acabaria com todos que fossem como ele, todos que eu conseguisse encontrar. De que eu não descansaria até encontrar o pior, o mais cruel, o mais depravado de todos, e os apagasse do mundo, um de cada vez. E prometi a mim mesma que nunca mais deixaria ninguém machucar alguém que eu amasse.

Sloane ergue os braços, um de cada lado da cabeça de Thorsten, segurando o cabo da faca com as duas mãos, a pele sem cor nos nós dos dedos.

– Esta sou eu cumprindo minha promessa – declara ela.

A música cresce nos alto-falantes. Ela é uma virtuosa, cercada por sua obra-prima. Ela aguarda que o homem abaixo dela diga apenas uma palavra, a nota perfeita.

– *Por favor...*

Sloane enfia a lâmina na barriga de Thorsten.

– Já que você pediu com tanta educação, vamos juntos espalhar a sujeira das suas entranhas! – grita ela, arrastando o aço afiado para cima, atravessando o abdômen ao som da melodia do grito lancinante dele.

Sangue e vísceras fluem da linha reta esculpida na carne de Thorsten. Sloane está ofegante quando mexe a faca, uma gota vermelha manchando o tapete com o giro de sua mão. O lamento de Thorsten diminui até cessar sob o olhar ameaçador e vigilante de sua algoz, e, com algumas respirações irregulares e derradeiras, ele morre amarrado à sua cadeira ornamentada.

Uma carga elétrica nos rodeia. O aroma do sangue quente perfuma o ar. A luz das velas pisca na teia. Cada detalhe fica mais nítido, como se o universo tivesse se reduzido a este único cômodo.

E Sloane, a deusa do caos, está no centro de tudo.

Há um tremor na faca. Meu olhar percorre um caminho lento ao longo do braço dela. Os ombros de Sloane tremem, a atenção voltada para alguma memória distante que veio à tona, próxima demais de uma superfície escura em outro ponto na linha do tempo. Sei disso porque às vezes também me sinto assim, da maneira que percebo nela agora. Dá para ver, sangrando em seus olhos opacos.

Nem eu nem ela somos confiáveis. Ela poderia se voltar contra mim enquanto estivesse presa nessa névoa letal. Mas, quando vejo o primeiro tremor em seus lábios conforme uma lágrima desliza por sua bochecha sardenta, tenho certeza de que correria qualquer risco por Sloane.

Eu me aproximo com passos cuidadosos, calculados. Ela não faz nenhum movimento quando seguro seu pulso e tiro o cabo da faca de sua mão. Coloco-a no colo ensanguentado de Thorsten, e ela ainda não se mexeu, o olhar preso em outro momento.

– Você está bem. A Lark está bem – sussurro, deslizando o braço pelas costas dela. Quando Sloane não reage, passo meu outro braço em volta dela também, tentando tranquilizá-la. – Você fez bem.

Ela continua imóvel, até mesmo quando aperto com mais força ou apoio a cabeça em seu ombro.

– Eu também estou bem – prossigo. – Embora eu talvez precise de um antiácido. Alguma coisa naquele molho caseiro de mostarda Dijon simplesmente não caiu bem. Não sei bem o que pode ter sido.

Sloane solta uma risada cansada e apoia um pouco de seu peso contra meu peito. Aonde quer que ela tenha ido, neste momento percebo que consigo trazê-la de volta.

– Talvez o David possa me ajudar a descobrir. Ele não parece estar tendo problemas com o jantar.

– É horrível, Rowan – diz ela contra a minha camisa, com a voz abafada. – Quando fui até a cozinha pegar a tigela, ele estava com uma corrente de linguiças pendurada na boca.

– Não parece tão ruim...

– *Cruas.*

– Tá bem, sim. Isso é bem horrível.

Engulo os protestos desconfortáveis de meu estômago e limpo as imagens da minha mente inspirando profundamente o perfume de gengibre de Sloane. Não quero deixá-la ir, mas o tempo está sempre contra mim quando se trata dela.

Quase tão contra mim quanto ela própria.

Sloane fica tensa em meu abraço, e eu a solto antes que ela se desvencilhe.

– Melhor a gente ir ver como ele tá – digo, desviando minha atenção quando ela olha para mim com uma pergunta em sua testa franzida.

– É, acho melhor mesmo.

Sloane se move ao meu redor, seu olhar baixo ao sair da sala de jantar. Quando me ofereço para pegar a tigela de metal, ela recusa, alegando que eu poderia derramar o conteúdo nas paredes e fazê-la ter o dobro do trabalho na limpeza, mas não acho que o motivo seja bem esse. Talvez ela apenas se sinta culpada por não ter me avisado a respeito de Thorsten. Talvez precise de alguma coisa em que se concentrar. Ou talvez, apenas talvez, seja porque ela de fato quis dizer o que disse. Que se importa.

Reflito sobre isso ao segui-la pelo corredor, segurando a tigela o mais longe possível do rosto, sem o risco de derramar. Seus passos ficam mais lentos até que ela para, um pouco antes de chegar à porta da cozinha. Quando paro ao lado dela, Sloane olha para mim com uma careta, o nariz enrugado, um pouco de sangue salpicando sua bochecha como um reflexo carmesim de suas sardas naturais. Se eu pudesse, tatuaria as pequenas gotas diretamente na pele dela.

Absurdamente adorável.

– Está silencioso demais – sussurra ela. – Não gosto disso.

– Talvez ele esteja perambulando por aí.

– Ou talvez ele esteja em coma depois de comer tanta carne.

– Ai, não. Muito cedo pra falar disso.

Nós nos inclinamos para a frente e espiamos pela porta. David está sentado na bancada, as pernas balançando e o olhar vago, colocando na boca o que parece sorvete sabor *cookies and cream*, direto do pote.

– Que alívio – digo, soltando o ar.

– Ele tá curtindo a vida adoidado.

Os ombros de Sloane desabam, e ela observa David por um instante antes de entrar na cozinha com passos cuidadosos, como se não quisesse assustá-lo. Ele acompanha o movimento de Sloane à medida que ela vai até a pia para se livrar do conteúdo da tigela e lavar tudo com água sanitária, mas ele não se move além disso, apenas continua cavando lentamente o pote de sorvete.

Eu me encosto no batente da porta e cruzo os braços, observando Sloane na frente da pia.

– Quando você descobriu quem era o Thorsten?

– Meio que logo de cara. – Ela dá de ombros, ainda atenta às próprias mãos enquanto lava a tigela com mais cuidado do que a tarefa provavelmente exige. – Ouvi falar de um assassino canibal no Reino Unido alguns anos atrás que não dava as caras há um tempo. Quando o Lachlan nos deu a localização e eu investiguei os desaparecimentos nas proximidades, eles se enquadravam no perfil das vítimas da localização anterior dele. Depois eu analisei as compras de imóveis locais dos últimos anos e pronto, encontrei o cara.

– E em algum momento você pensou que talvez devesse me dar uma pista de que um canibal tinha convidado a gente pra jantar?

Sloane dá de ombros, sem voltar a atenção para mim.

– Talvez. Na verdade, acho que só na hora em que tive que arrancar carne humana da sua boca. Até então, não, não posso dizer que sim. Afinal, você insistiu em se convidar para o jantar.

– Meu Deus do céu.

Sloane ri, claramente satisfeita consigo mesma. Seus olhos brilham de diversão quando ela se vira para mim, secando as mãos com papel toalha.

– Deu muito certo no final, não acha?

– Na verdade, não.

Sloane sorri e vai até David, que está absorto no sorvete que tem em mãos. Ela me lança um olhar inseguro e para perto das pernas inquietas do sujeito.

– Ei, David. Meu nome é Sloane. – Ele não compreende o que ela diz, apenas a observa e coloca uma colher de sorvete na boca. – Talvez fosse melhor fazer uma pausa na comida, o que me diz?

O sorriso de Sloane é doce, seus movimentos são fluidos e graciosos ao segurar o pote com uma mão, a colher com a outra, e então gentilmente tirá--los das mãos de David. Ele não protesta e cede ao movimento de Sloane.

Ela se aproxima de mim. Lá estão a covinha e o sorriso travesso, sinal de que ela está achando graça naquilo. Sloane estuda o pote branco e liso em sua mão. Ainda está lendo o rótulo caseiro quando para na minha frente.

– Bem… Acho que nunca mais vou enxergar sorvete da mesma maneira.

– Eu não quero saber.

– Ingredientes: leite…

– Sloane…

– Açúcar…

– Eu te imploro – digo, mas assim que "imploro" sai dos meus lábios, o sorriso de Sloane aumenta.

Meu estômago revira. Sloane dá uma tossida.

– *Sêmen, extraído entre 10 e 13 de abril.* É um substituto interessante para o sal…

Passo por ela e vomito na pia ao som de sua risada maligna. Caramba, achava que não havia sobrado mais nada dentro de mim, mas estava errado. Demoro um bom tempo para me recuperar antes de conseguir lavar a boca e a pia, com a respiração e as pernas instáveis.

– Pelo amor de Deus. Que bizarrice do caralho – resmungo, limpando uma leve camada de suor que cobre minha testa.

Eu me viro para encarar Sloane, que está ao lado de David com os braços cruzados e um sorriso convencido nos lábios.

– Sim, ele era bem bizarro.

– Ainda não sei se estou falando do Thorsten ou de você.

Sloane ri e dá de ombros.

– Talvez seja divertido ver um cara tão bonito e perfeito um pouco na merda, pra variar.

Parece que meu olhar sombrio só a diverte ainda mais.

– Acho que você já me viu bastante nessa situação – respondo, as lembranças da competição do ano anterior vindo à tona.

Ainda me lembro do toque de Sloane enquanto ela enfaixava meus dedos ensanguentados, ainda sinto o calor das mãos dela na minha pele.

– Aquilo foi diferente – diz Sloane. – Era você na sua essência. Isso aqui... definitivamente não é.

Dou um suspiro, concordando, mas não digo mais nada.

– Mas você meio que me deve um adicional pela vitória deste ano – diz Sloane, chegando mais perto.

Lanço um olhar desconfiado e me encosto na pia de aço inoxidável.

– Posso saber por quê?

– Pra começar, por eu ter impedido que você engasgasse. Achei que isso era meio óbvio – responde ela, dando de ombros. Ela para fora do meu alcance e morde o lábio inferior. – Acho que preciso fazer uma reivindicação.

– Uma reivindicação?

– Vou reivindicar um prêmio pela vitória.

– Peraí – protesto, balançando a cabeça. – Eu não reivindiquei prêmio nenhum no ano passado depois de acabar com aquele merda por ter espionado você.

– Pra sermos justos, você meio que me espionou também.

Dou risada, mas parece forçado.

– Claro que não.

– Não? Pelo que me lembro, você meio que estava *dentro da parede*, foi assim que me ouviu.

– Eu ouvi aquele desgraçado de gravatinha rosa tocando uma pra você. Então, não.

– Aham – diz ela, com uma expressão debochada.

Sloane se vira para David, observando-o por um bom tempo, e então se vira de volta para mim e me encara com seus olhos castanhos, dourados e ferozes.

– David.

Meu olhar viaja até a expressão vazia do homem sentado na frente da bancada, as pernas ainda balançando em círculos.

– O que tem o David?

– Dá um emprego pra ele.

Eu dou uma risada.

– Um emprego. – Outra risada alta sai do meu peito, mas então me dou conta. *Ela está falando sério.* – Como assim?

– Você me ouviu. Um emprego.

Sloane semicerra os olhos quando balanço a cabeça. Ela dá um passo para mais perto e me lança um olhar assassino.

– A gente não pode deixar o David desse jeito.

– Claro que pode. Ele deveria estar feliz de não ter sido comido. Ele se deu bem. Se livrou de uma bala. Ou de um garfo.

– E agora ele não tem nada. Você poderia dar a ele um trabalho. Um propósito.

– Porra, você por acaso percebeu que estamos na Califórnia? Eu moro em *Boston*, Sloane. Como é que eu vou levar o cara daqui pra lá sem despertar suspeitas?

– Sei lá – diz ela, dando de ombros, com uma expressão nem um pouco preocupada com o dilema que jogou no meu colo. – Se ele não foi dado como desaparecido por ninguém, acho que dá pra você só... levá-lo daqui.

– Não é igual ao Winston. Eu não posso simplesmente colocar o cara dentro de uma caixa de transporte e levar comigo.

Sloane suspira e, embora esteja louca para revirar os olhos, ela se segura.

– Durante a minha pesquisa, não encontrei nada sobre uma pessoa desaparecida na região que correspondesse à descrição dele. Se o Thorsten queria um serviçal de longo prazo, provavelmente arrumaria alguém cuja ausência não seria sentida por ninguém. Você pode simplesmente alegar que ele é seu irmão. Ele não vai negar.

– Essa ideia é uma porcaria, Corvo.

– Então larga o David no hospital e vai embora. Se o reaparecimento dele chegar aos jornais, você pode entrar em contato e se oferecer pra ajudá-lo. Basta dizer que ficou muito tocado com a história dele ou algo assim.

– Eu não vou fazer isso. – Olho para David, que me observa sem qualquer interesse ou consciência. – Nada pessoal, cara.

Ele não responde.

Passo a mão no rosto e lanço a Sloane um olhar suplicante.

– Olha, Corvo, é bacana o que você tá tentando fazer por ele. De verdade. Mas é um pedido muito sério, e talvez ele fique melhor aqui. Tenho certeza de que ele tem uma família *em algum lugar*, pessoas que precisam saber onde ele está e que vão querer cuidar dele. A gente nem sabe o que ele é capaz de fazer ou não, graças àquele merda do Thorsten.

– Aposto que ele poderia lavar louça. – Decidida, Sloane se afasta de mim e se aproxima de David, segurando-o pelo pulso. Ele baixa os olhos para o toque. – Vem comigo, vem?

Com alguns puxões suaves, David desliza para fora da bancada e acompanha Sloane. Abro espaço para que parem perto de mim ao lado da lava-louças industrial. Ela pega alguns pratos e os entrega a David, o guiando até a prateleira com um sorriso encorajador, aquela covinha me enchendo de calor e consternação.

– Você pode me ajudar com a louça, David? É só colocar no cesto e abrir assim.

Ela demonstra como abrir e fechar a máquina e o orienta a encher o cesto, o que ele faz um pouco mais rápido do que eu esperava. Ele executa com sucesso todas as etapas seguintes com o incentivo dela e, quando o ciclo termina, retira a louça limpa e a deixa na bancada.

– Isso foi incrível. Viu, Rowan? Ele entendeu sem problemas.

Resisto à vontade de dar um gemido quando o sorriso brilhante de Sloane pousa em mim.

– Ai, porra. Você parece uma criança pedindo doce.

– Por favor! Um por favor tamanho grande. Com cerejas extras por cima – diz ela, parando na minha frente.

As mãos delicadas de Sloane envolvem meu braço em um toque direto e incomum, as unhas vermelho-sangue como garras contra minha pele.

– Eu até te dou um prêmio pra compensar o ano passado. O que você quiser.

Engulo em seco e resisto à vontade de pular em cima dela ou fugir. Meus pés permanecem plantados no chão e semicerro os olhos, intrigado.

– O que eu quiser?

Ela assente, mas franze a testa como se estivesse apenas começando a perceber no que acabou de se meter.

Bem devagar, abro um sorriso perverso.

– Você tem cem por cento de certeza disso – falo.

O rosto dela se contrai. Meu sorriso aumenta. David arrota.

E, de repente, meu sorriso desaparece.

– Merda. Vou me arrepender disso, né?

Sloane dá pulinhos no lugar.

– Eu vou cobrar – aviso.

– Eu sei.

– E você vai me ajudar a limpar.

– Achei que isso estivesse óbvio, já que acabei de lavar sua tigela de vômito.

Solto um suspiro longo e pesado.

– Tá bem – digo, com um gemido, e Sloane abre um sorriso enorme.

Ela dá outro pulinho no lugar. Talvez tenha até dado um gritinho. Acho que nunca a vi pular ou dar gritinhos, e não sei ao certo se é mesmo por causa de David ou por ter me convencido de algo que ela queria *muito*.

– Obrigada – diz.

E, em um pulinho, me beija na bochecha.

Então sai, o eco do seu toque desaparecendo como se em momento algum tivesse sido real, apenas imaginado. Mas acho que percebo o rubor em sua bochecha quando ela se vira. Acho que ela o esconde de mim enquanto reúne suprimentos para começar a limpeza. Na verdade, eu sei disso. Está presente no sorriso tímido que ela lança na minha direção antes de baixar a cabeça e ir para a sala de jantar.

São necessárias algumas horas de limpeza para apagar nossa presença da casa de Thorsten. Quando terminamos, mantenho David ocupado na cozinha, carregando as mesmas três cestas de louça repetidamente, então acompanho Sloane até o lado de fora.

Ficamos em silêncio, ambos olhando para as poucas estrelas cuja luz penetra na poluição da cidade que se espalha além das colinas escuras. Há apenas algumas horas, o universo parecia ter desmoronado sobre nós, todo o seu poder concentrado em uma faca. E agora somos um breve sopro de tempo sob a luz das estrelas.

É a voz de Sloane que rompe a noite.

– Acho que agora somos oficialmente melhores amigos – diz ela.

– Ah, é? Você quer praticar caratê na garagem?

Sloane sorri e encara os pés. Sua covinha é uma sombra sob a luz da varanda. Meu coração ainda está apertado quando o sorriso dela desaparece.

– A propósito, eu menti pra você – confessa ela.

Eu queria que ela estivesse olhando nos meus olhos, mas Sloane não faz isso. Não consegue. Então paro um segundo para memorizar os detalhes do perfil dela, porque sei que o mais difícil está por vir, assim como foi no ano passado, assim como foi no restaurante.

– Mentiu em relação a quê? – pergunto.

Ela engole em seco.

E então ela se vira para mim, apenas o suficiente para me mostrar seus olhos e um sorriso melancólico que aparece em um dos cantos dos lábios, o leve traço de sua covinha aparecendo.

– Boston. Eu não estava lá pra uma reunião.

As palavras ecoam na minha cabeça e, antes que eu possa assimilá-las ou perguntar o que ela quis dizer, ela ajeita a bolsa no ombro e vai embora.

Eu não apenas odeio essa parte. Eu *abomino*.

– Vejo você ano que vem, Açougueiro – diz ela, e em seguida entra no carro e desaparece em meio à noite.

Eu também menti pra você, quero dizer. Mas simplesmente não tenho a chance.

12

QUEBRA-CABEÇA
SLOANE

—Mais peitos.

– Sério?

– Mais. Peitos.

Olho para meu vestido preto e depois para a tela do laptop, onde Lark está com as mãos sob os seios, empurrando-os para cima.

Um suspiro profundo cruza meus lábios. Faz uma hora que meu coração está batendo acelerado.

Apenas pense! Só falta uma hora.

Minha frequência cardíaca dobra.

– É tudo ou nada, Sloaney! – A voz de Lark ecoa do alto-falante do laptop. – Peitos!

Solto um gemido contrariado.

– Tá bem…

– Assim que se fala!

Solto uma risada vacilante e vou até minha mala pegar o que Lark chama de "vestido de emergência". É um vestido de festa bem justo no corpo, de veludo vermelho-escuro e inspiração vintage, com detalhes em uma renda preta que contorna o decote profundo. Serve em mim perfeitamente, como uma segunda pele. Saio do campo de visão de Lark e calço um par de sapatos pretos simples, observando meu reflexo no espelho que vai até o chão, ao lado da tevê. Eu me sinto uma atriz sensual de um filme antigo. Inspiro profundamente e aliso as ondulações do tecido macio uma última vez, então entro no campo de visão da câmera.

– É esse mesmo – diz Lark, contente, batendo palminhas e saltitando na beira de sua cama em Raleigh. – Sem dúvida. Cabelo solto. Faz umas ondas, tipo atriz de Hollywood das antigas. Ganhou uma estrelinha! Duas estrelinhas, uma pra cada peito.

Se estivesse aqui, ela realmente colocaria estrelinhas nos meus seios. Lark sempre anda com adesivos de estrelas douradas, principalmente para as crianças com quem trabalha como musicoterapeuta quando não está na estrada se apresentando, mas não vê problemas em usá-las com os adultos também.

– Tá nervosa? – pergunta ela.

Pego o laptop e o levo para o banheiro comigo para poder começar o penteado.

– Não, lógico que não – respondo, cínica. Lark ergue uma sobrancelha, nem um pouco convencida. – Tô apavorada.

E animada. Agitada. Além de um pouco enjoada.

Já se passaram quase oito meses desde que vi Rowan pessoalmente. Durante os primeiros seis meses, conversamos quase todos os dias, de uma forma ou de outra. Em alguns momentos, só trocamos mensagens curtas. Em outros, apenas um meme, ou um artigo de que o outro poderia gostar, ou um vídeo engraçado. Às vezes, longas chamadas de vídeo. Mas, nos últimos tempos, desde que ele começou a trabalhar na abertura de um segundo restaurante, a frequência começou a diminuir. Embora eu responda de imediato toda vez que ele manda uma mensagem, às vezes ele leva uma semana para enviar uma resposta curta.

Olhando de fora, parece a situação ideal para mim. A pressão é menor. Não estou acostumada a ter pessoas por perto. Mesmo quando Lark e eu nos aproximamos no internato, levei muito tempo para me sentir confortável perto dela. Assim como Rowan, ela me venceu pelo cansaço, abrindo caminho em meio às defesas que eu mantinha para proteger minha natureza solitária. Sua luz é irrefreável. Passa por todas as fendas. E agora, depois de todos os anos que se passaram desde que nos conhecemos, sinto falta dela sempre que não está perto.

Do mesmo jeito que sinto falta dele.

– Ele vai ficar desconcertado com esses peitos – diz Lark.

Dou uma risada.

– Não seria a primeira vez.

Meu sorriso logo desaparece quando ligo o modelador de cachos na tomada e passo um pouco de creme modelador no cabelo com os dedos.

– Preciso de mais do que apenas peitos – falo.

– Você mata pessoas, ele gosta disso.

Reviro os olhos e a encaro do outro lado da tela.

– Peitos e homicídios não constroem um relacionamento, Lark. Essa conta não fecha.

Ficamos em silêncio conforme vou fazendo os primeiros cachos. Ela está brincando sobre a parte de matar pessoas, é claro. Sei disso. E sei o que sinto por Rowan. Quanto mais conversamos, rimos e brincamos, mais se torna impossível imaginar minha vida sem ele. Mas estou com muito medo. Tenho mais medo de querer algo além de uma amizade com Rowan do que de qualquer outra coisa que fiz em minha vida bizarra e nada convencional.

Na verdade, pouquíssimas coisas me assustam, como se eu estivesse anestesiada contra o medo. Então, por que isso tudo? Por que essa situação aquece minha pele, deixa as palmas das minhas mãos escorregadias e faz meu coração galopar?

Eu sei por quê.

Porque, além de Lark, ninguém ficou por perto. Nem mesmo meus pais.

E se eu não valer a pena?

– Ei – diz Lark, e sua voz suave é uma tábua de salvação na correnteza de pensamentos sombrios. – Vai ser ótimo.

Eu assinto. Meus olhos permanecem fundidos ao meu reflexo enquanto enrolo outro cacho no metal quente.

E se eu entendi tudo errado? E se tudo que sinto estiver só na minha cabeça? E se ele estiver me evitando? E se eu for uma pessoa impossível de ser amada? E se eu tiver algum defeito irreparável? E se eu tentar algo mais com Rowan e estragar tudo? E se ele nunca mais quiser me ver? Eu poderia simplesmente ir embora. E se eu for? E se, e se, e se…

– *Sloane*. Sai da sua cabeça e fala comigo.

Meus olhos se enchem de lágrimas quando me viro para a tela. Engulo o nó que cresce em minha garganta.

– Ele tem uma vida, Lark. Vários amigos. Está prestes a abrir outro restaurante. Tem os irmãos. Eu só… – Dou de ombros e passo o polegar sob os cílios. – Não sei se o que tenho para oferecer se equipara a tudo isso, sabe?

– Ah, Sloaney. – Lark leva a mão ao coração. Seu lábio treme, mas o rosto assume uma expressão determinada. Ela pega o laptop e aproxima a câmera do rosto. – Escuta bem. Você é *incrível*, Sloane Sutherland. Você é brilhante, corajosa e leal até os confins da terra. Você decide fazer uma coisa e vai lá e faz, pronto. Você é esforçada. É engraçada. Você me faz rir quando acho que não consigo. Sem falar que você é muito gata. Tem um rosto lindo. Tetas que merecem estrelinhas douradas.

Minha risada sai estrangulada. Coloco o modelador de cachos na bancada e me apoio nela, balançando a cabeça e tentando respirar apesar da ardência que sinto no nariz.

– Você precisou encontrar conforto em estar sozinha porque não teve escolha. Mas, por mais que goste disso, também se sente solitária – continua Lark. – Sei que está com medo, mas você merece ser feliz. Então usa um pouco dessa coragem a seu favor, pra variar. O Rowan teria muita sorte em ter você do lado dele.

Mordo o lábio e olho para os nós dos meus dedos já sem cor.

Lark dá um suspiro.

– Eu sei o que você está pensando, amiga – diz ela. – Tá na sua cara. Mas não é impossível te amar, Sloane. Porque *eu* te amo. E pode ser que ele também, se você der uma chance pra ele. O Rowan disse todas aquelas coisas sobre você pro cara lá, o canibal, não foi?

– Sim, mas ele tava doidão, num estado deplorável, sabe? Além disso, essa história tem um ano. Ele nem deve se lembrar de ter dito aquilo.

– Talvez, mas ele pediu pra você ir até aí encontrar com ele, não foi?

– Eu devo um prêmio pra ele. Além disso, é aniversário dele daqui a dois dias, eu não tive como negar.

– Amiga – diz ela, balançando a cabeça –, o Rowan poderia ter convidado outra pessoa para ir com ele, se quisesse. Mas ele convidou *você*.

Ela tem razão, ele poderia ter convidado outra pessoa. Quando me ligou no mês passado para reivindicar o prêmio que eu fiquei lhe devendo em West Virginia, ele disse que queria se divertir no baile de gala anual "Melhores de Boston", para variar. "Você é a única pessoa com quem consigo me divertir *de verdade*", disse ele quando fez o convite por chamada de vídeo.

Eu poderia ter recusado. O momento não é o ideal: tenho que ir de lá para Madri para uma reunião amanhã de manhã bem cedo. Mas não dei para trás. Para falar a verdade, fiquei aliviada ao ouvir a voz dele depois de semanas de quase nada. Eu disse ao Rowan que cumpriria minha parte no acordo, então troquei as passagens para poder partir de Boston para a reunião, e não de Raleigh.

E agora estou aqui, me preparando para passar a noite com Rowan, sem ideia do que esperar.

Respiro fundo e solto a borda da bancada.

– Você tá certa.

– Eu sei. Geralmente estou – diz ela. Encontro o olhar de Lark, e ela me dá uma piscadela. – Agora, termina de arrumar esse cabelo, bota uma maquiagem e vai se divertir. Você merece.

Lark captura o beijo que sopro para ela e finge pressioná-lo contra a bochecha antes de mandar um de volta. Ela me presenteia com seu sorriso potente e depois encerra a chamada de vídeo. Quando ela some da tela, coloco uma música, uma playlist com músicas de Lark misturadas com outras que me fazem lembrar dela. E penso nela. Em tudo que ela disse. Em como minha vida tem sido mais rica desde que Lark se tornou parte dela.

Estou pronta para sair, sentada na beira da cama, balançando freneticamente o joelho, quando Rowan manda uma mensagem dizendo que está lá embaixo no saguão.

Uma última espiada no espelho, então saio pela porta, segurando a bolsa com força. A viagem de elevador é a mais longa da minha vida. Quando a porta finalmente se abre, ele é a primeira coisa que vejo no saguão do hotel, com as costas largas voltadas para mim e a cabeça baixa.

Meu celular vibra na bolsa. Eu o pego e leio a mensagem.

Eu sou o bonitão de terno preto.

Tô vendo. Com você bonito desse jeito, não sei bem como vou conseguir evitar que isso suba à sua cabeça

Rowan levanta a cabeça e se vira para mim. Ele está tão lindo que fico totalmente sem ar. Cabelos penteados para trás, terno perfeitamente cortado, sapatos engraxados, seu choque momentâneo eclipsado por um sorriso radiante. Ele guarda o celular no bolso e atravessa o saguão, sem desviar os olhos de mim.

Quando para à minha frente, seus olhos percorrem cada centímetro do meu corpo, me sorvendo sem pudor. Sinto seu olhar em todos os lugares. Meus lábios, vermelho-vivo. Meus cabelos, as ondas presas de um lado por uma presilha brilhante em forma de estrela. Meu pescoço, borrifado com *Serge Lutens Five o'clock au gingembre* e decorado com um simples colar dourado. Meus seios, o que não é nenhuma surpresa, e Rowan presta atenção neles por um bom tempo antes de descer até a ponta dos pés e subir outra vez.

– Você tá... – Ele balança a cabeça. Engole em seco. Troca a perna de apoio. – Você tá deslumbrante, Corvo. Tô tão feliz de você estar aqui!

Ele diminui a distância entre nós e me envolve em um abraço, e eu cruzo meus braços ao redor dele, fechando os olhos e inspirando profundamente seu perfume de sálvia, limão e um toque de especiarias. Pela primeira vez nas últimas horas, meu coração desacelera, embora ainda colida contra meus ossos com batidas fortes. Algo nisso tudo parece estranho, mas de alguma maneira certo.

Rowan me solta do abraço, mas segura meus antebraços com suas mãos quentes. E então pressiona os lábios contra meu pescoço, onde meu coração lateja. Não consigo respirar quando o beijo se estende, durando apenas o suficiente para ficar gravado em minha memória por toda a eternidade.

Há uma carga elétrica no ar entre nós quando ele se afasta para me olhar com um sorriso torto. Como um homem pode ao mesmo tempo parecer tão arrogante e ao mesmo tempo corar, eu não faço a menor ideia, mas é inebriante.

– Eu teria beijado sua bochecha – diz ele, os dedos traçando minha pele onde seus lábios a tocaram –, mas não quis estragar sua maquiagem.

Contraio a boca em um sorriso que implora para ser libertado. Sei que ele consegue ver meus olhos dançando de surpresa e diversão. Ele engole tudo.

– Qual é o seu objetivo, bonitão?

– Fazer você corar, é claro. – Ele dá uma piscadela e depois segura minha mão, aparentemente sem noção dos pensamentos caóticos que invadem minha cabeça com o simples toque de sua palma na minha. –

Vamos. O carro tá esperando. Vamos ter uma noite divertida, Corvo. Eu garanto.

Rowan vai na frente até a porta e a entrada de carros circular, onde um Escalade com vidros escuros está estacionado, o motorista aguardando ao lado da porta traseira, que ele abre conforme nos aproximamos. Rowan segura minha mão enquanto entro no veículo, e então dá a volta até o outro lado. Seguimos para o Omni Boston Hotel em Seaport, o local do baile de gala.

– Isso é muito chique, Açougueiro – falo, passando a mão no assento de couro. – Você sabe que a gente podia ter pegado um Uber, né?

Rowan alcança minha mão e a segura sobre o espaço vazio entre nós, e tento não deixar a surpresa transparecer em meu rosto.

– Eu jamais levaria a mulher mais linda da noite ao evento social do ano em um Honda Accord.

– O que tem de errado num Honda Accord? – pergunto, sentindo um frio na barriga. – Eu tenho um.

Rowan bufa e revira os olhos.

– Não tem, não. Você dirige um BMW Série 3 prateado.

– Stalker.

– Aliás, já passou da hora de trocar o óleo.

– Não passou nada.

– Mentirosa. O carro passou as últimas três semanas literalmente dizendo *troca a porra do meu óleo, sua bruxa.*

Solto uma gargalhada e dou um tapa no braço de Rowan.

– Como você sabe disso?

Ele sorri e dá de ombros.

– Tenho meus métodos. – O celular dele toca dentro do blazer, e ele solta minha mão, franzindo a testa ao ler a mensagem. – Além do mais, achei que seria bom esbanjar um pouco, pra variar. Parece que estou o tempo todo focado, lidando com problema atrás de problema, indo de um restaurante pra outro. Vai ser bom ter uma noite divertida com minha melhor amiga.

Meu coração dá um salto dentro do peito, como se de repente estivesse de ponta-cabeça. Como *todo* o resto. Ele segurando minha mão. O beijo no meu pescoço. Talvez eu tenha enxergado coisa demais nesses pequenos gestos.

E se tudo que sinto estiver apenas na minha cabeça?

Pigarreio e endireito as costas, cruzando as mãos sobre a bolsa brilhante no meu colo.

– Como anda o restaurante novo?

Rowan inclina a cabeça de um lado para o outro, concentrado na tela do celular ao digitar uma resposta.

– Nada mal. Muito trabalho. Ainda queremos abrir em outubro, mas a reforma da parte elétrica tá sendo um inferno.

– E o David, como tá? Indo bem?

Ele dá uma gargalhada, bloqueando a tela e guardando o aparelho no bolso.

– Muito bem, na verdade. Há pouco tempo, pedi pro Lachlan fazer outra busca por pessoas desaparecidas que se enquadrassem na descrição dele, mas ainda não descobrimos nada. E o David tem sido um ótimo ajudante. Continua firme com a louça. É confiável. Depois da última vez que nos falamos, eu o acomodei em uma nova residência coletiva. O motorista o leva e o traz sempre que um dos funcionários da cozinha não pode lhe dar carona. Tem funcionado muito bem.

– Fico feliz – digo, com um sorriso, afastando os cachos do ombro, um movimento que Rowan segue com grande interesse antes de direcionar o olhar para as ruas da cidade que passam pela janela.

– Eu também. Pelo menos uma coisa tá dando certo no Três de Econômica. Parece que todo o resto se transformou num circo nos últimos meses. Sei que faz parte da natureza do negócio… as coisas simplesmente quebram e precisam ser consertadas. Sempre vai acontecer algo de errado, não tem jeito. É que… tem sido exaustivo ultimamente.

Coloco a mão no pulso de Rowan, e ele parece intrigado pelo gesto, encontrando meus olhos com as sobrancelhas franzidas.

– Ei, pelo menos você ganhou essa noite de presente. O restaurante tá aberto há três anos, né? Sei que tem sido uma merda administrar tudo, mas você continua indo bem.

A expressão de Rowan se suaviza, e pela primeira vez percebo sinais sutis de estresse em seu rosto, uma leve mancha escura sob seus olhos.

– E se alguma coisa realmente der errado, sei o que pode te ajudar – falo, com um meneio de cabeça de quem sabe das coisas, e ele inclina a cabeça.

Seus olhos mergulham em minha covinha e se estreitam. – Salada niçoise com carne.

Rowan dá um gemido.

– Com molho caseiro de mostarda Dijon – acrescento.

– Corvo…

– E quem sabe um…

– Não, por favor…

– … sorvete de *cookies and cream* de sobremesa.

Ele cutuca minhas costelas, me fazendo rir e soltar um barulhinho que nunca fiz antes.

– Sabia que desde então nunca mais consegui tomar sorvete? – diz ele, em meio às risadas provocadas por seu ataque. – Eu adorava sorvete, *muito obrigado mesmo.*

– A culpa não é minha – digo, aliviada quando ele finalmente me deixa em paz. – Eu só tava garantindo que você fosse informado dos ingredientes, caso quisesse um docinho pra acompanhar aquela experiência gastronômica única.

– Lógico. Eu acredito.

O veículo diminui a velocidade e entra no local do evento, parando em frente ao prédio de vidro onde outros participantes do baile chegam com seus vestidos chiques e ternos elegantes. Puxo a barra do meu vestido, que termina logo abaixo do joelho, como se isso fosse magicamente alongá-lo. O motorista está com a porta do meu lado aberta, esperando que eu segure sua mão e saia do veículo, mas continuo onde estou.

– Não é black tie – diz Rowan, com a mão deslizando pelas minhas costas para me conduzir em direção à porta. – E garanto que você poderia estar vestindo um saco de batatas e ainda seria a mulher mais linda daqui. Seu vestido é deslumbrante, Corvo. Tem tudo a ver com você.

Com um último olhar inseguro para Rowan, pego a mão do motorista e deslizo em direção ao ar fresco, o cheiro da maresia sendo trazido pela brisa da primavera. A mão de Rowan está nas minhas costas conforme saímos do veículo, e meu coração vai até a garganta e fica preso ali a cada passo que damos.

O salão de baile está decorado com tecidos brancos cintilantes e arranjos de mesa coloridos feitos de flores tropicais. Encontramos nossos lugares no meio da segunda fila perto do palco, que está emoldurado por luzes em tons de rosa e azul intensos. Vários bares servem bebidas, e grupos de pessoas riem e conversam em meio à música tocando nos alto-falantes espalhados por todo o salão. Uma banda testa os instrumentos em um palco mais baixo, do lado oposto, onde uma pista de dança brilha sob as luzes fracas do teto.

Pegamos bebidas e nos misturamos à multidão crescente que serpenteia entre as mesas. Rowan me apresenta para amigos e conhecidos. Donos de restaurantes, advogados, atletas profissionais. Clientes assíduos. Fãs não tão assíduos. Rowan está em sua zona de conforto, radiante, reluzindo mais do que os salpicos de cor que se movem acima de nós. O sorriso dele é fácil, a risada, calorosa. Sua energia é contagiante. Mesmo sendo capaz de matar qualquer um deles sem remorso, ele ainda deixa as pessoas à vontade. Sua máscara é infalível.

Pode ser a zona de conforto de Rowan, mas definitivamente não é a minha.

Manter uma conversa em geral é mais fácil para mim quando estou caçando, porque tenho um propósito, um plano para atrair alguém. Acho difícil me relacionar com as pessoas quando sei que elas não são gente escrota que merece perder os olhos. Mas com Rowan parece mais fácil. Ele me ajuda a fazer o primeiro contato e até a encontrar assuntos em comum. *Seu novo álbum está indo muito bem... Sabia que a Sloane é amiga próxima da Lark Montague?* Ou *a Sloane vai pra Madri amanhã de manhã pra uma reunião, você não esteve lá ano passado?* Eu progrido daí, me integrando como se fosse mais do que apenas sua acompanhante. Ele me ajuda a chegar às fronteiras de minha zona de conforto sem me levar ao limite.

E, o tempo todo, seu toque gentil é uma âncora: na parte inferior das minhas costas quando estamos de pé, no meu cotovelo ou na minha mão quando nos movemos. E, mesmo ao longo do jantar, ele continua querendo saber como estou, mesmo que estejamos sentados um ao lado do outro, com um sorriso, um olhar ou um único dedo que desliza pela parte interna do meu pulso. Quando o nome dele é chamado durante a cerimônia, Rowan sobe ao palco e recebe seu troféu de vidro em forma de lágrima, o prêmio de Melhor Restaurante, e mesmo assim me encontra com uma piscadela e um sorriso torto.

E a dor enterrada no fundo do meu peito aumenta a cada momento que passa.

Quando o jantar termina, a banda começa a tocar. Algumas pessoas migram para a pista de dança, outras ficam batendo papo nas mesas. Rowan vai até o bar para pegar outra rodada de bebidas, e alguém o para no caminho. Eu, por outro lado, sou levada pelas histórias e anedotas de nossos companheiros de mesa.

Meus olhos, no entanto, se desviam para o homem alto e bonito que suga todo o ar da sala.

Ele conhece meus segredos mais obscuros. Eu conheço os dele. Podemos ser monstros, e talvez não mereçamos as mesmas coisas que outras pessoas. Felicidade. Afeto. Amor. Mas não consigo reprimir o que sinto quando olho para cada faceta de Rowan, desde sua luz mais brilhante até sua escuridão mais profunda e perigosa. Talvez eu não tenha direito a nada disso por conta das coisas que fiz. Mas eu quero. Com ele, quero mais do que já tenho.

De repente, estou pedindo licença para deixar a mesa e andando na direção dele antes mesmo de saber o que vou fazer. Rowan está de costas para mim, uma taça de champanhe gelada em uma mão e um copo de uísque com gelo na outra. Está conversando com um casal e outro homem, um corretor de investimentos, acho. Paro logo atrás dele e, quando há uma pausa na conversa, coloco a mão em seu braço. Minha mente parece dividida em duas, como se eu estivesse me observando de fora do meu corpo.

– Oi, desculpa – diz ele, com um sorriso tímido, me entregando a taça. – Estávamos falando de negócios.

– Perdão, eu não queria interromper.

Começo a me afastar, mas Rowan segura meu pulso. Diz algo sobre eu não estar interrompendo, mas assimilo apenas uma ou duas palavras-chave em meio à música e ao ruído ensurdecedor do meu coração. Engulo em seco, meus olhos presos nos lábios dele antes de finalmente conseguirem se erguer e encontrar os de Rowan.

– Você quer dançar? Comigo...?

A surpresa momentânea de Rowan evapora quando sua atenção se volta para a pista de dança, uma faísca acendendo em seus olhos e um sorriso malicioso se formando. Isso me lembra o sorrisinho diabólico que ele deu na casa de Thorsten quando o canibal sugeriu uma visita à plantação de tomates. Quando os olhos de Rowan encontram os meus mais uma vez, estão cintilando.

– Com certeza – responde ele, tirando a bebida da minha mão e colocando os copos em uma mesa próxima antes de nos guiar em meio à multidão.

À medida que nos aproximamos da pista de dança, a banda termina uma música e começa outra um pouco mais lenta, mas ainda animada o suficiente para não ser algo romântico. Algumas pessoas saem para pegar bebidas. Outras formam pares. Por um momento, penso que Rowan vai voltar para a mesa ou se virar para avaliar minha reação, mas ele não faz isso. Segue em frente, ainda segurando minha mão até estarmos na pista em meio aos casais, um de frente para o outro.

– Você deve ser irritantemente bom nisso, não é? – falo, a mão direita dele deslizando pelo meu quadril, a esquerda segurando minha mão direita no alto, com um aperto quente e firme.

Rowan sorri para mim e começa a conduzir a dança. Nada sofisticado, nada vistoso. Apenas sincronicidade, como se nos encaixássemos um no outro, na música.

– E você vai ser ainda melhor do que eu, não é?

Abro um sorriso, e o de Rowan fica ainda mais radiante, então ergo nossas mãos unidas em um sinal que ele entende. Rowan me guia em um pequeno giro, deixando que eu me afaste e em seguida me puxando para perto com uma risada.

– Talvez. Ou quem sabe vamos ser iguais – respondo, e mantenho meus olhos nos dele o máximo que consigo antes de desviá-los.

A música continua, e sinto cada pequena mudança de movimento e cada alteração no ar. O aperto de Rowan nas minhas costas se torna um abraço. Minha mão passa do braço dele para o ombro. Seu peito toca o meu a cada inspiração. Quando sua respiração aquece meu pescoço, onde os cachos estão presos, eu fecho os olhos. Inclino a cabeça. Quero outro beijo ali, bem onde minha pulsação acelera, para saber que o momento que compartilhamos mais cedo não foi apenas uma coisa como outra qualquer.

– Sloane... – diz ele no meu ouvido enquanto giramos aos pouquinhos na pista.

– Eu – sussurro, e uma palavra tão simples sai completamente vacilante em meio a uma respiração irregular.

– Você tá pronta pra se divertir de verdade?

Arregalo os olhos. A voz de Rowan é firme e clara. Maléfica. Não é como a minha, cheia de carências e desejos violentos.

Eu me afasto um pouco e o encaro, confusa. O sorriso diabólico está de volta, esgueirando-se por seus lábios. Um sorriso cheio de segredos.

– O careca de óculos e gravata vermelha. Deve dar pra você ver por cima do meu ombro – diz ele.

Meu olhar examina a pista de dança e recai em um homem elegante, de 50 e poucos anos, vestindo um terno de grife bem cortado. Ele dança com uma mulher mais ou menos da idade dele, com o cabelo loiro preso em um penteado sofisticado.

Eu assinto.

– O nome dele é Dr. Stephan Rostis. – Os lábios de Rowan roçam minha orelha ao sussurrarem: – E ele é um assassino em série. Matou pelo menos seis pacientes durante seus quinze anos em Boston. Talvez mais quando morava na Flórida. E podemos pegá-lo juntos. Essa noite.

Meus passos se tornam duros e curtos. As peças que juntei na minha cabeça são subitamente divididas e reorganizadas em outra imagem. *Entendi tudo errado. Estava tudo só na minha cabeça.*

Eu estava errada em relação a tudo.

Nos movemos cada vez mais devagar e paramos. Rowan se afasta e me olha, a empolgação ainda reluzindo em seus olhos.

– Tenho um ótimo plano. Ele nunca fica até tarde nesses eventos. A gente pode pegar ele e depois voltar pra cá sem que nossa ausência seja notada. É o álibi perfeito.

– Eu... é... – Os pensamentos morrem antes de chegarem à minha boca, e dou uma tossidinha para tentar de novo, torcendo para ser capaz de infundir em minha voz uma força que simplesmente não virá. – Eu não estou exatamente vestida pra ocasião – digo, olhando para o veludo vermelho brilhando sob as luzes piscantes.

– Eu faço o trabalho sujo.

Que eu me lembre, é a primeira vez que não me sinto entusiasmada com a perspectiva de matar outro assassino. Acho que simplesmente não é o que eu esperava. Não é o rumo que eu gostaria que essa noite tomasse.

– Ei, tá tudo bem? – pergunta Rowan. – Achei que a cor do seu vestido fosse uma piada interna, tipo, vermelho-sangue e tal, mas pode deixar que vou garantir que ele não sofra nenhum dano.

Sinto meu coração enrugar como papel amassado.

– Mas se você não quiser… – prossegue ele, sua voz desaparecendo conforme a preocupação e talvez a decepção pesem em cada nota. Ele parece se dar conta de que não estamos alinhados quando diz: – Quando eu disse que poderíamos nos divertir *de verdade*, achei que você soubesse o que eu queria dizer.

– Não, na verdade não foi isso que eu pensei. Mas agora já entendi.

O silêncio entre nós parece durar mil anos. O polegar de Rowan levanta meu queixo, meu foco ainda preso em meu vestido até que sou forçada a encará-lo.

A confusão está gravada entre suas sobrancelhas. Seu olhar percorre meu rosto, as bochechas coradas e os olhos vidrados, os lábios formando uma linha tensa.

– Você… você não sabia que era isso que eu queria dizer? – pergunta ele.

– Pode ser chocante, mas "Quero me divertir de verdade" não é bem a tradução de "Quero matar alguém junto com você", a menos que eu tenha perdido alguma coisa no Google Tradutor.

– E você veio mesmo assim?

Engulo em seco e tento desviar o olhar, mas ele não deixa. Preenche todos os meus sentidos, e não importa quanto eu queira ser sugada para o vazio, Rowan me ancora bem aqui.

Clareza e descrença se misturam em sua expressão vacilante. Ele está tentando remontar o próprio quebra-cabeça, e uma nova imagem surge.

– Puta merda…

As palavras que ele sussurra são quase inaudíveis por conta das vozes e da música que nos cercam, mas eu as sinto como se fossem espinhos cravados na minha pele. Seu aperto em meu queixo fica um pouco mais forte, e ele se aproxima, pairando sobre mim, os olhos fixados nos meus.

– Sloane – sussurra ele. – Você está aqui mesmo.

Não tenho certeza do que isso significa. Mas não pergunto. Não enquanto seu olhar permanece em meus lábios quando eles se afastam em uma expiração trêmula. Não enquanto Rowan estica a outra mão devagar para varrer os cachos do meu ombro, as pontas dos dedos formando uma leve corrente elétrica na minha pele ao traçarem a curva do meu pescoço.

Ele se aproxima. Seus olhos não deixam os meus. Os lábios estão a apenas um milímetro de distância...

E então o celular dele toca com o som de uma sirene.

– *Merda* – sussurra ele, o palavrão se espalhando pelos meus lábios.

Ele se afasta, o suposto beijo perdido em outra dimensão, onde outra pessoa chamada Açougueiro e outra pessoa chamada Corvo finalmente colidem.

Mas, nesta realidade, a mão de Rowan cai do meu rosto e seus olhos se fecham com força. Ele pega o aparelho e atende à ligação.

– Que é? – diz ele, tentando esconder do interlocutor o suspiro de frustração. – Como assim "explodiu"...? Meu Deus do céu. Tá todo mundo bem...? – Rowan passa a mão pelo cabelo, antes penteado para trás e agora despenteado. Seus olhos pousam em mim, sérios e focados. – Estou a caminho. Ofereça como cortesia todas as refeições que precisar.

– Isso não pareceu nada bom – digo, com um sorriso agridoce, quando ele desliga a chamada.

– Tenho que ir. *Neste segundo*. Desculpa.

– Eu posso ir e ajudar...

– *Não* – responde ele com a voz inesperadamente firme. Sua mão encontra meu braço e o segura, um pedido de desculpas pelo tom áspero. – O fogão da seção de confeitaria literalmente explodiu. Graças a Deus, ninguém está ferido. Não quero você nem perto disso. Não posso, Sloane.

Concordo com a cabeça e tento sorrir.

– Sinto muito que a noite tenha sofrido essa reviravolta.

– Eu também. Sinto muito mesmo – diz ele, com uma ruga profunda entre as sobrancelhas, balançando a cabeça. – Fique e se divirta. Vou pegar um Uber até o restaurante e depois te mando uma mensagem com o contato do motorista, pra você voltar pro hotel quando quiser.

Ele aconchega minha nuca em sua mão e me dá um beijo na testa. O toque reverbera muito depois de seus lábios se afastarem.

Meu peito dói quando ele dá um passo para trás e deixa a mão cair ao lado do corpo. O sorriso de Rowan é fraco, a testa franzida.

– Tchau, Corvo.

– Tchau, Açougueiro.

Observo à medida que ele se afasta, quase esbarrando em casais na pista de dança, seus olhos fundidos aos meus até que se força a virar. Continuo olhando para ele, os pés fixados no chão e as mãos entrelaçadas, uma estátua em meio às luzes e à movimentação ao meu redor.

Assim que chega à porta, Rowan se vira. Seus olhos encontram os meus. Dou a ele um sorriso fugaz. Ele passa a mão no rosto, e uma expressão feroz e determinada fica em seu rastro. Então dá dois passos na minha direção, mas para de repente, os ombros caindo ao tirar o celular do bolso do paletó. Com um último olhar derrotado na minha direção, atende outra chamada e se vira para ir embora.

Cinco minutos depois, uma mensagem vibra no meu celular com o contato do motorista.

Chamo o carro no mesmo instante.

Quando chego ao hotel, faço minha rotina noturna e deslizo entre os lençóis imaculados, adormecendo quase no mesmo instante, como se minha cabeça e meu coração tivessem corrido uma maratona. Acordo um pouco antes do alarme, faço o checkout 45 minutos depois de acordar e vou até a passarela coberta que conecta o hotel Hilton ao aeroporto Logan. Meu celular apita com uma notificação.

> Já tô com saudade

Sinto um aperto no peito. Encaro a tela por um tempo antes de digitar uma resposta.

> Eu também

> Ainda tá de pé em agosto? Se você não puder, tudo bem, de verdade. Sei que tem muita coisa acontecendo por aí.

Acho mesmo que ele não vai conseguir. Quem conseguiria? Com um novo restaurante em construção e outro bastante popular que parece estar desmoronando, seria razoável pensar que ele pode querer adiar por um ano. Eu ficaria arrasada? Com certeza. Mas entenderia? Sem dúvida.

Corvo...

Os pontinhos da resposta por vir me mantêm imóvel na passarela.

Vou explodir esse restaurante eu mesmo se a opção for deixar essa passar. Te vejo em agosto.

E troca o óleo, sua bruxa!

Guardo o celular no bolso e engulo a queimação que desce pela minha garganta, então sigo adiante, pronta para encarar os próximos meses. Talvez esteja pronta para tentar de novo.

E se eu tentar outra vez?

E se eu tentar.

13

HUMANIDADE CORROÍDA
SLOANE
QUATRO MESES DEPOIS...

— Merda. Cheguei muito tarde? Você já ganhou?

Rowan lança um olhar fugaz em minha direção à medida que me aproximo pela trilha de terra batida, a poeira cobrindo meus tênis com uma película marrom. Ele está de braços cruzados, as mangas da camiseta esticadas contra os bíceps contraídos. Há um lampejo de agitação em seus olhos inquisidores, que catalogam cada detalhe do meu rosto antes de voltarem sua atenção para o que quer que esteja além das colinas de grama verde.

– Não. Não ganhei.

– O que você tá fazendo?

– Me preparando psicologicamente.

Inclino a cabeça, confusa, mas Rowan não olha para mim. Ao parar do lado dele, sigo seu olhar.

– Uau… Isso é… Caramba.

Observo a casa de fazenda de dois andares característica do Texas, toda destruída e situada além da suave elevação das colinas, deixando meus olhos vagarem pela madeira gasta e manchada do revestimento, bem como pelas janelas quebradas cobertas com tábuas no segundo andar. Um buraco no lado direito do telhado se abre para o céu como uma boca imensa convocando a tempestade que escurece o horizonte. Há lixo de todo tipo no pátio coberto: cadeiras e caixas quebradas, latas de diesel e ferramentas, coisas acumuladas nas laterais de um caminho aberto que leva à porta de tela da frente.

– Bem… é um lugar aconchegante – digo.

Rowan cantarola em um tom grave e pensativo.

– Se por aconchegante você quer dizer fantasmagórico, eu concordo.

– Tem certeza de que ele tá aí?

A gargalhada maníaca e o grito lancinante de um homem precedem o rugido de uma serra elétrica que começa a funcionar dentro da casa.

– Aham, absoluta.

Os berros, as risadas descontroladas e o estrondo da motosserra cortam o ar que de repente parece pesado demais, quente demais. Minha frequência cardíaca dispara. O sangue zumbe em meus ouvidos, uma batida constante da sinfonia da loucura.

– A gente pode só ir tomar uma cerveja? – sugere Rowan acima do caos que emana da casa. – É o que as pessoas normais fazem, certo? Tomar uma cerveja?

– Aham…

Parte de mim acha que é uma ideia sábia, mas não posso negar a empolgação que inunda as câmaras do meu coração com adrenalina. Harvey Mead é um brutamontes, uma besta feroz, e quero acabar com ele. Quero pregá-lo no chão de sua casa do terror e arrancar seus olhos, sabendo que fui eu quem o impediu de tirar outra vida. Quero que ele sinta o que suas vítimas sentiram.

Quero fazê-lo *sofrer*.

Rowan solta um suspiro pesado e olha para mim.

– Nós não vamos tomar cerveja, né?

– Claro que vamos. Mas *depois*.

Outro grito desesperado corta o ar, assustando um bando de corvos e um abutre solitário no bosque de árvores esparsas à esquerda da trilha. Eles não vão muito longe, provavelmente já cientes de que os sons da casa sinalizam uma futura refeição.

O tom da serra elétrica aumenta e o grito fica mais fraco. Há uma angústia presente, e ela é nebulosa. Irremediável. Não é um grito que implora por misericórdia. É apenas dor, pouco mais que um reflexo. Aquele homem teve sua humanidade corroída, foi despojado dela, reduzido a um animal capturado pelas garras do sofrimento.

A risada maníaca de Harvey Mead some. Os gritos de sua vítima diminuem até desaparecer. A serra continua trabalhando, o som aumentando e diminuindo até que por fim também cessa, cobrindo-nos num silêncio absoluto.

– Nova regra – digo, pigarreando para limpar a garganta e me virando para Rowan.

Ele olha para mim, as bochechas vermelhas, os olhos azul-marinho queimando como o núcleo de uma chama. Embora ele assinta, não consigo encontrar qualquer entusiasmo em sua expressão, os lábios formando uma linha sombria e uma ruga se aprofundando entre as sobrancelhas.

– Se você pegar ele primeiro, tenho direito a ficar com algo – falo.

Rowan assente de novo, apenas uma vez. Sua presença invade meu espaço. Seu calor. Seu perfume. Sou envolvida pelo cheiro de sálvia, pimenta e limão.

– Só um – diz ele, as palavras cruas, como se suas extremidades estivessem em carne viva.

O ar fica preso em meus pulmões e meus olhos se fecham quando ele toca meu rosto, passando o polegar pelos meus cílios. Tudo parece mais vibrante na escuridão momentânea: o silêncio dentro da casa, o cheiro da pele de Rowan. O toque gentil dele. As batidas do meu coração.

– Só um – repete Rowan, e afasta a mão.

Quando abro os olhos, os dele estão presos em meus lábios.

Minha voz é um leve sussurro.

– Só um o quê?

– Olho. – Rowan desvia seu olhar rígido do meu rosto e se vira na direção da fazenda decadente. – Eu quero que ele sofra. Mas quero que veja cada segundo.

Balanço a cabeça, concordando. Um relâmpago ilumina o cenário preto da tempestade que se aproxima, seguido um pouco depois pelo estrondo de um trovão.

– Não importa quem ganhe, vamos garantir que isso aconteça.

Puxando minha faca de aço de Damasco do cinto, eu me viro para ir em direção à casa, mas as pontas dos dedos de Rowan roçam meu antebraço, seu toque leve acendendo uma corrente em meu corpo que me faz parar abruptamente. Nossos olhares colidem, e sinto um aperto no coração.

Ninguém nunca me olhou assim, com tanta preocupação e tanto medo. E, pela primeira vez, não é medo *de* mim.

É medo *por* mim.

– Toma cuidado, Corvo. Eu só... – Os pensamentos de Rowan desaparecem em meio à brisa repentina conforme ele olha na direção da casa. Ele balança a cabeça, volta sua atenção para meus tênis sujos e me encara. – Ele é um cara grande. Deve estar nervoso agora. Não se arrisque.

Um meio sorriso aparece no canto dos meus lábios, mas nada muda na expressão severa de Rowan.

Um olhar demorado. A respiração presa. Algumas batidas de nosso coração e um relâmpago.

Então me afasto, os passos de Rowan atrás de mim enquanto seguimos para a casa de Harvey Mead.

A trilha serpenteia entre duas colinas baixas, culminando em um gramado que circunda as construções. À direita da casa, o terreno desce até uma ravina rasa de arbustos e o que deve ser um pequeno riacho que provavelmente não é muito mais do que um fio d'água sob o sol de agosto. Entre a casa e a ravina há um pequeno jardim cercado por tela de galinheiro e amuletos de vidro quebrado que tilintam para assustar os pássaros. Nos fundos, à esquerda, estão os anexos. Um galinheiro. Uma antiga oficina com telhado baixo e reto. Um celeiro que se ergue como uma fortaleza agourenta entre a casa e a tempestade que se aproxima de nós. Restos de carrocerias de carros deformados e enferrujados se projetam em meio aos troncos de árvores típicas da região desértica.

Eu me detenho na entrada do quintal. Rowan para ao meu lado.

– Linda essa casa, né? – sussurro.

– Muito melhor de perto. A cabeça da boneca realmente traz personalidade – diz ele, apontando para a cabeça decapitada de uma boneca dos anos 1950, nos encarando da varanda com olhos escuros e sem alma.

– Eu compro. Mas só se ele deixar o... – Eu me inclino para a frente e olho para um pedaço de pelo cinza preso embaixo de uma cadeira de balanço quebrada. – O gambá?

– Eu ia chutar "gato", mas pode ser.

Eu me endireito, virando-me para Rowan com o punho fechado e levantado.

– Sloane...

– Pedra, papel e tesoura. Quem perder fica com a porta da frente – digo, com um sorriso malicioso.

Rowan me observa por um bom tempo e balança a cabeça com um suspiro resignado. O punho dele enfim encontra o meu.

Contando silenciosamente até três, fazemos nossas escolhas, minha tesoura perdendo para a pedra de Rowan. Ele franze a testa.

– Duas de três – sussurra ele, agarrando meu pulso quando começo a subir os degraus.

– Você quer *perder*? Sem chance. Vá até a porta dos fundos e faça bom proveito da vantagem, seu esquisito.

Sorrio e enrugo o nariz como se não fosse nada de mais, embora Rowan possa sentir minha pulsação acelerando sob sua palma até que me liberto.

Não olho para trás, me concentrando em chegar viva aos degraus da entrada. Meu peito queima de vontade de voltar para Rowan, ficar com ele e caçar a seu lado, mas não faço isso.

Quando piso nas tábuas rachadas da escada, consigo percebê-lo com minha visão periférica, finalmente se dirigindo aos fundos da casa.

A cada passo silencioso que dou, examino os arredores caóticos, tomando cuidado para não perder o equilíbrio ou derrubar alguma coisa. Não há nenhum som vindo da casa, nenhum movimento do outro lado da porta de tela, nenhuma sombra ameaçadora iluminada por um relâmpago. As primeiras gotas de chuva atingem a varanda coberta assim que chego à porta, ricocheteando em latas e escombros em uma melodia metálica.

Abro a porta de tela apenas o suficiente para entrar, o ruído baixo das dobradiças enferrujadas sendo engolido pelo estrondo de um trovão que sacode as paredes.

Os odores de comida, decomposição e mofo se misturam em um redemoinho que me provoca náuseas conforme desço um corredor estreito. À esquerda fica uma sala de estar, com móveis antigos e decoração original cobertos por uma película de poeira. O papel de parede florido descasca das paredes e esvoaça com a brisa da tempestade à medida que ela encontra caminho por portas abertas e janelas quebradas. Há um corpo parcialmente mumificado sentado em uma poltrona ao lado da lareira, as pernas cobertas por uma manta de crochê e uma Bíblia aberta nas mãos esqueléticas. Seus longos cabelos brancos descem pelos ombros, uma dentadura ainda agarrada a seu maxilar frouxo.

– Mamãe Mead, presumo – sussurro na direção dela, dando alguns passos cautelosos para dentro da sala até ficar diante dela. – Aposto que você era uma megera, não era?

Saber que Harvey Mead seguiu os mesmos passos de muitos outros assassinos em série com fixação em uma mãe controladora, autoritária e provavelmente abusiva não o torna menos perigoso.

Mas sem dúvida me dá algumas ideias...

Eu me inclino e sorrio para a pele dura e os olhos vazios da mulher na poltrona.

– A gente se vê em breve, Mamãe Mead.

Com uma piscadela, aperto com firmeza o cabo da faca e saio da sala, atravessando o corredor até a escada que leva ao andar de cima.

O rangido dos degraus é abafado pelos trovões e pela chuva. Parece impossível que a casa esteja tão desprovida de rastros humanos depois do homicídio brutal que acabou de acontecer, mas as únicas coisas que consigo ouvir são meu coração e a tempestade.

Quando chego ao patamar do piso superior, a chuva fica mais forte, e seu cheiro abafa o fedor do andar principal. Aguardo um momento, observando, ouvindo. Mas não ouço nada. Não há nenhuma pista do paradeiro de Harvey quando paro na entrada de um corredor.

Começo a avançar lentamente.

Primeiro, chego a um quarto cheio de caixas. Revistas. Jornais. Manuais amarelados para carros e tratores. Dar uma volta no cômodo não me traz nenhuma revelação que valha a pena.

Volto para o corredor e avanço para o cômodo seguinte, um banheiro com uma pia de pedestal rachada e uma cortina de chuveiro caída no interior de uma banheira com pés, cujo plástico antes branco agora está todo manchado de mofo preto. Não há sangue no chão. Não há pistas. Nenhum cheiro ou som incomum.

O cômodo em que entro a seguir é o quarto principal. De todos os que vi, este é o mais limpo, embora seja um exagero considerá-lo imaculado. A janela está coberta de poeira e sujeira, mas não está quebrada. A cama é uma estrutura simples de ferro forjado, os lençóis amarrotados, algumas roupas espalhadas sobre o colchão e também pelo chão. Verifico o local, mas Harvey Mead não está ali, então não me demoro, decidindo vasculhar seus escassos pertences só depois que ele morrer.

Saio do cômodo.

O próximo quarto fica do outro lado do corredor. O som da chuva caindo em recipientes de metal abafa o dos meus passos quando entro no pequeno cômodo. Um buraco no teto se abre para o céu em meio às vigas quebradas do sótão. Relâmpagos brilham no alto. A chuva cai na casa e enche uma série de potes de metal e recipientes de cerâmica espremidos uns nos outros sobre uma folha de plástico transparente que cobre o chão. Circundando a borda do buraco, há ossos que pendem de fios de lã molhados como sinos de vento. As vértebras se torcem e se chocam com a brisa, a água escorrendo de seus corpos e asas descoloridos.

Observo por um momento, refletindo sobre a psicopatia do homem que os amarrou ali antes de sair do cômodo e seguir para a última porta no lado oposto do corredor, bem lá no fundo.

A porta está fechada. Fico parada na frente dela por um bom tempo, com a orelha pressionada contra a madeira e a faca bem firme na mão. Não escuto nenhum barulho do lado de dentro. Também não escuto nenhum som do andar de baixo, embora eu não tenha certeza de que conseguiria ouvir alguma coisa de lá, a menos que fosse uma briga. Um trovão ruge. A chuva bate no telhado em ondas revoltas.

Uma pontada de preocupação enche meu peito. Rowan. Talvez seja melhor que eu não o tenha ouvido, mas também não ouvi nenhum ruído de Harvey sofrendo, e isso se aloja como um espinho bem fundo na minha pele. A esta altura, não me importa quem ganha. Eu só quero Harvey morto.

Balanço as mãos para deixar que a empolgação, a tensão e o medo escapem dos meus braços, e então seguro a maçaneta da porta e a empurro.

– Que *porra é essa...*

Não é o que eu esperava.

Três monitores estão sobre uma mesa cheia de papéis e lápis espalhados. As telas exibem imagens de dezoito câmeras. O celeiro. A oficina. A porta dos fundos. A cozinha. Uma sala escura onde não consigo distinguir nada.

Uma sala bastante iluminada onde um corpo desmembrado está empilhado sobre uma mesa coberta de plástico, sangue e carne pingando no chão de ladrilhos.

Vejo Rowan entrando na sala de estar.

Então vejo Harvey descendo o corredor na direção dele. Sinto o sangue sair do corpo. Minha pele fica gelada.

– Rowan – sussurro.

Eu grito o nome dele ao sair correndo da sala...

... e dou de cara com a sola da bota de Harvey Mead.

14

DILACERADA
SLOANE

Água jorra em meu rosto latejante. A náusea faz meu estômago revirar. Sangue cobre minha língua. O mundo gira ao meu redor. Estou rolando. Estou descendo uma colina íngreme. Rolando e *caindo*.

Caio em cima do ombro esquerdo com um ruído dilacerante, esvaziando meus pulmões através de um grito silencioso. Tento respirar, mas o ar não vem. Meu peito se aperta. Chuva e flashes de luz me cegam quando pisco na direção do céu, as primeiras respirações ofegantes finalmente entrando em meus pulmões apavorados.

Um par de botas pisa nos arredores com um baque forte, aproximando-se e parando perto da minha cabeça. A chuva lava o sangue coagulado do couro preto. Abro a boca para gemer o nome de Rowan quando uma mão se enrosca em meu cabelo e me afasta do cheiro reconfortante de terra e grama molhadas.

Fico cara a cara com Harvey Mead.

Cascatas caem de sua cabeça calva, pingam de sua testa e cobrem seu rosto inexpressivo. Ele me encara. Eu o encaro de volta, em direção ao abismo de seus olhos escuros.

E então cuspo em sua cara asquerosa.

Harvey não limpa minha saliva. Ele me segura firme, deixando a chuva levar os rastros de sangue por sua pele esburacada. Um sorriso lento estica seus lábios, revelando dentes apodrecidos em um sorriso que é irritantemente desconectado do restante de sua expressão apática.

Ele me solta, mas continua segurando meu cabelo ao arrastar meu corpo lânguido pela lateral da casa. Minha cabeça lateja. Meu rosto pulsa.

Lágrimas ardem em meus olhos a cada puxão no cabelo, e a dor no ombro irradia pelo pescoço e pelo braço frouxo. Debato os pés na grama, na lama e nos escombros, mas não consigo me firmar com ele mantendo minha cabeça abaixada. Eu o arranho e bato em sua perna com a mão boa, mas ele é grande demais para sentir qualquer impacto da minha luta inútil.

Paramos diante das portas de um porão. Harvey destranca um cadeado enferrujado e remove a corrente que trava as maçanetas, abrindo uma das portas e me atirando para dentro. Do lado de fora, ele tranca a porta de novo.

Caio no chão com um grunhido, sentindo cheiro de merda, mijo e medo ao tentar respirar.

O conteúdo do meu estômago se espalha pelo chão.

Só quando paro de vomitar é que percebo que não estou sozinha. Alguém está soluçando no escuro.

– Adam – diz uma mulher em meio a choramingos desolados. – Ele matou o Adam. Eu... eu ouvi. Ele o *matou*.

Ela mantém distância, repetindo as palavras em um mantra desesperado que se infiltra em cada fenda do meu peito. Irmão, amante ou amigo, quem quer que fosse o tal Adam, ela o amava. E eu sei o que é testemunhar o sofrimento de alguém que você ama. Entendo melhor a dor e a impotência dessa mulher do que a maioria das pessoas.

– Foi. Ele matou o Adam – respondo, em meio a respirações tensas e ofegantes.

Enquanto isso, tiro o celular do bolso de trás da calça. Ele vibra em minha mão com uma mensagem, mas primeiro ligo a lanterna, apontando-a para o chão entre mim e a mulher nua agachada contra a parede, que recua diante da luz.

– E te prometo que o Adam vai ser a última pessoa que Harvey Mead vai matar.

Não posso afirmar se isso lhe traz algum conforto ou garantia. Talvez um dia, mas neste momento a perda é muito recente e a ferida, muito profunda. Os soluços silenciosos da mulher continuam, e volto a atenção para a tela ao chegar outra mensagem de texto.

Sloane

> **SLOANE**
>
> **ME RESPONDE**
>
> **CADÊ VOCÊ**

Os pontos de uma próxima mensagem começam a piscar enquanto digito uma resposta.

> Tô bem. Trancada num porão.
> Lateral direita da casa

Rowan responde no mesmo instante.

> Aguenta firme, amor. Tô indo

Li a mensagem dele duas vezes antes de bloquear a tela e morder o lábio. Meu nariz dói. Uma dor arde no meu peito. Talvez seja apenas o jeito irlandês dele, mas mesmo assim ouço aquela frase repetidamente na voz de Rowan, como se ele estivesse bem aqui, na minha cabeça.

Aguenta firme, amor.

– Qual o seu nome? – pergunto com a voz rouca, voltando minha atenção para a mulher que chora encolhida contra a parede de tijolos.

Ela parece ter mais ou menos a minha idade, é magra e seu corpo nu está coberto de manchas de sujeira.

– Eu... Meu nome é Autumn.

– Muito bem, Autumn. – Apoio o celular no chão para que a lanterna aponte para o teto e começo a desabotoar a camisa. – Vou te dar isso aqui, mas preciso da sua ajuda pra tirar.

Autumn se aproxima com passos hesitantes. Não falamos nada enquanto ela me ajuda a guiar o tecido pelo meu ombro deslocado, e, embora se afaste por um instante quando solto um grito de dor, ela não desiste até tirar a minha camisa. O tecido está encharcado e enlameado, e talvez não a mantenha aquecida no porão gelado, mas pelo menos ela vai estar coberta.

Ela está terminando de abotoar a camisa quando um machado atravessa as portas do porão.

– *Sloane!* – grita a voz desesperada de Rowan, se sobrepondo ao berro aterrorizado de Autumn, ao vento e à chuva torrencial. – Sloane!

Uma dor lancinante me deixa sem fôlego. Meus olhos se enchem de lágrimas quando pego o celular e me aproximo das portas.

– Tô aqui, Rowan...

– Sai de perto.

Com mais alguns golpes, as portas se estilhaçam e desabam na escuridão junto com o cadeado e a corrente. A mão de Rowan surge em meio à penumbra.

– Segura a minha mão, amor.

Em algum momento, deve ter havido escadas aqui, mas elas foram removidas, e tenho que pular para agarrar a mão de Rowan, escorregando na primeira tentativa por conta da chuva e do suor em nossa pele. Ele se reposiciona, deitando-se de bruços e se inclinando ainda mais na escuridão.

– As duas mãos – diz ele, estendendo as palmas para mim.

– Não consigo.

Um relâmpago ilumina o rosto de Rowan, marcando-o na minha memória para sempre. Seus lábios estão entreabertos, e quase posso ouvi-lo inspirar bem fundo quando seu olhar se fixa no meu ombro deformado e na ausência da camisa. A luz e a chuva pintam suas feições de angústia e fúria. Lindo, assombrado e apavorado.

Rowan não diz nada enquanto tenta me alcançar. Quando pulo, ele pega minha mão e a segura com força, me levantando o suficiente para agarrar meu cotovelo e me puxar para fora do porão.

Assim que estou no chão, sou esmagada em seu abraço, trêmula. Enrosco os dedos em sua camisa encharcada. Seu cheiro me envolve, e quero me agarrar a esse momento de conforto, mas ele afasta nossos corpos e me encara.

– Consegue correr? – pergunta ele, me examinando. Seus olhos não relaxam quando faço que sim, percorrendo meu rosto como se estivesse em busca da verdade. – Confia em mim?

– Confio – respondo, com uma voz ofegante, mas segura.

– Não vou deixar nada acontecer com você. Entendeu?

– Entendi, Rowan.

Olhamos um para o outro uma última vez antes de ele apanhar o machado e segurar minha mão. Ele se vira de novo para o porão e parece que só então percebe que havia mais alguém lá dentro comigo, apesar dos gritos e apelos incessantes de Autumn para ser libertada.

– Fica aí – diz Rowan na direção do buraco, sem ceder aos apelos desesperados dela. – Se você ficar quieta e escondida, ele vai até esquecer que você está aí. A gente volta pra te buscar assim que isso terminar.

– Por favor, *por favor*, não me deixa aqui...

– Fica quieta aí – dispara Rowan, e me carrega sem olhar para o porão, ignorando os berros aflitos que se seguem enquanto corremos em direção aos fundos da casa.

Paramos bem na curva e fazemos uma pausa, e Rowan se inclina para explorar o caminho até o celeiro. Quando parece satisfeito, aperta minha mão, virando-se para trás o suficiente para olhar para mim. Ele acena com a cabeça uma vez, e eu mal termino de retribuir o gesto quando ele começa a nos conduzir pelo quintal cheio de escombros até o celeiro decadente. Ele entra primeiro pela porta já aberta, com o machado erguido, mas o local está vazio, exceto por ferramentas, pombos e um antigo trator John Deere. Só quando está convencido de que é seguro, Rowan me puxa mais para dentro, parando contra uma parede em um ponto equidistante das saídas da frente e dos fundos.

Uma trovoada sacoleja as janelas e as ferramentas penduradas nas paredes de tábuas. Rowan deixa o machado cair no chão de terra com um baque abafado. Por um breve momento apenas olhamos um para o outro, ambos encharcados e cobertos de lama e grama.

As mãos dele tocam meu rosto para me manter firme, sua respiração quente contra a minha pele, os olhos percorrendo cada detalhe do meu rosto.

Um polegar passa pela minha testa, e eu estremeço. Um dedo segue a curvatura do meu nariz. Ele traça meu lábio superior, e eu fungo, o gosto de sangue preso no fundo da garganta.

– Sloane... – sussurra ele.

Não é para eu responder. É apenas a confirmação de que estou aqui, de verdade, apesar de machucada. Rowan me mantém perto da parede, me amparando com o corpo, as mãos descendo pelo meu pescoço, levantando meu queixo para verificar cada centímetro do pescoço em busca de ferimentos enquanto tremo no escuro.

– A sua camisa...

– Eu dei pra moça. Ele não fez nada desse tipo comigo.

Os olhos de Rowan brilham quando encontram os meus. Ele não diz nada em resposta, apenas volta sua atenção para meu ombro machucado, onde um hematoma intenso já colore a articulação com suas primeiras nódoas roxas. Com uma palma quente no meu ombro bom, ele me vira de frente para a parede. Avalia a lesão com um toque cuidadoso. Embora eu tente ficar em silêncio, mesmo assim um grito tenso escapa quando ele afasta meu braço da lateral do corpo.

– Consegue colocar de volta no lugar? – sussurro quando ele me vira para encará-lo de novo.

– Pode estar quebrado, amor. Você precisa de um médico.

Pisco para afastar as lágrimas repentinas que enchem meus olhos quando Rowan se ajoelha, inspecionando minhas costelas, verificando cada uma delas. Estão doloridas por conta da queda, mas não fraturadas. Rowan simplesmente me ignora quando tento dizer isso a ele, como se não fosse se dar por satisfeito até analisar cada uma, passando a ponta dos dedos sobre o osso. Quando termina, suas mãos vão parar nos meus quadris, uma respiração longa e tensa cobrindo minha barriga com um calor que sinto até o âmago.

– Me desculpa – sussurra ele.

Ele pressiona a testa na minha barriga, os braços envolvendo minhas pernas para me manter perto.

Por um instante, não sei o que fazer. Estou paralisada pela eletricidade repentina que atravessa minha pele trêmula. Cada expiração contra minha pele faz meu coração bater mais rápido até virar um martelo contra meus ossos. Então levanto a mão, meu corpo assume o controle sem levar em conta minha mente, ciente de algo que não sei: que é a coisa mais natural do mundo meus dedos deslizarem nos cabelos dele. Minhas unhas percorrem o couro cabeludo de Rowan, e ele suspira, pressionando a testa com mais força contra minha barriga. Mergulho os dedos no cabelo dele outra vez e me perco na cadência de um simples toque que se repete.

O calor de sua respiração sobe do meu umbigo, passando entre os seios até meu coração, seguindo meus batimentos acelerados enquanto Rowan se levanta devagar. Não consigo afastar minhas mãos dele. Meus dedos deslizam de seu cabelo úmido até que minha palma alcança a bochecha e a barba por fazer que arranha minha pele. Rowan se inclina ao meu toque. Ele coloca a mão sobre a minha, como se eu fosse desaparecer se me soltasse.

– Sloane – diz ele, os olhos fixos em meus lábios. Meu nome é um sussurro de salvação e agonia quando Rowan o repete. Seu pomo de adão se move quando ele engole em seco. – Não posso te perder.

– Então acho bom você me beijar – sussurro de volta.

Rowan fita meus olhos. Suas mãos aquecem minhas bochechas. Estamos apenas a um sopro de distância um do outro, e sei que tudo vai mudar quando seus lábios tocarem os meus.

E isso é verdade.

Tudo se transforma com um beijo.

Os lábios de Rowan são suaves, mas o beijo é firme, como se não houvesse espaço em sua mente para dúvidas ou incertezas. Ele sabe o que quer. Talvez quisesse isso o tempo todo. Talvez eu fosse a única que precisava de tempo para se decidir.

O calor entre nós aumenta a cada toque. Abro a boca quando a língua dele percorre a abertura entre os meus lábios e, com a primeira carícia da língua de Rowan na minha, cada fio de comedimento que havia entre nós se desfaz.

Eu me perco no desejo. Ele toma conta de mim, como se estivesse o tempo todo escondido atrás de uma parede em ruínas.

E, uma vez liberado, ele me consome.

A urgência toma conta. A mão de Rowan se enrosca no meu cabelo, e ele me esmaga contra seu corpo. Dou um gemido quando ele suga meu lábio inferior. Agarro sua nuca com uma das mãos e cravo as unhas, até que ele dá um grunhido e enfia a língua bem fundo na minha boca, exigindo mais de um beijo que já incendiou minhas veias com desejo.

Esqueço quem somos. Onde estamos.

Por que estamos aqui.

Um grito repentino nos separa imediatamente, e nos encaramos com olhos arregalados e respirações irregulares. Os pedidos aterrorizados de ajuda são abafados pelo som de uma serra elétrica ganhando vida.

Colocamos a cabeça para fora em meio às sombras apenas o suficiente para ver Autumn correndo a toda velocidade pela lateral da casa, vindo direto para o celeiro. Um segundo depois, Harvey aparece, perseguindo-a com a serra elétrica agarrada às duas mãos. Apesar do corpo pesado e robusto, ele está se aproximando, e Autumn tropeça nos escombros com os pés descalços e as pernas nuas.

Saímos de vista, e Rowan me lança um sorriso feroz e devastador.

– Eu já volto, Corvo.

Ele circunda minha nuca com a mão e pressiona os lábios nos meus em um beijo rápido, de despedida, e em seguida me solta para pegar o machado do chão.

– O que você vai fazer? – pergunto, entredentes.

Rowan apoia o cabo do machado no ombro e bufa, dando uma piscadela para mim.

– Me vingar por ele ter machucado minha garota, é claro.

As bordas enrijecidas do meu coração derretem um pouco com essas palavras, e Rowan sorri como se tivesse visto isso acontecer. Sem dizer mais nada, ele se vira, aproximando-se da porta e se agachando atrás de um amontoado de caixas de ferramentas de metal, e eu recuo até estar protegida pelo motor do trator.

Um segundo depois, Autumn entra desesperada no celeiro, indo em direção à porta dos fundos, cada passo pontuado por um grito de pânico.

Harvey Mead vem correndo atrás dela. E tudo que transcorre em seguida acontece em câmera lenta, uma bela coreografia de vingança.

Rowan avança. Ele ergue o machado fazendo um arco que começa tão próximo do chão que levanta poeira. A lâmina atinge a motosserra em um golpe brutal. A corrente se solta, atingindo o rosto de Harvey, e ele emite um rugido furioso. A máquina engasga quando ele a deixa cair e tropeça, parando, desorientado. Leva a mão ao rosto ensanguentado por reflexo, ainda sem perceber que Rowan já está se aproximando dele para atacar de novo.

O machado parte sua rótula com um estalo molhado. Harvey grita de dor e cai sobre o outro joelho, e Rowan puxa a lâmina do osso.

– Vamos ver se você gosta do que faz com os outros! – grita Rowan.

E, antes que Harvey possa cair para o lado, Rowan o chuta em cheio na cara, seu calcanhar atingindo com um baque alto o espaço entre as sobrancelhas espessas de Harvey, que cai com as costas no chão, atordoado e gemendo, quase inconsciente. Sua cabeça manchada de sangue balança de um lado para o outro em meio a uma nuvem de poeira. Rowan fica de pé sobre ele e aperta ainda mais o cabo do machado. A raiva e a concentração reforçam os traços de seu lindo rosto. Malícia brilha em seus olhos ao encarar o inimigo.

– Isso vai ser bom demais – diz ele, pairando sobre Harvey com um sorriso letal.

Ele levanta o machado.

– *Espera...* – digo, me afastando da segurança do trator. Rowan para no mesmo instante, embora dê a impressão de que precisa dar tudo de si para fazê-lo. – Não mata ele ainda. Você prometeu que me daria a vez também.

Abro um sorriso sombrio quando me aproximo. Rowan examina minha expressão com as sobrancelhas franzidas, uma pergunta atravessando o espaço entre nós, que respondo com um sorriso ainda maior.

– Mas fique à vontade pra mantê-lo ocupado – digo, e depois vou em direção à casa.

Felizmente, os gritos da Autumn foram silenciados pelo temporal que ainda cai sobre nós. Vai demorar, já que ela está descalça, mas em algum momento a garota vai encontrar ajuda se seguir o riacho ou voltar até a frente da casa para pegar o caminho que leva à estrada de cascalho. É uma distância razoável dos vizinhos mais próximos e a estrada não tem muito movimento de veículos, mas não podemos considerar a distância uma vantagem a nosso favor. Sei que não podemos ficar por muito tempo.

Apenas tempo suficiente para nos divertirmos um pouco.

Não passo muito tempo na casa, trabalhando depressa para coletar o que preciso antes de voltar para o celeiro.

Uma série de xingamentos me cumprimenta quando me aproximo da antiga construção. Rowan parece se divertir com a tortura, martelando uma estaca de metal na mão de Harvey para mantê-lo preso ao chão, um instrumento semelhante já empalando a outra palma. Rowan está tão absorto na tarefa que só nota minha presença quando já estou na porta.

Ele leva um segundo para processar o que está vendo antes de soltar uma risada incrédula.

Deixo cair o que estou carregando com meu braço bom e levanto um dedo aos lábios em meio a uma crise de risos. Lágrimas se agarram aos meus cílios, o descontrole ameaçando me consumir. Estou bastante satisfeita comigo mesma, tenho que admitir. Talvez esta seja uma das melhores ideias que tive em muito tempo. E quero aproveitar ao máximo seu impacto, então, com alguns movimentos bruscos das mãos, consigo comunicar que quero que Rowan me bloqueie da visão de Harvey. Ele assente e fica entre nós enquanto me movimento em meio às sombras, me aproximando com meu prêmio cobiçado.

Quando chego aos pés de Harvey, coloco meu presentinho em seus tornozelos e começo a deslizá-lo, subindo pelas pernas dele.

Harvey dá um gemido quando roço seu joelho machucado. Ele olha para baixo e encontra os olhos vazios da mãe.

Harvey Mead solta um grito avassalador.

– *Você tem sido um menino muito malvado, Harvey* – digo, na minha melhor imitação da voz de uma velha enquanto deslizo o cadáver até o rosto de Harvey.

Ele se debate, tentando chutá-lo, mas Rowan intervém e mantém sua perna boa abaixada.

– *Bons meninos não cortam pessoas com serras elétricas.*

Outro grito desesperado. Ele está perdendo completamente a cabeça e não pode fazer nada para dar fim ao seu tormento.

Eu desfruto do meu tempo. Aproveito cada segundo da tortura de Harvey, arrastando Mamãe Mead bem devagar pelo torso ofegante dele. Seus batimentos pulsam fortes no pescoço grosso. Gotas de suor escorrem por sua testa enrugada, descendo pelas têmporas enquanto ele balança a cabeça.

Mamãe Mead e Harvey finalmente ficam cara a cara.

– *Acho que você merece um castigo.*

– Isso é muito macabro – diz Rowan atrás de mim, embora não pareça estar reclamando.

– Ei, psiu! Mamãe Mead tem algumas coisas a dizer. – Balanço a cabeça do cadáver enquanto Harvey grita e se debate. A dentadura da mãe se solta da boca e cai no rosto do homem, que entra em outro estágio do pânico. – Opa, foi mal.

Apoio Mamãe Mead no peito dele para poder agarrar o pulso frágil do cadáver, mantendo meu braço machucado fora do caminho quando Harvey tenta afastar a mulher. Os dedos curvos da defunta acariciam o rosto dele antes de eu enganchá-los no canto da boca de Harvey.

– *Calma, filho. Eu só quero rastejar pra dentro de você e dar uma olhadinha.*

Harvey solta um gemido agudo.

Em seguida, começa a ter dificuldade para respirar, puxando o ar, o rosto numa careta contorcida.

– Argh…

As veias das têmporas de Harvey se projetam. Sua pele fica vermelha e rapidamente perde a cor. Os lábios ficam azuis.

– O que…

Uma respiração estridente abandona o peito dele. Os olhos ficam turvos. As pupilas se fixam no teto e se dilatam.

– Ele acabou de ter um enfarte? – pergunta Rowan.

Ele para perto da cabeça imóvel de Harvey para avaliar seu rosto ensanguentado.

Meus ombros desabam de decepção.

– Que sem graça, Harvey.

– Você literalmente matou o cara de susto. Deveria estar orgulhosa.

– Eu tinha tanto mais pra dar!

Dou um empurrão petulante na Mamãe Mead, e ela rola do peito imóvel de Harvey.

– Será que a gente reanima o sujeito? – pergunto.

– Se você quiser, mas não recomendo fazer boca a boca.

– Merda…

Rowan sorri quando ergo os olhos. Ele contorna a cabeça de Harvey, parando ao meu lado com a mão estendida.

– Vamos, Corvo. A adrenalina vai baixar em breve, e esse ombro vai começar a doer de verdade. É melhor atearmos fogo nesse lugar e irmos embora antes que aquela mocinha encontre ajuda. Depois eu vou até o hotel buscar nossas coisas, e a gente cai na estrada.

Apoio minha mão na de Rowan, e ele me coloca de pé. A cicatriz no lábio dele se destaca um pouco quando ele sorri para mim. Meu olhar percorre seu rosto, e quero me lembrar de cada detalhe, desde as sobrancelhas escuras, passando pelos olhos azul-marinho e as linhas suaves em suas extremidades, até a pequena pinta na bochecha e o brilho do cabelo molhado. Acima de tudo, quero me lembrar do calor de seu beijo quando ele pressiona seus lábios nos meus.

Ele se afasta depressa demais, mas não sem antes pegar minha mão e nos guiar em direção à casa.

– Cair na estrada... – repito, as palavras de Rowan finalmente emergindo da névoa de adrenalina. – Na estrada pra onde?

– Nebrasca. Pra ver o Dr. Fionn Kane – diz ele. – Meu irmão.

15

MARCAS
ROWAN

Sloane dorme ao meu lado no banco do passageiro. Um cobertor que roubei do hotel cobre seu corpo, e o cabelo preto está caído sobre o ombro inchado. A alça do sutiã segura uma bolsa de gelo sobre a articulação e, embora eu saiba que provavelmente já derreteu há mais ou menos uma hora, não tive coragem de substituir por outra com receio de acordá-la.

Quando olho para ela, não consigo distinguir meus sentimentos. Todos eles se entrelaçam quando penso em Sloane Sutherland. O medo se funde com a esperança. Cuidado com controle, com inveja, com tristeza. É absolutamente *tudo* ao mesmo tempo. Até mesmo o desejo de parar esses sentimentos está vinculado à necessidade de nutri-lo. A grandiosidade disso tudo me devora.

E só cresce a cada momento que passa. Sloane invade cada pensamento meu. Quando estamos longe um do outro, sua ausência é uma entidade. Eu me preocupo com ela. Sonho com ela. E ontem quase a perdi. Matar nos uniu e é uma compulsão sem a qual nenhum de nós consegue viver. Essa necessidade, e agora essa competição entre nós, me consome tanto quanto ela.

Minhas obsessões me levam a um penhasco do qual estou fadado a cair, e pode ser que a queda não tenha fim depois que isso acontecer.

Sloane se revira e geme, e meu coração começa a disparar. Talvez não tenha desacelerado desde aquele primeiro dia na baía, quando ela saiu do banheiro do Briscoe com o cabelo molhado, a pele corada e sardenta e aquela camiseta do Pink Floyd com um nó na cintura. Cada vez que penso em Sloane meu coração me lembra que, afinal, não estou tão morto por dentro quanto imaginava.

– Calma, Corvo – digo quando ela dá outro gemido, dessa vez algo mais próximo a um lamento que perfura minhas entranhas. Coloco a mão na coxa de Sloane, talvez para me tranquilizar tanto quanto a ela. – Só mais algumas horas.

Ela muda de posição, cada movimento doloroso marcando uma ruga em sua pele até que os olhos se fecham com força. O cobertor cai até a cintura quando ela finalmente consegue ficar em uma posição mais reta, mas ela parece não notar e, quando eu a cubro de novo, me presenteia com um sorriso fraco e agradecido. Entrego-lhe uma garrafa de água e uns analgésicos antes que ela precise me pedir.

– Tô me sentindo péssima – diz ela, os olhos se fechando mais uma vez enquanto engole os comprimidos. Quando respondo apenas com um murmúrio pensativo, ela me olha de soslaio. – Pode falar.

– Falar o quê?

– Que eu também *pareço* péssima.

Dou uma risada, e ela semicerra os olhos.

– Não vou dizer isso. De jeito nenhum.

Volto a olhar para a estrada, deparando com um passarinho que voa mais à frente, tentando manter minha atenção no horizonte, embora sinta o peso do olhar penetrante de Sloane na lateral do rosto, queimando minha pele.

– O que foi? Acho que você tá linda. Uma espécie de deusa da vingança cruel experiente.

Sloane bufa.

– Deusa da vingança porra nenhuma.

Eu me viro a tempo de ver uma de suas épicas reviradas de olhos. Antes que eu possa impedi-la, ela baixa o quebra-sol e levanta a tampa do espelho.

Um grito agudo preenche o carro.

– *Rowan!*

– Não fica tão ruim assim depois que você se acostuma.

– Me *acostumar*? Tem uma *marca de bota* na minha cara.

Ela se inclina para mais perto do espelhinho, virando a cabeça de um lado para o outro e inspecionando os hematomas de formatos diversos na testa e dois semicírculos pretos sob os cílios inferiores. Quando Sloane se vira para mim, seus olhos estão cristalinos por conta das lágrimas não derramadas.

– Corv...

– Não vem com essa de *Corvo*. Aquele arrombado carimbou a porra da minha testa. Dá pra ver até o logotipo da bota – diz ela, com a voz embargada, se aproximando do espelho e então se virando para mim, com os olhos cheios d'água. Ela se apoia no painel e aponta para o círculo no centro da testa. – Tá vendo? Bem aqui. *Carhartt.* Por que ele simplesmente não me deu um soco na cara feito uma pessoa normal?

– Provavelmente porque ele não era uma pessoa normal, amor. Achei que a serra elétrica fosse uma boa pista disso.

Enxugo uma lágrima dela com o polegar. Os lábios de Sloane tremem, e quero ao mesmo tempo dar risada e incendiar o mundo até encontrar uma maneira de ressuscitar aquele merda para que ela possa matá-lo de novo.

– Não vai ficar aí pra sempre.

– Mas eu tenho que ir ao banheiro – insiste Sloane, conseguindo manter a voz sob controle, embora seu rosto ainda seja a imagem da angústia. – Como vou a qualquer lugar sem chamar atenção?

Não me atrevo a oferecer a opção de encontrar um arbusto particular à beira da estrada para que ela se agache. Ela claramente chegou ao limite do estresse, e não gosto da ideia de ser esfaqueado enquanto dirijo.

– Tem uma parada daqui a 16 quilômetros. Vou dar um jeito.

Sloane me observa por um bom tempo e, embora ela ainda pareça sentir dor e cansaço, sua expressão se suaviza um pouco quando ela se acomoda outra vez no banco.

– Tá bem.

Meu peito dói. *Ela confia em mim.*

Engulo em seco, voltando a atenção para a estrada.

– Tá bem.

O silêncio pesa. Sloane morde o lábio inferior, observando as plantações pela janela conforme avançamos. Aumento o volume da música agora que ela está acordada, na esperança de que isso possa abrandar a tensão que sinto emanando de seu corpo imóvel. Às vezes, parece que tenho algo selvagem ao alcance das mãos quando ela está comigo. Sloane é exatamente como seu apelido: pronta para decolar com a primeira rajada de vento. Eu nunca quis ganhar a confiança de ninguém. Isso nunca foi importante em nenhuma das minhas relações que não fosse com meus irmãos. E, de repente, a confiança de Sloane é uma das coisas mais valiosas do mundo para mim. Sei que, se perdê-la, jamais vou recuperá-la.

E isso me deixa apavorado.

– E se eu precisar de cirurgia? – sussurra Sloane.

Eu lhe ofereço um sorriso, mas isso não parece tranquilizá-la.

– Então você vai ter que fazer uma cirurgia.

– As pessoas vão perguntar.

– Meu irmão vai dar um jeito nisso. Mas a gente nem sabe se vai ser necessário. Vamos ver o que o Fionn diz depois que der uma olhada.

Sloane suspira, e apoio a mão no cobertor que cobre sua coxa, sem saber se passei do ponto, já que não sei sequer em que pé estamos. Mas a mão boa dela desliza sobre a minha, e meu coração vai parar na garganta com uma batida forte.

Não estou tão morto por dentro, afinal.

– O Fionn também sabe? – pergunta ela, o olhar desviando de mim em direção à vastidão de terra e céu.

– Sobre nossos... hobbies? Nossa competição? – Depois que ela assente, dou um leve aperto em sua mão. – Sim, ele sabe.

– Curioso que nossa ideia de diversão é uma espécie de antítese do trabalho dele, né? Médico.

Dou de ombros e aponto com a cabeça em direção à placa da próxima saída. A tensão na mão dela diminui.

– Digamos apenas que meus irmãos e eu não tivemos uma educação muito convencional, mesmo depois que saímos daquela merda que era a casa do meu pai. Em meio à crueldade de Lachlan e à minha imprudência, Fionn não tapa os olhos para os aspectos sombrios da vida. Ele escolheu o próprio caminho como sempre esperamos que fizesse. Mas aceita o que Lachlan e eu nos tornamos, assim como nós o aceitamos.

– Seu caminho – diz Sloane. – Como você o encontrou?

– O restaurante, você diz? – pergunto, mas, quando olho para Sloane, ela balança a cabeça, o olhar fixo no meu rosto como se estivesse absorvendo cada nuance. – Depois que meu pai atacou a gente pela última vez, quando Lachlan e eu o matamos, percebi que não sentia o que provavelmente deveria ao fazer algo daquele tipo. A maioria das pessoas sentiria culpa. Mas eu senti uma onda de empolgação. Um sentimento de realização quando acabou. Houve paz em saber que ele nunca mais voltaria. E, quando conheci outra pessoa semelhante a ele, pouco tempo depois, percebi que não havia nada que me impedisse de fazer aquilo de novo. Sempre havia outra pessoa. Alguém pior. Em determinado momento, isso virou uma espécie de esporte, encontrar a pior pessoa possível e eliminá-la do planeta para sempre.

Sloane murmura, pensativa, e volta o olhar para o posto de gasolina à frente. Quero fazer a mesma pergunta a ela. Como ela chegou até aqui? O que aconteceu antes e depois de sua primeira morte? Ela não tem mesmo ninguém além de Lark? Mas já sei como as coisas funcionam com Sloane. Ela só se abre quando está pronta para isso, não quando é questionada. Nesse momento só posso esperar que ela se sinta um pouco mais preparada.

Paramos no posto de gasolina e estaciono longe, onde é menos provável que ela seja vista. Desligo o motor e me viro para ela.

– Vou deixar as chaves com você, só pra garantir.

O olhar de Sloane vai para o painel e volta para mim. Algo suaviza a dor que parece ainda intensa em seus olhos vermelhos.

– Tá bem.

– Volto já.

Ela assente, e eu faço o mesmo.

Tento demorar o mínimo possível no posto de gasolina, pegando água, refrigerantes e vários lanches, além de algumas coisas que, espero, vão deixar Sloane mais confortável. Quando termino, tenho uma agradável surpresa ao ver que o veículo está onde o deixei, com Sloane observando cada passo que dou por trás do para-brisa. Sua respiração profunda e seu sorriso não passam despercebidos quando abro a porta do passageiro.

– Achei que isso era apropriado – digo.

Tiro a etiqueta de um boné cinza encardido e o entrego a ela. "Isso me parece conversinha mole", diz a escrita cursiva na frente.

– Muito certeiro – comenta ela, colocando-o na cabeça e pegando os óculos aviador vagabundos que também comprei, segurando-os com a mão boa.

– A próxima parte provavelmente vai doer pra cacete. – Tiro uma camisa de botões da sacola, e ela solta um suspiro pesado, franzindo a testa

170

para o tecido amassado. – A gente corta pra tirar depois quando chegar na casa do Fionn.

Sloane não discute, apenas lança um olhar para o braço machucado, que está flácido e inútil sobre o cobertor, assentindo.

Primeiro retiro a bolsa de gelo derretido debaixo da alça do sutiã, observando enquanto os olhos dela se fecham e os lábios se contraem. Quando pego sua mão machucada e passo a manga pelo pulso, ela solta um gemido de dor, um rubor subindo pelo pescoço e pelas bochechas. Continuo mesmo sabendo que sou eu quem está fazendo Sloane sofrer só por ajudá-la a vestir uma camisa. Tento afastar a ideia de que tudo isso é culpa minha: essa competição besta, o ombro deslocado, o rosto machucado. Reprimo esses pensamentos, porque ela precisa de mim, e a única coisa que importa agora é conseguir ajuda.

Depois que deslizo a camisa por cima do ombro machucado, a tarefa fica mais fácil. Ela consegue torcer o corpo o suficiente para passar o outro braço sem muito esforço, e em seguida me agacho para fechar os botões.

– Obrigada – sussurra ela em meio a respirações irregulares, enquanto fecho o primeiro botão. Olho para ela, um belo rubor iluminando suas bochechas sob uma fina camada de suor. – Doeu muito.

– Você se saiu bem.

Meus dedos roçam sua barriga perto do piercing no umbigo quando enfio o próximo botão no buraco. Não era minha intenção tocá-la, mas não me arrependo, especialmente quando ela responde com um pequeno calafrio. Sua pele exposta se arrepia, e quando ergo o rosto, os olhos castanhos de Sloane estão fundidos aos meus, seus batimentos pulsando no pescoço, no qual meu olhar agora está fixado. Estou vagamente consciente de que meus dedos estão desacelerando em torno do terceiro botão, a necessidade de tocar e saborear a pele dela embotando todos os demais pensamentos com uma película nebulosa de desejo. Meu pau força o zíper da calça e deixo o olhar viajar pela curvatura de sua clavícula, repousando na pele lisa do peito subindo e descendo com respirações rápidas. Sigo a linha do sutiã até onde a camisa está aberta, expondo o cetim branco manchado.

E então paro, o mundo inteiro se fechando ao redor de seu mamilo.

Seu mamilo *com um piercing*.

Consigo distinguir muito bem o formato de um coração ao redor do bico firme e uma bolinha de cada lado.

Isso *não* estava lá na primeira vez que nos vimos. Eu *sei* que não estava. Sei disso porque meu monólogo interno era pontuado pelas palavras "sem sutiã" a cada dois minutos desde o segundo em que ela saiu do banheiro de Albert Briscoe.

Acho que minhas mãos pararam de se mover. Não tenho certeza. Estou hipnotizado por aquele pequeno coração, minha boca seca e meu pau duro como pedra.

Um movimento repentino quebra o feitiço quando Sloane desdobra os óculos de sol com um movimento do pulso.

– Alguma coisa chamou sua atenção, bonitão? – pergunta ela.

Esses lábios. Essa covinha. *Esse maldito sorriso*. Ela coloca os óculos escuros com uma piscadela e passa por mim, toda curvas e atrevimento ao ajustar a camisa o suficiente para cobrir o sutiã e sair do carro, indo até o posto.

Puta merda.

Vou me divertir muito dando a punição que ela merece.

Dez minutos depois, ela volta para o carro, e eu ainda estou aqui sentado com um tesão violento, imerso nas fantasias de como irei torturá-la para que me conte tudo sobre aquele piercing no mamilo. Não tenho esperança de que meu pau se acalme com aquele leve sorriso ainda estampado em seu rosto.

– Você tá bem? – pergunta ela, tirando os óculos escuros e se sentando no banco do passageiro.

Os olhos dela se fixam nos meus enquanto passa o cinto de segurança na frente do corpo.

– Ótimo. Tô. Tô ótimo.

– Tem certeza? Quer que eu dirija um pouco? Você parece meio… distraído. Não ia ser nada bom se alguma coisa brilhante chamasse sua atenção e você acabasse tirando a gente da estrada.

Lanço um olhar furioso na direção dela ligando o motor e passando a marcha.

– Meu Deus. Só preciso sobreviver às próximas duas horas, mas depois vamos dar uma palavrinha.

E nem sei se consigo fazer isto, *sobreviver.*

Assim que chegamos à casa de Fionn, estou pronto para uma bebida forte. Ainda é meio-dia. Mando uma mensagem para meu irmão assim que estacionamos, mas ele não responde, então presumo que esteja imerso em suas atividades físicas malucas e dou a volta no carro para pegar Sloane. Seus hematomas estão mais escuros e ela parece exausta, o que não é surpresa nenhuma, mas ela não dá um pio enquanto a ajudo a sair do carro e subir a escada da casa branca e vermelha de Fionn em Cape Cod.

Toco a campainha. Esperamos.

Bato três vezes na porta. Esperamos um pouco mais.

– Porra, Fionn – digo entredentes. – Ele deve estar ouvindo Metallica no talo com fone de ouvido enquanto faz 8 mil burpees, aquele bostinha.

Sloane olha para mim, sua dor agora misturada com preocupação. Eu lhe ofereço o sorriso mais tranquilizador possível e dou um beijo em sua testa.

– Ele sabe que estamos vindo. Vai ficar tudo bem. Ele não vai deixar a gente na mão – digo, testando a maçaneta.

Destrancada.

Reviro os olhos. De todas as pessoas, Fionn Kane é um dos que deveria saber que isso não é uma boa ideia.

– Pra um cara tão inteligente, ele às vezes é uma anta – falo.

A casa está silenciosa quando entramos. É esquisitíssimo. Definitivamente Fionn em seu auge da era "personagem de filmes água com açúcar pra tevê", exatamente como Lachlan disse. Tem até uma toalhinha de crochê na mesa de centro.

Adentrando a sala, vou até a cozinha, onde consigo ver uma porta que dá para o quintal nos fundos.

– Ô babaca! – grito para a casa silenciosa. – Para de palhaçada.

Algo me acerta na cabeça. Fico zonzo.

– Te peguei, desgraçado!

O grito de uma mulher precede um segundo golpe que atinge a mão com a qual toco o ponto dolorido no topo da cabeça. Consigo arrancar a arma que está na mão dela. Sloane está gritando atrás de mim, uma sequência de "opa, opa, opa", enquanto manejo o taco que tirei dela com uma mão e tento manter Sloane atrás de mim com a outra. Só que o taco não é exatamente um taco, e sim uma... muleta?

– *Quem é você, porra?* – grita uma mulher pequena de uns 20 e poucos anos com cara de fada e cabelos escuros, mancando na minha direção e me atacando com a outra muleta.

Dou um tapa nessa muleta, que sai rodopiando no chão de madeira, mas o serzinho demoníaco consegue se manter de pé. Estou prestes a golpear seu peito com a muleta que ainda tenho comigo na tentativa de afastá-la quando ela tira uma faca de caça das costas, a lâmina quase tão comprida quanto seu braço.

– Eu perguntei *quem é você, porra?*

– Eu? Quem é...

– Você fez isso na cara dela? – vocifera a mulher. Ela aponta a lâmina de mim para Sloane, que agora está ao meu lado com a mão boa levantada em um gesto apaziguador. – Você fez isso?

– *Não*, meu Deus...

– Eu vou cortar você...

– Que tal todo mundo se acalmar? Acho que isso é só um mal-entendido – diz Sloane, dando um passo cuidadoso para mais perto da fadinha. – Qual é o seu nome?

Os olhos escuros da mulher se voltam para Sloane e permanecem ali.

– Rose.

– Rose. Beleza, tá bem. Ótimo. Eu sou a Sloane.

– Parece que uma dançarina te deu um chute na cara na coxia dos palhaços – diz Rose.

Sloane encara a mulher, sem reação. Ela abre a boca, fecha e abre de novo.

– Eu... Pra ser sincera, não entendi muito bem o que você quis dizer. Mas ele não fez isso, juro.

– Aham, tá bom. – Rose bufa e revira os olhos quase tão bem quanto Sloane. Ela dá um passo manco para mais perto, mas o gesso bate no chão, e ela faz uma careta. – Ele só colocou o pé na sua frente, não foi? Só um empurrãozinho de amor? Você não precisa proteger esse merda, meu bem. *Eu vou cortar as bolas dele!* – rosna ela, apontando a faca para mim.

Tento derrubar a faca com a ponta da muleta, mas ela se esquiva, e em seguida Sloane se mete entre nós.

– Não, sério! Tá vendo aqui? O logotipo da Carhartt. *Bem aqui* – diz Sloane, levantando a aba do boné para apontar para o círculo estampado na testa. Ela faz um gesto para trás, apontando para meus pés. – Ele só usa Converse mesmo.

– Cadê o desgraçado que fez isso na sua cara?

– Ele tá morto.

– Então quem é esse merdinha ladrão de muletas?

– Esse aqui é o Rowan – diz Sloane, apontando para mim mais uma vez. Rose estreita os olhos como se a informação não fosse suficiente. – Ele é meu amig... um cara... *cara*. Com quem... estou. Aqui.

Dou uma risada ao ver o rosto de Rose se contrair.

– Um "cara-cara" – repito. – Muito bom, Corvo.

– Cala a boca – sibila Sloane, olhando para mim por cima do ombro, como se não soubesse ao certo que deveria abordar o fato de Fionn ser meu irmão. Ergo as sobrancelhas em resposta e me calo, franzindo os lábios. – Me dá uma força aqui antes que eu leve uma facada?

Balanço a cabeça.

– O Cara-cara aqui já se calou, conforme solicitado.

Sloane dá um gemido e revira os olhos, humilhando os esforços anteriores de Rose. Juro que seus olhos vão em direções diferentes antes de ela se voltar para a mulher que está com a faca apontada para seu rosto.

– Olha, eu tô precisando de ajuda médica, como dá pra notar. O Fionn é médico, certo? Acontece que ele também é irmão do ladrão de muletas.

O olhar desconfiado de Rose oscila entre nós dois. Ela reflete por um bom tempo e então tira um celular do bolso, a faca ainda apontada em nossa direção e os olhos se desviando de nós apenas por tempo suficiente para selecionar um contato no aparelho. Consigo ouvir o sinal fraco de chamada quando ela encosta o aparelho no ouvido, depois a saudação abafada do meu irmão.

– Tem uma moça toda machucada aqui com um cara alto dizendo que é seu irmão. Ele roubou a porra da minha muleta – dispara Rose, irada.

Ela fica em silêncio enquanto Fionn diz algo ao fundo, e seus olhos então se fixam em mim como lasers. Rose acena com o queixo para mim.

– Ele tá pedindo pra você confirmar seu apelido de infância.

Sinto o sangue de Sloane escorrer pela lateral do meu corpo, meu olhar se volta para ela. Balanço a cabeça.

– Não.

A megera parece se deleitar com isso: seu sorriso é quase feroz de tão maldoso.

– Beleza. Então vou te dar uma facada nas bolas.

– Ah, é? Vem aqui tentar, então – rosno de volta.

Tento cutucá-la com a ponta de borracha da muleta, mas Sloane me impede.

– Pelo amor de Deus, vocês dois. Eu tô com o ombro todo ferrado aqui. Preciso de um médico – diz Sloane, movendo a cintura de um lado para outro para mostrar o braço solto.

Ela se vira o suficiente para me lançar um olhar de cachorrinho abandonado. Quanto mais olha para mim, mais minha determinação desmorona. Seu lábio inferior se projeta em um beicinho, e, mesmo que seja falso, sei que não tem mais volta para mim.

– *Me ajuda*, Cara-cara.

Um longo gemido ressoa em meu peito, e passo a mão no rosto.

– Merda. Tá bem. – Ambas as mulheres me observam com olhares inabaláveis, as sobrancelhas erguidas em expectativa. – *Comedor de meleca!*

Elas se entreolham. Há um momento de silêncio.

E então as risadinhas começam.

Rose transmite minha resposta para Fionn, e eu o ouço gargalhar do outro lado da linha antes de dar a ela algumas instruções curtas e desligar a chamada. Ela coloca o celular no bolso e embainha a faca enquanto Sloane puxa a muleta da minha mão e devolve para ela.

Ótimo. Essas duas vão ser melhores amigas agora. Exatamente do que eu preciso.

– Muito bem, Comedor de meleca. Acho que você passou no teste. Em quinze minutos, o Fionn vai estar aqui pra ajudar vocês.

– Peraí um segundo. Você não contou que raios tá fazendo aqui – falo, e Rose lança um sorriso de desdém para mim.

– Talvez eu seja a Mina-mina do Fionn, Sr. Cara-cara, comedor de meleca.

Sloane solta uma risada pelo nariz. Pego seu cotovelo bom, guiando-a para o sofá e mantendo o olhar fixo em Rose.

– Que Deus nos ajude.

Rose sai mancando de muletas, murmurando alguma coisa sobre ser "pior que um circo", seja lá o que isso signifique. Eu a observo se dirigir para a mesa de jantar e, quando me certifico de que ela não vai perseguir a gente com uma muleta e uma faca do tamanho de uma espada, volto a me concentrar em Sloane. Eu a ajudo a colocar umas almofadas por baixo da lateral esquerda do corpo para que possa encontrar uma posição confortável no sofá superestofado. No entanto, sei exatamente como é se sentir exausto a ponto de estar desesperado para descansar, mas com tanta dor que isso é apenas uma realidade distante. Quando ela parece tão acomodada quanto a situação permite, eu me ajoelho na frente dela e afasto seus cachos negros do rosto.

– Quer beber alguma coisa? – pergunto, e ela assente, os olhos apertados pela dor que se instala à medida que a adrenalina diminui. – O que você quer?

Sloane franze as sobrancelhas e seus lindos olhos castanhos se fixam aos meus, a dor dela cutucando meu peito.

– Eu quero…

Ela para de falar, então desvia o olhar e me encara de novo. Em seguida, a covinha aparece. Essa porra é uma tentação. Mal consigo reprimir um gemido.

– Quero saber de onde veio esse apelido.

– Sloane – digo em tom de alerta.

– Você comia a própria meleca ou a de outra pessoa? Com que frequência? E tipo… por quê?

Sua máscara diabólica vacila quando me inclino para a frente e coloco uma mão em cada lado de seus joelhos.

– Você tem sorte de estar machucada.

Sloane me dá um sorrisinho presunçoso. Caramba, quero tanto aquela língua ferina e aqueles lábios carnudos ao redor do meu pau que chega a doer.

– Ah, é? – diz ela. – Posso saber por quê?

Eu me aproximo ainda mais. Invado o espaço dela. Ela resiste à vontade de afundar mais nas almofadas e prende a respiração. Minha mão envolve seu pescoço, um dedo de cada vez pressionando a pele, a pulsação de Sloane feito música sob minha mão. Ela estremece quando meus lábios roçam sua orelha.

– Porque eu deitaria você de bruços nos meus joelhos e estapearia essa sua bunda perfeita até ela começar a brilhar. Quer saber o que eu faria depois?

Ela me dá um aceno trêmulo. Três respirações irregulares.

– Quero – sussurra.

– Eu te daria uma lição sobre *querer*. Sobre querer tanto gozar que você teria que implorar por isso. – Meu pau endurece quando a pulsação de Sloane faz pressão contra as pontas dos meus dedos. – E quando eu tivesse certeza de que você aprendeu a lição, eu te ensinaria sobre querer tanto *parar* de gozar que você teria que implorar por isso também.

Os batimentos acelerados de Sloane fazem meu sangue arder, seu leve aroma de gengibre marcado por suor e sangue, por seu medo persistente. Fico me perguntando se ela tem noção de que eu poderia esmagar sua delicada traqueia com toda facilidade do mundo. Fico imaginando se ela se pergunta como foi parar nas garras de um assassino tão mortal quanto ela.

– Você tá tremendo, Corvinho.

Em um piscar de olhos, eu a solto e me levanto. Meu pau implora por alívio quando observo suas bochechas coradas, sua respiração acelerada. Ela passa os dedos pelo pescoço, um leve movimento contra a pele rosada, como se sentisse falta do meu toque.

Quando seus olhos encontram os meus, dou a ela um sorriso malicioso, cheio de confiança. Cheio de promessas.

– Talvez você devesse começar a exercitar sua capacidade de implorar, amor. Caso contrário, pode ser que eu não traga uma bebida pra você.

O suspiro de Sloane é respondido com minha piscadela, então dou meia-volta e me afasto. É difícil não olhar para trás. Sloane corada e aflita talvez seja minha versão favorita dela até agora.

Mas é lógico que olho para trás, porque não consigo evitar. Só uma olhadinha. Um sorriso oblíquo que jogo por cima do ombro e a imagem de seu desejo evidente fica marcado na minha memória.

Quando chego à cozinha, vasculho as opções de bebida com calma, optando pela garrafa de um bourbon Weller's Antique Reserve, não por ser o que eu realmente quero, mas porque é a garrafa de bebida mais cara da casa e aquele bostinha do Fionn merece ter sua bebida mais cara roubada depois de me fazer passar pela humilhação da história do apelido. Rose está sentada à mesa de jantar, a luz fraca e uma fileira de cartas à sua frente.

– Eu nunca teria imaginado que você é do tipo que joga Paciência – digo, colocando os dois copos no balcão e servindo o primeiro.

O olhar que ela me lança é fugaz.

– Tarô.

– Claro – respondo, categórico.

Ela olha para mim outra vez, um leve sorriso surgindo em seus lábios, como se pedisse desculpas por não ter entendido a piada por conta da distração.

– Quer que eu faça uma leitura pra você?

– Melhor não. Não gosto de mexer com fantasmas ou coisas do tipo. Não preciso de mais azar na vida.

Rose dá de ombros e vira uma carta do baralho.

– Você que sabe.

Ela examina as cartas e então franze as sobrancelhas. Outra carta é virada, o silêncio se arrastando enquanto ela avalia o significado oculto.

– Então… – digo, e ela não ergue os olhos, virando outra carta. – Você tá morando aqui com meu irmão? Há quanto tempo vocês estão namorando?

– Não estamos.

– Eu achei que você tivesse dito…

– … que talvez eu seja a Mina-mina dele? – Rose não tira os olhos da mesa ao soltar uma risada. – É, "Cara-cara" também não me pareceu muito convincente. Sem querer ofender.

Olho para onde Sloane está sentada na sala de estar com o ombro esquerdo solto, a atenção no celular equilibrado no joelho direito.

– Não me ofendi – murmuro.

– Há quanto tempo você tá… – Ela ergue os olhos e me observa. Então complementa: – … nesse sofrimento?

Passo a mão no rosto e dou um gemido. Algo me diz que não dá para enganar Rose.

– Uma eternidade.

Rose olha para as cartas e balança a cabeça com um ar sábio.

– Aham. Foi o que pensei. Bem, de nada, nesse caso.

– Pelo quê?

– Minha presença fortuita nesta residência encantadora – diz ela, fazendo um gesto em direção à sala de estar. – O Fionn tá no quarto principal. Eu, no primeiro quarto de hóspedes. Isso significa que você, meu amigo, pode dividir a cama com sua Mina-mina.

Uma explosão de empolgação e nervosismo inunda meu coração. Passo a mão pelo cabelo e olho para Sloane, que está rolando a tela do celular. Não sei se ela vai querer isso. Ou se devo ficar no sofá. Ou se consigo me forçar a ficar no sofá. Ou talvez eu devesse apenas dormir no chão. Mas também não sou nenhum santo, então não tem a menor chance de isso acontecer.

– É foda – sussurro.

Rosa bufa.

– Exatamente. Vai fundo, amigo.

Balanço a cabeça e dou uma risada para a diabinha, mas a atenção dela é absorvida pelas cartas espalhadas à sua frente, em forma de cruz à esquerda, uma linha reta à direita. Ela inclina a cabeça. Franze a testa. Seus dedos dançam sobre a fileira de imagens, que não têm nenhum significado para mim.

– Quer dizer que foi você que colocou a garota nessa situação? Ombro fodido e pegada de bota na cara?

– É. Acho que sim.

– Algum tipo de… competição… que deu errado?

A garrafa quase escorrega da minha mão. Eu a coloco ao lado dos copos e dou um passo em direção à mesa.

– Quê?

– Uma competição – repete ela, sem erguer os olhos.

Ela aponta para a carta de um homem usando uma coroa de flores e andando a cavalo, outra coroa circundando o mastro em suas mãos. O olhar de Rose percorre as cartas restantes.

– Uma competição de vida ou morte. Há sofrimento. Segredos e mentiras. Ilusões – diz ela com a voz grave, e o polegar toca a borda de uma carta cuja legenda na parte inferior diz "A Lua".

– Achei que tivesse dito que não queria a leitura – reitero, com uma voz cautelosa pouco mais alta que um sussurro.

– Você disse, sim. As cartas é que não concordaram. – Rose dá de ombros. – Elas fazem isso.

Estou no outro extremo da mesa, os olhos pregados em Rose, que bate com um dedo ao lado da carta do topo da fileira à direita, um tique-taque metronômico.

– A Torre. – O dedo de Rose repousa sobre o relâmpago dourado desbotado que atinge uma torre de pedra. – Destruição. Ou libertação. O que isso significa pra você?

Quando pousam em mim, seus olhos estão quase pretos por conta da penumbra. Minha mente está girando, e minha única resposta é balançar a cabeça.

– Uma torre de pedra – diz ela, sem desviar os olhos de mim enquanto dá um leve toque na carta. – Deve ser forte. Mas construída sobre uma base instável. Basta um raio para derrubá-la. Caos. Mudança. Dor. E quando o seu mundo desmoronar ao seu redor, a verdade será revelada.

– E o que... Você acha que o que aconteceu com ela foi o raio?

Rose desvia o olhar para Sloane, uma expressão pensativa passando por seu rosto antes de voltar a atenção para mim.

– Não sei. Talvez. Ou talvez esse raio ainda esteja por vir.

E embora o olhar de Rose se desvie quando Fionn entra pela porta, as palavras dela permanecem, ganchos farpados presos profundamente em meus pensamentos. Eles se recusam a me soltar. Eu faço as apresentações. Explico o que aconteceu, respondo a todas as perguntas do meu irmão enquanto ele examina o ombro de Sloane. Não passamos muito tempo lá; em vinte minutos estou levando-a ao consultório de Fionn. Mas, quando olho para Sloane, são as perguntas de Rose que ainda reverberam. Talvez elas sempre tenham estado lá.

Será que eu a libertei? Ou serei sua destruição?

16

FENÔMENO AVARIADO

SLOANE

Minha cabeça repousa no colo de Lark, que passa os dedos pelo meu cabelo. Ela balança no ritmo da melodia de sua voz instável.

– *No one here can love or understand me...* – canta ela, e sua voz diminui para um murmúrio trêmulo.

Sei que fiz algo que jamais poderei desfazer. Algo que jamais vou querer desfazer, ainda que a maioria das pessoas no meu lugar se arrependesse. Mas não eu. Estou aliviada. Finalmente abri o portão cujas barras eram chacoalhadas por um monstro que vivia do outro lado, implorando para ser libertado. Agora que ele saiu, não há como trancá-lo outra vez.

E não quero fazer isso.

– Meus pais vão dar um jeito nisso – sussurra Lark enquanto dá um beijo no meu cabelo. – Vou contar pra eles que você fez isso por mim. Eles vão ajudar a gente. Você pode ir pra casa comigo.

Minhas mãos estão molhadas. Pegajosas. Eu as levanto em direção à luz do luar que entra pela janela. Estão cobertas de sangue vermelho-vivo.

Quando as abaixo, vejo o corpo no chão. O Diretor do Departamento de Artes do Ashborne Collegiate Institute.

E meu único desejo é que ele ressuscite para que eu possa fazer tudo que fiz com ele de novo.

– *I'll arrive late tonight...* – canta Lark. – *Blackbird, bye, bye.*

– Corvo – diz uma voz diferente, mas familiar.

Emerjo da escuridão da memória e dos sonhos que nunca vão embora. Quando abro os olhos, Rowan está ali, sentado na beira da cama. Sua mão afasta o cabelo do meu rosto.

– Era só um pesadelo.

Abro e fecho os olhos, observando o ambiente desconhecido. Há luz vindo do banheiro, iluminando parte do quarto, decorado em tons de cinza-escuro e branco, além de toques de amarelo que perdem seu brilho alegre junto à sombra. Lembranças voltam em meio à névoa provocada pelos fortes analgésicos. Memórias de agonia enquanto Fionn girava meu braço. A dor nos olhos de Rowan ao segurar minha mão e me lembrar de respirar. O alívio do osso deslizando de volta para o lugar. A maneira como Rowan apoiou a cabeça perto da minha quando tudo acabou, como se cada momento tivesse aberto um corte profundo em seu coração. Quando ele ergueu os olhos e me encarou, havia angústia e arrependimento em seu olhar, e eu não sabia o que era pior.

E continuam lá até agora.

– Que horas são? – pergunto, me sentando devagar e soltando um gemido.

Meu ombro dói, mas há certo conforto em ter meu braço amarrado ao corpo na tipoia.

– Onze e meia.

– Tô me sentindo nojenta – digo, ao olhar para minha legging e para a camisa de flanela que nem sequer tirei para dormir nas últimas horas.

Não tomo banho há mais de 24 horas, desde a manhã na casa dos horrores de Harvey. É como se ele me assombrasse através da película que cobre minha pele.

– Vamos lá. – Rowan oferece a mão para me ajudar a sentar. – Vou preparar um banho pra você. Pode amenizar um pouco a dor.

Ele me deixa na beira da cama e se dirige para a faixa de luz, como se soubesse que preciso de um minuto para me orientar. Ouço a torneira aberta, a água correndo para dentro da banheira. Por um bom tempo, fico na penumbra do quarto até vencer a inércia e me juntar a Rowan no banheiro.

Não digo nada ao parar diante da penteadeira para encarar meu reflexo. Tento conter as lágrimas, apesar da dor em meus olhos e do nó na garganta. Hematomas roxos intensos seguem a curva dos meus olhos, a marca da bota de Harvey Mead mais vibrante na minha pele do que quando a vi pela primeira vez no carro. Sangue seco ainda contorna as bordas das minhas narinas. Meu nariz está dolorido e inchado. Felizmente, porém, ainda está no lugar certo. O que é bom, porque já estou parecendo uma lixeira em chamas, então não preciso de um nariz quebrado para piorar esse show de horrores.

– Pronto – diz Rowan, desligando a água da banheira.

Quando não falo nada, ele se aproxima, seu reflexo parando de repente. Não tiro os olhos do meu rosto destruído.

– Vou pedir pra Rose te ajudar – diz ele.

– Não – sussurro. Lágrimas se acumulam nos meus cílios, apesar do enorme esforço para mantê-las sob controle. – Você me ajuda.

Rowan não se move por um instante que parece se estender no tempo. Quando se aproxima, para atrás de mim, seu olhar tão fixo no meu reflexo que posso senti-lo através do vidro.

– Linda.

Uma gargalhada incrédula que mais parece um soluço escapa dos meus lábios.

– Eu tô um lixo – digo, enquanto a primeira lágrima cai.

Sei que eu não deveria ligar tanto assim para isso. É temporário. Em algumas semanas, não vai passar de uma lembrança, talvez até engraçada. Mas o problema é que ligo, *sim*, não importa quanto tente fazer o contrário. Talvez esteja apenas cansada da dor, do estresse e das horas na estrada. Ou talvez simplesmente seja difícil ver que minha vulnerabilidade não está aprisionada apenas do lado de dentro. É ver o mundo em cores. É olhar para *ele*.

– Pra mim você tá linda – diz Rowan. Ele estica o braço para secar a lágrima da minha pele com o polegar. Sua carícia seguinte segue o hematoma sob meu olho. – Essa cor aqui, quantas coisas são dessa cor? É uma raridade.

Ele passa o dedo no hematoma outra vez, e seu toque é tão suave que não sinto dor. Meus lábios tremem. Mais lágrimas brotam dos olhos.

– Berinjela – digo, com a voz trêmula. – O pior legume do mundo.

A risada de Rowan aquece meu pescoço e envia uma corrente elétrica pela minha pele.

– Não é. Aipo é o pior.

– Mas berinjela é molenga.

– Não quando eu preparo. Prometo que você vai gostar.

– Eu tô com cara de berinjela. Basicamente uma cara de piroca. Uma cara de piroca molenga com o logotipo da Carhartt.

Rowan afasta o cabelo do meu ombro e dá um beijo suave na minha bochecha. Não preciso ver o reflexo para sentir seu sorriso, os lábios dele ainda na minha pele.

– Isso não tá surtindo o efeito desejado. Deixa eu tentar de novo – diz ele, uma diversão calorosa na voz.

O outro braço dele me envolve para soltar a primeira das duas fivelas da minha tipoia. Recebo outro beijo quando estremeço de dor.

– Só pra constar, essa cor não me lembra berinjela. Me lembra amora, a melhor fruta, na minha opinião. Me lembra íris, a flor mais cheirosa que tem. Me lembra a noite, pouco antes do amanhecer, a melhor hora do dia.

A outra fivela se solta, e fecho os olhos por conta da dor. Rowan tira a tipoia do meu braço.

– Mas...

– Você é tudo de bom pra mim, Sloane. Não importa quantos hematomas existam no seu coração ou na sua pele.

Quando abro os olhos, não são minhas marcas que vejo. Não é o inchaço, nem os arranhões, nem o sangue. É Rowan, seus olhos azul-marinho fundidos aos meus, seu braço ao redor da minha cintura enquanto a outra mão traça padrões lentos na minha pele.

Coloco minha mão boa sobre a dele e entrelaço nossos dedos, onde as cicatrizes passam por cima dos ossos. Então levanto a mão dele, cada nuance de sua expressão absorvida pelo meu olhar atento. Guio seus dedos até o primeiro botão da minha camisa e deixo minha mão descansar no músculo tenso de seu antebraço.

Não trocamos nenhuma palavra. Apenas a conexão dos nossos olhos no espelho, que não vacilam.

Rowan abre o primeiro botão. O segundo. O terceiro. O quarto está abaixo do meu esterno. O quinto começa a revelar a minha barriga. O sexto, o piercing no umbigo. Ele ainda mantém os olhos nos meus enquanto abre o sétimo e o oitavo botão. Um pedaço de pele no meio do meu corpo brilha sob a luz da luminária acima do espelho.

Meu coração acelera. Eu poderia ver meus batimentos no pescoço se estivesse disposta a desviar o olhar. Mas não estou. Continuo presa em Rowan enquanto seus dedos se enrolam em uma das barras da minha camisa.

Ele tira um dos lados, expondo meu seio ao ar quente. Então faz o mesmo com o outro lado. E ainda assim nossos olhares permanecem fixos um no outro. Só quando engulo em seco e ergo as sobrancelhas é que ele finalmente deixa os olhos percorrerem meu corpo.

– Minha nossa... – sussurra ele. – Sloane...

Minha pele está repleta de arranhões e hematomas, todas as marcas mais escuras e mais evidentes do que horas atrás. O olhar de Rowan percorre cada centímetro da minha pele exposta como se eu fosse algo precioso, mas danificado, um fenômeno avariado. Talvez não seja como ele esperava, mas sei que ele já me imaginou assim antes, nua e vulnerável ao seu olhar, ao seu toque. Assim como eu o imaginei. Mas é diferente sentir isso no silêncio pesado que se estende entre nós. Eu não imaginava que meu sangue correria pela minha pele dessa maneira, nem que o mundo inteiro se reduziria a esse momento, a esse instante no espelho.

O olhar dele recai sobre meu pescoço, seus olhos azul-marinho quase pretos, as pupilas engolindo a cor até restar apenas uma fina faixa azul. Ele traça uma linha no centro do meu corpo, e sua atenção é tão lenta e deliberada que parece um toque na minha pele. Flui pelas cristas do meu esterno. Vira para a esquerda e desacelera acima do meu coração. Traça o piercing de ouro rosé que circunda meu mamilo entumecido. Arrepios sobem pelos meus braços, e estremeço quando o olhar vai para o outro lado, para o piercing idêntico no meu seio direito.

– Alguma coisa chamou sua atenção, bonitão? – sussurro.

– Chamou – diz ele, com a voz sofrida. – Porra, e como chamou, Sloane. Você todinha.

Rowan puxa a camisa pelo meu braço ileso primeiro, depois leva um tempo para removê-la do meu ombro inchado, os olhos firmes no reflexo do meu corpo. O tecido cai aos meus pés. Ele respira fundo antes de enganchar os polegares no cós da minha legging e descê-la pelos quadris. Seus dedos envolvem meu tornozelo para levantar meu pé do piso gelado e puxar a calça de uma perna e depois da outra. Quando ele fica de pé atrás de mim, posso ver cada respiração tensa em seu peito, cada batida de seu coração enquanto a pulsação acelera em seu pescoço.

– Preciso me controlar – murmura ele, com a voz baixa e áspera, sem se dirigir a mim em específico. Ele me estende a mão, e eu a pego. – Vamos. Pra banheira, antes que eu morra.

Arrasto os pés conforme ele me conduz em direção à nuvem de bolhas brancas brilhando na banheira.

– Isso quer dizer que eu teria uma vitória extra?

– Estou prestes a desistir da competição inteira, Corvo – resmunga ele. – Não acho que precisamos chegar ao extremo de me matar ainda.

Paramos na beira da banheira. Rowan continua segurando minha mão boa enquanto mergulho um dedo do pé na água morna. Quando dou o primeiro passo para dentro, ergo os olhos, esperando encontrá-lo concentrado nos detalhes do meu corpo. Mas ele não está. Seus olhos estão fixos nos meus, e há uma ruga entre as sobrancelhas, como se toda a experiência fosse dolorosa para ele.

– Você tá bem? – pergunto, me equilibrando com a ajuda da mão dele, e coloco meu outro pé na água para ficar de pé na pequena banheira, meu leve sorriso servindo apenas para aprofundar a careta de Rowan.

– Na verdade, não.

– Você tá indo bem – digo.

– Não era eu que deveria estar te falando isso?

– Provavelmente.

– Só entra, pelo amor de Deus – pede ele.

– Já entrei.

Rowan passa a mão livre pelo rosto.

– Como você ainda tem energia pra me irritar?

– Sempre tenho energia pra isso. Seu sofrimento é minha prioridade número um. – Meu sorriso começa radiante, mas vacila quando o olhar de Rowan muda de mim para o canto do cômodo, como se ele não suportasse manter a atenção no meu rosto por nem mais um segundo. – O que foi? Rowan...?

– Faz quatro anos que eu tô sofrendo, Sloane. Estou te implorando. Entra na porra da banheira.

Não desvio os olhos de seu perfil ao descer lentamente na água. A cada centímetro que entro, torço para que Rowan olhe para mim, mas ele não faz isso, como se de repente não conseguisse. Como se tivesse se colocado dentro de uma caixa que não estava ali pouco antes.

Afundo até que as bolhas engulam meu peito, apenas meus ombros e a parte superior das costas visíveis acima de seu abraço diáfano enquanto me curvo para a frente e abraço os joelhos. Acima de mim, a longa expiração de Rowan é instável. Leva um tempo até que se agache na minha altura. Meu olhar ainda está preso nele, e Rowan continua a evitá-lo.

Ele pega uma toalha de rosto que colocou na borda da banheira e a encharca na água do banho. Toma cuidado para não me tocar abaixo da superfície. Retira o pano e o desliza sobre meu ombro ileso para limpar a sujeira da minha pele com movimentos lentos, e embora eu permaneça perfeitamente imóvel por fora, meus pensamentos se agitam com a força de um furacão.

Engulo em seco, ainda incapaz de desviar os olhos de Rowan.

– Quatro anos? – pergunto, baixinho.

Os olhos de Rowan escurecem, seu foco preso no movimento de sua mão passando a toalha pela minha pele. Ele não me toca com a ponta dos dedos nem uma vez, apesar de repetir o movimento até a água do pano esfriar.

– Você já sabia. Eu te contei na casa do Thorsten.

Meu coração dá um solavanco. Rowan mergulha o pano na nuvem de bolhas e na água, dessa vez roçando meu quadril em um toque que talvez tenha sido intencional. Antes que eu possa ter certeza, a toalha sai da água e desliza pela minha coluna.

– Você... você se lembra disso? – pergunto.

Rowan não responde. Acho que ele nem vai fazer isso. Então, quando mergulha o pano na água pela terceira vez, agarro seu pulso sob a superfície, e finalmente seus olhos encontram os meus.

– Ei – digo, com uma voz gentil. – Eu tô bem aqui.

– Sloane...

Rowan fecha os olhos e respira fundo, como se isso pudesse afastar o sofrimento. Quando encontra meu olhar, parece tão angustiado quanto há pouco.

– Se eu tocar em você de novo... – Ele balança a cabeça. – Precisei de todas as minhas forças só pra tirar sua roupa sem te curvar na bancada do banheiro e te foder até você me implorar pra parar.

Minhas bochechas ficam vermelhas, mas abro um sorriso vaidoso, que só aumenta a agonia nos olhos de Rowan.

– Não tenho certeza se vejo problema nisso.

– Você tá machucada.

– Só o meu ombro. E o meu rosto. Tá, as minhas costelas também estão um pouco doloridas, mas eu tô bem, de verdade. Ossos do ofício, né?

– Eu tenho que cuidar de você. É culpa minha você estar desse jeito. A competição foi ideia minha, uma ideia besta.

– *Ei*, não fala mal da competição. É a coisa mais divertida que faço desde... talvez desde sempre. Desde que me lembro. É a coisa que mais espero todo ano – retruco, a diversão escapando da minha voz a cada palavra, conforme a verdade vem à tona. – *Você* é a coisa que eu mais espero, Rowan.

Ele engole em seco. Sua expressão é um véu fino escondendo qualquer conflito que o esteja consumindo por dentro. Quando balança a cabeça, uma pontada provocada pelas lágrimas repentinas e contidas queima meu nariz. Talvez o sofrimento dele não seja bem o meu objetivo, por mais divertido que parecesse apenas alguns segundos atrás.

– Eu quis competir – continuo, minha voz ainda segura, embora eu ache que não ficará assim por muito tempo. – Tive medo quando a gente começou, medo de estar cometendo um erro enorme. Mas encontrar alguém capaz de me entender apesar de todos os cacos escondidos atrás da máscara social? Eu precisava disso. Antes de você aparecer, faltava alguma coisa. *Você*, Rowan. Faltava você. Com você, eu me senti reconhecida de um jeito seguro. É seguro competir nos nossos termos. É seguro me divertir, mesmo que nossa diversão não seja exatamente o que as outras pessoas consideram divertido.

Ele contrai a mandíbula, como se fosse difícil pronunciar as próximas palavras.

– Esse é o problema, Sloane. Não é seguro. Tá bem longe disso.

Quando abro a boca para discutir, Rowan segura meu queixo com a mão para me prender em seu olhar severo.

– Eu quase te perdi – diz ele, as palavras pontuadas por uma pausa, como se estivesse tentando enfiar cada uma delas na minha cabeça.

– Eu tô bem aqui – respondo na mesma cadência. Meus dedos se dobram em torno dos dele, guiando sua palma até meu coração acelerado. – *Bem aqui.*

– Sloane...

Eu já estou de saco cheio dessa conversa.

Diminuo o espaço entre nós e colo meus lábios aos dele. Rowan fica parado, em estado de choque, e eu fecho a mão dele onde ainda está úmido e quente no meu peito, minha língua uma exigência contra seus lábios. *Me deixa entrar*. Percebo neste momento que sempre estive *ali*, dentro dos pensamentos de Rowan, de seus planos, talvez até de seu coração, e agora fico apavorada com a ideia de que ele possa de repente me deixar do lado de fora.

Ele retribui o beijo, mas parece hesitante, como se estivesse tentando me manter longe mesmo sem querer.

Arrasto a mão dele pela minha pele. Sua respiração vacila quando paro no meu seio, o piercing no mamilo descansando no centro de sua palma. Um gemido contido escapa do controle de Rowan. A mão pressiona minha pele com mais força. Mas o beijo ainda não é como o do celeiro, quando parecia que havíamos escapado de um destino para cair em outro melhor.

Então continuo movendo a mão dele. Puxo na direção do meu esterno. Deslizo para baixo. Deixo sua mão mergulhar na água, lenta e gentilmente, sobre meu umbigo. Sei que Rowan também gosta desse piercing. Deu para ver em seus olhos quando me observava no espelho.

Nosso beijo é interrompido conforme continuo descendo. Seu hálito alimenta meus sentidos, o toque de bourbon um fantasma entre nós. Inalo o aroma com força, meus batimentos vibrando nos ouvidos.

Pressiono a mão de Rowan no encontro das minhas coxas e a mantenho ali. Ele puxa o ar com dificuldade.

– Sloane... isso é...

Afasto a mão, deixando que ele explore. Seus dedos encontram meu clitóris e o piercing triangular que fica ali, e mordo o lábio inferior com a explosão de sensações. Ele então desce para os piercings simétricos nos grandes lábios, uma bolinha de titânio de cada lado das pequenas barras. Quando alcança o fourchette, ele está praticamente vibrando de tensão.

– Sai da porra da banheira – vocifera ele, agarrando meu braço bom e me colocando de pé.

Uma onda de água bate na borda e encharca a barra de sua calça jeans, mas ele parece não notar.

– Mas eu acabei de entrar. Conforme suas instruções, devo acrescentar.

– Tô nem aí.

Abro um sorriso inocente, que me rende um olhar quente e penetrante.

– Achei que você tinha dito que precisava cuidar de mim.

– E é *isso mesmo* que eu vou fazer.

No momento em que meu outro pé sai da banheira e toca o tapete do banheiro, ele me levanta nos braços. Não me dá uma toalha, não me envolve em nada além de seu abraço. Gotas grossas de espuma escorrem do meu corpo e caem no chão e na camisa dele.

Rowan abre a porta com mais força do que o necessário e marcha em direção à cama.

– Mas eu não sou nenhum santo, Sloane – continua ele.

Ele me coloca na beirada da cama e se afasta. Seu peito pressiona a camisa molhada a cada respiração. Com os braços cruzados, Rowan olha para mim onde estou sentada, com as pernas cruzadas, meu braço bom segurando o braço machucado contra o corpo, a água esfriando minha pele.

– Mostra pra mim – exige ele.

Ergo as sobrancelhas, meu coração martelando no peito.

– Mostrar pra você?

– Isso mesmo que você ouviu. Sobe nessa cama, abre as pernas e me mostra.

– Eu vou molhar...

Nem consigo pronunciar a última palavra, e o rosto dele está colado no meu, a apenas um centímetro de distância, com uma mão em cada lado dos meus quadris.

– E eu lá tenho cara de quem tá se importando com isso? Acha *mesmo* que eu tô ligando?

Minha pele formiga como se implorasse por seu toque, mas tenho certeza de que ele sabe disso, posso sentir em cada respiração irregular que passa pelos meus lábios. Ele toma cuidado para não encostar em mim com nada além do fogo queimando em seus olhos.

– Cansei de passar por cima disso, Sloane. Faz quatro anos que eu te quero. E você vai me mostrar o que estou perdendo.

Rowan não se move enquanto descruzo lentamente as pernas e solto o corpo para me apoiar com a mão direita. Deslizo mais para cima na cama, e ele paira sobre mim, os punhos fincados na borda do colchão e os olhos fixos nos meus até que parece satisfeito por eu ter chegado longe o bastante.

Quando paro no meio da cama, Rowan se levanta e cruza os braços mais uma vez, com a mandíbula cerrada.

– Abre as pernas, Sloane.

Seus olhos permanecem fundidos aos meus enquanto solto um suspiro instável. Meu calcanhar esquerdo desliza pelo colchão, depois o direito, meus joelhos ainda dobrados e a parte superior do corpo apoiada no colchão com o cotovelo. Os olhos de Rowan ainda não deixaram os meus, embora eu esteja nua, como se ele estivesse se torturando, negando a si mesmo o desejo de olhar para baixo.

– Mais.

Sinto um calor surgindo no meu âmago ao afastar um pouco mais as pernas. Uma dor cresce debaixo dos meus ossos, um vazio que implora para ser preenchido. Cada exigência de Rowan é combustível, cada palavra é incendiária.

– *Mais,* Sloane. Para de tentar se esconder de mim, porque eu te juro, não vai funcionar.

Engulo em seco. Minhas pernas se abrem a ponto de eu sentir desconforto.

Um segundo se passa antes que o olhar de Rowan se desvincule do meu e atravesse meu corpo. Sinto isso em cada centímetro da pele, o peso de seu desejo enquanto ele percorre meu corpo, seu controle cada vez menor como fogo sob minha pele. A atenção dele se concentra no espaço entre as minhas coxas, e os músculos de seus antebraços ficam tensos.

– O piercing no clitóris. Fala.

Ele não levanta os olhos quando fico em silêncio. Apenas espera, observa.

– Eu tinha 18 anos. Foi meu segundo piercing, depois do umbigo. Doeu, é claro, mas não tanto quanto eu achava. Depois que curou, acho que ajudou. Com os orgasmos.

– Você não conseguia gozar antes disso?

– Não sei. Eu não tinha passado pela... situação ideal... até aquele momento. Mas foi como se isso tivesse me dado controle. – Permaneço imóvel. Vejo a mandíbula de Rowan se contrair. Seus olhos estão escuros, semicerrados. Ele sabe o suficiente sobre meu passado para preencher as lacunas com a própria imaginação. – Os piercings nos lábios eu fiz quando tinha 20 anos. Achava bonito. Sei que são pequenos, mas de alguma maneira me lembram uma armadura. Talvez isso não faça sentido.

– Faz – diz ele, fixando os olhos nos meus.

Dou a ele um leve sorriso que desaparece num piscar de olhos.

– O último, o fourchette, fiz alguns meses antes de te conhecer. Só me deu mais confiança. E achei que os caras também poderiam gostar.

Os olhos de Rowan são um vazio sem luz, e a voz dele soa grave e rouca quando diz:

– E gostaram?

Meu olhar percorre o quarto até recair nas sombras. Não olho para ele quando balanço a cabeça.

– Não sei. Não estive com ninguém desde que te conheci.

As palavras são recebidas com silêncio. Pairam no ar. Consomem o oxigênio do quarto. Quando meu olhar sai da penumbra, colide com o de Rowan, e então eu vejo o exato momento em que ele perde o controle.

– Por que não? – questiona ele.

Balanço a cabeça outra vez.

– Já te falei – continua ele. – *Para de se esconder*. Não vai funcionar comigo, não mais. Quer isso aqui? Você me quer? Então *me fala*, Sloane.

Os braços de Rowan se desprendem do peito. As mãos repousam nos meus joelhos, firmes demais sobre o tremor em meus ossos para captar as alterações tectônicas que me destroem.

– Fala – diz ele –, pra depois que eu fizer todos os outros homens parecerem nada, você saber que foi você que pediu. *Fala...*

– Você. – Cada respiração estremece meus pulmões. – Conheci você. Eu não quis mais ninguém. Só você. Só quero você.

Não há diversão nem alívio em seus olhos, apenas uma intensidade predatória. Ele olha para mim como um tigre olharia para um cordeiro.

Uma refeição para ser devorada.

O colchão afunda quando ele coloca uma das pernas na cama e depois a outra para se ajoelhar entre minhas pernas abertas.

– Lembra o que você acabou de dizer quando achar que nunca mais vai gozar. Porque você vai. A gente tem quatro anos de atraso pra compensar.

Rowan afunda entre minhas coxas, as palmas calejadas envolvendo minha carne macia para me manter aberta. Cada expiração aquece a umidade acumulada na minha boceta. Os olhos dele ainda estão fixos nos meus, uma atração gravitacional da qual não consigo escapar.

– Escolhe uma palavra de segurança – ordena ele. – Escolhe agora.

Engulo em seco. *Com força.*

– Serra elétrica.

Ele solta uma risada, uma explosão de calor contra meu âmago.

– Que apropriado, amor. Agora seja boazinha e encontre algo em que se agarrar… – diz ele, depois dá uma lambida longa e lenta na minha vulva. – Porque estou prestes a acabar com você.

17

BELA RUÍNA
ROWAN

Eu disse para Sloane que não sou nenhum santo.

Acho que ela não acreditou em mim.

Mas está prestes a descobrir que sou o demônio do qual ela nunca soube que precisava.

Passo a língua sobre a barra curva de metal logo abaixo de seu clitóris enquanto meu polegar circunda seus pontos sensíveis com pressão suficiente para deixá-la querendo mais. Sloane ergue as costas do colchão e respira fundo quando coloco o piercing na boca. O cheiro de sua excitação se mistura com o odor persistente de sabonete na pele. Já estou quase louco de vontade de mergulhar em seu calor intenso.

– Rowan – sussurra ela.

Minha mão livre desliza por seu corpo para brincar com o coração que pende do mamilo entumecido. Traço as curvas e as bolinhas em cada extremidade da barra antes de dar um puxão suave que provoca um arrepio. A reação dela me faz sorrir, mas seu controle precisa desaparecer.

– Não entendi direito, amor. – Apoio a mão em seu clitóris e rolo a língua, passando pela barra de metal até um gemido alto finalmente cruzar seus lábios. – Bem melhor – digo, quando a liberto da minha boca.

– Vão ouvir a gente – sussurra ela. – O Fionn e a Rose.

– Ótimo. Vamos mostrar pra eles como se faz. Dar ao Fionn algo em que pensar. Talvez ele pare de se achar tanto e chegue na Rose.

Sloane solta uma risada que se torna um grito de prazer quando mergulho minha língua em sua boceta para provar como ela está molhada, doce e quente, deixando que tome conta dos meus sentidos e marque minha memória. Meus dedos traçam as fileiras simétricas de bolinhas e barras de titânio que emolduram seu sexo, e ela se contorce antes de eu voltar a arrastar minha língua por seus lábios e retornar ao clitóris, mergulhando um dedo na boceta. Os olhos dela estão fechados, a cabeça inclinada para trás no travesseiro. A mão boa segura uma barra de ferro da cabeceira da cama, e ela morde o lábio.

Meu dedo se curva para traçar um caminho lento em suas paredes internas. Ela se contorce e afunda os dentes na própria carne. *Isso definitivamente não vai funcionar.* Dou dois tapas suaves em seu seio logo em seguida, e ela respira fundo.

– Ainda não tô te ouvindo.

– *Rowan...* – geme ela.

Sloane se contorce quando dou outro tapinha nela. Sua boceta encharca minha mão enquanto enfio meu dedo nela, para a frente e para trás, em estocadas lentas.

– Você quer alguma coisa, Corvo? Vai ter que falar.

– Mais – diz ela, mais alto dessa vez. – Quero mais.

Acrescento outro dedo, e um gemido mais alto escapa de seus lábios. Mas ela ainda está se segurando.

– Vai ter que fazer melhor do que isso se quiser gozar.

Um arrepio percorre seu corpo quando sopro uma fina corrente de ar sobre a pele exposta.

– Por favor, Rowan. *Por favor* – murmura ela.

– Vamos fazer assim. – Ela encontra meu olhar de expectativa, os olhos cobertos de luxúria. – Já que você pediu com tanto jeitinho, vou te dar esse crédito e deixar você gozar. Mas é melhor encontrar sua voz depressa, Corvinho do meu coração. Porque a gente só começou, e vou continuar pelo tempo que precisar até ter certeza de que você não tá se escondendo de mim. No final, você vai gritar. Isso eu garanto.

Um gemido tenso se liberta do peito de Sloane.

Deslizo meu braço livre sob seus quadris e levanto a bunda dela do colchão.

E então eu a devoro.

Enfio os dedos dentro dela, curvando-os para acariciar o ponto mais sensível de sua boceta. Minha língua dança sobre seu clitóris, até que tomo o piercing entre meus lábios e dou um puxão suave. Ela se contorce e geme, mas Sloane não vai a lugar nenhum, a não ser rumo ao clímax. E eu a mantenho onde quero, pelo tempo que quero. Meto os dedos bem fundo e os mantenho parados, negando a ela o orgasmo que cresce em seu âmago.

– Mais uma coisa, amor – digo, e ela solta um gemido irritado. – Não tira os olhos de mim.

As pupilas dilatadas de Sloane se fixam no meu rosto, e eu sorrio.

– Boa menina.

Sem piscar, sugo o clitóris, pressiono meus lábios contra sua carne, levando-a mais perto de se entregar. Ela geme alto e aperta com mais força a barra de ferro da cabeceira. Sua boceta comprime meus dedos, e eu sorrio contra o clitóris.

Paro mais uma vez.

– Ah, e outra coisa...

– *Rowan!* – vocifera ela, e dou uma risada sombria contra sua pele.

Meus olhos prendem os dela enquanto, com movimentos lânguidos, passo a língua no piercing triangular, sentindo um arrepio de desejo vindo dela.

– Pelo amor de Deus, por favor, me deixa gozar. Chega de "mais uma coisa". Chega de pausas.

– *Chega de pausas* – repito. O brilho diabólico em meus olhos é recebido por um lampejo de cautela nos dela. – Como quiser, Corvo. Vou fazer questão de *não fazer mais pausas*, conforme solicitado.

Pela última vez, fecho a boca em torno dela, lambendo, chupando e mordiscando até que ela se contorce nas minhas mãos, seu gozo espalhado no meu rosto e na parte interna das coxas dela. A boceta pulsa em volta dos meus dedos, e Sloane se desmancha toda com um gemido estrangulado, as costas curvadas sobre o lençol úmido. Mantenho a pressão até ter certeza de que cada segundo de seu prazer se esgotou, até que ela fique mole e sem fôlego.

Deslizo meu braço por baixo dela e coloco a mão na pele macia da barriga. Retiro os dedos de sua boceta e fico de joelhos. Talvez ela ainda não tenha se dado conta de quanto tempo vai ficar a meu dispor, mas pelo menos sabe que ainda não terminei.

Ameaçador, pairo sobre ela. Seus olhos permanecem fixos em mim conforme passo a ponta do meu dedo brilhante sobre seus lábios.

– Abre a boca – ordeno.

Ela obedece, com a língua pressionada contra o lábio inferior, esperando. Coloco meus dedos no calor escorregadio, e ela fecha os lábios em torno deles, me levando direto para algo que já imaginei muitas vezes: a fantasia de sua boca quente e molhada em volta do meu pau.

– Chupa tudo.

Os olhos de Sloane se fecham com um gemido que vibra em meus dedos enquanto ela suga a carne com força. Sua língua gira sobre minha pele. Um arrepio me atravessa, e os olhos dela se abrem, se estreitando para mim, um sorriso sutil preenchendo seu rosto.

– Você sabe o que provoca em mim, não sabe? Você quer me torturar tanto quanto quero torturar você – digo, puxando meus dedos, livrando-os da sucção de sua boca.

– Talvez – diz ela com um suspiro.

– Você não vai ganhar essa competição, Corvo.

Dou a ela um sorriso sombrio e saio da cama. Com uma mão atrás dos ombros, tiro a camisa, atirando-a no chão. Os olhos de Sloane percorrem meu corpo. E eu deixo. Aceito de bom grado. Ela gosta de me lembrar de não deixar minha beleza subir à cabeça, mas eu me conheço bem e sei o efeito que posso causar. Sou todo músculos e cicatrizes misturados a palavras e rabiscos em tinta preta. Da mesma forma que olho para ela e encontro beleza nas marcas que são apenas temporárias, ela olha para mim e sei que sente o mesmo. Há arte em nossas cicatrizes. Há algo fascinante na maneira como conseguimos nos curar.

– Alguma coisa chamou sua atenção, bonitona?

Sloane engole em seco. Seu olhar percorre meu corpo e colide com o meu.

– Sim. Você todinho.

– Que bom – respondo, desfivelando o cinto e abrindo o zíper da calça jeans, puxando-a para baixo junto com a cueca e libertando minha ereção.

Baixo o olhar para o meu pau e o seguro, passando a mão em todo o seu comprimento em uma punheta lenta. Ela lambe os lábios. Vejo sua pulsação acelerada no pescoço, mesmo na penumbra.

– Não ia querer que você ficasse decepcionada.

Sloane dá uma risada incrédula.

– Impossível. – E então ela encontra meus olhos com uma expressão séria. – Você é lindo, Rowan.

É a minha vez de corar. Tenho certeza de que ela percebe. Está na maneira como seu sorriso gentil aparece e depois vai embora. Mas, se ela acha que um sorriso e elogios vão facilitar as coisas, está enganada.

Seguro seu tornozelo e abro mais suas pernas para mim, subindo de volta na cama.

– Você usa anticoncepcional?

– Uso – responde ela, um rubor intenso percorrendo seu peito. – Coloquei um DIU.

– Ótimo. – Coloco a cabeça do meu pau em sua entrada e esfrego no fourchette. *Puta merda*. Ela deve ser um paraíso, do jeitinho que sempre imaginei. – Porque vou encher você de porra até transbordar.

Fecho os olhos e esfrego a cabeça do meu pau duro nos piercings de seus lábios, primeiro de um lado, depois do outro. Uma inspiração profunda e instável enche meus pulmões, e me seguro mais um pouco. Quero saborear a expectativa.

A mão de Sloane encontra meu pulso, e ela crava as unhas na minha pele. Quando abro os olhos, encontro desespero olhando para mim. Ela não apenas quer isso tanto quanto eu. Ela *precisa* disso.

– Me fode, Rowan, por favor. Acaba comigo.

Meu controle acaba.

– Então olha pra baixo – falo. – Olha só como você me engole direitinho.

Meto em seu calor apertado, apenas o suficiente para que a cabeça seja envolvida pela quentura. Ela assiste, do jeito que eu mandei, ofegante. Um gemido passa por seus lábios quando paro, toda a minha atenção voltada para a forma como seu corpo se ajusta ao meu, os piercings brilhando daquele jeito tão lindo na penumbra.

Deslizo meu pau um pouco mais fundo e depois recuo apenas um centímetro, a boceta dela apertada ao meu redor.

– Puta merda, Sloane. Olha como a sua boceta tá implorando pra ser arregaçada. É tão apertada que não quer me deixar sair.

A cada leve estocada, meto mais fundo, parando toda vez que Sloane tenta jogar a cabeça para trás e gemer. Quero que ela assista. Para nunca esquecer esse momento. Então espero. Sempre que ela tenta desviar o olhar, sempre que o prazer a afasta de mim, espero até que seu foco esteja de volta exatamente onde quero. Em mim. Em *nós*. E quando ela finalmente consegue se fixar onde nossos corpos estão unidos, abro mais suas pernas e meto mais, até chegar ao fundo, meus quadris encostados em sua carne.

Fico parado, minhas mãos presas em sua cintura, meu olhar indo de sua boceta, onde estou profundamente enterrado, passando por seu lindo corpo ferido. Meu foco recai em seu rosto, e absorvo cada mudança na expressão de Sloane enquanto tiro meu pau de dentro dela, só para em seguida meter fundo de novo. O gemido de resposta de Sloane é alto e desesperado. Ela agarra a cabeceira da cama, e eu faço de novo. Dessa vez, ela grita ainda mais alto.

– Essa é minha garota – digo, encontrando seus olhos escuros e entreabertos com um sorriso malicioso, me inclinando para a frente. Minha mão envolve seu pescoço. – Pode gritar o mais alto que quiser. A vizinhança inteira pode te ouvir que não vai fazer diferença pra mim.

Meto nela com estocadas longas e fortes, meu pau se esfregando naquele piercing a cada passada, me deixando louco de desejo. Estou embriagado por ela. Seu cheiro e seus gemidos roucos. Sua pulsação contra minha palma. A visão de seu corpo debaixo do meu. A sensação de sua boceta agarrada ao meu pau. Ela está em toda parte, em cada gota do meu sangue, em cada centelha de pensamento, e quero destruí-la por isso. Estilhaçá-la assim como ela me estilhaçou. Porque ela acaba comigo. Quero acabar com ela para que ela seja *minha*, minha bela ruína. Minha criatura selvagem. Minha deusa do caos.

E eu a fodo como se fosse fazer exatamente isso.

Meu corpo se choca contra o dela. Com força. Fundo. Implacável e impiedoso. Ela se debate contra meu aperto em seu pescoço, veias salientes marcando seu pescoço. Digo a ela todos os lugares onde vou gozar. Na boca dela. Na sua boceta perfeita. No seu cuzinho apertado. Vou preenchê-la até estar *por toda parte* dentro dela. Assim como ela está por toda parte dentro de mim.

E porra, como ela adora.

Sua excitação perfuma o ar. Ela implora por mais. Suplica para que eu não pare. E não paro, nem por um único segundo. Aperto seu pescoço com uma mão, pressiono os dedos em seu clitóris com a outra e meto sem parar até que ela grita meu nome e aperta meu pau enquanto goza. E logo depois sou eu. Uma corrente elétrica atravessa minha coluna, minhas bolas se contraem, e eu jorro dentro dela, tremendo, meu coração uma profusão de tambores ensurdecedores nos ouvidos. Meto o mais fundo que ela pode aguentar e aprecio a vibração de sua boceta enquanto ela ordenha cada gota de porra.

Quero ficar enterrado ali, juntar os pedaços dela e pressionar seu corpo molhado de suor contra o meu enquanto adormeço com a boceta dela encaixada no meu pau.

E vou fazer isso.

Mais tarde.

Saio de dentro dela devagar, centímetro a centímetro, fascinado pela visão do nosso gozo brilhante cobrindo meu pau. Do braço de Sloane apoiado em sua cabeça enquanto ela tenta recuperar o fôlego. É adorável, de verdade. Ela deve estar achando que eu já terminei.

Está enganada.

Eu me inclino e selo minha boca sobre a boceta dela. Meus dedos trabalham em seu clitóris inchado. Sou recompensado com ela gritando meu nome enquanto mergulho minha língua em seu canal pulsante.

– *Rowan...*

Seus músculos se contraem, e nossos fluidos preenchem minha boca. Sorrio contra sua carne, acumulando nosso gozo na língua.

Então observo seu corpo por inteiro.

Os olhos castanhos de Sloane brilham, os hematomas realçando os tons verdes nas íris conforme eles dançam entre os meus. Acho que ela finalmente está compreendendo. Isso não está nem perto de chegar ao fim.

Acabou de começar.

Repouso o peso sobre meus antebraços e pairo sobre ela. Dou batidinhas em sua boca.

Toc, toc, toc. Abre bem.

Os lábios de Sloane se abrem. Cuspo o esperma em sua boca ávida.

– Engole.

Ela obedece, sem tirar os olhos dos meus até que eu esmague meus lábios nos dela.

Esse beijo é visceral. Não há mais nenhuma barreira entre nós dois agora. Sloane é desejo carnal na mais pura essência. Foi assim que a vi tantas vezes quando estive com ela. Como se eu fosse feito de nada mais do que uma ânsia desesperada. Nossos dentes se chocam. Ela morde meu lábio inferior, e um cheiro forte de ferro se transforma em sabores doces e salgados.

– Tá sentindo isso, Corvo? – pergunto quando me afasto apenas o suficiente para ocupar todo o espaço em seu campo de visão.

– Tô – sussurra ela.

– Sabe o que é?

Ela tem o bom senso de assentir com a cabeça. Sorrio.

– Um aperitivo. E agora é hora do banquete.

Deslizo de volta por seu corpo para me acomodar entre as coxas trêmulas, passando a mão por suas costas para erguer sua boceta até minha boca.

E tal como prometi, antes que a noite acabe, ela grita.

18

EXPLOSÃO
SLOANE

Não consigo dormir, embora minha mente esteja mais relaxada do que nunca e meu corpo esteja exausto.

Talvez tenha algo a ver com o pau enterrado na minha boceta.

Acho que *conseguiria* adormecer assim, envolta nos braços de Rowan. Nunca houve um lugar mais seguro. E adoro a ideia de pegar no sono desse jeito, ainda conectada de uma forma que não quero estar com mais ninguém.

Mas não posso. Porque, apesar de estar cansada, eu *quero* ele.

Ele liberou algo em mim, me abrindo e revelando camadas que eu não sabia que existiam. Eu já fiz sexo bom antes, mas nada nem perto do que foi com Rowan. Ele recebe de uma forma generosa. Parece saber exatamente quando pressionar e até onde. E, no final, é ardente. Desinibido.

E já quero de novo, mesmo que nossos anfitriões provavelmente passem a nos odiar por isso.

Toda vez que penso que terei que encarar Rose e Fionn na manhã do dia seguinte, meu rosto queima. Fizemos muito barulho. *Nós dois.*

Gritei o nome de Rowan mais de uma vez. Ele também gritou o meu quando gozou em minha boca, meu cabelo enrolado em seu punho.

Quando finalmente implorei para ele parar de me fazer gozar, ele recolheu meu corpo lânguido e exausto em seus braços, empilhou travesseiros em volta do meu braço machucado e depois deslizou de volta para dentro de mim ao som de um suspiro meu. Senti o sorriso em seus lábios contra meu pescoço quando xinguei baixinho, incrédula.

– Vai dormir, Corvo – disse ele, depois deu um beijo no meu pescoço antes de deitar a cabeça no travesseiro. – Ou não, aí é com você. Mas eu vou dormir feito uma pedra com meu pau enterrado bem fundo na sua bocetinha perfeita.

Como é que vou conseguir dormir depois de ele dizer isso?

E agora aqui estou, desesperada por movimento, por fricção, e sem querer acordar o homem cujo pau está até o talo na minha xota.

– Meu Deus – sussurro.

A princípio pensei que ele iria amolecer e escorregar de dentro de mim, mas isso não aconteceu. Não tenho certeza de quanto tempo faz, talvez uns vinte minutos, mas parece uma eternidade. Se eu pudesse apenas *me mexer*, obter algum alívio dessa ânsia dolorosa entre minhas coxas...

Desse jeito, vou passar a noite toda acordada.

Não. Vai ser uma tortura. O que ele provavelmente adoraria.

Uma lufada de ar fina e determinada passa pelos meus lábios.

Passo o braço esquerdo pelo ninho de travesseiros até conseguir pressionar meus dedos no clitóris com um suspiro de alívio. Meu ombro está dolorido demais para se mover com facilidade, mas não precisa ser perfeito, não com o pau de Rowan preenchendo minha boceta. Já estou quase lá, só preciso de um pouco de pressão.

Começo a mover os dedos sobre o feixe sensível de nervos, fazendo círculos ao redor do meu piercing e beliscando o lábio inferior, ardendo de desejo. Um gemido implora para escapar. A umidade faz meus dedos escorregarem. Enquanto me toco, penso em todas as fantasias que Rowan sussurrou enquanto me fodia – me comer em um lugar público, me arreganhar em cima de uma mesa do restaurante e me devorar, usar meu brinquedo na minha boceta enquanto ele enche meu cu de porra.

Um pequeno gemido escapa dos meus lábios.

Fico parada. Prendo o ar. Nada muda no abraço de Rowan nem na cadência de sua respiração. Nenhum sinal de que o perturbei.

Quando tenho certeza de que nada mudou, volto aos movimentos circulares.

– Sloane.

Fico imóvel, o ar preso nos pulmões, meus dedos ainda contra meu piercing e meu clitóris.

– Você parece estar aprontando alguma coisa – diz ele. – Quer me contar?

– Humm...

Rowan se apoia em um cotovelo para poder olhar para a lateral do meu rosto.

– Achei que tínhamos conversado sobre essa história de você se esconder.

Ele tira o outro braço da minha cintura e coloca a mão no meu cotovelo. Eu tremo quando seus lábios roçam a concha da minha orelha. Não preciso vê-lo para saber que seu rosto está iluminado com aquele sorriso provocador, aquele que tanto exibe quando estamos juntos. Ele está sempre tentando me irritar. Assim como agora. Provavelmente esse era o plano dele o tempo todo.

Eu bufo, irritada.

Ele ri.

– Tenho algumas ideias. Deixa eu compartilhar minhas teorias.

Sua mão desliza pelo meu antebraço, pelo meu pulso, envolvendo minha mão. Ele pressiona meus dedos com mais força contra o clitóris, e eu cerro os olhos quando uma explosão de sensações me domina.

– Acho que você não conseguiu dormir. Estava pensando em como foi bom ser fodida do jeito que merecia. Imagino que está sendo meio difícil adormecer com meu pau alojado tão fundo nessa sua boceta gulosa, não é?

Rowan sai devagar de mim e desliza de volta para dentro até que seus quadris estejam alinhados com a minha bunda. Já estou tremendo. Ele faz isso outra vez e depois morde o lóbulo da minha orelha, não com força suficiente para machucar, mas o bastante para me fazer ofegar.

– Eu te fiz uma pergunta, amor – diz ele.

– É – respondo, e sou recompensada com um beijo e uma pressão mais forte de seus dedos contra meu clitóris latejante. – Não consigo dormir.

– Tá tão difícil assim?

Faço que não com a cabeça, mesmo que seja mentira. Se ele sabe, não me questiona.

– Acho que você não consegue tirar da cabeça todas as coisas que eu disse que faria com você. Você está se perguntando se são apenas fantasias ou se são intenções reais. E como não conseguiu parar, todas aquelas ideias que passaram pela sua cabeça se tornaram uma necessidade. Você *precisa* ser fodida, mesmo estando exausta. E você precisa saber o que é real.

Ele está dentro da minha cabeça. É assustador e estimulante. Passei muito tempo sozinha, e agora Rowan está em cada pensamento, como se sempre tivesse estado aqui.

Ele tinha razão quando disse que não há mais como me esconder dele. Rowan não apenas abriu minha jaula, ele a quebrou, e os primeiros suspiros de liberdade queimaram em meus pulmões.

– É isso, sim – admito, com mais confiança dessa vez. – Você adivinhou tudo.

A longa expiração de Rowan percorre meu ombro, causando arrepios na minha pele. Sei, sem perguntar, que ele está aliviado por não precisar arrancar uma resposta de mim, que, por mais que eu confie meu corpo a ele, confio também meus pensamentos, esperanças e medos.

– Fica aí – exige ele, segurando firme a minha mão, em um pedido para continuar.

Ele desliza para fora de mim, e o colchão afunda conforme Rowan se afasta. Eu me viro o suficiente para poder ver o que ele está fazendo enquanto avança em direção à nossa bagagem. É a primeira vez que vejo suas costas, e mesmo na penumbra consigo ver que sua pele é marcada por várias cicatrizes largas e longas, mas há algo mais espalhado por seus ombros.

Meu coração sobe pela garganta e ameaça se atirar na cama.

– *Rowan*...

Ele para e olha para trás. Eu me sento e encaro mais de perto a tinta preta que percorre os músculos de suas costas. Ele gira o pescoço o máximo que consegue para seguir meu olhar, mas só consegue ver a ponta de uma asa.

– Isso é...? Você...? – Estou perplexa.

– Se eu tatuei nas minhas costas o corvo que você deixou em cima da mesa? – Seu sorriso é provocador, mas há uma pitada de timidez quando conclui o pensamento. – Aham. Parece que sim.

Engulo o bolo na garganta que ameaça me sufocar.

– Por quê?

Seu sorriso se alarga, e ele dá de ombros e se vira para vasculhar uma bolsa. A *minha* bolsa.

– Um dos motivos é que eu não tinha como carregar o original comigo. Podia acabar ficando danificado.

Ele solta um pequeno som de triunfo e me encara. Ainda estou boquiaberta quando vejo o que ele está segurando: meu vibrador em uma mão, meu frasco de lubrificante na outra.

– Parece que ainda preciso confirmar algumas coisas pra você.

Rowan caminha em direção à cama. Meu coração ricocheteia nas costelas como uma bolinha em um jogo de pinball.

– Fica de quatro – diz ele.

Engulo em seco.

– Você é muito exigente.

Rowan sorri. Dou a ele um último olhar acalorado antes de fazer o que ele pede e me virar de costas.

– Não finge que não tá gostando – diz ele, se aproximando de mim na cama.

Ele pega minha mão boa e a fecha em torno de uma das barras transversais da cabeceira da cama, em seguida posiciona meus quadris onde quer que fiquem, abrindo meus joelhos com uma das pernas musculosas.

– A sua boceta te entrega. Você tá completamente molhada, Sloane.

– Você tinha razão. Não é nada santo.

Ele desliza o brinquedo pela minha boceta e o pressiona na minha entrada.

– Não mesmo. E você também não. – Ele guia o vibrador para dentro da minha boceta depois para fora, em vários movimentos superficiais antes de ligar a vibração. – Eu disse que ia gozar na sua boca e fiz isso. Falei que ia devorar sua boceta no restaurante como se fosse a melhor refeição que já fiz e vou devorar. E falei que ia te encher de porra enquanto te fodia com um brinquedo. E você sabe o que aconteceu quando eu disse isso?

– Não – digo, logo após suspirar quando ele mete o vibrador em estocadas mais profundas.

– Sua boceta agarrou meu pau com tanta força que pensei que fosse explodir. Você estava encharcada. Escorrendo pelas coxas. – A tampa do frasco se abre. O lubrificante escorre pela minha bunda e pelo meu ânus. – Você já fez isso antes?

– Mais ou menos… foi ao contrário.

Ele pressiona o polegar no meu cu, massageando a borda, e mantém o ritmo com o vibrador na boceta.

– E você adorou.

Assinto mais uma vez.

– Sim.

– Ótimo. – É tudo que ele diz, seu tom definitivo ao enfiar o polegar dentro do meu cu ao som de um suspiro meu.

Ele afrouxa a musculatura tensa do meu anel, me faz relaxar naquela sensação até que me movo para trás em um pedido silencioso por mais. E então seu polegar desaparece, substituído pela cabeça lubrificada de seu pênis, que ele esfrega no buraco apertado, pressionando-o contra mim até deslizá-lo além da resistência. Ele faz uma pausa enquanto eu respiro em meio à estranha sensação de plenitude e em seguida volta com estocadas lentas e superficiais, cada uma indo um pouco mais fundo contra a vibração do brinquedo.

– Agora que estabelecemos que eu tinha intenção de fazer tudo que eu te disse – diz ele entredentes, intensificando o ritmo das estocadas –, a gente provavelmente deveria responder à sua outra dúvida.

Estou tremendo, suando, perdida em alguma dimensão onde tudo que conheço é a sensação de prazer intenso entrelaçada a uma pitada de desconforto, mas que aceito, porque só aumenta a euforia que me consome. Rowan entrou em uma cadência ininterrupta de estocadas profundas, e acho que não consigo lembrar sequer meu nome, muito menos algo que falei há alguns minutos.

– A dúvida... era...?

Ouço a malícia em sua risada abafada. Meu Deus do céu. Sou incapaz de formar uma frase simples, e este homem está me fodendo sem cansar, ao mesmo tempo que provavelmente é capaz de recitar toda a história das Guerras Napoleônicas, ano após ano.

Rowan se aproxima, diminui as estocadas, cobre minhas costas com o calor de seu corpo. Uma de suas mãos encontra meu seio, e ele rola meu mamilo entre os dedos e sopra uma fina corrente de ar frio no meu pescoço, me fazendo estremecer.

– Sobre a tatuagem, Sloane – diz, a voz açucarada. – Você me perguntou por que eu fiz.

Dou um gemido quando uma estocada profunda me deixa muito perto de um orgasmo intenso.

– Aham... sim...

– Algum chute?

Minha testa pressiona meu braço enquanto solto um grito estrangulado.

– ... você gosta de mim?

– Porque eu *gosto* de você? – Rowan dá uma risada incrédula. – *Gosto. De você.* Sério? *Meu Deus*, Sloane. Você é brilhante, mas também a pessoa mais deliberadamente alienada que já conheci. Você acha mesmo que eu emoldurei um desenho que você deixou pra mim num pedaço de papel que arrancou de um caderno porque eu *gosto de você*? O mesmo que pendurei na cozinha pra poder olhar todos os dias e pensar em você? Acha que eu tatuei seu corvo na minha pele porque eu *gosto de você*? Eu participo dessa competição todo ano e meu coração fica partido quando vejo você ir embora, só pra passar por tudo de novo depois, e só porque *gosto de você*? Você acha que eu *gosto de você* quando te fodo desse jeito?

O ritmo acelera. Rowan acaricia meu peito com a palma quente. Ele entra em mim. Eu grito o nome dele, e ele me fode com mais força.

– Eu mataria por você, e matei. Faria isso de novo, todos os dias. Eu me viraria do avesso por você. Morreria por você. Eu não só *gosto de você*, Sloane, e você sabe disso, porra.

Estocadas violentas me levam ao limite. Consigo ver fogos de artifício. Um som que nunca emiti antes transborda pelos meus lábios enquanto o orgasmo me dilacera.

Eu não gozo. Eu *explodo*.

O braço de Rowan envolve minha cintura, e ele me segura bem perto quando goza, meu nome abafado pelo meu coração, que troveja em meus ouvidos.

A respiração dele ainda está irregular, e seu peito estremece quando desligo o vibrador e ele sussurra no meu pescoço:

– Eu não apenas *gosto* de você, entendeu?

Assinto.

Os dedos de Rowan traçam meu queixo, suave e lentamente, um toque no qual repouso quando sua mão para e descansa na minha bochecha.

– E você também não apenas *gosta* de mim, não é? – pergunta ele.

Não é uma pergunta. Não é nem uma exigência. É uma necessidade de se libertar de um lugar onde ele achava que estava sozinho.

A chave desliza na fechadura enquanto as palavras de Lark ecoam em minha mente e em meu coração acelerado.

Usa um pouco dessa coragem a seu favor, pra variar. Deixo todos os "e se" de lado. Todos, exceto um.

– Não – digo, em um sussurro. – Eu não apenas gosto de você, Rowan, é algo mais do que isso. Eu penso em você o tempo todo. Sinto sua falta todos os dias. Você apareceu de repente e desde então tudo mudou. E isso me assusta. Muito.

Rowan dá um beijo em meu ombro e desliza o polegar pela minha bochecha.

– Eu sei.

– Você é mais corajoso do que eu.

– Não, Sloane – diz ele com uma risada baixa, e se afasta. – Sou só mais imprudente, tenho menos senso de autopreservação. Também tô com medo.

Observo enquanto ele sai da cama e vai até o banheiro, voltando com uma toalha e papel higiênico. Ele leva um tempo para limpar minha pele com gestos suaves, a atenção presa no movimento da mão, franzindo a testa, parecendo imerso em pensamentos.

– Do que você tem medo? – pergunto, quando o silêncio se estende tanto que parece estar arrancando meus ossos.

Rowan dá de ombros e diz, sem erguer os olhos:

– Sei lá. Ter os olhos sugados por um aspirador industrial é um pesadelo recorrente. Não tenho certeza de como cheguei a isso.

Quando dou um tapa em seu braço, a máscara impassível de Rowan finalmente se transforma em um leve sorriso, que desaparece aos poucos, e ele não responde até que o sorriso vá embora por completo.

– Tenho medo de você me destruir. De eu destruir você.

Solto um suspiro dramático.

– Ai, mas já pensou logo em destruição! Dá pra ter medo de tanta coisa, como o fato de morarmos em estados diferentes, ou de vivermos ambos ocupados demais no trabalho, ou, tipo, de eu ter só uma amiga, ao contrário de você, que pelo visto anda com a cidade de Boston todinha. Que nada. Vamos pensar logo em *destruição*.

O sorriso dele retorna, mas ainda vejo em seus olhos o medo se agarrando aos pensamentos dele, encontrando caminho até os meus também.

– Nada disso é incontornável. A gente só tem que fazer o que as pessoas normais fazem. Conversar e tal.

– Não temos um histórico de pessoas normais. – Aponto para o meu rosto. – Evidência número um: a gente poderia ter ido tomar uma cerveja.

– Então vamos ficar bons nisso. A gente só precisa praticar.

Parece bem simples, não? *Praticar.* Melhorar um pouco a cada dia. Ficar um pouco mais forte. É difícil imaginar como atravessar esses obstáculos que parecem montanhas quando se está à sombra deles. Mas nunca vou escalar essa montanha se ficar parada. E Lark tinha razão, tenho passado muito tempo sozinha nas sombras.

Então fico me perguntando a mesma coisa: *e se eu tentar?*

Não deixo minha mente vagar em busca de uma resposta. Porque a verdadeira resposta é: *não sei.* Nunca tentei de verdade nem quis nada disso antes, não dessa maneira.

Não responda à pergunta. Apenas tente.

É isso que penso quando olho para meu reflexo no espelho do banheiro. É o que penso quando volto para a cama e Rowan me ajuda a vestir uma regata antes de colocar a tipoia de volta. É o que penso quando me deito ao lado dele. Ele não esconde que me observa, e eu o observo de volta. Suas pálpebras estão pesadas, assim como as minhas, mas ele se recusa a desviar o olhar. E continuo pensando, *apenas tente.*

Tiro o braço direito de baixo de mim e levanto a mão entre nós.

– Pedra, papel, tesoura.

– Pra quê?

– Só joga, bonitão.

Ele me dá um sorriso desconfiado e então imita meu movimento. Ao contar até três, fazemos nossa escolha. Rowan vai de pedra. Eu vou de tesoura.

Já sei que a pedra é escolhida na maioria das vezes. Pesquisei depois que nos encontramos pela primeira vez e Rowan sugeriu o jogo em caso de desempate. E já sei que Rowan quase sempre escolhe pedra.

– O que acabei de ganhar? – pergunta ele.

– Você pode me perguntar qualquer coisa, e eu vou responder honestamente.

Os olhos dele brilham na penumbra.

– Sério?

– Sério. Vai. Qualquer coisa.

Rowan morde o lábio, refletindo. Ele leva um bom tempo para escolher a pergunta.

– Pareceu que você ia embora quando matei o Francis, lá em West Virginia. Por que não foi?

A imagem de Rowan ajoelhado na estrada surge na minha mente. Já pensei tantas vezes nisso, na forma como ele desferiu golpes implacáveis no homem, dominado pela loucura. Observei das sombras e, quando Rowan diminuiu o ritmo e enfim parou, recuei. Ir embora era a coisa mais inteligente a fazer. Era óbvio que ele estava fora de si, que era perigoso. Havia me pegado pelo pescoço minutos antes, e, mesmo que estivesse com medo, eu ainda confiava nele. Parte de mim sabia que ele tinha me afastado de Francis e do carro para me esconder nas sombras. E, quando tudo acabou, minha mente gritou para que eu corresse, mas meu coração viu um homem destroçado no meio da rua, lutando para se encontrar de novo em meio à névoa da raiva.

E a primeira palavra que saiu dos lábios dele foi meu nome.

Eu não tinha dado mais do que dois passos para trás. Nem sequer tinha me virado.

– Você me chamou. Parecia desesperado. Eu... – Engulo em seco, e seu toque me encontra nas sombras, um traço de calor formigante que sobe pelo meu braço e desce de novo. – Eu sabia que você não queria apenas que eu ficasse. Você precisava que eu ficasse. Fazia muito tempo que não precisavam de mim daquele jeito.

Sua carícia gentil encontra meu rosto, um contraste com a violência que deixou cicatrizes em seus dedos naquela noite.

– Já deve ser bem óbvio, mas fico feliz que tenha ficado – diz Rowan.

– Eu também. – Eu me inclino para mais perto e pressiono meus lábios nos dele, saboreando seu cheiro familiar e o calor de sua presença. Quando me afasto, digo: – Posso fazer uma pergunta, mesmo tendo acabado de perder no pedra, papel e tesoura?

A risada de Rowan precede um beijo na minha têmpora.

– Acho que posso fazer essa concessão. Mas só uma.

– Eu me lembro de você sussurrar alguma coisa pro Francis antes de bater nele. O que você disse?

A pausa silenciosa entre nós se prolonga, e, por um momento, acho que ele não vai responder. Rowan desliza a mão por baixo do meu travesseiro e me puxa para mais perto até que minha cabeça repouse em seu peito, as batidas de seu coração um conforto no escuro.

– Eu disse a mesma coisa que falei pra você pouco antes de matá-lo – responde ele por fim. – Que você é minha.

Quando aquela peça do quebra-cabeça se encaixa, dói um pouco, como se meu coração tivesse que quebrar para ela caber. Parece inacreditável, mas talvez Rowan realmente tenha tido certeza sobre nós dois o tempo todo, sobre o que poderíamos ser e o que ele queria. Ele estava aguardando pacientemente que eu o alcançasse.

Dou um beijo em seu peito e encosto o rosto ali.

– É. Acho que sou, sim – falo.

Meus olhos se fecham e, quando os abro, o quarto está banhado pela luz do amanhecer que entra pelas persianas.

Ainda estou envolvida nos braços de Rowan, as pernas dele entrelaçadas nas minhas e o braço ao redor da minha cintura. Ele está dormindo profundamente. Paro um momento apenas para observar a contração de suas pálpebras e a subida e descida constante de seu peito, e então me solto de seu abraço e deslizo para fora. Quando volto do banheiro, ele ainda não se mexeu, então me visto em silêncio e o deixo dormir.

O cheiro de café e massa açucarada me atrai pelo corredor. Quando chego à sala de jantar, Rose já está lá, com o cabelo escuro preso jogado nos ombros em uma trança frouxa e um prato de waffles à frente. Ela me observa com seus grandes olhos castanhos quando me aproximo e dá um sorriso radiante.

– Bom dia – diz ela. – Tem mais na cozinha. Fica à vontade.

– Obrigada. E me desculpa.

– Pelo quê? – diz Rose, com a boca cheia de waffle.

Ela olha para os lados e me encara com desconfiança, como se estivesse tentando descobrir se roubei algo dela durante a noite.

– Pelo... *barulho.*

Rose apenas dá de ombros e volta sua atenção para o prato de comida.

– Meu bem, eu literalmente morava em um circo desde os 15 anos. Eu seria capaz de dormir numa montanha-russa se fosse preciso.

Dou uma risada e vou até a cozinha, pegando duas canecas da prateleira para enchê-las de café.

– Aquele papo de coxia dos palhaços faz mais sentido agora.

– Bem, o que quer que estivesse acontecendo – diz ela com uma piscadela debochada e exagerada quando encontro seus olhos do outro lado da ilha da cozinha –, não ouvi nada. Mas *ele*, por outro lado... acho que não descansou bem.

Eu me viro quando Fionn entra na sala de jantar de pijama, com o cabelo desgrenhado e os olhos meio fechados. Ele vai direto para a geladeira e tira um frasco de probióticos de uma fileira na porta. Quando olho para Rose, o sorriso dela é malicioso.

– Dormiu bem, doutor? – pergunta. – Eu dormi feito uma *pedra*. A Sloane e o Rowan já não tenho tanta certeza.

Fionn lança a ela um olhar sombrio. Mas também há certo calor por trás.

– Desculpa – digo, minhas bochechas esquentando com o fogo dentro de mim. – Você foi tão gentil em receber a gente em cima da hora. Não queríamos atrapalhar seu sono com tanta... emoção. Enfim.

– Não se preocupa, Corvo. Ele vai ficar bem. O Doutor Saco Roxo está só com um pouquinho de inveja.

Rowan se aproxima vestindo uma calça de moletom e nada na parte de cima além de músculos deliciosos e tinta. Meu rosto queima pela segunda vez quando ele para ao meu lado para dar um beijo na minha testa.

– Coloca uma camisa, mané – resmunga Fionn quando Rowan dá um tapinha em suas costas e passa por ele para pegar o leite.

– Por quê? Acho que é bom te lembrar de tempos em tempos que, mesmo que você passe horas por dia fazendo burpees, ainda assim eu te boto no chinelo.

Fionn parece ter vontade de rebater a afirmação, mas desiste depois de fitar o corpo musculoso e cheio de cicatrizes do irmão mais velho.

– Achei que eu tivesse dito pra pegar leve – diz ele. – Descansar. Nada de... esportes violentos.

O sorriso de Rowan é simplesmente diabólico.

– Não estávamos praticando esportes. A gente tava trepando.

Rose dá uma gargalha e enfia outro pedaço de waffle na boca.

– Incrível. Eu amo esses dois. Eles podem ficar?

– *Não*. – Fionn olha para Rose e depois para Rowan, e então volta a atenção para mim, constrangido. – Desculpa. Em circunstâncias normais, não teria problema nenhum. Mas aquele babaca ali – diz ele, apontando o polegar para Rowan – vai infernizar minha vida por causa do lance do apelido até conseguir tirar isso da cabeça. Eu preciso dormir à noite. E você também. Na verdade, você deveria passar algumas semanas afastada do trabalho até poder tirar a tipoia.

– Ainda tenho mais uma semana de férias – respondo. – Não tiro licença médica há quase dois anos, então não deve ser um problema.

– Vou te dar um atestado médico de qualquer maneira, só pra garantir. Quero que você use a tipoia o máximo de tempo que puder. E marque uma consulta com um fisioterapeuta. Nada de pegar peso, *nada de esportes* – insiste ele, lançando um olhar penetrante para Rowan. Quando Fionn se volta para mim, franze a testa de preocupação. – Você tem alguém que possa te ajudar em casa se precisar?

– Ela tem – responde Rowan antes que eu tenha a chance de dizer que a Lark poderia. – Eu.

Meu olhar oscila entre Rowan e o irmão dele. Descrença, nervosismo e entusiasmo se entrelaçam como uma corda em meu peito.

– Você vem comigo pra Raleigh?

Rowan coloca a caneca de café na bancada. Seus olhos azuis se fixam nos meus, a sombra do oceano profundo sob o sol. Não há nenhum sorriso provocador iluminando sua pele, nenhum sorriso descontraído dançando em seus lábios quando se aproxima e para na minha frente. Ele observa o movimento dos próprios dedos enquanto eles traçam os contornos da minha bochecha.

O resto do mundo desaparece.

– Não, Sloane – diz ele. – Vou te levar pra casa. Pra Boston.

19

RESERVAS
SLOANE

—Meu Deus. É *você*.
Olho para Lark ao meu lado, torcendo para que seja apenas um breve momento de tietagem. Lark assinou com uma gravadora pequena e independente, mas tem uma quantidade significativa de seguidores, e não era incomum que fosse reconhecida.

Mas olho para Meg, a hostess, ela está olhando diretamente para mim. Uma chama toma minhas bochechas.

– É... oi...?

– Desculpa. Quando você veio da última vez, eu me distraí totalmente e esqueci de avisar pro Rowan. – Meg arregala os lindos olhos azuis e balança a cabeça. – Ainda me sinto péssima.

– Bem, eu não tinha feito reserva, então você não tem motivo pra se desculpar.

– Mas você tem uma reserva permanente no Três de Econômica – diz Meg, com um sorriso doce e sagaz.

Ela solta uma folha de papel de uma tachinha e passa para mim.

A mesa 12 está PERMANENTEMENTE à disposição para:

– qualquer reserva no nome de Sloane Sutherland
– uma linda mulher de cabelos pretos, olhos castanhos e sardas, 1,70 metro, provavelmente sozinha, tímida, parece que quer sair correndo

Rowan deve ser informado imediatamente a respeito de qualquer reserva com este nome ou qualquer cliente que se enquadre nesta descrição.

E então, em tinta vermelha, como se tivesse sido adicionado depois:

IMEDIATAMENTE. Não estou de sacanagem.

A palavra "IMEDIATAMENTE" está sublinhada seis vezes.

– Isso é tão fofo – diz Lark, apoiando o queixo no meu ombro e lendo o bilhete, apontando para o texto em vermelho. – Parece que ele vai esfaquear pessoas por você. É tão Keanumântico.

Dou uma risada e devolvo o papel para Meg.

– Em primeiro lugar, Keanumântico nem é uma palavra. Segundo, o Keanu não esfaqueia pessoas de um jeito romântico-perigoso.

– Em *John Wick* ele esfaqueia, sim.

– Claro. Por causa de um *cachorro*. Eu não chamaria isso de romântico, Lark.

Lark dá de ombros e sorri para Meg.

– Mesa para duas, por favor, em nome de Sloane Sutherland, esta beldade de cabelos pretos, sardenta, 1,70 metro de altura, que parece que quer sair correndo.

Meg pega dois cardápios do suporte e sorri, nos conduzindo até nossos lugares.

– Me acompanhem. Vou avisar ao chef que você está aqui assim que estiverem acomodadas.

Lark dá um gritinho e me segura pelo pulso enquanto seguimos Meg até a mesa onde me sentei na última vez em que estive aqui, há mais de um ano. Ela provavelmente está sentindo meus batimentos martelando em sua mão. Passei duas semanas com Rowan depois de estender meu período de folga no trabalho, como Fionn havia recomendado. E aquelas duas semanas com Rowan simplesmente não foram o bastante.

Meu corpo ainda estava machucado e dolorido quando voltei para Raleigh para arrumar minhas coisas e colocar minha casa mobiliada para alugar. Tomei providências para poder trabalhar integralmente de casa e passei minhas noites e meus finais de semana desmontando o contêiner matadouro que mal havia usado desde que começamos esta competição. Já se passaram três semanas desde que vi Rowan, e meu coração está prestes a explodir dentro do peito conforme os segundos passam rumo ao fim do nosso período de separação.

Não sei se isso vai funcionar: morar com ele, trabalhar de casa todos os dias, estar em uma cidade nova, tentar transformar essa base que criamos em algo mais. Mas vou tentar.

– Você tá bem animada, hein – digo a Lark, tentando desviar a atenção da minha própria expectativa enquanto serpenteamos pelo restaurante movimentado.

A correria do almoço já passou, mas ainda há mais mesas cheias do que vazias, ainda que muitos dos clientes já estejam nas sobremesas.

– Claro que estou. Minha melhor amiga está a-pai-xo-na-da, e eu vou conhecer o namorado dela.

Eu bufo.

– Em momento nenhum eu falei que tava *apaixonada*.

– Você não instalou uma câmera de segurança na cozinha sem ele saber?

– Isso é ser stalker, não estar apaixonada.

– Dá no mesmo. E tá na cara que ele também te adora. Ele conhece o meu bebê – diz ela, apontando para o nicho em que vão sentar enquanto Meg coloca os cardápios na mesa. – Uma escolha cem por cento Sloaney. Protegida e equidistante das saídas.

Ai, meu Deus. Ela tem razão.

Lark desliza no assento acolchoado, e Meg desaparece para buscar Rowan na cozinha, e eu ainda estou de pé feito uma besta, olhando para a mesa como nunca tinha olhado para uma antes.

Ele reserva permanentemente a mesa que sabe que você escolheria em seu famoso restaurante. Dá uma surra num pervertido emo por espiar você se masturbando. Manda um garoto aleatório da vizinhança levar compras para você.

Quem você está querendo enganar? Não é só "algo mais do que gostar" desse cara.

Lark inclina a cabeça e franze as sobrancelhas, me encarando.

– Tudo bem aí, Sloaney? Você parece que pifou.

Estou prestes a dizer algo. Abro a boca e começo gaguejando uma frase que nunca se materializa. Ela morre em minha língua quando ouço o sutil sotaque irlandês se elevar acima das conversas dos clientes e do barulho de talheres nos pratos e copos nas mesas.

– Corvo! – diz ele alto o suficiente para se sobrepor ao barulho.

Quando olho, ele está passando pelas mesas, muito parecido com a última vez que vim ao Três de Econômica, sua roupa de chef enrolada até os cotovelos e um avental branco amarrado na cintura. Mas, dessa vez, não há nenhuma expressão de choque, apenas um sorriso caloroso e os braços bem abertos.

– Vem cá.

Olho para Lark, e seu sorriso é eletrizante, os olhos dançando. Ela aponta na direção dele com a cabeça, e mesmo sabendo que provavelmente pareço uma adolescente apaixonada, não consigo evitar. Meu coração está batendo forte. Se meus pés tivessem vontade própria, eu já estaria correndo na direção de Rowan.

Posso não correr, mas ando. *Depressa.*

Quando nos encontramos no meio do restaurante, Rowan segura meu rosto entre as mãos e tira um segundo para absorver os detalhes, como se estivesse saboreando cada nuance. Ele está radiante, claramente à vontade neste espaço, os olhos brilhantes e enrugados nos cantos com a largura de seu sorriso e a profundidade de seu alívio.

O beijo que trocamos é breve. Mas o calor dele permanece, infundindo em cada célula conforto e necessidade de mais do que podemos ter neste momento.

– Você parece muito melhor – diz ele.

Dou de ombros.

– Ainda um pouco dolorida, mas tô quase lá.

– A viagem foi boa?

– O Winston odiou cada segundo da viagem desde que saímos de Raleigh. Acho que vou passar uma semana ouvindo esse gato rosnar enquanto durmo, mas ele se acalmou agora que chegou na sua casa. Está estranhando um pouco, mas tenho certeza de que daqui a uns dois dias já vai estar acostumado. Deixei minhas coisas no chão da sala, então é bem possível que quando a gente voltar ele tenha destruído a bagagem inteira para se vingar.

– *Nossa* casa – corrige Rowan, passando um braço por cima do meu ombro para me conduzir de volta para a mesa. – *Nosso* gato. Mal posso esperar para sermos influenciadores de filhotes de gatinhos, uma mina de dinheiro. Vamos ficar *ricos*.

Dou uma risada e reviro os olhos.

– Você não vale nada.

– Você vai me amar um dia.

Um dos meus passos vacila.

Esse dia é hoje.

Talvez ontem também. E o dia anterior. Talvez há um tempo, na verdade. Não sei dizer exatamente quando começou, mas acho que nunca vai acabar.

Pego a mão de Rowan sobre meu ombro em recuperação, a articulação ainda um pouco sensível, mas melhorando a cada dia. Quando olho para ele, tento reprimir um sorriso, mas não consigo.

– Aham. Quem sabe.

Rowan não exige nenhuma resposta, não implica querendo mais, mas sei que ele é capaz de enxergar isso em mim como se estivesse escrito na constelação de sardas na minha pele, mesmo quando tento desviar o olhar.

– Eu te avisei – sussurra, dando um beijo na minha testa.

Lark desliza para fora da mesa e dá um abraço em Rowan como se o conhecesse há anos, e os dois iniciam uma conversa tranquila a partir do momento em que nos sentamos. E embora eu finja estar imersa no cardápio, não estou. Estou assistindo a Lark e Rowan com o coração mais quentinho do que jamais imaginei sentir. As únicas duas pessoas que amo neste mundo estão sentadas uma ao lado da outra, forjando os primeiros momentos de uma amizade, uma base que espero que só cresça com o tempo.

Posso não ter muitas pessoas na minha vida, mas tenho Lark e Rowan, e isso é o bastante.

Compartilhamos uma refeição juntos. Uma garrafa de vinho. Dividimos o mil-folhas de figo de sobremesa e ficamos ali, sentados com nossos cafés, até que os últimos clientes vão embora e o restaurante feche para se preparar para o turno do jantar. Não há calmaria na conversa. Não faltam risadas. E, quando chega a hora de partir, combinamos de nos encontrarmos novamente nos próximos dias, enquanto Lark estiver na cidade – música ao vivo, sair para jantar, talvez um passeio de barco pelo porto. Enquanto nos dirigimos para a saída, Rowan me dá uma piscadela, como se tudo isso fosse parte de seu grande plano para atrair Lark para cá.

Nós a abraçamos e nos despedimos na porta, e Rowan acaba com um adesivo de estrelinha dourada na bochecha antes de Lark ir embora, dançando.

– Vamos, preciso da sua ajuda – diz ele, pegando minha mão quando Lark vira em uma esquina dois quarteirões ao longe, em direção ao hotel onde está hospedada.

Rowan me arrasta na direção oposta.

– É um trabalho muito importante, Corvo.

– Que trabalho?

– Você vai ver.

– Você vai deixar esse adesivo na cara?

Rowan zomba.

– Claro. Me deixa mais bonito.

Quatro quarteirões e uma esquina depois, Rowan me para. Embora eu pergunte o que ele está fazendo e onde estamos, ele foge das minhas indagações. Em vez de responder, ele se posiciona atrás de mim e coloca as mãos sobre meus olhos e me dá um empurrãozinho para a frente. Estou prestes a reclamar, dizendo que não vou cruzar Boston inteira com os olhos vendados, quando ele nos guia em frente até virarmos à esquerda.

– Tá preparada? – pergunta ele.

Assinto. Ele tira as mãos dos meus olhos.

Diante de mim, está a fachada de um prédio de tijolos onde um toldo preto novinho e uma fileira de lâmpadas redondas se estende por uma área externa ainda sem cadeiras sobre o deque recém-pintado. O interior está finalizado, os detalhes luxuosos do mobiliário e das mesas de madeira escura se misturando aos tijolos expostos e a itens decorativos inusitados em azul-petróleo. Enormes samambaias ondulam suavemente com a brisa do sistema de ar-condicionado escondido entre a rede industrial de vigas de aço preto e dutos no teto. É lindo e sofisticado, mas aconchegante.

E, em toda a fachada do restaurante, estendendo-se sobre a porta e o toldo, uma enorme placa em letras maiúsculas.

Cutelo e Corvo

– Rowan... – Dou um passo para mais perto, estudando a placa fascinada pelo corvo estilizado de ferro forjado e pelo cutelo incorporados atrás das primeiras letras. – É sério isso?

– Gostou?

– É incrível. Eu amei.

– Bem, fico aliviado, considerando que faltam duas semanas pra inauguração. As reservas foram feitas no Natal passado. Seria constrangedor cancelar.

Com um sorriso, ele pega minha mão e me puxa em direção à porta, onde um grande pôster detalha a iminente grande inauguração e os contatos. Ele destranca e segura a porta para eu entrar, o cheiro de tinta fresca e móveis novos nos recebendo.

– Mas mesmo assim preciso da sua ajuda – diz Rowan.

À medida que nos dirigimos para a cozinha, Rowan chama a atenção para detalhes, itens decorativos que refletem a influência dos irmãos, como a seleção de bourbons Weller atrás do bar para quando Fionn vier para a inauguração, ou os apoios para copos de couro que Lachlan fez. Mas eu também estou *em toda parte*. Na enorme asa de couro preto, as penas intrincadas espalhadas por uma parede acima das mesas, precisamente na área onde eu escolheria me sentar. A cada uma das pinturas em preto e branco de corvos feitas por artistas locais, foram incorporados uma faca de açougueiro ou um cutelo.

Não sou só eu. Somos *nós*.

Paro Rowan no meio do salão. Os olhos dele percorrem meu rosto e descem até meu pescoço enquanto engulo em seco, esquentando minha garganta.

– Você... – É tudo que consigo dizer. Aponto de mim para ele, depois para o salão. – Isso...?

Rowan tenta reprimir uma risada, e um sorriso malicioso surge em seus lábios.

– Eloquente. Esta é outra situação do tipo "cara-cara"? Mal posso esperar para ouvir o que você vai inventar agora, Corv...

– Eu te amo, Rowan – deixo escapar.

Levo apenas um segundo para registrar o choque na expressão de Rowan antes de me atirar nele, envolvendo seu corpo robusto em meus braços. Pressiono o rosto contra seu peito, seu coração martelando em meu ouvido.

Seus braços me envolvem, uma mão enroscada no meu cabelo enquanto ele dá um beijo no topo da minha cabeça.

– Eu também te amo, Sloane. Muito. Mas o restaurante provavelmente deu uma pista gigante.

Rio e deslizo a mão entre nós para segurar uma lágrima antes que ela caia.

– Eu meio que saquei. Não sei bem o que fez cair a ficha. Talvez tenha sido a placa na fachada.

Rowan se afasta, as mãos quentes em volta dos meus ombros. Quando ele olha para mim, vejo tudo o que sinto refletido em seu leve sorriso e em seu olhar suave. É um alívio saber que *posso* amar e ser amada, depois de anos me perguntando se eu era tão problemática a ponto de só haver espaço para vingança e solidão em meu coração. E acho que vejo nos olhos de Rowan que estou livre desse fardo.

– Vamos – diz ele, depois de me dar um beijo rápido nos lábios. – Ainda preciso da sua ajuda.

Rowan nos conduz até a cozinha, onde eletrodomésticos novinhos e bancadas de aço inoxidável brilham sob as luzes embutidas no teto recém-pintado. Ele vai primeiro até uma fileira de ganchos onde estão pendurados aventais e joga um para mim antes de desaparecer na câmara frigorífica.

– O que nós vamos fazer? – pergunto.

Ele volta com ingredientes empilhados em uma bandeja que coloca no balcão ao meu lado.

– Construir uma nave espacial. – Ele sorri quando lhe lanço um olhar furioso. – Cozinhar, é claro. Ainda estou ajustando o cardápio do almoço para a semana de inauguração. Preciso da sua ajuda nisso.

– Achei que já tínhamos chegado à conclusão de que cozinhar não é meu forte.

– Não, nós chegamos à conclusão de que você cozinha muito bem, só precisamos fazer isso juntos.

E fazemos.

Começamos com coisas mais simples, como preparar um vinagrete de vinho tinto para uma das saladas e picar legumes para uma sopa. Depois passamos para coisas mais difíceis: lombo de porco com rodelas de cebola, filé de salmão com molho cremoso. E observar Rowan compartilhando sua arte com tanta paixão e confiança é como injetar um afrodisíaco direto nas veias. Meu desejo por ele fica mais poderoso a cada momento que passa, e ele está tão imerso no que está fazendo que parece não notar nenhum dos sinais.

Isso só me faz desejá-lo ainda mais.

Provamos os pratos que criamos juntos, e Rowan pressiona a estrelinha dourada de sua bochecha no topo de uma página novinha em um caderno manchado e com orelhas, onde anota ideias e comentários sobre tudo que fazemos. Em seguida, diz que é hora da sobremesa, o prato no qual mais precisa de ajuda. Quando reclamo que estou cheia, ele ri de mim.

– Eu sei que você aguenta mais – diz ele com um sorriso malicioso, indo até a geladeira.

Ele volta com outra bandeja de ingredientes, mas desta vez a pavlova, o crème brûlée e o bolo de chocolate já estão prontos. Precisam apenas ser empratados, com toda a apresentação e as caldas, o que Rowan faz com rapidez e precisão antes de colocá-los na minha frente na bancada. Ele então dá um passo para trás e deixa seu olhar vagar pelo meu corpo. Sinto isso lá no fundo, como se ele puxasse uma corda invisível que aperta meu âmago até doer.

– Vira de frente pra bancada e levanta o vestido, Sloane.

Minha calcinha fica molhada no mesmo instante, mesmo antes de meu cérebro ter processado todas as palavras, como se meu corpo soubesse o que está prestes a acontecer antes da mente. Respiro fundo, e minha boca se abre, mas não sei o que dizer.

Rowan ergue as sobrancelhas e olha para a bancada.

– Você acha que não percebi você puxando o vestido, se inclinando e me mostrando seus peitos quando estávamos preparando aquele molho de vinho branco? Eu *sempre* reparo em você, Sloane. Agora, faz o que mandei.

Solto o ar, estremecendo, pego a bainha do vestido e arrasto o tecido pelas coxas, me virando e ficando de frente para a bancada de aço inoxidável, a borda polida gelada contra minha pele quente. O calor de Rowan toma minhas costas quando ele dá um passo atrás de mim e passa a mão calejada pela minha perna e pela minha bunda.

Ele puxa minha calcinha para o lado e encosta o pau na minha boceta, então desliza para dentro de mim com uma única estocada ao som do meu suspiro.

Ele fica ali, imóvel, alojado até o talo.

Um gemido fica preso no fundo da minha garganta. Meu clitóris lateja, implorando por fricção, minha boceta desesperada por movimento. Tento me mover para a frente e para trás, mas não há espaço entre a força inabalável de Rowan e a beira da bancada contra meus quadris.

– Não – ordena ele quando tento outra vez. – Relaxa, Sloane.

Um gemido estrangulado passa pelos meus lábios.

– E como é que eu vou conseguir relaxar, me diz?

Rowan ri, desconcertado ao sentir o desejo me queimando, cada célula incendiada com a necessidade de mais do que ele vai fazer.

– Tenta. Vamos ver aonde você chega.

Meu coração bate em um ritmo galopante, minha respiração está instável e irregular. Quando paro de tentar me mover, Rowan apoia o queixo no meu ombro e pega uma colher de sobremesa.

– Você é uma menina tão boa, Corvo... – murmura ele em meu ouvido, deslizando a colher pelo *crème brûlée* e a levando até meus lábios entreabertos. – E boas meninas ganham recompensas.

A sobremesa cremosa e a cobertura azeda de frutas vermelhas pousam na minha língua com uma explosão de sabores. Rowan permanece imóvel enquanto saboreio.

– Gostou? – pergunta ele.

– Go-gostei.

– Falta alguma coisa?

– Eu...

Porra, sei lá. Não consigo pensar direito com esse pau dele, grosso e duro, dentro da minha boceta, minha excitação escorrendo pelas pernas, meu clitóris exigindo alívio. Quando faço que não com a cabeça, ele parece entender que não quero dizer que "não", mas que não consigo ter certeza.

– Fecha os olhos. Tenta de novo.

Faço o que Rowan pede. O cheiro de açúcar e frutas frescas inunda minhas narinas, aromas que de fato não percebi da primeira vez. Rowan passa a ponta da colher pelos meus lábios para pintar minha pele rosada de sabor antes de eu abrir a boca para ele.

– Você sente gosto de quê? – sussurra Rowan na minha orelha.

– Creme. Baunilha. Açúcar caramelizado. Morangos e framboesas – respondo, com os olhos ainda fechados.

Parece que estou flutuando, não fora do meu corpo, mas em lugares dentro dele que nunca vi ou senti antes. Há outro reino lá dentro que eu nem sabia que existia. É como se eu estivesse desconectada do resto do mundo, embora mais presente nele do que nunca. Cada sensação se potencializa na ausência de ruídos externos.

– O que falta? – tenta Rowan mais uma vez.

– Nada. Mas…

Balanço a cabeça. A mão de Rowan desliza pelo meu braço para garantir não só que este lugar seja seguro, mas que minhas palavras também estejam seguras com ele.

– Mas não é excepcional – concluo.

– Você tem razão.

Um beijo indulgente se estende em meu pescoço enquanto seu pau se contorce dentro de mim. Percebo cada movimento que ele faz, desde a maneira como seus lábios se afastam da minha pele até o subir e descer do seu peito contra as minhas costas.

– Não é excepcional – continua Rowan. – É como qualquer outro crème brûlée da cidade. Precisa de algum toque diferente. Algo novo.

– Thorsten Harris provavelmente iria sugerir…

– *Corvo* – diz Rowan, pontuando seu aviso com uma mordida no lóbulo da minha orelha. – Nem pense em terminar essa frase, ou vai pagar muito caro.

Meus olhos permanecem fechados, e sorrio.

– Gosto da sua versão de pagar caro.

– Você diz isso agora. Mas eu poderia muito bem passar horas dentro dessa sua boceta apertadinha, e acho que não seria tão bom assim se eu ficasse todo esse tempo sem deixar você gozar. – Rowan mexe o quadril, apenas uma sugestão de movimento que aumenta meu desespero por mais. – Agora seja um corvinho bonzinho e me diga a fruta mais aleatória que puder imaginar. A primeira coisa que vier à mente.

Eu nem penso muito. Apenas falo.

– Caqui.

Há um segundo de silêncio. Rowan relaxa atrás de mim, como se a tensão reprimida em seu peito tivesse desaparecido.

– É. Caqui. É uma excelente ideia, amor.

Ele desliza para fora de mim.

Abro os olhos e me viro quando ele dá um passo para trás, enfiando sua ereção de volta na cueca e subindo a calça. Fico ofegante enquanto o observo. Há calor e desejo em seus olhos, mas ele se contém. Não como eu. Sei que meu desejo latente está estampado em meu rosto.

– Achei que você tivesse dito que boas meninas ganham recompensas – digo, com a voz baixa e rouca.

Um sorriso lento surge no canto dos lábios de Rowan, onde a cicatriz brilha numa linha reta na pele.

– Você tem razão. Eu disse isso. Vai pro restaurante e senta na sua mesa.

– Qual delas é a minha?

– Você vai saber.

Ele me dá uma piscadela e começa a juntar os ingredientes não utilizados na bandeja. Observo por um momento até ele apontar para a porta e me dizer que vai até lá assim que terminar.

Vou até o espaço mal iluminado em direção às mesas sob a asa preta montada na parede. Quando olho entre a porta de entrada e a placa de saída de emergência perto dos banheiros e da porta da cozinha, fica óbvio qual delas eu escolheria: a que fica logo abaixo do vértice da asa aberta.

Quando deslizo para o assento, há um texto em letra cursiva simples, gravada na superfície da madeira: *"Pertence a Corvo."*

Meu dedo traça cada letra, e ergo o olhar para observar cada detalhe do lugar. Ainda estou absorvendo o calor que se espalha pelas minhas veias quando ouço o barulho da porta da cozinha.

– Achei que tivesse falado pra você sentar *na* mesa – diz Rowan, se aproximando.

Olho dele para as janelas da frente do restaurante e vice-versa. A expectativa corre em minhas veias como uma dose de adrenalina.

– Mas...

– *Na mesa*, Sloane. Anda.

O fogo rasteja sob minha pele, e aponto para a frente do restaurante.

Rowan para ao lado da mesa com uma expressão severa que afirma que ele claramente não está disposto a aceitar qualquer protesto que eu esteja prestes a fazer. Não que isso vá me impedir de fazê-lo.

– Acabei de ver uma mulher passando com compras – rebato. – Ela não quer ver isso. Ninguém quer.

– Claro que quer. E mesmo que não quisesse, há um detalhe importante do qual talvez você não tenha se dado conta. Eu. Não. Tô. Nem. Aí. Vai usar sua palavra de segurança?

– Não.

As mãos de Rowan pressionam a superfície da mesa, e ele se inclina para mais perto e me encara com um olhar inabalável.

– Então sobe na porra da mesa, Sloane.

Subo no tampo da mesa, de costas para a fileira de janelas, meus batimentos cardíacos martelando sob a pele. Mantenho os olhos nele o tempo inteiro. Quando estou acomodada, Rowan desliza para o banco acolchoado até ficar bem na minha frente. Meu olhar está preso no dele. Nossa conexão é ininterrupta, e nenhum de nós dois se move. Ele parece gostar que eu esteja aguardando suas instruções tanto quanto gosto de obedecer a elas.

– Puxa o vestido até a cintura – diz ele, com os olhos escuros e cheios de luxúria. Faço o que ele pede, mas demoro, arrastando a bainha pela pele. – Abre bem as pernas.

O olhar de Rowan permanece fixo na minha calcinha úmida e no contorno dos meus piercings sob o tecido enquanto abro as coxas o máximo que meus quadris permitem. Ele agarra meus joelhos e me empurra um pouco mais para o centro da mesa.

– Lembra do que eu te falei? – pergunta ele, sem tirar os olhos do meio das minhas coxas.

Assinto.

– Que você ia me devorar numa mesa do restaurante – respondo.

– Isso mesmo, Corvo. E este é um prato que estou morrendo de vontade de comer.

Rowan puxa minha calcinha para o lado, abaixa a cabeça e se refestela.

Ele não estava mentindo. Podia haver pessoas passando. Elas poderiam estar olhando pela janela. Poderiam estar na mesa ao lado, e ele não ligaria. Ele ataca minha boceta como se fosse a última refeição da vida dele. Dá atenção a cada piercing e chupa meu clitóris. Mergulha a língua na minha boceta e geme. Crava os dedos nas minhas coxas com uma pressão que só aumenta meu desejo.

E, se alguém estiver assistindo, eu também não ligo.

Agarro o cabelo de Rowan com força e o seguro contra mim para esfregar minha boceta em sua cara. Sou recompensada com um grunhido gutural e dois dedos mergulhados na minha vagina, o ritmo acelerado e seu toque experiente me levando mais perto de perder o controle. Minha bunda range contra a madeira quando ele avança e me consome, corpo e alma.

Eu gozo gritando o nome dele, encharcando seus dedos, lambuzando sua cara. E ele não me dá tempo de me recuperar do orgasmo intenso, arrancando minha calcinha pelas pernas e atirando no chão. Assim que fico sem ela, ele puxa a calça e a cueca para baixo e desliza para dentro de mim.

– Puta merda, Sloane! – grita ele com uma estocada até o talo. Já posso dizer que não vai demorar muito para que eu goze pela segunda vez. – Fiquei com tanta saudade. Tá sendo um inferno aqui sem você.

– Estou bem aqui – sussurro.

Passo os dedos pelos cabelos dele com uma mão e deslizo a outra sob seu dólmã para traçar os músculos de suas costas. Ele se afasta o suficiente para puxar o tecido grosso sobre a cabeça, e eu afundo meu toque em cada músculo tenso e cicatriz irregular.

Rowan passa um braço pelas minhas costas e me levanta da mesa, em momento algum rompendo nossa conexão enquanto me puxa para se sentar no banco.

– Vou meter meu pau em você o mais fundo que você aguentar. Você vai cavalgar do jeito que quiser até gozar. E esses peitos... – diz ele enquanto abre o zíper da parte de trás do meu vestido e puxa o decote para baixo junto com o bojo do meu sutiã. – Você vai sacudir esses peitos deliciosos na minha cara.

Agarro o topo do encosto com uma mão e me inclino para mais perto a fim de guiar meu seio até a boca ávida dele com a outra. Ele chupa meu mamilo e passa a língua pelo piercing. Seu gemido vibra em minha carne enquanto ele aperta o outro até que fique inchado.

Deslizo em seu pau duro e enorme, deixando que me preencha por completo. Quero fazer esse prazer durar. Quero saborear cada longa estocada, cada toque do meu clitóris em sua carne enquanto eu o acolho bem lá no fundo, cada toque dos meus piercings contra os nervos sensíveis. Mas ele me leva ao limite com seus beijos em meus seios e as exigências que faz toda vez que emerge da minha pele.

Isso mesmo, amor, mete bem fundo nessa boceta apertadinha.

Minha porra vai ficar escorrendo nessas coxas lindas até chegar em casa.

Meu orgasmo me faz ficar zonza de prazer. Fecho os olhos e grito. Eu me desmancho quando Rowan mete com força, indo ainda mais fundo enquanto goza dentro de mim, as mãos agarradas aos meus quadris, me mantendo sentada em seu pau pulsante. Nossas testas estão coladas, nossa respiração sincronizada, nossos olhares fundidos. Quando finalmente saímos daquela névoa de euforia, sorrio e traço os contornos do rosto de Rowan com as pontas dos dedos.

– Também senti sua falta.

Rowan suspira, e percebo que esta é a primeira vez que o vejo realmente relaxado desde que voltei. Ele dá um beijo na ponta do meu nariz.

– Vamos pra casa fazer isso de novo. E de novo, e de novo, e de novo.

Ele guia meus quadris até deslizar livremente, seu gozo vazando do meu sexo.

– Guardanapo? – pergunto, olhando para minhas pernas.

Rowan traça uma linha na parte interna da minha coxa. Dois dedos juntam o riacho leitoso e deslizam até minha boceta, seus olhos já escuros de desejo ao observar minha reação.

– Nem pensar – diz ele, enfiando o esperma de volta com estocadas lentas. Estremeço e gemo, meu corpo sensível já desesperado por mais. – Eu tava falando sério. Você vai voltar pra casa com as coxas meladas, Corvinho da minha vida.

Depois de uma derradeira e profunda estocada e um giro com o polegar sobre meu clitóris, que me faz ofegar e agarrar seu ombro, ele afasta os dedos e os leva até meus lábios para que eu os chupe até ficarem limpos. Quando está satisfeito, me guia com gentileza para fora da mesa e coloca as roupas de volta.

Ficamos parados por um momento, de mãos dadas, olhando o salão e as janelas onde felizmente parece que ninguém parou para nos observar em nosso santuário, aquele que sempre parece nos cercar quando estamos sozinhos. Deixo meus olhos percorrerem o espaço, e quando minha atenção flui na direção de Rowan, sinto seu olhar pressionando meu rosto como uma carícia suave.

– Tô tão feliz que você tá de volta, Corvo – diz ele, me puxando para seu peito e passando os braços nas minhas costas.

Fecho os olhos. Ajustamos o abraço, nos movendo juntos como duas criaturas sombrias entrelaçadas, seguindo o fluxo do mundo que nos rodeia.

– Não vou a mais lugar nenhum – sussurro. – Só pra casa com você.

20

TORRE
ROWAN

Parece que ao longo das últimas duas semanas tive que atravessar o inferno para chegar a este exato momento: a noite de inauguração do Cutelo & Corvo.

Passamos pelos sufocos clássicos de um pré-lançamento. Questões com o sistema do caixa. Problemas com fornecedores. As coisas de sempre, mas nada grave: só várias merdinhas que se somam. E, paralelamente, o Três de Econômica tem sido outra fera a ser domada. Equipamentos pifando. Problemas elétricos. Aparelhos com defeito. É uma encheção de saco eterna, quando tudo deveria estar funcionando perfeitamente. Tentei resolver a maioria das questões e manter o foco, mas o estresse continua, e nem sequer tive tempo para extravasar como o Açougueiro de Boston normalmente faria. Se pudesse escolher um alvo fácil, tipo um traficantezinho qualquer, sei que me sentiria muito mais tranquilo. Só estou sem tempo.

Mas, ainda bem, Sloane é minha luz.

Se ela se incomoda com meus longos turnos de trabalho ou com a exaustão e o estresse, não deixa transparecer. Sei que está preocupada comigo, mas não há sinal de irritação nem qualquer demanda por mais atenção e presença do que posso dar agora. Ela parece estar lidando bem com a recente mudança, embora eu resista a acreditar.

– Eu me sinto péssimo, você veio pra cá, virou sua vida do avesso, e eu mal fico em casa – desabafei duas noites atrás, enquanto olhava para o teto em meio à escuridão, quando estávamos deitados na cama.

Mas o que eu não disse foi que o tempo todo eu fico preocupado com o fato de as coisas não estarem caminhando do jeito que eu imaginava. Passei anos desejando Sloane, e agora que ela finalmente está aqui, me incomoda pensar que talvez eu não esteja lhe dando tudo de que precisa. E se eu estiver apenas voltando para casa todas as noites e fodendo loucamente para eliminar uma quantidade suficiente de estresse do meu organismo e aí, sim, conseguir pegar no sono, mas sem fornecer nada concreto em troca? É isso que estou fazendo?

– Eu tô feliz – respondeu ela simplesmente, como se fosse óbvio. – Gosto da solitude, Rowan. Me sinto segura quando estou sozinha. E nem fico tão sozinha assim, com aquele saco de pelos me encarando como se fosse destruir minha cara – disse ela, apontando para a porta do quarto –, mas, tirando o Winston, está ótimo pra mim. Não me sinto sozinha. Na verdade, é a primeira vez em muito tempo que isso não acontece.

Ela deu um beijo na minha bochecha como se estivesse enfatizando seu ponto de vista e então adormeceu no lugar de sempre, descansando sobre o meu coração. Mas fiquei acordado muito tempo depois disso, com uma única pergunta passando pela minha cabeça:

E se ela estiver mentindo?

Respiro fundo e me concentro novamente na tarefa em questão (não queimar o foie gras na frigideira), enquanto Ryan, o maître, entra na cozinha para verificar o tempo que falta para as entradas saírem. *Dois minutos.* Dois minutos, e os primeiros clientes vão comer no Cutelo & Corvo. Dois minutos até que o próximo passo da minha carreira se torne realidade.

Coloco o foie gras no brioche torrado preparado pela sous chef, Mia. Prosseguimos com o empratamento, cinco no total, e os colocamos na bancada para o garçom que está esperando, e na mesma hora separamos a louça para os próximos pedidos que já estão em andamento.

E assim acertamos o passo.

Sopas. Entradas. Saladas. Rápido e ágil. Prato após prato. Fico de olho nos números das mesas, mas nada da 17, que está permanentemente reservada para Sloane.

Olho para o relógio pendurado na parede.

19h42.

Uma pontada de preocupação atinge minhas costelas e revira minhas entranhas. Ela está 42 minutos atrasada.

– A Sloane já chegou? – pergunto quando Ryan entra na cozinha com um dos garçons.

– Ainda não, chef.

– Puta merda – digo entredentes.

Mia ri ao meu lado na bancada.

– Relaxa, chef. Ela só tá atrasada.

– Ela nunca se atrasa – reclamo, com um olhar furioso.

– Ela vai chegar, não se preocupa.

Quero ligar para ela, mas não tenho como parar, nem mesmo para verificar meu celular. Estou no meio da primeira rodada de pratos principais, com mais pedidos de entrada chegando conforme o restaurante vai enchendo.

Sinto o coração esmagado dentro do peito, depois subindo até a garganta.

Ela não é assim.

Ela estava mentindo. Ela está completamente infeliz aqui.

Ela foi embora.

Aconteceu alguma coisa. Ela sofreu um acidente. Está machucada ou ferida ou, merda, foi presa. Ela vai murchar na cadeia. Para uma mulher como Sloane, seria pior que a morte. Caramba, dá pra imaginar? A tímida e mordaz Sloane Sutherland, cercada de pessoas 24 horas por dia, sem um lugar seguro onde se esconder?

– Ei, chef. A Sloane chegou – diz uma das garçonetes de um jeito casual, pegando dois pratos principais da bancada.

Ela volta correndo para salão, antes mesmo que eu possa liberar a enxurrada de perguntas entaladas na minha garganta. Mas é alívio suficiente para recarregar minhas energias e me tirar daquela espiral de desatenção.

A equipe e eu seguimos com o serviço, e fico especialmente atento à mesa 17, sem saber qual dos seis pedidos da mesa é dela. E então o movimento começa a diminuir aos poucos e, quando finalmente passamos para as sobremesas, tiro o avental da cintura, agradeço à minha esforçada equipe e vou para o salão.

Sou recebido com sorrisos, aplausos e rostos meio bêbados e saciados, mas meus olhos imediatamente encontram Sloane onde ela está sentada, cercada por meus irmãos, Lark, Rose e minha amiga Anna, de quem parece que ela está ficando próxima. Ryan me passa uma taça de champanhe enquanto outros garçons vão de mesa em mesa, servindo taças de cortesia aos clientes.

– Muito obrigado por terem vindo esta noite – digo, levantando a taça para um brinde.

Meu olhar percorre o salão, parando na mesa do Dr. Stephan Rostis, que está sentado com a esposa, e me forço a desviar o olhar. *Porra*, cortar esse babaca realmente me faria ganhar a noite. Meu sorriso se ilumina com a ideia.

– Sem o seu apoio ao Três de Econômica, o Cutelo & Corvo não teria sido possível. Também quero agradecer à minha equipe esforçada e extremamente dedicada, que fez um trabalho incrível não só esta noite, mas antes da inauguração.

Aplausos irrompem ao meu redor, e minha atenção se volta para a mesa de Sloane. Ela está sentada entre Rose e Lark, que viajaram até Boston para a noite de inauguração, com meus irmãos em cada extremidade do banco curvo.

– Obrigado aos meus irmãos, Lachlan e Fionn, sem os quais sei que não estaria aqui. Podemos encher o saco um do outro, mas eles sempre me apoiaram. Vocês sabem que eu amo vocês, caras.

Rose se aproxima de Fionn e sussurra algo em seu ouvido. Ele sorri e faz um movimento rápido com o indicador e o polegar.

– Bem, eu *meio que* amo vocês. Na verdade, só tolero vocês na maior parte do tempo. Especialmente você, Fionn – falo, em meio às risadas.

Então olho para Sloane.

Ela está maravilhosa no vestido que usou no baile de gala "Melhores de Boston", com o cabelo escuro preso jogado por cima do ombro em ondas brilhantes. A luz das pequenas velas dança em seus olhos castanhos quando sorri. Ninguém nunca olhou para mim do jeito que ela olha, com uma mistura inebriante de orgulho e segredos que só nós compartilhamos. O resto do salão desaparece enquanto assimilo essa verdade por um segundo.

Quando falo, é só com ela.

– À minha bela namorada Sloane – digo, levantando a taça na direção dela. – Obrigado por confiar em mim. Por me aguentar. Por aguentar meus *irmãos*. – A multidão ri, o sorriso de Sloane se alarga e o rubor sobe por seu pescoço. – Quando eu era mais novo, colecionava todos os amuletos que conseguisse encontrar. Eu carregava um pé de coelho por toda parte. Não perguntem pro Fionn onde consegui, ele não vai parar de falar disso nunca mais – acrescento, e as risadas nos cercam outra vez. Mas Sloane não ri, apenas abre um sorriso melancólico, permanecendo presa ao passado em meio às minhas palavras. – Eu não conseguia entender por que aqueles talismãs nunca tinham me dado sorte, então parei de acreditar. Mas agora eu sei. Estava acumulando toda minha sorte para conhecer você, Corvo.

Os olhos dela brilham ao dar um beijo na ponta dos dedos e jogá-lo para mim.

– Ao Cutelo & Corvo – digo, erguendo a taça.

A multidão repete meu gesto, e bebemos. A salva de palmas que se segue alivia minhas preocupações reprimidas sobre nosso sucesso.

Passo um tempo cumprimentando os clientes, a maioria formada por frequentadores do Três de Econômica que tiveram prioridade na lista limitada de reservas para a noite de inauguração. O entusiasmo me acompanha de mesa em mesa. Estão todos animados com tudo, desde a decoração do restaurante até os coquetéis e o cardápio do jantar. Sei que vamos vencer. Sinto em meus ossos.

E talvez toda essa loucura dos últimos meses tenha valido a pena.

A última mesa onde paro é a que fica sob o vértice da asa do corvo.

– Estou orgulhoso de você, seu bostinha – diz Lachlan, colocando a mão tatuada na minha nuca e pressionando a testa na minha, como fazemos desde que éramos crianças. – Mandou muito bem.

– É, até que você não é tão ruim. Acho que vamos te manter no grupo – completa Fionn, me dando um tapa no ombro com mais força do que o necessário.

Rose permanece sentada com a perna ainda presa no gesso, então me inclino para dar dois beijinhos nela. Anna abre um sorriso radiante e me dá um breve abraço antes de retornar à conversa com Rose, a fadinha que entretém a mesa com as intermináveis histórias de sua vida no circo. De Lark, recebo um abraço feroz e uma série de elogios efusivos, acompanhados pelo olhar aborrecido de Lachlan. Quando finalmente chego perto de Sloane e deslizo ao lado dela no assento acolchoado, uma combinação de alívio e exaustão atravessa a máscara que sinto estar usando há tanto tempo. Ela me envolve em seus braços quando apoio o queixo em seu ombro e passo a mão pelo veludo macio que cobre suas costas.

– Você não é só um rostinho bonito – diz Sloane, e solto uma risada em seus braços. – É incrível, Açougueiro. É perfeito. E desculpa pelo nosso atraso. – Ela encosta os lábios no meu ouvido e sussurra: – Foi culpa do Lachlan e da Lark. Acho que eles se pegaram, mas tô meio confusa, porque parece que eles se odeiam.

– De alguma maneira, isso não me surpreende, porque Lachlan parece interessado – respondo, antes de beijar seu pescoço e me afastar o suficiente para encará-la. Ela sorri quando passo os dedos por seus cabelos. – Eu deveria dizer "vamos sair e comemorar depois que todo mundo for embora, e aí vamos poder apostar se eles vão se pegar de novo ou não", mas na verdade só quero roubar seu e-reader e me enfiar na cama com um livro erótico de piratas e depois dormir mil anos.

Sloane revira os olhos.

– Você precisa se atualizar. Agora tô lendo um que tem a ver com pegar carona.

– Então me empresta seu e-reader.

– Vai à merda – diz ela, e pressiona os lábios na minha bochecha antes de se enfiar debaixo do meu braço e entrelaçar os dedos nos meus. – Com carinho, é claro.

Fico ali apenas o tempo suficiente para sentir a calmaria de seu toque e compartilhar a companhia de familiares e amigos antes de voltar para a cozinha, ajudando Mia e os demais a preparar o jantar da equipe. E então desaparece o caos pelo qual anseio e em que prospero, deixando a paz em seu rastro.

Já passa da meia-noite quando Sloane e eu chegamos em casa, e a sensação é de que peguei no sono antes mesmo de me deitar na cama.

A manhã seguinte é domingo, tecnicamente meu dia de folga, embora geralmente acabe trabalhando de alguma forma. Sloane já está acordada, o café passado, o laptop aberto, os olhos fixos na tela enquanto coloca uma colherada de Froot Loops na boca. Winston está sentado na extremidade oposta da mesa, olhando para ela como se tentasse comunicar seus julgamentos fervilhantes com o poder da mente. Eu o pego no colo ao passar, e ele rosna quando o coloco no chão.

– Que merda é essa que você tá comendo? – pergunto, traçando um toque em seu pulso a caminho da abençoada cafeteira.

– Cereais coloridos, claro. Levei a manhã toda preparando – zomba ela.

Eu sorrio, embora ela não veja.

– Vou colocar essa língua ferina pra trabalhar assim que tomar minha dose de cafeína.

– Você tá me ameaçando com diversão?

– É mais um aviso. E por falar em diversão – digo, despejando o resto do café na maior caneca que tenho antes de começar a preparar outro –, você viu o Dr. Rostis lá ontem à noite?

– Aaah, eu vi, sim. Não tive oportunidade de falar com ele. Talvez a gente devesse incluir o sujeito na competição do ano que vem, em vez de recrutar o Lachlan pra encontrar um alvo.

Uma pontada de preocupação percorre meu corpo com um arrepio. Ainda consigo ver Sloane presa naquele porão na casa de Harvey Mead, a bota dele deixando uma marca vermelha fortíssima em seu rosto, o sangue escorrendo das narinas sob a chuva. A luz do relâmpago no ombro disforme dela ainda está vívida na minha mente. Ainda tenho muitos pesadelos com esse momento. Isso me assombra.

– Ou, em vez de uma competição este ano, a gente pode jogar juntos. Poderíamos ir atrás dele.

Sloane dá uma risada irônica.

– Tá com medo de perder de novo, bonitão?

– Tenho medo de perder você.

Então Sloane se vira para mim, um olhar minucioso percorrendo meu rosto.

Sua expressão se suaviza, ganhando o ar de algo semelhante a pena. Provavelmente por causa das olheiras, do meu cabelo desgrenhado e da barba mais comprida que o normal. Ela cataloga cada detalhe antes de se recostar na cadeira.

– Rowan, eu vou ficar bem. Esse é o nosso trabalho. O que aconteceu com o Harvey foi por descuido meu.

– Por que você se descuidou? – pressiono, embora já saiba a resposta.

Sloane engole em seco. Ela sabe que eu sei.

– Porque achei que ele estava indo atrás de você.

Vou em direção à mesa, e Sloane envolve minha cintura com o braço, encostando a cabeça em mim quando paro ao lado dela.

– Não quero parar – digo. – Mas há muito mais riscos envolvidos quando trabalhamos um contra o outro em vez de juntos.

– É verdade, mas também é muito divertido acabar com você.

Solto um suspiro frustrado.

– Sloane, nesse momento não vou conseguir ter mais um motivo pra preocupação. Acho que, acima de qualquer coisa, não vou conseguir aguentar esse estresse. Mal consigo manter uma vida normal e uma rotina com você, imagina se ainda tiver que lidar com *isso*.

O corpo de Sloane se contrai contra o meu. Percebo que soei ríspido, embora não tivesse sido minha intenção. Estou tão cansado, e passar o tempo todo preocupado com a possibilidade de estragar essa nova vida está provocando exatamente o que *não* quero que aconteça: estragar tudo.

– Desculpa, amor. Eu não queria ter dito isso do jeito que saiu.

– Tudo bem – diz ela, mas o brilho em seu tom parece forçado.

– Não, eu tô falando sério. Você não é um fardo, se é isso que tá pensando.

– Tudo bem – repete ela, lançando um breve sorriso para mim antes de voltar a atenção para o laptop. – Eu entendo. Mas todo o esforço que você fez no trabalho valeu a pena. As críticas à noite de inauguração estão ótimas.

Ela puxa o computador para mais perto para que eu possa ver as resenhas. Levo um segundo para atentar ao que ela está tentando me mostrar. Não sei se devo pressioná-la em relação a esse evidente impasse ou se isso pode fazê-la recuar ainda mais. No final, concluo que provavelmente só vou piorar as coisas se eu abrir minha boca sem cafeína para falar sobre o assunto, então dou um pequeno apertão no braço dela e leio as críticas por cima de seu ombro. Talvez sejam precoces e um pouco tendenciosas, já que a maioria vem de clientes fiéis, mas posso dizer pelos detalhes e pelo entusiasmo de todos que começamos bem. E como Sloane aponta trechos e comentários específicos, sei que está orgulhosa também, mesmo que minhas palavras tenham causado um mal-estar que eu não pretendia.

– Quais os seus planos para a manhã? – pergunto, enquanto lemos alguns comentários juntos.

– Acho que vou me encontrar com as meninas pra tomar um café. Vai ser bom vê-las mais algumas vezes antes de elas irem embora – responde Sloane, mas algo na maneira como diz isso me faz pensar que ela acabou de inventar esse compromisso só para sair de casa. – Depois eu talvez resolva algumas coisas por aí, não tenho certeza. E você?

– Tenho que ir para o Três de Econômica quando o brunch acabar. A Jenna mandou uma mensagem dizendo que eles tiveram problemas com um dos exaustores. – Deixo meus dedos passearem pelo cabelo de Sloane, o resquício das ondas da noite passada ainda presentes. – Que tal você me encontrar lá às quatro? Entra pelos fundos, pela cozinha. Podemos ir pra algum lugar beber alguma coisa.

– Aham. Pode ser. – Sloane se levanta e abre um breve sorriso, mas há uma tensão nele quando ela dá um beijo na minha bochecha e leva a tigela vazia para a cozinha. – É melhor eu ir me arrumar.

Com um último sorriso, Sloane pega Winston e desaparece no corredor com o gato rosnando nos braços.

Penso em segui-la até o chuveiro. Talvez eu devesse pressioná-la contra os azulejos frios e me enterrar em seu calor intenso e beijar cada gota de água de seu rosto até que ela saiba, sem dúvida, que *não é* um fardo. Mas não faço isso. Fico preocupado de forçar a barra e acabar fazendo com que ela não peça espaço quando precisar. Ela pode até se afastar por isso.

Apoio a testa nas mãos e fico assim por um bom tempo, pensando em todas as coisas que deveríamos debater esta noite, quando pudermos relaxar com alguns drinques. Vamos pegar uma mesa reservada em um bar tranquilo e conversar do jeito que combinamos na casa do Fionn. E então vamos voltar para nossa casa, e a conversa desta manhã será apenas mais um tijolo na base de uma vida que estamos construindo juntos.

Quando Sloane aparece vindo do corredor com o cabelo úmido e a pele vermelha por conta do calor do chuveiro, ainda estou à mesa, com uma segunda xícara de café quase pronta.

– Quatro horas no restaurante, certo? – pergunto, me levantando da cadeira.

Ela assente, com um sorriso radiante, mas ainda noto a tensão que não consegue esconder de mim.

– Estarei lá.

E embora me dê um beijo de despedida e diga que me ama, e lance um sorriso para mim antes de sair, aquela máscara fina permanece e a segue porta afora.

– Besta – digo para mim mesmo, passando a mão no cabelo e me jogando no sofá.

Inventei essa merda de competição por capricho, só para mantê-la por perto, e agora dou a ela a impressão de que acho a coisa toda só um enorme pé no saco. E pior ainda, dou a entender que ela é um fardo na minha vida.

Não é. Está muito longe disso. Simplesmente não consigo suportar a ideia de perdê-la, que é exatamente o que vai acontecer se eu não me recompor e conversar com ela sobre esse assunto.

Então é isso que resolvo fazer.

Levanto a bunda do sofá e vou para a academia no final da rua, depois volto para tomar um banho. Passo algum tempo pesquisando algumas ideias para o cardápio de Ano-Novo, que é só daqui a alguns meses, mas sei que vai passar rápido. Winston vigia enquanto faço algumas tarefas em casa, preparo o almoço e dou a ele uma fatia de bacon que ele não mereceu, por ser meio babaca. Então vou para o Três de Econômica, levando tempo suficiente para chegar lá depois que todos os funcionários já foram embora, para ver se o tal exaustor é algo que consigo consertar antes de Sloane chegar.

Entro pela porta dos fundos e desativo o alarme, depois sigo pelo corredor escuro e sem janelas até a cozinha.

Tudo está impecavelmente limpo, todos os utensílios e panelas onde deveriam estar para o almoço de terça-feira, quando o restaurante vai voltar a abrir. Examino a praça do *mise en place*, e meu olhar se depara com o desenho emoldurado pendurado na parede, aquele que Sloane deixou para mim na primeira vez em que esteve no restaurante. Um leve sorriso passa pelos meus lábios quando me lembro do rubor em sua pele e do pânico em seus lindos olhos. Foi ali que realmente me permiti acreditar que ela poderia querer algo mais do que amizade, mas não sabia *como* fazer isso acontecer.

Um barulho repentino vindo de um canto escuro me assusta, e ao me virar vejo David sentado na cadeira de aço que colocamos para ele ao lado da máquina de lavar louça.

– *Meu Deus do céu* – sibilo, inclinando o corpo para a frente, com a mão no coração e a adrenalina a mil. – O que você ainda tá fazendo aqui, porra?

David não me responde, é claro. Não disse uma única palavra desde que o encontramos na mansão de Thorsten. Seu olhar vago está preso no chão enquanto se balança lentamente na cadeira, algo que parece fazer nas raras ocasiões em que está agitado.

Vou até ele e me inclino o suficiente para examinar seu rosto inexpressivo. Ele parece se acalmar um pouco quando coloco a mão em seu ombro caído. Acho que não tem nada errado com ele.

– Que bom que eu vim, cara. Odeio a ideia de você passar a noite aqui.

Deixo David ali e vou conferir o cronograma de turnos no quadro branco. Há um bilhete pedindo que Jake, um dos cozinheiros, levasse David para casa depois do brunch. Jake é o mais novo membro da equipe, mudou-se de Seattle há seis meses e tem sido confiável até então, por isso um deslize desse nível é inaceitável e definitivamente algo que merece uma bronca, que darei nele na terça-feira.

Depois que entrego a David um copo de água, me concentro na tarefa que tenho em mãos, ligando o botão dos exaustores. Um deles não liga. Não consigo ver muita coisa com o filtro bloqueando o mecanismo, então pego minhas ferramentas no escritório e vou até o painel elétrico para desligar a energia daquela seção da cozinha. Depois de desmontar a estrutura, não demoro muito para encontrar a origem do problema: um fio desconectado. Tenho que mexer um pouco para colocar tudo de volta no lugar, mas é um trabalho bastante simples, e termino em alguns minutos antes das quatro da tarde.

– Já volto, David – digo, franzindo a testa quando o balanço compassado e suave dele recomeça. – Vou só ligar o disjuntor e, assim que a Sloane chegar, a gente te leva pra casa, tudo bem?

Não sei se ele compreende. Nada muda em seu comportamento.

Eu me viro e reúno as ferramentas para guardá-las no escritório. Com um toque no interruptor da cozinha na caixa do disjuntor, ligo novamente a energia dos exaustores.

Quando volto para a cozinha e dou a volta no fogão, paro.

O cano frio de uma arma pressiona o meio da minha testa.

Uma risada profunda e a voz suave e desconhecida do homem segurando a Glock colidem com o pânico que alimenta minhas veias.

– Ora, ora – diz ele. – O Açougueiro de Boston.

Levanto as mãos, e o cano pressiona com mais força meu rosto em alerta.

– E sua pequena Aranha Tecelã estará aqui a qualquer minuto também.
Por mais tentador que esse ménage pareça, eu realmente gostaria de passar
um tempinho apenas com você, só nós dois. Então você vai dar um jeito de
ela ir embora.

Uma chave desliza na fechadura da porta dos fundos do restaurante, e
ouço o clique da trava de segurança da arma apontada para meu rosto.

– Se não fizer isso, ela morre – sussurra ele, dando um passo para trás
em direção às sombras que envolvem o canto do cômodo. Ele muda a
posição da arma, apontando-a para a porta do corredor por onde Sloane
passará a qualquer momento. – E eu vou aproveitar cada segundo fazendo você assistir.

21

CHAVE

SLOANE

Enfio a chave na fechadura da entrada de serviço do Três de Econômica e empurro a porta pesada de aço em direção às sombras do corredor. Quando a coloco no bolso, mantenho a mão no metal frio. Além da chave do apartamento de Lark, nunca tive a chave de outra pessoa antes. Sabendo o quanto o restaurante significa para Rowan e seus irmãos, o metal estriado é algo sagrado para mim. Gosto de segurá-lo na palma da mão para saber que significo algo para Rowan também, o suficiente para que ele queira que eu compartilhe este lugar com ele.

Sei que Rowan anda extremamente estressado com tudo que vem acontecendo. Em alguns momentos, senti que ele se fechou e, sempre que o questionava sobre isso, ele dizia que só queria deixar os problemas no trabalho e esquecê-los por um tempo. Fazia sentido, e tentei criar para ele o mesmo lugar seguro que ele criou para mim, nosso pequeno reino onde o mundo exterior desaparece por um tempo. Esta manhã, no entanto, foi a primeira vez que senti a situação mudar de uma forma que fez minhas entranhas se revirarem e meu coração rastejar até a garganta. Até agora, eu não tinha imaginado que o fardo que pesa nas costas dele sou *eu*.

Preciso continuar me lembrando de acreditar na palavra dele, de que ele não quis se expressar daquela maneira, mesmo que minhas inseguranças continuem chacoalhando em minha cabeça como insetos zumbindo contra painéis de vidro. Se ele disse que não sou um fardo, então não sou um fardo. Ele foi sincero… certo? Todos dizemos coisas que não queremos dizer. Serão necessários apenas um ou dois dias para esquecer, e as coisas vão melhorar quando o Cutelo & Corvo estiver totalmente finalizado e em atividade.

Aperto a chave com mais força. É uma prova. Nós dois não somos algo temporário. As circunstâncias são, e elas vão passar.

– Rowan! – grito, ao me aproximar da cozinha. – Vi um lugar na internet que parece muito legal, com um terraço na cobertura. A gente podia...

Minha voz desaparece quando entro na cozinha.

Rowan está parado com as mãos apoiadas na beira da bancada de aço inoxidável, os ombros tensos e a cabeça baixa. Quando seu olhar encontra o meu, é devastado pela escuridão e pela derrota.

– O que houve...? – pergunto, parando e o observando. Meu coração dispara de preocupação. Cada centelha de intuição me diz que tem algo muito errado. – Aconteceu alguma coisa com o restaurante? Você tá bem?

Começo a me aproximar dele, minha mão levantada para tocar seu braço, mas ele se endireita de repente e se afasta do meu alcance. Paro no mesmo instante, com os batimentos acelerados.

– Você tá bem? – repito.

A voz dele não contém gentileza, calor nem mesmo familiaridade quando diz:

– Não, Sloane. Eu não tô bem.

Minha garganta bloqueia as palavras que quero dizer. O calor irrompe sob minha pele, queimando cada centímetro de mim de dentro para fora. Meus olhos oscilam entre os limites do olhar sombrio e penetrante de Rowan, com suas bordas quase letais.

– O que tá acontecendo?

– O que tá acontecendo é que você precisa ir pra casa.

– Tudo bem... vou pedir um Uber...

– Não. Pra Raleigh. Você precisa voltar pro lugar a que pertence.

– Eu não... – Uma súbita explosão de sentimentos me faz engasgar. Meu nariz queima. Uma fisgada inunda meus olhos. – Eu não tô entendendo.

Rowan passa a mão pelo cabelo e desvia o olhar antes de dar outro passo para trás, claramente agitado com minha presença. Estou desesperada para me aproximar, para apenas tocá-lo e interromper aquilo antes que tudo se desintegre nas minhas mãos como um castelo de areia arrastado pelas ondas.

– Eu fiz alguma coisa? Se fiz, você precisa me falar. A gente pode resolver.

Ele pressiona a ponte do nariz e solta um suspiro frustrado.

245

– Você não *fez* nada, Sloane. Simplesmente não tá dando certo. E eu preciso que você vá embora.

– Mas… achei que você tinha dito que faríamos o que as pessoas normais fazem. Conversar. Dar um jeito.

– Não somos "pessoas normais", Sloane. Não podemos fingir ser algo que não somos. Não mais. Eu te falei isso em abril, no dia 10. Eu disse que nunca quis ser como todo mundo.

Balanço a cabeça, tentando abrir caminho através da confusão e das minhas memórias.

– Eu não me lembro…

– Dia 10 ou 13. Tanto faz. Foi no carro, a caminho do baile de gala. Já naquela época te falei que o restaurante era a única coisa que fazia sentido na minha vida. Mas isso não importa. O que importa é que existem algumas coisas que jamais poderemos ter. Eu nunca vou poder ter uma vida normal. Nem você. Somos monstros neste mundo.

Sei que não sou uma pessoa normal, mas não me sinto um monstro. Eu me sinto uma arma. A justiça final em nome daqueles que não podem falar, punindo aqueles que não merecem clemência. Mas talvez Rowan tenha razão. Talvez eu esteja apenas me iludindo em relação ao meu reinado de vingança, e sou tanto o monstro quanto a presa que caçamos.

Estou envolta nesses questionamentos quando Rowan bufa, como se essa conversa estivesse ocupando muito do seu tempo. A dor se retorce no meio do meu peito e o faz queimar.

– Meus restaurantes são tudo que realmente importa – diz ele, apontando para o salão de jantar e pressionando o dedo no balcão de aço inoxidável. – Preciso manter meu foco aqui. É inviável ter esses dois lugares e um relacionamento ao mesmo tempo. Então você precisa ir embora. Vai pra casa.

O olhar de Rowan continua rígido. Penetra profundamente em mim. Não vacila quando a primeira lágrima esculpe uma linha quente na bochecha. Ele nem pisca quando as outras a seguem rapidamente.

– Mas… eu te amo, Rowan – sussurro.

Rowan não é caloroso, nem gentil, nem nada além de frio e calculista quando diz:

– Você acha que ama, mas não ama. Porque você *não* é capaz disso.

Minha cabeça está girando. Meu coração está se desintegrando em cinzas. Parte de mim quer sair correndo tanto quanto ele quer que eu faça isso. Correr sem parar até não saber mais onde estou. Até não conseguir mais sentir essa dor.

Mas não arredo o pé.

– Se é isso que você quer, eu vou – digo, minha voz firme e baixa. – Mas preciso que me diga uma coisa primeiro, por favor.

– O quê?

– Preciso saber por que não sou digna de ser amada.

É a primeira vez que vejo o mínimo sinal de hesitação em Rowan desde que entrei nesta cozinha. Mas, em um instante, ele o engole. E nada mais vem.

Minha raiva aumenta sob o peso dessa perda implosiva.

– Fala.

Não encontro nada além de um olhar escuro, sem luz. Lágrimas inundam minha visão até que mal consigo ver Rowan.

– Apenas seja sincero comigo. Por que você não é capaz de me amar? O que tem de errado comigo? *Me fala...*

– Porque você é uma porra de uma psicopata, é por isso.

As palavras de Rowan me atingem como um soco. As lágrimas param. Minha respiração para. Meu coração se parte. Até o tempo para. O momento de silêncio entre nós parece eterno, uma dor que está gravada em tudo que resta da minha alma, as palavras dele marcadas lá para sempre. Sei no mesmo instante que elas vão me seguir, um fantasma que nunca vai me deixar em paz.

Rowan fecha os punhos e se inclina um pouco mais para perto, como se tentasse forçar essa revelação pelos meus olhos até chegar ao cérebro.

– Você mata pessoas, corta pedaços delas e faz um espetáculo elaborado montando um mapa maluco que só você consegue entender. Depois arranca a porra dos olhos delas e transforma em decoração. Sei que não sou nenhum santo, mas essa merda é uma loucura de outro nível. É *isso* que tem de errado com você, Sloane. Você é desequilibrada. Vai se afundar. E vai me levar com você se eu deixar isso ir adiante. Então você precisa *ir embora.*

Dou um passo vacilante para trás, depois outro, e mais outro. O des-

247

conforto aparece pela primeira vez em minha mão, e percebo que estou segurando a chave do restaurante com tanta força que ela está machucando minha pele. Tiro-a do bolso e olho para o objeto prateado apoiado nas marcas vermelhas na minha mão.

Ergo o olhar, não para Rowan, mas para o esboço que desenhei ano passado. Está emoldurado perto da porta da frente do restaurante, bem onde Rowan pode vê-lo enquanto trabalha, protegido do calor e da umidade da cozinha. Assim como pensei que estivesse protegida em seu coração.

Mas não estou.

Quando minha atenção se volta para Rowan, eu o encaro pela última vez.

Dou a mim mesma apenas um segundo para lembrar cada detalhe de seu lindo rosto. Seus lábios carnudos. A cicatriz que eu gostaria de poder beijar. Seus olhos azul-marinho, embora o brilho deles me perfure.

No segundo seguinte, deixo a chave deslizar da minha mão e cair no chão.

Não digo mais nada e dou meia-volta, deixando o Três de Econômica para trás.

Corro até o apartamento dele. Doze quarteirões. Três lances de escada. Só quando tiro as chaves de casa do bolso e entro na sala suando e ofegante é que me permito chorar de novo.

Sou uma porra de uma psicopata.

Eu achava que ele era igual a mim. Achava que éramos iguais. Pode ter começado com uma competição, mas desde o início parecia muito mais. Como se eu finalmente tivesse encontrado uma alma gêmea. Todos esses anos, essas experiências malucas, a saudade e a solidão entre um momento e outro: achei que isso representasse algo mais promissor em nosso horizonte. Estávamos nos aproximando, não estávamos?

Foi nisso que me deixei acreditar.

Como pude estar tão errada esse tempo todo?

Eu amo o Rowan. Até o meu âmago. Amo o futuro que vislumbrei com ele, e agora ele tirou tudo isso do meu alcance.

E se isso for o que me aguardava o tempo todo do outro lado da montanha? Apenas um penhasco pontiagudo de onde despencar?

Demoro um bom tempo para perceber que saí do meio da sala e estou no sofá de Rowan. Não sei há quanto tempo estou sentada. Nem sei quanto tempo se passou desde que cheguei. Parece que minha cabeça está cheia de algodão dentro, uma barreira difusa entre meus pensamentos e o mundo.

Olho para Winston, que está sentado à minha frente na cadeira favorita de Rowan, com os olhos amarelos afundados em seu pelo cinza e felpudo.

– Você deve ser ainda mais psicopata do que eu. Seu nome é uma homenagem a um gato morto-vivo – digo ao felino, e outra explosão de lágrimas sobe pela minha garganta. Lanço um aceno derrotado na direção de Winston antes de deixar a cabeça cair nas mãos e começar a soluçar. – Então, sim, entendo muito bem esse seu *olhar assassino*, mas mesmo assim você vai entrar na porra do avião e voltar comigo, porque não vou voltar pra Raleigh sozinha de jeito nenhum.

Choro torrencialmente sem parar até que algo macio roça uma das minhas mãos enquanto as deslizo, úmidas, pelo meu rosto. Lá está Winston, olhando para mim; seu ronronar suave é um estrondo de conforto. Quando levanto o braço, ele sobe no meu colo e se deita.

– Quer dizer então que eu admito que sou uma psicopata e agora você quer fazer amizade? Acho que faz sentido.

Ficamos assim até que minhas lágrimas finalmente diminuem, só eu, o gato e a vibração de seu ronronar em minhas coxas. E, depois de um bom tempo, quando a noção de que Rowan poderia voltar a qualquer momento corrói meus pensamentos o suficiente para dominá-los, coloco o gato de lado e me levanto.

– Se vamos pegar um avião, vamos fazer isso com uma roupa sexy. E não estou falando de nada vulgar – digo a Winston quando ele olha para mim, pelo visto descontente porque sua cama humana quentinha se mexeu.

Vou para o chuveiro, ligo a água até ficar escaldante. Todos os produtos de Rowan vão pelo ralo, porque *a porra da minha energia psicopata* é real nos momentos em que não sou uma mistura desordenada de ranho e soluços. Depois seco o cabelo, faço a maquiagem e prometo a mim mesma que não vou chorar de novo para não estragar o melhor delineado que fiz nos últimos tempos. Coloco até cílios postiços, porque *foda-se*. Se é para ser uma psicopata, vou ser a psicopata mais gata que o Aeroporto Internacional de Boston já viu.

É claro que parte dessa perseverança desaparece quando reservo o primeiro voo para deixar a cidade e arrumo minhas coisas.

Quando ligo para Lark, minha determinação está quase acabando.

– Ei, Tetas de Ouro, como você tá? – pergunta ela, sua voz soando como sinos.

Suspiro, desolada.

– É. Já estive melhor.

– Por quê? O que aconteceu?

– O Rowan – respondo, piscando para conter as lágrimas. – Ele terminou comigo.

– *Como é que é?* – Há um longo silêncio. Concordo com a cabeça, mesmo sabendo que Lark não pode me ver. – Não…

– É.

Escuto um gemido de pura angústia. Qualquer que seja a cola que mantém meu coração inteiro o suficiente para que continue batendo fica instável diante do som da devastação de Lark. Fontes irregulares de dor me perfuram de dentro para fora, acertando músculos e ossos.

– Ele não pode… Você não pode estar falando sério… – sussurra Lark.

– Muito sério, infelizmente – respondo, colocando o celular no viva-voz, me sentando no sofá e puxando Winston para o meu colo. – Acabei de reservar uma passagem de volta pra Raleigh. Quero ir embora daqui agora mesmo. Posso ficar na sua casa um pouco até descobrir que diacho vou fazer com os inquilinos do meu apartamento?

– Claro. Sempre. O tempo que você quiser. Me manda uma mensagem com os detalhes do seu voo, e eu vou trocar o meu pra podermos ir juntas.

Palavrões e descrença fluem de Lark enquanto envio uma mensagem para ela com o número do voo. Quando termino de contar, ela repete a informação principal antes de soltar um longo suspiro.

– Amiga, só pode ter havido algum engano. Esse homem *ama* você.

Minha risada rouca é amarga e sarcástica.

– Era o que eu pensava também. Mas ele deixou bem claro que não. Pelo visto, sou uma *porra de uma psicopata* e, portanto, não posso amar nem ser amada. Acho que isso não é novidade. Acontece que sou psicopata demais até pra ele.

– Foi isso que ele disse pra você? E você não arrancou os olhos dele e jogou na privada?

Um leve sorriso passa pelos meus lábios e desaparece tão depressa quanto surgiu.

– Eu devia ter feito isso mesmo.

– O que mais ele disse?

– Sei lá, umas coisas estranhas – respondo, tentando lembrar os detalhes que já parecem nebulosos em meio ao sofrimento. – Ele disse que eu precisava ir pra casa, e no começo achei que queria dizer aqui, o apartamento. Mas aí ele disse "não, pra Raleigh". Quando perguntei por quê, ele não me deu uma razão a princípio, disse só que não estava dando certo entre nós e que tinha que priorizar os restaurantes.

– Mas eu achava que *estivesse* dando certo.

– Eu também. – Cutuco o pelo de Winston, repassando cada palavra da discussão, mesmo sabendo que daria qualquer coisa para esquecer todas elas. – Falei pra ele que a gente podia tentar resolver juntos. Ele disse isso na casa do Fionn, que a gente tinha que conversar como as pessoas normais fazem.

– Isso parece razoável e bastante não psicopata pra mim.

– É. Pra mim também. Depois ele disse uma coisa meio estranha.

Franzo a testa quando abro a função de pesquisa na tela inicial e digito a palavra "saguão". Aparece uma mensagem de Rowan como uma das opções, e eu clico para abri-la.

– Ele disse que "nunca quis ser como todo mundo". Ele alegou especificamente que me disse isso a caminho do baile de gala dos Melhores de Boston, no dia 10 de abril.

– Tá… e o que tem de estranho nisso?

– Não me lembro de ele ter dito isso. Nunca. E o baile não foi no dia 10.

Lark faz uma pausa. Ela provavelmente está achando que perdi a cabeça, e talvez esteja certa.

– De repente ele errou a data.

– Mas o baile foi dois dias antes do aniversário dele, no dia 27. Você não acha meio estranho que ele se engane sobre isso?

– Sei lá, amiga. Se ele tá no meio de um término e obviamente estressado com as merdas do restaurante, pode ter confundido as datas.

– Acho que sim, mas depois ele se corrigiu e disse 13. Foi o *jeito* como ele disse isso, como elaborou a frase. Foi estranhamente específico – respondo, percorrendo as mensagens que ele e eu compartilhamos nessas datas. – Ele falou outra coisa, sobre a nossa conversa no carro a caminho do evento, que "o restaurante era a única coisa que fazia sentido na vida dele". Mas tenho certeza de que ele nunca disse isso.

– Amiga, eu te amo. Te amo mais do que ninguém, Sloane, mas ele pode não se lembrar direito de todos os detalhes. Quer dizer, ele tá claramente fodido das ideias se decidiu abrir mão de você, então vai saber o que tá acontecendo na cabeça dele.

Lark continua falando, explicando todas as teorias razoáveis sobre por que ele poderia ter dito o que disse.

Mas não ouço uma palavra, empurro o gato do colo e me levanto.

Porque estou olhando para uma mensagem que enviei a ele no final de março, no mesmo dia em que ele ligou e me pediu para ser sua acompanhante na premiação.

> Você acha que vai ter um bufê de sorvete no baile?
> Se tiver, provavelmente eu deveria avisar pra eles
> que você só gosta de sêmen recém-extraído

Meu sangue se transforma em caquinhos de gelo nas veias.

Eu me lembro de segurar o pote nas mãos na cozinha de Thorston enquanto lia o rótulo caseiro para Rowan.

Entre 10 e 13 de abril.

Sei o que ele disse no caminho para o baile. Eu me lembro tão bem quanto me lembro do calor do beijo que ele deu em meu pescoço no saguão, do formigamento na minha pele quando ele pegou minha mão sobre o assento de couro no caminho.

– *Pelo menos uma coisa tá dando certo no Três de Econômica* – disse ele. – *Algo sempre dá errado, não tem jeito. É que… a sensação é que é muita coisa ultimamente.*

Lark ainda está falando quando digo:

– Preciso ir. – E desligo.

Meus dedos estão gelados e dormentes quando abro o aplicativo da câmera que instalei na cozinha do restaurante.

Meu estômago se revira enquanto assimilo as informações na tela.

– Não... – Lágrimas inundam minha visão. – Não, não, *não*...

Pressiono o peito conforme meu coração se parte pela segunda vez. O sangue foge dos meus membros. As bordas da minha visão escurecem, e fecho os olhos com força. Um som de angústia atravessa meus lábios quando meus joelhos se dobram e o celular cai da minha mão. Sei que o horror que acabei de ver é real. Mas não há tempo para desmoronar.

E se você não for rápida o suficiente?

Não respondo a essa pergunta. Não posso. A única coisa que posso fazer agora é tentar.

Engulo a dor e me levanto para dar uma olhada na sala. Meus olhos vão parar no estojo de couro onde guardo meu bisturi entre vários lápis e borrachas.

Com as mãos trêmulas, pego o celular e ligo para o Número Desconhecido, um contato cujo nome nunca digitei no meu celular. Ele atende no segundo toque.

– Dona Aranha – diz Lachlan. – Qual é a ocorrência?

– Preciso de um favor. É urgente – respondo, pegando o estojo na mesinha e caminhando em direção à porta. – Você tem o tempo que eu levar pra correr doze quarteirões.

– Parece divertido. Gosto de um desafio. Do que você precisa?

– Vou te contar o que sei – digo, já descendo as escadas de dois em dois degraus. – E você vai me dar tudo que conseguir encontrar sobre David Miller.

22

SUTILEZA
ROWAN

O lado afiado da mandolina está sobre a parte interna do meu ante-braço, entre as cordas que me prendem à cadeira. Minhas palmas estão voltadas para cima em punhos cerrados, minhas unhas curtas se cravando na minha carne enquanto me preparo para a dor que já suportei e para a que ainda está por vir. Respirações irregulares saem do meu peito, e eu cerro os dentes. Sei o que está prestes a acontecer. O sangue já jorra de outros dois ferimentos, e ele está determinado a conseguir a fatia perfeita desta vez.

A lâmina toca a minha pele e a descama da carne que está por baixo.

Sufoco um grito quando David faz força para conter meus esforços inúteis e desliza a mandolina em direção ao meu cotovelo, até que uma fatia fina da minha pele seja cortada. Ele joga a ferramenta ensanguentada na bancada de aço, onde ela para ao lado de sua arma.

Então ele solta a lasca de pele do meu braço com um puxão impiedoso, e o som do meu grito angustiado preenche a cozinha.

– Sabe, aprendi a gostar disso na casa do Thorsten – diz David, se aproximando até ocupar todo meu campo de visão.

Ele agarra meu cabelo com a mão, puxa minha cabeça para trás e sorri para mim. Seus olhos antes vazios agora estão *vorazes*. E fixos em mim.

– Você aprendeu a gostar também? – pergunta ele.

O sangue da pele cortada pinga entre seus dedos. Eu me debato na cadeira, mas não consigo escapar.

– Só um pedacinho – diz ele.

Contraio os lábios com força. Um grunhido sufocado de protesto vibra em minha garganta enquanto ele passa minha pele ensanguentada em meus lábios.

– Não?

Seu bico forçado se transforma em um sorriso reptiliano.

David desliza a língua para fora e coloca a pele sobre ela como um véu, estendendo-a para que eu veja. Fecha os lábios ao seu redor, deixando-a balançar dentro de seu sorriso triunfante.

Então ele a suga para dentro da boca.

De olhos fechados, suas mandíbulas trabalham devagar, como se ele saboreasse cada pedaço da pele enquanto a conduz entre os dentes.

Ele engole de forma audível, e isso faz meu estômago revirar.

– Tão delicado. Tão raro. – Ele se vira para a mesa e arrasta uma garrafa de Pont Neuf pelo balcão de aço inoxidável. – Sabe o que também é raro?

Minha resposta são apenas arquejos irregulares.

– Uma mulher como Sloane – diz David.

Eu vou passar mal.

Nunca, *nunca* me senti assim. Como se houvesse um buraco vazio no meu estômago. Como se estivesse caindo de dentro para fora. Tão indefeso. Tão desesperado. A expressão nos olhos dela quando eu disse que não a amava assombra cada inspiração minha. Aquelas malditas lágrimas acabaram comigo.

– Poucas pessoas fariam o que ela fez por mim – diz David, girando o saca-rolhas na garrafa, que chia a cada giro ritmado da mão dele. – Mas esse é o jeito de Sloane, não é? Assim como ela protegeu aquela amiga, a menina da família Montague. Estranho como o tal professor desapareceu de repente do internato, não acha? É curioso como pessoas próximas aos Montagues costumam desaparecer de um jeito bem conveniente.

– Deixa ela em paz.

– Mas quando procurei por respostas, e procurei *muito*, parecia que já havia boatos circulando sobre as coisas que ele fazia com as garotas de lá. Coisas terríveis. Depravadas. Perversas. Pelo menos, ele fez uma coisa *boa*. Ele criou a Aranha Tecelã. Um monstro incrível.

A rolha se solta da garrafa. A voz de David transborda com uma inocência fingida quando diz:

– Você acha que ela faria essas coisas perversas e depravadas comigo?

Minha visão fica vermelha de raiva enquanto me debato na cadeira.

– *Deixa ela em paz* – vocifero.

David suspira e se serve de uma taça de vinho.

– Também não acho que ela queira. Mas vou *obrigá-la*.

Fico enfurecido em meio às amarras, desequilibrado. Selvagem. Insano. Mas não vou a lugar nenhum.

– Talvez eu vá com calma – continua ele, girando a rolha da espiral de metal. – Vou fazer Sloane confiar em mim. Talvez eu até passe por uma semirrecuperação milagrosa. Sabe como é, não tanto para que o coração sombrio dela ainda sinta pena de mim, mas o suficiente para que ela possa se convencer a trepar com um cara lobotomizado. Ou talvez minha paciência já tenha se esgotado por completo. Passei muito tempo esperando por esse momento, sabe? Talvez eu a siga até o número 154 da Jasmine Street. Eu poderia invadir a casa dela e levar comida pra viagem. Alimentá-la com pedacinhos de você e depois transar com ela até parti-la ao meio, até que ela não seja nada além de outro pedaço de carne pulverizada e sangrenta destinada a ir pro lixo.

Ele se aproxima até ficar bem na minha frente, seu olhar fixo no vinho enquanto o gira na taça e depois toma um gole.

– De qualquer maneira – diz ele, e um sorriso surge em seus lábios –, o som das súplicas dela vai ser uma bela sinfonia. Uma obra-prima.

Minha garganta se fecha. Meus olhos ardem.

Sei que não tem conversa com ele. Zero barganha. Não tenho nada a oferecer. Mas tento mesmo assim.

Por ela.

– Por favor, *por favor*, deixa ela em paz. Se você quiser que eu implore, eu faço isso. Se quiser dinheiro, pode ficar com tudo que eu tenho. Se quiser me cortar em mil pedaços, você pode. Faz o que quiser comigo. Só, por favor, deixa a Sloane em paz. *Por favor*.

David se aproxima. Seus olhos examinam cada centímetro do meu rosto.

– Por que eu faria isso quando posso ter vocês dois?

Um movimento rápido. Um reflexo prateado na penumbra.

A dor irrompe em meu pulso, e a agonia escorre dos meus lábios. Olho para baixo, para onde o saca-rolhas está enterrado na minha pele, girando a cada batida do meu coração.

– Pont Neuf – diz David, segurando a taça sob meu braço amarrado. O sangue escorre para dentro dela, misturando-se ao vinho. – É bom, mas um pouco sem graça pro meu gosto. Gosto de algo mais encorpado.

Ele deixa o saca-rolhas no meu braço e dá um longo gole. Quando os olhos de David se fixam nos meus, estão turvos, com as pálpebras semicerradas. Seu sorriso se abre lentamente, exultante.

– Muito melhor – sussurra ele, e mistura o vinho e o sangue antes de beber mais. – Esse gostinho de ferro realmente adiciona outra dimensão à mistura. Por mais insuportável que aquele velho fanfarrão e pretensioso fosse, preciso admitir que o Thorsten sabia mesmo o que estava fazendo. E toda essa conversa? Bem… está me deixando com fome. Aposto que você também está faminto.

David se vira em direção à bancada de aço inoxidável onde a mandolina está pousada em cima de uma mancha de sangue.

É o rosto de Sloane que vejo quando enterro o queixo no peito e fecho os olhos. São as lágrimas dela que sinto quando o suor escorre pelo meu rosto e pinga no meu colo. Penso em como ela estava linda quando eu disse que não a queria, sua pele radiante com a dor causada pelas minhas palavras. Vi o coração dela se partir e causei aquela dor em vão. Porque jamais poderei salvá-la. Não disto. Não dele.

Só posso torcer para que ela desapareça do jeito que sei que ela consegue. Do jeito que deveria ter feito desde o segundo em que a tirei daquela jaula.

Penso no dia em que a conheci quando noto que David ainda está parado nos arredores.

Quando ergo o olhar, ele ainda está de pé diante da bancada onde está a mandolina, mas sua postura é diferente. Dura. Tensa. Ele gira lentamente, de costas para mim, a cabeça inclinada em direção à bancada à esquerda, depois ao balcão à direita.

– Procurando alguma coisa? – diz uma voz em meio às sombras.

Choque e confusão. Desespero e medo. Tudo explode em meu peito quando Sloane dá um passo na direção da luz, com a arma de David na mão.

Ela é tão linda. Tão corajosa. A arma não treme em sua mão enquanto ela a mantém apontada para David e avança apenas o bastante para que eu possa vê-la com nitidez. Sua pele cintila com um leve brilho de suor. Olhos castanhos com delineador preto e cílios grossos olham para mim.

Seu rosto está inexpressivo quando olha para meu braço ensanguentado e o saca-rolhas enfiado no meu pulso.

Ela olha para David. Um sorriso surge lentamente em seus lábios.

– Olá, David. Estou tão feliz de finalmente termos a oportunidade de conversar! – diz ela.

E então Sloane abaixa a arma.

– Eu estava me perguntando quando você finalmente agiria.

O sorriso dela assume um ar sombrio. *Afiado*. Um ar que desliza bem entre minhas costelas.

Sloane não olha para mim. Nenhum olhar na minha direção. Ela mantém toda a atenção em David, calor e admiração nos olhos, aquela maldita covinha perto dos lábios.

Quero arrancar a porra da pele dele.

– Eu admiro seu trabalho – diz ela. – O Esfaqueador de South Bay. Presumo que tenha feito amizade com o Thorsten enquanto estava em Torrance, certo?

David sorri e leva a taça aos lábios, tomando um longo gole de vinho. Depois a coloca no balcão ao lado da mandolina e cruza os braços.

– Então você estava atrás de mim – diz ele. – Não posso dizer que estou inteiramente surpreso.

Sloane dá de ombros.

– Gosto de saber quem anda por aí.

– Sei. Também tenho feito algumas pesquisas. Estou ciente do calibre das presas que você caça. Você está aqui pra me matar.

– Se eu estivesse – diz ela, levantando a arma e examinando o cano –, já teria feito isso.

David deixa seu olhar percorrer todo o corpo de Sloane. Há um lampejo em seus olhos, um indício de todas as coisas que ele quer fazer com ela, todos os desejos depravados dele.

– Eu assisti ao seu momentinho especial com esse babaca algumas horas atrás, não se esqueça disso. Reconheço sofrimento quando vejo. Digamos que essa é minha especialidade.

– E foi uma performance muito convincente, não foi? – Sloane dá de ombros e mantém o dedo no gatilho quando apoia o cotovelo no quadril e aponta a arma para o teto. – Andei observando você também.

– Mentirinhas vão fazer você cair numa teia, Aranha Tecelã. Você deveria saber disso melhor do que ninguém – diz David em meio ao sorriso sombrio e predatório que surge em seus lábios. – Eu desliguei as câmeras de segurança.

Embora David se aproxime um pouco mais dela, Sloane permanece relaxada. Nada muda em sua postura quando diz:

– Tsc, tsc, David. Acho que você não viu todas as câmeras. Tá vendo aquela ali? – diz ela, apontando com a Glock para uma câmera no canto do cômodo, virada para nós, com a luz vermelha ainda acesa. – Aquela ali é minha. Eu estava assistindo o tempo todo.

O sorriso de David desaparece quando ele percebe que Sloane tem razão.

O sorriso malicioso de Sloane é triunfante quando ela lhe dá uma piscadela.

– Como eu disse. Se quisesse, já teria feito.

Num movimento rápido, ela mira a arma para David, o cano apontado para a testa dele. Ele fica tenso e abaixa os braços.

– *Pow, pow, pow* – diz ela num ritmo compassado. Então abre um sorriso e baixa a arma para o lado. – Brincadeirinha.

Só consigo ver o perfil de David, mas ele não esconde o brilho nos olhos. Está em êxtase.

E Sloane nota tudo, seu rosto se iluminando em um sorriso indulgente.

– Você fez amizade com o Thorsten pra me encontrar? – pergunta ela, com uma inclinação de cabeça provocadora.

– Mais pra me defender. Imaginei que um dia você poderia vir atrás de mim. Achei que se fizesse amizade com alguém como nós, estaria protegido todo mês de agosto, quando pessoas da nossa... natureza... tendem a ser mortas. Claro, o Thorsten não sabia que estava sendo caçado, então sugeri fingir ser seu servo fodido da cabeça naquela noite enquanto ele se deleitava com a aparição fortuita de duas vítimas aparentemente perfeitas. – David toma um gole e a observa, se encostando no balcão. – É como diz o ditado, a união faz a força.

Sloane sorri.

– É verdade. Mas às vezes demora um pouco pra encontrar alguém com quem a união dê certo.

David inclina o copo na direção dela.

– Com certeza.

– Corvo… – digo.

Ela suspira e me lança um olhar sombrio.

– Para com essa história de "Corvo".

– *Sloane,* amor, *por favor…*

– Amor? – A cabeça de Sloane se inclina. Seus olhos ficam pretos na penumbra. – *Amor…*? Você achou de verdade que fosse isso? Você mesmo disse… eu sou uma porra de uma psicopata, lembra? Um monstro. Isso não é amor. É tédio. É competição. E pelo visto – diz ela, deixando o olhar viajar do saca-rolhas ao gotejamento constante de sangue que flui até a poça no chão –, eu já ganhei.

Balanço a cabeça. Minha voz é apenas um sussurro estrangulado quando digo:

– Ele vai fazer coisas brutais com você, Sloane.

– Ah, você quer dizer que talvez ele declame uma poesia enquanto mete no meu cu até as bolas? É nesse tipo de coisa que você tá pensando? – Sloane revira os olhos. – Acho que provei que consigo lidar com isso.

Cada dor no meu corpo é eclipsada pela dor no meu peito, meu coração pegando fogo. Ela vê isso acontecer comigo, assim como vi acontecer com ela. Mas não percebo nem o menor resquício de remorso ou arrependimento, apenas nojo na maneira como seus lábios se curvam antes de ela desviar o olhar.

A expressão de Sloane se suaviza quando seus olhos se voltam para David.

– Sabe, tô mesmo com vontade de me divertir pra valer, se é que me entende – diz ela para David, com uma piscadela.

O sorriso que ele abre de volta é voraz.

Eu imploro, mas é como se eles não pudessem me ouvir. Eu me debato na cadeira, mas eles não veem.

Lágrimas queimam meus olhos. Eu sei o que David vai fazer com ela, minha linda Sloane. Ele vai destruí-la. Tirar pedaços dela. Comê-los na frente dela, assim como fez comigo. E tantas outras coisas terríveis, hediondas e monstruosas que não suporto imaginar, mas imagino mesmo assim.

Mesmo que ele a deixe sair viva daqui, Sloane jamais vai sobreviver a essa noite.

– O que você tem em mente? – pergunta David.

– Que tal terminarmos aqui e irmos nos divertir? Tenho algumas ideias. Talvez o Ateliê Kane seja um bom lugar pra começar.

A bile se agita em meu estômago quando David sorri e levanta a taça.

– A uma noite na cidade. – Ele bebe o resto do vinho cheio de sangue e apoia a taça vazia na bancada.

– Fica com isso aqui. – Sloane ergue o braço à frente e parece estar em câmera lenta, sua mão aberta e a Glock apoiada nela como uma oferenda. – Eu não gosto nem um pouco de armas.

Os olhos de David brilham de expectativa. Ele estica o braço na direção da arma, seu olhar fixo no prêmio letal.

No instante em que seus dedos tocam o cabo da arma, o outro braço de Sloane se move em um golpe para cima. Há um reflexo prateado, algo escondido em sua mão.

David recua. O sangue espirra na Glock, e a arma cai no chão. Ele se lança na direção de Sloane com a outra mão, mas ela é rápida demais. Seu golpe para baixo corta o outro pulso dele. David ruge de frustração, mas o rosnado se transforma em um gemido de dor quando ela dá um chute na perna dele e o deixa de joelhos.

Enquanto ele cai, o bisturi dela o aguarda.

O metal desliza para dentro da cavidade da garganta de David, o lado afiado apontado para cima. O peso dele divide a carne em duas no comprimento de seu pescoço, e Sloane segura a lâmina com firmeza entre as mãos.

O bisturi para na ponta do queixo dele, bem fundo no osso.

David tosse com uma respiração gorgolejante e desesperada pela fenda escancarada. Um jato de sangue espirra no rosto de Sloane. Ela não pisca, deixando seu olhar percorrer cada detalhe da dor e da fúria dele, seu sorriso sombrio e triunfante enquanto os olhos turvos de David a encaram de volta.

– Eu não gosto nem um pouco de armas – diz ela, e agarra o cabelo dele com força. Ela puxa a lâmina com a outra mão. – Barulho demais. Sutileza de menos.

Ela enfia o bisturi no olho dele. O grito de David é uma explosão crepitante. O sangue espirra.

Então ela o solta no chão.

O sangue se espalha em uma poça espessa sobre os ladrilhos. Sloane fica parada de costas para mim, observando os movimentos desesperados de David diminuírem e cessarem, e, mesmo quando param, ela fica ali, olhando para ele como se precisasse ter certeza de que não vai se levantar de novo.

– Você tá bem? – pergunta ela sem se virar, sua voz rouca e baixa.

Examino meu braço sangrando, de onde a pele foi arrancada. Minha bochecha e minhas costelas latejam onde recebi os primeiros golpes. O saca-rolhas ainda pulsa junto com a batida acelerada do meu coração, mas provavelmente parece pior do que de fato é.

– Eu não me importaria de sair desta cadeira, mas, sim, vou ficar bem.

Sloane assente e depois fica em silêncio, o olhar ainda fixo ao corpo no chão.

– Sloane…

Ela não se move.

– Sloane, amor…

– Não.

– Humm… Corvo?

Nada.

– Docinho?

Ela vira a cabeça para o lado e me lança um olhar furioso. Mas também há lágrimas ali, escorrendo pelo sangue espalhado por seu rosto.

– Eu disse que cortaria suas bolas se você me chamasse assim outra vez.

– Corvo, então. – Abro um sorriso fraco. Há preocupação em seus olhos, mas também há dor, e isso consome minha alma. – Amor, eu…

– Cala a boca – retruca ela, tirando o celular do bolso.

Um segundo depois, o som do toque precede a voz do meu irmão.

– Bom trabalho. Meu amigo Conor está aí fora. Quer que ele entre? – pergunta Lachlan.

– Não. Mas obrigada por enviar reforços.

– Você tá bem?

– Claro. – Sloane me observa por cima do ombro. Lágrimas ainda brilham em seus olhos, mesmo que ela me encare com uma expressão letal. – Seu irmão besta precisa de… pele. Também seria bom ter ajuda com a limpeza.

Lachlan ri.

– O Fionn já tá a caminho. Conheço algumas pessoas que podem fazer a limpeza, me dá uma hora. O Conor vai ficar vigiando a porta até eles chegarem. – Há uma pausa, e quando Lachlan fala de novo, a voz dele soa suave e séria. – Obrigado por cuidar do meu irmão, Sloane.

– E vê se faz o logout da minha câmera. Não quero que você assista, caso eu mude de ideia e mate ele.

– Me faz um favor e dá um beijo bem molhado nele – diz Lachlan.

Ela responde com um grunhido ofendido e desliga a chamada antes de atirar o celular na bancada com um estrondo.

Ela se vira para mim em seguida, com os olhos brilhando e os braços cruzados.

– Vou contar isso aqui como uma vitória.

– Justo.

– São três pra mim. Melhor de cinco.

– Merecido. Totalmente.

– E ainda tô muito brava com você.

– Eu entendo, amor.

– Quero te esfaquear.

– Sim, faz sentido. Por favor, só não corta o meu pau. Nem as minhas bolas. Nem o meu rostinho bonito.

Os lábios de Sloane tremem. Sua expressão dura desmorona e muda para uma máscara de indiferença, apenas para desmoronar pela segunda vez. Os respingos e manchas vermelhas em seu rosto são tão dolorosamente lindos, as lágrimas tão agonizantes…

– Você partiu meu coração.

– Eu sei, amor. Me desculpa. Me desculpa mesmo. Você sabe que eu só fiz isso pra afastar você dele, né? Eu tinha que tirar você daqui, senão ele ia te matar.

As lágrimas nos olhos de Sloane brilham.

– Eu sou digna de ser amada. – Ela aponta o dedo ensanguentado na minha direção, pontuando cada palavra. – Eu sou *muito* digna de ser amada.

Estou desesperado para tocá-la, mesmo que por um momento, como se apenas ver que ela está bem não fosse suficiente.

– Amor… por favor… me solta dessa cadeira pra gente poder conversar direito. – Sloane franze a testa quando tenta manter a expressão feroz, mas fracassa, e, quando lhe dou um pequeno sorriso, ela não consegue evitar. Seu olhar recai na minha cicatriz e permanece lá. – Vamos lá, Corvo. Deixa eu sair daqui pra poder provar que eu te amo demais. Talvez eu queira aquele kit de primeiros socorros que está perto da porta também, se não se importar.

O olhar feroz dela retorna.

– Ou vou simplesmente morrer de tanto sangrar nesse chão, tudo bem... – falo. – Mas sair da cadeira seria ótimo. De preferência, sem facadas.

Depois de mais um longo momento de hesitação, ela se aproxima e começa a soltar os nós, primeiro os que prendem a cadeira ao poste de apoio da bancada e depois os que estão amarrados em volta dos meus membros. A última corda a cair no chão é a que prende meu pulso empalado ao apoio de braço.

Eu me levanto da cadeira no instante em que a corda se solta.

A dor diminui quando arranco o saca-rolhas e agarro Sloane, esmagando-a contra mim em um abraço desesperado. E agradeço a todos os deuses para quem nunca rezo quando ela me envolve em seus braços. Ela enterra o rosto no meu peito e umedece minha camisa com todos os medos que mantém guardados.

– Achei que era tarde demais – diz ela repetidamente. – Me desculpa, Rowan. Levei muito tempo pra desvendar suas pistas.

Seguro seu rosto e encaro seus imensos olhos castanhos. Uma dor sufoca minha garganta enquanto saboreio esse momento de apenas olhar para ela, de sentir seu calor contra minha pele. Cheguei muito perto de perder *tudo*. Mas ela está aqui, com seu perfume de gengibre e o delineador preto borrado, as sardas pontilhadas com manchas de sangue. Rugas marcam sua testa e as sobrancelhas, e seu olhar se fixa no meu.

Ela nunca esteve tão bonita.

– Não foi tarde demais, Corvo. Foi bem na hora.

Ela tenta sorrir, mas não consegue. Sua covinha é apenas uma leve depressão na pele. E sei que as mentiras que contei a ela são do tipo mais perigoso, porque usei as maiores inseguranças dela como arma. Mesmo que só tenha dito aquilo tudo para salvá-la, cortes como esses são profundos e demoram para cicatrizar.

Abaixo a cabeça e a olho nos olhos, mantendo seu rosto firme entre as mãos.

– Você sempre foi digna de ser amada. Você estava apenas esperando por alguém que vai te amar pelo que você é, não pelo que querem que seja. Eu posso fazer isso, se você deixar. – Pressiono meus lábios nos dela e sinto gosto de sal e sangue, mas me afasto antes que o beijo se aprofunde. – Eu te adoro, Sloane Sutherland. Eu quis você desde aquele primeiro dia na casa do Briscoe. Eu te amo há anos. Não vou parar de te amar. Nunca.

O olhar de Sloane recai em meus lábios e permanece neles. Ela assente.

– Você pode ser uma psicopata – digo com um sorriso, e os olhos dela se estreitam –, mas é a *minha* psicopata, e eu sou o seu. Combinado?

Quando ela ergue os olhos, finalmente sorri.

– Você não vale nada.

– E mesmo assim você me ama.

– É – diz ela. – Eu te amo.

Sloane fica na ponta dos pés e cruza as mãos na minha nuca, me puxando para mais perto até que sua testa pressione a minha, sua respiração uma carícia doce e perfumada em meus lábios.

– Eu te amo de verdade – sussurra ela. – E você vai ter que se esforçar mais do que isso pra se livrar de mim, porque não vou a lugar nenhum.

– Nem eu, Sloane.

Quando Sloane atrai meus lábios até os dela, eu sei disso. Sinto isso em cada pulsação em minha carne crua e sangrenta. Que o mundo poderia girar em todas as direções e destruir todas as realidades, mas não há outra vida senão a que escolhemos construir.

23
PIGMENTOS
SLOANE

—A gente vai se atrasar – diz Rowan.

Mas ele não se importa. Nem um pouco.

Porque as mãos dele estão enfiadas no meu cabelo e a cabeça está jogada para trás enquanto engulo seu pau.

– Porra, Sloane. Como você consegue ser tão boa nisso?

Dou um murmúrio de satisfação contra sua carne e seguro suas bolas com a mão livre, mergulhando meus dedos na minha boceta com a outra. Quando dou outro gemido, ele olha para baixo, com os olhos escuros de desejo.

– Caralho, adoro ver você se tocar – sussurra ele.

Meus olhos se fecham enquanto giro o dedo sobre o clitóris. Sinto o pau dele babar na minha língua.

– É melhor você gozar logo, porque estou no limite e a gente precisa *ir*.

Diminuo o movimento dos dedos, deslizo os lábios até o topo da ereção dele e sorrio.

Minha insolência é recebida com um grunhido. A mão de Rowan vai até meu pescoço e estrangula a risada que implora para ser libertada.

– Você tá sendo malcriada? – pergunta ele enquanto arrasto a língua na parte de baixo de seu pau e lanço meu olhar mais inocente. Ele aperta mais forte. – Já se esqueceu da última vez que foi malcriada?

Dou de ombros, embora com certeza *não* tenha esquecido. Algumas semanas atrás, quando decidi provocá-lo e desconsiderar a maioria de suas ordens enquanto cavalgava em seu pau, ele me sequestrou quando eu estava voltando para casa depois de um drinque com Anna, me vendou e me amarrou em uma mesa do restaurante para comer um monte de iguarias sobre meu corpo nu. Ele me excitou por *horas*, espalhando caramelo em meus mamilos para chupá-los enquanto me fodia, pingando chantilly gelado em meus piercings genitais antes de lambê-los e limpá-los. Cada vez que eu implorava por misericórdia, ele ria.

– Boas meninas ganham recompensas – disse, reduzindo a vibração do plug anal que enfiou no meu rabo depois de me amarrar. Ele diminuiu o ritmo dos movimentos enquanto metia em mim, me trazendo de volta do orgasmo iminente. – Meninas malcriadas recebem punição.

Ele deslizou para fora de mim, se masturbou até seu esperma espirrar em jatos quentes por todo o meu peito, então começou tudo de novo.

Provavelmente teve o efeito oposto ao que ele pretendia, porque me diverti *muito* naquela noite.

– Essa é a sua resposta? – diz ele agora, seus olhos letais e escuros. – Um mero dar de ombros? Achei muito malcriado.

Suspiro e lambo meu caminho de volta ao topo de seu pau duro, segurando suas bolas.

– Talvez eu tenha mentido sobre o horário do nosso compromisso – respondo, acariciando o comprimento de seu pênis e cobrindo a cabeça, girando a língua ao seu redor. – Temos mais uma hora.

Meus olhos permanecem fixos no rosto de Rowan enquanto essa informação se instala em seu cérebro inundado de endorfina.

– Caralho, muito obrigado – diz ele por fim, e se entrega ao calor da minha boca. – Acho melhor você gozar, ou juro por Deus que vou te levar pra uma cabana no meio do nada e te castigar por três dias.

Rowan Kane, sempre me ameaçando com diversão.

Ele afrouxa o aperto no meu pescoço, mas me mantém firme enquanto me ajoelho diante dele e engulo seu pau o mais fundo que consigo. Ele atinge o fundo da minha garganta, e meus sons distorcidos e sufocados estimulam o ritmo de suas estocadas. Com a outra mão, mergulho meus dedos em minha boceta até que estejam revestidos de minha excitação e do esperma que ele já derramou em mim antes.

Paro de me tocar e levo meus dedos escorregadios à borda pregueada de seu cu. Ele estremece enquanto massageio o anel apertado e então enfio um dedo nele.

– Puta merda, Sloane...

– Vai usar sua palavra de segurança?

– *Não mesmo.*

Sorrio e adiciono um segundo dedo, acariciando suavemente até encontrar o ponto que o faz tremer.

– Bom menino – murmuro, meu tom açucarado. – E bons meninos ganham recompensas.

Selo os lábios ao redor de seu pau e chupo.

Um som desinibido de prazer ressoa no peito de Rowan enquanto eu o fodo com os dedos e engulo seu pau duro. Com a outra mão, circulo meu clitóris, me aproximando do orgasmo que sei que ele vai exigir de mim. E quando sinto seu corpo se contrair, é exatamente isso que ele faz. *Exigências.*

– Corvo, é melhor você gozar agora mesmo, porque você tá *acabando comigo,* e eu juro por Deus...

Chego ao clímax com seu pênis mergulhado no fundo da minha garganta. Meu gemido choroso é uma vibração que envolve todo o seu comprimento.

As palavras dele sempre me atiçam.

Um segundo depois, Rowan rosna enquanto seu gozo quente atinge minha boca. Engulo cada gota e extraio seu prazer até ter certeza de que não há mais nada, uma fina camada de suor brilhando em seu peito nu com o fôlego trêmulo.

– A gente tem que ir – digo, com um sorriso malicioso tirando os dedos do cu dele. – Vamos nos atrasar.

Rowan me lança um olhar severo que não dura, depois dá um beijo na minha testa antes de nos limparmos, nos vestirmos e sairmos às pressas pela porta.

Cada passo que damos sob o sol quente de junho faz meu coração bater forte, não de ansiedade, mas de empolgação. Se Rowan está nervoso, não deixa transparecer. Ele conta uma história animada sobre Lachlan, de quando eram adolescentes, enquanto andamos pelas ruas da cidade, dedos entrelaçados, minha outra mão apoiada na maior cicatriz na superfície interna de seu antebraço. Na noite em que tudo aconteceu, Fionn tratou meticulosamente o ferimento e usou um substituto cutâneo para o tecido que faltava, e Rowan foi cuidadoso daquela noite em diante. E em breve a cicatriz se transformará em algo lindo.

Ele vai adorar. Sei que vai.

Paramos no Ateliê Kane a caminho do nosso compromisso, entrando na loja e mergulhando no perfume de couro e na música indie. Reprimo um sorriso, me perguntando se por acaso Lachlan vem ouvindo as músicas de Lark, e, quando olho para Rowan ao meu lado, desconfio de que ela esteja pensando a mesma coisa.

– E aí, seu velho escroto? No que você tá trabalhando? – pergunta Rowan.

Lachlan afasta a cadeira giratória toda desgastada da mesa e atira o que parecem óculos de leitura ao lado da pele que está entalhando.

– Alforges personalizados pra Harley de um cara. Se eu não pudesse acabar com você eu mesmo, ele faria isso por mim com prazer – dispara Lachlan de volta. – E eu sou só dois anos mais velho que você, palhaço.

– Então por que tá usando esses óculos de velho? Parece que você vai fazer palavras cruzadas e depois pegar no sono na sua poltrona reclinável – diz Rowan com uma piscadela para mim.

– Vai se foder, babaca. O que você quer?

– Na verdade, sou eu que tenho um pequeno pedido – digo, dando um passo para ficar mais perto do impetuoso irmão mais velho de Rowan.

– Olha só, a Dona Aranha vindo me pedir um favor – diz Lachlan com um sorriso tortuoso se recostando na cadeira.

– Na verdade, vim cobrar um favor.

– Ah, é? Pelo quê?

– Por ter salvado seu irmão mais novo.

– Se bem me lembro – diz Lachlan, batendo um dos dedos com anéis no queixo –, fui eu que ajudei a limpar aquela sujeira toda para apagar qualquer registro da existência de um tal de David Miller dos anais da história dos assassinos em série. Então eu diria que estamos quites. De nada.

Reviro os olhos, e Rowan sorri ao meu lado.

– Beleza. Nesse caso, um favor pra Lark.

Há um momento de hesitação antes de Lachlan dizer enfaticamente:

– De jeito nenhum.

– Ah, vai – respondo, minha voz beirando um apelo choroso. Dou mais um passo à frente. – A Lark vai se mudar pra Boston na mesma semana em que nós estaremos fora. Só ajuda ela a levar as coisas pro apartamento novo, por favor. Ela não tem muita coisa.

– Por que ela não tem muita coisa? – pergunta Lachlan, com a testa franzida e a voz severa.

Rowan e eu trocamos um olhar rápido e confuso.

– Humm, porque ela viaja com pouca bagagem, acho…?

O olhar de Lachlan escurece, como se a informação fosse insuficiente, e então sua expressão se suaviza um pouco, sob uma máscara apática.

– Tá bem. Mas não espere que eu fique por perto depois que terminar.

– Claro que não.

– E não vou mostrar a cidade pra ela nem nada do tipo.

– Pode deixar.

– Nós não somos, tipo, amigos. Ela não pode me ligar pedindo… leite.

– Tá bem… Vou falar pra ela não te ligar pedindo leite. Deixa comigo.

Lachlan dá um grunhido. Eu sorrio.

– Obrigada – digo, me aproximando e dando um abraço nele, embora já saiba que ele não vai me abraçar de volta. – Você não vai se arrepender.

– Sim, eu vou.

– Tá bem, então.

Dou um beijo em seu rosto com uma barba de vários dias ao som de uma bufada regozijante de Rowan e depois me afasto.

– Obrigado por isso, babaca. Precisamos correr – diz Rowan, com um sorriso provocador que Lachlan devolve com um olhar sem emoção, mas mesmo assim se levanta da cadeira.

Ele nos acompanha até a porta do ateliê e até a rua, e combinamos de nos encontrar para jantar na semana seguinte. Ele pressiona a testa na de Rowan, como sempre faz. E então partimos para nosso compromisso de mãos dadas, sem pressa, desfrutando da simples companhia um do outro e da empolgação crescente pelo que está por vir enquanto avançamos até nosso destino.

O pequeno sino de latão toca no topo da porta quando entramos no Estúdio de Tatuagem Prisma.

Laura, a dona da loja, nos cumprimenta calorosamente e dá a Rowan um formulário de consentimento para preencher enquanto ela e eu finalizamos os detalhes sobre a arte que dei a ela, nossas vozes abafadas para que Rowan não possa ouvir os detalhes. Quando está tudo assinado e a arte impressa no decalque, Rowan se senta na cadeira de Laura.

– Desculpa, Açougueiro, mas não confio em você – digo, ficando atrás dele para colocar uma venda sobre seus olhos.

Laura sorri e prepara o braço de Rowan, transferindo o estêncil para a cicatriz dele.

– Você me magoa desse jeito – diz ele.

– Aham – respondo, bufando. – E você não passou três dias me seguindo pela Califórnia só pra poder trapacear e ganhar uma competição?

– Eu não trapaceei. Além disso, eu perdi. *De lavada*, devo acrescentar. Ainda não consigo tomar sorvete.

Eu sorrio e me sento ao lado dele para poder assistir enquanto Laura começa a traçar as primeiras linhas pretas na pele de Rowan.

– Talvez a gente comece um programa de dessensibilização pra você. Tenho algumas ideias.

– Agora sim.

Demora algumas horas, mas a imagem ganha vida no braço de Rowan, um desenho que eu mesma fiz e refinei, junto com Laura, de modo que cobrisse as cicatrizes dele e se ajustasse aos contornos de sua musculatura. E, em pouco tempo, ela está limpando a tatuagem recém-feita, enxugando o excesso de tinta e os respingos de sangue para revelar a imagem final. Compartilhamos um sorriso radiante na direção do corpo de Rowan, de uma artista para outra, enquanto ele nos enche de perguntas que não respondemos.

– Muito bem, bonitão. Hora de dar uma olhada – digo, e Laura segura um dos bíceps de Rowan e eu agarro o outro.

Nós o guiamos até um espelho de corpo inteiro. Fico ao lado dele enquanto Laura tira a venda, e ele vê pela primeira vez a tatuagem que ocupa todo o comprimento de seu antebraço.

– Puta merda! – exclama ele, sem tirar os olhos da arte, se aproximando do espelho e girando o braço de um lado para o outro.

Ele absorve cada detalhe, tanto no espelho quanto diretamente em seu braço, seu olhar penetrante saltando para mim a cada poucos segundos.

– É incrível, Corvo.

As penas pretas do corvo brilham com toques de índigo, seus olhos são sobrenaturais e opalescentes, olhando para longe. Ele segura uma faca de chef polida e há um reflexo reluzente na lâmina. Atrás do pássaro e de seu poleiro afiado há um fundo de respingos semelhantes a grafite em uma explosão de cores vibrantes.

– As cores são fantásticas, Laura – diz ele, olhando para ela com um sorriso agradecido.

Ela sorri.

– Obrigada, mas foi sua garota aqui quem criou tudo isso. Eu só dei vida ao trabalho dela.

Laura mostra a ele o desenho de referência em seu iPad, o original que lhe enviei há dois meses, quando Rowan deu a entender que queria cobrir as cicatrizes. Ele olha para a imagem e engole em seco. Leva um bom tempo até que se volte para mim.

– Cores? – pergunta ele. Rowan aponta para a imagem sem tirar os olhos dos meus. – Você fez isso?

Dou de ombros, o início de uma ardência se formando na minha garganta quando percebo o brilho vítreo em seus olhos.

– Fiz. Acho que fiz, sim.

Rowan devolve o iPad para Laura e me envolve em um abraço apertado, com o rosto enterrado no meu pescoço. Ele não diz nada por um bom tempo. Apenas fica ali.

– Você usou cores – sussurra, mas ainda não me solta.

Sorrio nos braços de Rowan.

– Nem sei o que dizer, Açougueiro... Acho que você despertou isso em mim.

24

ARRANCADO
ROWAN

— Sabe, Corvo, embora a sugestão tenha sido minha, na verdade não achei que fosse gostar de caçar junto com você tanto quanto gostava de competir com você – digo, limpando minha faca de açougueiro com um pano.

Sloane ri, mas não se vira, focada nas folhas coloridas de musselina tingida que ela prende na linha de pesca com cola.

– Tenho um palpite. É porque a sua parte favorita não é matar, mas me irritar?

– Mais ou menos isso.

Sorrio quando ela me lança um sorriso provocante por cima do ombro, então baixo meu olhar em direção aos pequenos danos na lâmina afiada em minhas mãos. Deslizo o tecido, passando-o pela borda mais uma vez, antes de deixar a faca de lado com minhas outras ferramentas. Uma serra para ossos. Fatiadores de carne. E a minha favorita, uma faca Ulu de aço de Damasco que Sloane comprou na internet como presente de aniversário.

– Mas eu gostei. Muito. Gosto de trabalhar com você.

– Eu também gosto. Acho que devíamos pegar o Fantasma da Floresta juntos no ano que vem, embora tecnicamente eu tenha vencido, porque sou a campeã, caso você tenha esquecido. E você provavelmente merece o prêmio de vice-campeão de qualquer maneira, já que nem vomitou dessa vez – diz ela, apontando para os globos oculares pendurados na linha de pesca acima da cabeça do Dr. Stephan Rostis. – Arrasou!

– Eu nunca vou me livrar disso, não é?

– Provavelmente não.

Enquanto Sloane continua colando as últimas partes de tecido pré-cortado, eu trabalho em meus próprios preparativos finais. Depois simplesmente sento e observo meu Corvo, exercendo sua arte não mais em tons monocromáticos, mas em cores vibrantes.

Quando termina, ela se afasta e examina a tela atrás do corpo. As três camadas de sua teia se misturam em uma explosão de cores. Tons de verde preciosos em uma camada. De azul em outra. Vermelhos e roxos na última, cada uma meticulosamente tingida à mão. É uma instalação deslumbrante que irradia como painéis de vitrais do corpo suspenso, com braços e pernas estendidos. Montá-lo nas paredes e no teto foi minha maior contribuição, além de cortar alguns pedaços de carne selecionados para os enfeites de pele de Sloane, que ela costurou entremeados às camadas de fios e musselina. Mas a arte? É toda dela.

– Ficou lindo, Sloane.

– Obrigada – diz ela, radiante, mas não se vira, ou veria que não estou olhando para sua obra, mas para *ela*.

Seu olhar permanece fixo nas camadas de cores, e mudo a playlist no meu celular.

– O FBI vai ficar muito confuso. Você está evoluindo, não regredindo. Mas não tenho certeza se eles vão finalmente descobrir que as teias são mapas, mesmo com cores envolvidas.

– Eu pensei que ajudaria – diz ela, logo após uma risadinha, e em seguida balança a cabeça e dá de ombros.

– Mas tem uma coisa que continua bastante consistente...

– O quê?

Aceno com a cabeça na direção do corpo quando Sloane se vira para mim. A pergunta em seus olhos rapidamente se transforma em desconfiança. Quando ela cruza os braços, levanto as mãos em sinal de desculpas, embora não me arrependa do que estou prestes a dizer. E ela sabe disso.

– *O quê?* – pergunta ela, categórica.

Aponto para o bom doutor, que não era tão bom assim, cujo sangue escorre pelo rosto em manchas secas.

– O buraco do olho esquerdo. Sempre fica um pouco arreganhado.

Sloane dá uma gargalhada, que chega ao fim quando dou de ombros. Uma pontada de dúvida faz suas sobrancelhas se franzirem.

– Não fica nada.

– Lamento dizer, mas *fica sim*.

– Você é um baita de um mentiroso.

Arrasto minha escada para a frente do corpo e aponto para ele.

– Veja por si mesma.

Sloane abre a boca, as bochechas coradas pela crescente frustração. *Absurdamente adorável*. Sloane irritada com as penas eriçadas e as garras de fora? Essa é minha versão favorita dela. E eu saboreio cada momento, desde seu olhar feroz até seus passos determinados conforme ela sobe na escada para ver mais de perto.

– Rowan Kane, seu esquisito do caralho com essa palhaçada de buraco do olho esquerdo, *eu não arranco, eu remov...*

Ela interrompe a resposta irada quando olha para o buraco ensanguentado, depois para mim e depois de volta para o buraco. Embora eu consiga conter uma risada, não consigo esconder a diversão em meus olhos.

– Que porra é essa? – pergunta ela, apontando para o rosto do médico morto.

– Não sei, Corvo. Talvez você devesse dar uma olhada. A menos que...

– A menos que o quê?

– Você não é fresca, é?

Sua risada se liberta, embora seja curta e insegura.

– Que tal um sorvete, Açougueiro? Já conseguiu tomar um sorvetinho *cookies and cream*?

– Ai, Corvo – digo com a mão no coração, que troveja. – Me magoou de novo.

Sloane sorri, sua covinha aparecendo, e então ela se concentra no rosto sem vida diante dela, os olhos encharcados de sangue e as feições frouxas. Ela leva os dedos enluvados até a órbita do olho esquerdo e tira um pequeno pacote redondo embrulhado em fita adesiva.

– Viu? – diz ela enquanto segura o mistério na palma da mão e desce a escada. – *Arranquei*. Arranquei lá de dentro.

– Verdade. Quase como se você já tivesse feito isso antes. Extração de alto nível.

Ela para na minha frente, seus olhos brilhando ao se conectarem aos meus.

– O que é isso?

– Acho que quando a gente ganha um presente precisa abrir pra descobrir – digo, dando um beijo em sua testa em resposta ao revirar de olhos. Ela pega o lenço que ofereço e começa a limpar o sangue da fita. – Mas limpa tudo direitinho. Tem documentos importantes aí dentro.

O rosto de Sloane se enruga, e seus lindos olhos castanhos se estreitam enquanto ela tenta relacionar minhas palavras com o tamanho pequeno do pacote.

– Documentos…?

– Documentos *que mudam vidas*, na verdade. Então, sim. Toma cuidado.

Com um último olhar desconfiado na minha direção, Sloane muda seu foco para a bola de fita adesiva e limpa cada ondulação do celofane até que esteja livre de sangue. Assim que termina, remove as tiras de plástico pegajoso, deixando cada uma de lado até conseguir desdobrar a camada externa de papel protetor.

Dentro há um guardanapo de papel dobrado. E, dentro dele, outro presente envolvido em fita.

– Ah, meu Deus, Rowan. Você guardou isso…? – pergunta ela com uma risada de descrença enquanto lê minha letra rabiscada abaixo do logotipo de uma casquinha de sorvete derretido no guardanapo.

Açougueiro & Corvo
Confronto anual de agosto
7 dias
Desempate por pedra, papel e tesoura
Melhor de cinco
O vencedor fica com o Fantasma da Floresta

– Peraí – digo, quando ela lê cada linha em voz alta. – Tá faltando uma coisa. Me dá isso aqui um segundo enquanto você desembrulha o outro.

– O que você tá tramando, seu esquisito?

– Talvez eu queira assoar o nariz nesse guardanapo altamente sentimental. Só me dá isso aqui, Corvo.

Sloane ri e balança a cabeça, confusa, mas me devolve o guardanapo, e eu pego uma caneta ao lado das minhas ferramentas para escrever uma nova linha, o tempo todo de olho nela para acompanhar seu progresso enquanto desembrulha o outro presente. Como tem acontecido em todos os momentos em que estive com Sloane, meu coração bate forte o tempo todo, como se fosse se libertar de sua gaiola de ossos.

Quando ela está prestes a puxar o último pedaço de fita do embrulho, coloco minha mão sobre a dela, o guardanapo dobrado entre os dedos. Se ela consegue sentir meu tremor, não diz nada.

– Eu corrigi – digo, meus olhos fixos no guardanapo. – Lê isso aqui primeiro.

Ela sustenta meu olhar por um instante antes de pegar o papel e desdobrá-lo, com movimentos cuidadosos e lentos. Vejo seus olhos mudarem a cada palavra que lê. Seus lábios se contraem com força. Quando ela lê em voz alta, sua voz fica instável.

– *Casar com Sloane Sutherland e amá-la para sempre, se ela deixar* – sussurra ela.

Seus grandes olhos castanhos estão cheios de lágrimas quando ela olha para mim. Pego o guardanapo de volta. Ela puxa o último pedaço de fita do pano preto e o desdobra, revelando um anel de noivado, uma safira azul-acinzentada incrustada em ouro com folhas delicadas que sobem em direção à pedra.

Eu fico de joelhos.

Sloane engole em seco. Uma explosão de nervosismo alimenta minhas veias, e estou prestes a disparar todas as coisas que quero lhe falar quando ela diz:

– Você acabou de me pedir em casamento usando um guardanapo e um anel que você enfiou no buraco do olho de um cara?

Fico olhando para ela. Minha boca se abre. Nada sai por um momento que parece tão longo quanto a eternidade.

– Sabe, parecia muito bonitinho na minha cabeça, mas pensando bem... talvez tenha sido demais? – falo.

Ela balança a cabeça.

– Foi pouco?

Ela balança a cabeça outra vez, algumas lágrimas escorrendo.

– Na medida certa?

– É absolutamente *perfeito* – diz ela, soluçando.

– Ah, que bom.

Um longo suspiro sai dos meus pulmões e levo a mão ao peito. Então a pouso sobre a dela, o anel preso em seu aperto trêmulo.

– Por um minuto achei que tivesse estragado tudo.

Sloane dá uma espécie de grunhido estrangulado. Ela começa a pular. Primeiro, apenas uns pulinhos, mas eles ficam maiores a cada segundo que passa.

– Você parece animada, amor.

Um som ininteligível e distorcido escapa dos lábios dela.

– Chiu. O *cara-cara* está tentando te pedir em casamento – falo.

– *Rowan...*

– Sloane Sutherland, Corvo da minha vida. Desde o primeiro momento que te vi, você mudou o rumo da minha vida. Não consigo me lembrar de nada que tenha sido divertido, empolgante ou novo sem você. Não consigo me lembrar de ter sentido nada além de entorpecimento desde que você irrompeu no meu mundo em sua gaiola com fedor de risone – digo, sorrindo quando a risada dela se liberta em meio às lágrimas. Meu aperto se intensifica em torno de sua mão trêmula. – Não consigo imaginar o futuro sem você nele. E não quero, nunca. Então, casa comigo, Sloane, e vamos viver aventuras malucas pra sempre, fazer várias merdas, vamos ser melhores amigos e praticar caratê na garagem e trepar todos os dias e envelhecer juntos. Porque não consigo imaginar ninguém além de você com quem eu prefira passar todos esses momentos.

Tiro o anel de sua mão e o seguro na frente do dedo dela.

– O que me diz, Corvo? Quer se casar comigo?

Lágrimas escorrem por suas sardas, e ela balança a cabeça, com a voz tensa ao dizer as palavras que aguardei meses, quem sabe anos, para ouvir.

– Sim, Rowan. É claro que quero me casar com você.

Deslizo o anel em seu dedo, e ela apenas olha para ele antes de se chocar contra mim, quase me derrubando no chão e agarrando meu rosto entre as mãos, salpicando minha pele com beijos desesperados e sussurros repetidos de "sim".

– Eu te amo, Açougueiro – sussurra Sloane quando se afasta para me encarar.

Então ela pressiona sua boca na minha.

Ela não precisa dizer isso, porque sinto que me ama em cada toque e olhar. O amor dela sangra no beijo que dá em meus lábios, como se estivesse vivo em sua língua quando passa pela minha. Mas, mesmo assim, suas palavras se assentam no meu peito, outra camada de uma base indestrutível.

Sloane diminui o ritmo do beijo e, quando nos separamos, ela segura minha mão para me colocar de pé. Assim que me levanto, ela me arrasta em direção ao corredor escuro que leva à saída da cozinha e à coleção de carros caros do médico.

– Agora vamos fazer caratê na garagem.

– "Caratê" no caso é te colocar de quatro no capô do Porsche do Dr. Stephan e te foder até você me implorar pra parar?

Sloane lança um sorriso cheio de malícia por cima do ombro. Sua covinha aparece quando dá uma piscadela para mim e me leva em direção às sombras.

– Vem comigo pra descobrir, bonitão.

Talvez eu estivesse certo. Não somos pessoas normais. Somos monstros.

Mas, se formos monstros, vamos florescer na escuridão. Juntos.

EPÍLOGO

O FANTASMA

A cidade me dá nojo.

O cheiro do mar poluído. O escapamento de um ônibus que passa. O hálito das pessoas que derramam seus pensamentos pútridos no ar vil. A cidade é uma fossa de decadência.

Ora, eram maus os homens de Sodoma, e grandes pecadores contra o Senhor.

Engulo a aversão por este ambiente que me engoliu durante a semana que passou. Meu olhar vagueia de uma ponta a outra da rua, mas sempre retorna para a porta do outro lado da calçada e para a curva das letras douradas no vidro.

O alarme do meu relógio emite um sinal sonoro. Meio-dia.

Senhor, peço que Suas bênçãos sejam derramadas sobre mim, Seu humilde servo. Erga minha mão contra meus adversários. Derrame sobre eles todos os erros e injustiças que lançaram sobre mim, Seu fiel discípulo.

Amém.

Abro os olhos e retomo a vigília do pátio do café. Meu chá esfriou, o livro aberto à minha frente continua sem ser lido. Meus dedos batucam no ritmo da música que ecoa na minha cabeça. Um hino, um que minha mãe costumava cantar.

Deixe que os pecadores sigam seu curso e escolham o caminho da morte.

A porta se abre do outro lado da rua. Um homem alto e atlético a mantém aberta para uma mulher de cabelos escuros. O olhar dela gira pelos arredores. "The Killers", diz sua camiseta preta.

Meu sangue esquenta.

Mas eu, com todo o meu coração, me apoiarei no Senhor;
Colocarei meus fardos em Seus braços e descansarei em Sua palavra.

Ao pisar na calçada, o casal se vira para falar com outro homem que está parado na soleira da porta. Tatuagens pretas cobrem as mãos e os braços musculosos dele. Não é tão alto quanto o primeiro homem, mas tem uma compleição física mais poderosa. O protetor. O lutador. Dá para ver: a forma como ele se posiciona, o modo como sorri, a prontidão em cada movimento. Uma cobra, sempre pronta para dar o bote.

Eles trocam palavras que não consigo ouvir, sorrisos que não consigo sentir. O segundo homem coloca a mão no ombro do primeiro. Suas testas se encontram antes de se despedirem. O primeiro homem então sai de mãos dadas com a mulher. Ele dá um beijo na sua têmpora, e ela sorri. Eu os vejo passear pela rua e virar a esquina. Por um bom tempo, meu olhar permanece ali, preso na ausência deles, como se eu assombrasse seus passos, um fantasma que se esconde nas sombras deles.

Eu me acomodo mais fundo em minha cadeira. Mantenho minha atenção onde ela precisa estar.

No Ateliê Kane.

Busco Sua bênção sempre ao meio-dia, e faço meus votos à noite.

Rowan Kane levou meu irmão. E eu juro que vou levar o dele.

CENA BÔNUS

TRUQUE
SLOANE

Rowan Kane está tramando alguma coisa.

Como sempre.

Eu sei. Não sei *como*, mas sei. Nos últimos dias, seu olhar tem dado indícios. Vi isso na maneira como ele olhou para o celular e digitou uma mensagem, no brilhozinho do sorriso tortuoso que abriu em seguida. Ele pode tentar esconder, mas está lá. Consigo sentir. É como um leve traço de fumaça no vento. Um feixe de luz refletido em uma lâmina. Sussurros em meio às sombras.

Ele está *tramando* algo.

Semicerro os olhos observando-o colocar a louça na máquina. Se ele consegue sentir meu olhar perfurando a lateral de seu rosto, não deixa transparecer. Dou uma tossidinha, mas ele continua concentrado em sua tarefa. Cruzo os braços e me encosto na bancada, mas ele ainda não percebe que estou olhando direto para ele. Uma vez, ele disse que sempre me nota, e não era mentira. Tenho certeza de que essa indiferença toda é puro fingimento.

Então o espero terminar com a louça e tomar um gole de café antes de anunciar:

– Tem algum truque rolando aqui.

Rowan engasga e tosse. Quando seus olhos lacrimejantes finalmente recaem em mim, ele está claramente encantado.

– Truque? Isso significa que você vai vestir uma fantasia sexy de mágica e trepar comigo usando uma cartola?

– Não.

– E se eu usar a cartola?

– Também não.

– E se eu arrumar uma pomba?

– *Rowan...*

– Amor – diz ele, com um sorriso caloroso que ilumina seus olhos com diversão.

Ele coloca a caneca na mesa e se aproxima, segurando meus pulsos e puxando meus braços, ainda cruzados e firmes.

– Com que tipo de truque você tá preocupada?

– Não sei – respondo, e ele envolve meus braços em seu corpo e dá um beijo na pulsação que surge em meu pescoço. – Por que *você* não *me* conta?

Ele arrasta seus lábios sobre minha pele de um jeito que ele sabe que provoca uma onda de cócegas. Quando meu corpo se contorce em resposta, Rowan me empurra contra a bancada.

– Corvo, as únicas traquinagens que eu apronto envolvem sexo com você.

– Tipo me sequestrar de novo?

– Humm, eu estava pensando mais em *agora*, mas posso dar um jeito nisso.

Rowan aperta minha cintura com mais força, e ele me coloca em cima da bancada, tomando meus lábios em um beijo exigente. Com meus braços em volta de sua nuca, eu o beijo de volta com um desejo que combina com o dele, me deleitando com sua língua deslizando sobre a minha e a carícia das mãos calejadas mergulhando sob a bainha da minha camisa para aquecer meu corpo nu. Mas meus pensamentos? Ainda estão todos em função de uma pergunta.

– O que você tá aprontando? – pergunto quando me afasto apenas o suficiente para formar as palavras contra os lábios dele.

– Me pegando com a minha noiva – diz ele, voltando ao beijo.

Dou um jeito de me afastar e interromper o beijo, apesar de Rowan se esforçar bastante para continuar. Meus olhos se estreitam com um brilho de suspeita.

– Você tá mudando de assunto.

– Não tô, não. – Uma de suas mãos percorre meu seio, e ele brinca com meu piercing no mamilo de uma forma que faz minha boceta ansiar por atenção. – Eu respondi à pergunta. Estou me pegando com você e depois vou te foder bem aqui nessa bancada – diz ele, dando um tapa no granito polido. – Uma resposta bastante direta.

– Você tá planejando matar alguém?

– O quê?

– Você sabe, assassinato. Aquilo em que somos bons. *Ai, meu Deus*, você tá indo atrás do Fantasma da Floresta, né? Você vai matá-lo antes da nossa competição anual.

– Amor…

– Só *me fala*. É isso, não é? Aposto que você já trancou o cara em algum lugar. Amanhã de manhã, você provavelmente vai ter colocado ele na estátua do parque de Boston Common, sentado no cavalo junto com o George Washington…

– *Corvo* – diz Rowan, e as mãos dele transmitem um calor repentino ao meu rosto. Os olhos alternam entre os meus, e embora ele esteja se divertindo, posso ver que está um pouco preocupado também. – Embora eu ache uma graça essa sua paranoia e vá guardar essa ideia do George Washington pra outra hora, você tá viajando.

Ele dá um beijo na minha testa e se afasta, me encarando com um olhar sério. Parece chegar a alguma conclusão quando um longo suspiro passa por seus lábios.

– É por causa do casamento? – pergunta ele.

O casamento.

Toda vez que penso nisso, minha frequência cardíaca dispara. O cômodo parece se fechar, como se todo o ar tivesse sido aspirado e não sobrasse nada para mim. Não é a ideia de me casar com Rowan que me incomoda. Ele é meu melhor amigo. Eu amo Rowan mais do que qualquer coisa. É a enormidade da tarefa que mal começamos desde que ele me pediu em casamento seis semanas atrás, e principalmente a presença de convidados. Dois em particular. Será que convido meus pais? Eles se dariam ao trabalho de vir? Se eu não chamar, será que vai pegar mal quando o Rowan, que conhece metade da cidade, quiser chamar um grupo enorme de amigos? Eles têm sido muito gentis comigo, mas não vão achar estranho eu só convidar Lark e talvez a família dela, e mais ninguém? Não vai parecer estranho? Será que *eu* não vou parecer estranha?

– Sloane? É esse o problema? – pressiona Rowan, com uma voz suave.

– Não... – minto, embora odeie mentir para Rowan sobre como me sinto.

Mas não quero que ele pense nada de errado, que estou mudando de ideia ou algo assim. Além disso, ainda estou convencida de que ele está tramando *alguma coisa*.

– Você acha que o casamento *poderia* ter algo a ver com isso? – pergunta ele.

Eu balanço a cabeça.

– O que eu acho é o seguinte – diz Rowan, colocando as mãos na bancada, uma de cada lado dos meus quadris, me cercando. – Acho que você tá estressada com a ideia de planejar tudo. Está colocando muita pressão em si mesma. E agora tá vendo problema onde não tem.

– Mas você é sempre problema. Então talvez eu esteja vendo tudo com bastante clareza.

O sorriso de Rowan se torna malicioso.

– Eu sou um problema *encantador*. Quanto ao truque, como eu disse, meus planos são bastante objetivos. Foder minha noiva. Fazer ela gozar. Mandar ela pro spa onde vai passar férias com uns chupões em seus seios lindos.

– Chupões? Sério?

Não posso deixar de rir quando as mãos dele sobem por baixo da minha camiseta, puxando-a pelo meu corpo até que a tira e joga no chão. Os olhos de Rowan permanecem fixos nos meus peitos ao puxar os bojos de renda preta para baixo com um gemido de prazer.

– Com certeza – diz ele, brincando com um dos piercings, puxando de leve a pequena barra.

Mordo o lábio para conter um gemido, e os olhos de Rowan no mesmo instante se voltam para minha boca, fixando-se nela.

– Corvo... você não tá escondendo seus ruídos de mim, tá?

Engulo em seco.

– O Winston vai começar a rosnar.

Rowan pode rir, mas nós dois sabemos que é verdade. Winston passou a gostar de mim e tem usado isso como uma desculpa conveniente para atacar Rowan quando acha que estou correndo algum perigo mortal.

– Estou disposto a arriscar ganhar mais algumas cicatrizes na bunda

– diz Rowan, antes de dar uma mordida no meu pescoço que arranca um suspiro de meus lábios entreabertos. – Vou trancar o gato no banheiro se for preciso. Mas todos esses sons que você tenta esconder? Eles são *meus*.

Minhas mãos se enroscam no cabelo de Rowan enquanto ele beija meu pescoço e meu peito dando atenção ao mamilo. Ele gira a língua sobre cada curva e ângulo do piercing antes de segurá-lo entre os dentes para dar um puxão delicioso.

– Putz, eu gosto muito quando você faz isso – sibilo, enquanto os dedos dele brincam com o zíper da minha calça jeans.

Ele o puxa para baixo com uma lentidão agonizante, como se pudesse ouvir cada pensamento na minha cabeça que grita para ele ir mais rápido.

– Quando vi esses piercings marcando seu sutiã pela primeira vez no posto de gasolina, quase morri – diz Rowan, brincando com um dos pequenos corações, persuadindo meu mamilo a ficar firme. – Juro que fiquei de pau duro o caminho todo até a casa do Fionn.

Minha risada se transforma em um suspiro quando ele se inclina para chupar meu seio.

– Eu sei. Você não parava de se mexer no banco. Parecia estar sofrendo.

– Eu *estava* sofrendo. Precisava te tocar. – Ele dá um beijo no meu pescoço e pressiona o corpo contra o meu. – Precisava saber tudo sobre esses coraçõezinhos. E pensar que eu nem sabia dos outros enfeites.

Sorrio quando Rowan morde o lóbulo da minha orelha.

– Eu achava que você ia gostar dos piercings nos mamilos. Você passou bastante tempo olhando pros meus peitos na lanchonete. Foi até fofo o tamanho do seu esforço pra não ficar olhando.

Rowan geme em meu pescoço e se afasta para me encarar.

– Corvo, eu tenho que te perguntar uma coisa.

– Tá…

– Você colocou os corações pra mim?

O rubor rasteja sob minha pele, e os olhos de Rowan descem até minhas bochechas.

– Mais ou menos, talvez.

Ele passa a mão pelo rosto e apoia a testa no meu ombro.

– Eu te amo tanto que dói na carne – diz ele, e eu dou risada. Quando Rowan se endireita, ele me puxa para fora da bancada e me coloca de pé.

– Tenho uma coisa pra você também. Estava guardando pra uma ocasião especial. Tira a roupa e fica bem aí.

– O que você tá...

– Só confia em mim – responde ele por cima do ombro, seguindo pelo corredor até o quarto.

Começo a me despir, o rosnado de Winston precedendo o som da porta do banheiro se fechando. Então, alguns segundos depois, Rowan aparece do corredor mal iluminado, vindo em minha direção com um vibrador roxo novinho e um frasco de lubrificante.

... um vibrador roxo combinando com a roupa dele. Um macacão de dragão.

– Rowan Kane, que *porra é essa*? – pergunto enquanto gargalho em descrença.

– Eu não sou o Rowan. Sou o Sol – diz ele com um rosnado, se aproximando.

Seu olhar voraz se fixa em mim e não me solta. Dou um passo para trás e depois outro, e cada risada que deixo escapar apenas alimenta a voracidade em seus olhos.

– E vou acasalar com você, pequena humana.

Ele avança na minha direção e eu corro ao redor da ilha, gritando e escapando dele por pouco.

– Você é tão esquisito!

– Pode tentar fugir o quanto quiser, minha pequena humana. Vou te pegar mesmo assim.

Dou risada, mantendo a ilha entre nós, e vou até a ponta mais próxima do corredor, na esperança de conseguir escapar em direção ao quarto.

– Por que você tá vestido assim?

– Um homem dragão dotado de consciência não sabe por que é um dragão falante. Só que deve fazer dragõezinhos com seus dois paus. – Rowan tenta não sorrir quando eu rio loucamente. – *Corra*, humana.

Dou um gritinho e saio em disparada para o corredor, mas não dou mais de dez passos antes que ele me alcance. Rowan me levanta do chão e me segura nos braços como se não fizesse nenhum esforço.

– Pra um dragão, você não é muito escamoso, *Sol*. Vou é ser comida por um coelho de pelúcia.

Rowan dá uma risada e me joga na cama.

– Um coelho parcialmente assado nesse ritmo. Esse tecido é horrível.

– Então tira, seu esquisito.

– Nem pensar. Estou comprometido com o papel, Corvo. – Ele dá uma tossidinha e retoma sua personificação de dragão quando diz: – De quatro, pequena humana.

Faço o que ele diz, rindo o tempo todo e me curvando. Mas a risada se dissolve em um gemido alto quando ele mergulha seu pau na minha boceta com uma única estocada.

– Puta merda, Sloane. Sempre encharcada pra mim, toda vez – diz Rowan, deslizando para fora e metendo outra vez, o tecido macio pressionando minhas nádegas toda vez que ele chega ao fundo.

– Você tá mesmo fazendo isso – digo olhando para trás, e sorrio. O cabelo dele já está grudado na testa úmida sob o capuz, onde estão costurados dois chifres laranja. – Você tá me fodendo com uma roupa de dragão de pelúcia não respirável.

– Com certeza! – grita ele, sem interromper a cadência das estocadas, agarrando minha cintura com uma mão e abrindo o frasco de lubrificante com a outra. Observo-o derramar o líquido espesso na minha bunda. – E vou preencher essa sua bocetinha perfeita e depois esse buraquinho apertado antes de desmaiar de exaustão por conta do calor.

Dou uma risada e apoio a cabeça no braço, levantando mais a bunda enquanto ele esfrega o brinquedo no lubrificante escorregadio e depois o pressiona contra o cu. Com uma inspiração profunda e um pequeno empurrão no brinquedo, ele atravessa a resistência.

– Ai, meu *Deus*! – exclamo com um gemido contra os lençóis enquanto ele mete mais fundo, devagar, centímetro por centímetro.

Cada estocada em minha boceta é lenta e profunda, enquanto ele guia o vibrador até que eu esteja preenchida, até eu sentir que não vou conseguir aguentar mais.

Então ele liga o vibrador.

Nós dois paramos, como se qualquer movimento que fizéssemos fosse nos levar ao limite antes de estarmos prontos para respirar fundo e mergulhar. Rowan sibila uma série de palavrões e tento relaxar, mas isso se torna impossível quando ele começa a retomar o ritmo, metendo de forma lenta e lânguida. Sua cadência fica mais rápida, as estocadas mais profundas. Ele aumenta o nível de vibração do brinquedo e então não está apenas me fodendo. Está *se apossando* de mim, como ninguém mais conseguiria. Ele agarra meu peito com uma mão, meu quadril com a outra, e penetra em mim com uma necessidade carnal e impiedosa.

– Se masturba – diz ele. – Goza pra mim. Grita meu nome, Sloane. Deixa eu ouvir como acabo com você.

Eu faço tudo que ele pede.

Levo meus dedos ao clitóris, escorregadios de excitação e lubrificante, e toco meu piercing triangular, repetindo o nome de Rowan. Uma onda de eletricidade inunda minha pele, como se toda a energia do meu corpo fosse desviada dos meus membros até explodir no meu âmago. Minha boceta se contrai em torno da ereção de Rowan, e eu desmorono quando um grunhido se liberta do peito dele. Rowan tira o brinquedo do meu cu e mete o pau até o fundo, estremecendo, despejando o restante de seu gozo no calor apertado.

– Puta merda – sussurra ele quando recupera o fôlego e lentamente sai de dentro de mim. Depois, mantém as mãos na minha pele, afastando minhas nádegas para poder ver o esperma escorrer livremente. – Achei que poderia dar outra, mas primeiro preciso de umas seis garrafas de Gatorade.

– Talvez a gente devesse usar a fantasia de mágico da próxima vez.

– Você vai ser a mágica, eu vou ser o pombo.

– Você é muito esquisito.

– Mas você me ama – diz Rowan, descendo da cama para tirar a fantasia de dragão, com o corpo escorregadio de suor.

– Amo, sim.

Rowan sorri e se inclina para beijar minha testa antes de ir ao banheiro para soltar Winston e voltar com uma toalha úmida. Winston sibila e dá uma patada na panturrilha nua de Rowan em retribuição, que consegue se esquivar do felino perpetuamente descontente antes de subir de volta na cama para limpar minha pele com gestos cheios de reverência.

– Tá animada pra viajar no fim de semana? – pergunta ele, seu olhar preso no movimento de sua mão enquanto passa a toalha na parte interna da minha coxa.

– Tô, vai ser divertido. Mas vou sentir sua falta.

Rowan sorri e lança um olhar rápido para encontrar o meu.

– Você vai sentir falta do meu cosplay de dragão. Admite.

Dou um sorriso e coloco a mão em volta de sua nuca para atrair seus lábios aos meus. O beijo persiste, doce e lento, até que me afasto para admitir:

– Talvez eu sinta falta disso também.

– Eu sabia – diz ele com um sorriso, recuando e estendendo a mão para me ajudar a sair da cama.

Não tenho muito tempo para tomar banho e colocar meus últimos pertences na mala até que Lark me liga para avisar que está esperando lá embaixo, na rua. Rowan me envolve em um abraço apertado e enche meu rosto de beijos antes de me empurrar porta afora com instruções para não ser comida por um tubarão, apesar dos meus protestos de que é início de outubro e de que não tenho intenção de entrar nas águas geladas de Cape Cod. Em seguida, desço correndo as escadas do antigo prédio de tijolos, sendo saudada pela luz do sol e pelo sorriso ainda mais radiante de Lark.

Em vinte minutos, buscamos Anna e estamos a caminho da Pousada Leytonstone, um hotel spa boutique com vista para a praia de Newcomb Hollow. Demoramos pouco mais de duas horas para chegar à pousada, e conseguimos evitar o trânsito da hora do rush de quinta-feira à tarde, chegando bem a tempo para jantar e tomar algumas taças de vinho antes de capotarmos em nossos quartos. Lark, como é bem a cara dela, já tem um passeio planejado para a primeira hora da manhã, uma caminhada panorâmica ao nascer do sol ao longo das falésias antes de voltarmos ao hotel para almoçar e fazer ioga à tarde, algo em que sou péssima. Surpreendentemente, Anna é ainda pior, e passamos a maior parte do tempo tentando nos controlar e não atrapalhar o foco de Lark. Passamos a noite comendo, bebendo e rindo. Rindo muito mais do que já imaginei ser capaz.

Sábado é dia de spa completo, muito mais meu estilo do que ioga. Tudo começa com uma sessão de sauna. Tratamentos faciais. Uma esfoliação de corpo inteiro. E, antes do almoço, sessão de massagem com as meninas em um salão com vista para a praia.

– Você deveria voltar aqui antes do casamento – diz Lark enquanto a massagista trabalha em meu ombro, onde a musculatura ainda está tensa por conta do episódio na casa de Harvey, no Texas. – Relaxar todos os músculos.

Anna bufa.

– Trabalhar durante a noite, soltar durante a manhã.

– Macacão de dragão – dizemos eu e Lark juntas, com uma rodada de risadas.

– Vocês já escolheram o local do casamento? – pergunta Anna, sua voz abafada por conta do rosto pressionado no buraco da maca de massagem.

– Ainda não.

– Aqui pode ser uma boa opção. Agradável e tranquilo. Calmo.

– Seu vestido também combina com a vibe – interrompe Lark.

Assim que contei a ela que Rowan havia me pedido em casamento, ela me arrastou até a casa de sua tia Ethel para reivindicar o que anunciou ser um "vestido para tetas de ouro". E estava certa. O vestido de renda vintage de Ethel tinha sido cuidadosamente guardado em sua enorme casa que mais parece um museu e estava em condições quase perfeitas. A própria Ethel fez os pequenos reparos e ajustes em dois dias, mas antes disso a peça já se adequava a cada curva do meu corpo como se tivesse sido feita para mim.

– É verdade – respondo. – Acho que você tem razão. Eu gosto mesmo daqui.

Lark sente a hesitação nas últimas palavras.

– Mas...?

– Mas a lista de convidados está me estressando de verdade. E, tipo, todas as outras merdas. Flores e música e *blá-blá-blá*. E se meus pais vierem, eles são tão exigentes, sabe? Não sei se tudo se adequaria ao gosto deles.

– Mas se adequaria *ao seu*?

Sim, muito. A ideia de algo íntimo e pequeno em uma pousada boutique confortável na praia parece perfeita. Mas sempre que lembro como Rowan brilhava como uma estrela no baile dos Melhores de Boston, rodeado de amigos e conhecidos, dúvidas vêm à tona. Talvez ele prefira algo maior, algo grandioso. Talvez ele não queira algo pequeno e íntimo.

Não respondo Lark enquanto esses pensamentos passam pela minha cabeça.

– Já volto, meninas – diz Anna, depois de ficarmos em um silêncio prolongado. – Preciso de uma pausa rápida pra ir ao banheiro.

– Ah, eu também, vou com você – diz Lark.

Não me movo quando elas saem e a porta se fecha com um estalido silencioso, absorta demais na sensação dos músculos tensos finalmente se liberando sob o toque experiente da massagista.

– Vou só pegar mais óleo – diz ela depois de alguns minutos trabalhando em silêncio no meu ombro esquerdo.

Murmuro um agradecimento descontraído e, depois de ouvi-la mexer e vasculhar a sala atrás de mim, ela volta para retomar o trabalho nas minhas costas.

– A pressão está boa? – diz uma voz.

Uma voz familiar. Uma que definitivamente *não é* da minha massagista.

Dou um grito e rolo para fora da maca, a toalha agarrada ao corpo enquanto fico cara a cara com minha não massagista.

Rowan Kane.

– *Que porra é essa?*

– Oi, Corvo.

Olho para ele, boquiaberta, antes de lançar um olhar cauteloso ao redor da sala. As massoterapeutas se foram. Minhas amigas estão obviamente envolvidas no que quer que esteja acontecendo. Somos só eu e o irlandês sorridente, gostoso até dizer chega em uma jaqueta de couro, o capacete de motociclista na maca onde Lark estava alguns minutos atrás.

– O que você tá fazendo aqui? – pergunto.

Com um pulo, Rowan se senta na maca ao lado do capacete, esfregando a barba por fazer no queixo. Ele olha para as janelas, tentando e não conseguindo esconder a alegria nos olhos. Um dar de ombros sem jeito é sua primeira resposta enquanto mantém a atenção voltada para o mar.

– Não sei, só achei que talvez você fosse gostar de se casar neste fim de semana. Me pareceu um lugar legal.

As palavras se recusam a passar do meu cérebro para a língua. Apenas estas conseguem:

– Como é que…?

– Sabe, aquela cerimônia em que fazemos votos e trocamos alianças, e você vai estar uma gata em um vestido lindo e eu todo elegante em um terno chique. Depois a gente come bolo, dança um pouco e se diverte, aí aposta se Lark e Lachlan vão ficar juntos, voltamos pro nosso quarto pra fazer um sexo pós-casamento alucinante, e depois você vai ficar comigo pra sempre. Esse tipo de coisa.

– *O quê...?*

Uma dor repentina sufoca minha garganta quando as peças começam a se encaixar. Ele organizou toda essa história de spa com a Lark como presente de noivado. Quando perguntei a ele sobre seu horário de trabalho no fim de semana, ele meio que fugiu do assunto, embora eu não tenha pensado muito nisso na época. Depois houve toda aquela sensação persistente de que ele estava tramando alguma coisa.

– Truque.

– Mais ou menos, talvez.

– Mas você disse que eu tava viajando.

– Você tava.

– Disse que tava só planejando transar comigo.

– E isso não foi nenhuma mentira.

– Então que porra é essa?

– Um truquezinho extra, lógico. Tirando o pombo.

Tenho tantas perguntas que elas parecem causar um curto-circuito total em meu cérebro. Tudo que consigo fazer é balançar a cabeça e tentar engolir o aperto ardente que se fecha em volta da minha garganta. E Rowan pode ver isso. Seus olhos se suavizam ao percorrerem meu rosto.

Ele desce da maca e chega mais perto como se estivesse se aproximando de uma criatura selvagem, movendo-se com passos cuidadosos e lentos até conseguir agarrar meus cotovelos, que mantêm a toalha apertada contra o peito.

– Amor – diz ele com um leve sorriso. – Eu sei que você tá pirando um pouco com toda a parte do planejamento, então pensei que se fizéssemos isso, aqui e agora, não precisaríamos complicar demais as coisas. Fazemos do jeito que queremos, com nossos amigos mais próximos e familiares e *pronto*. Mais ninguém. Algo pequeno. Se você quiser, tá tudo pronto. Se não, tudo bem também.

Minha voz soa baixa quando pergunto:

– O vestido tá aqui?

– Aham.

– E quanto a Fionn, e Lachlan, e...

– E Rose, e a tia Ethel, alguém pra cuidar do cabelo e da maquiagem, e tudo mais de que precisamos, tá tudo pronto.

– Mas quem…

– O Conor pode fazer a cerimônia. O Lachlan pode te levar até o altar. Ele disse que ficaria honrado em escoltar a Dona Aranha.

Meus olhos se enchem de lágrimas. Mordo o lábio para evitar que ele trema, mas é impossível quando Rowan o traça com o polegar, puxando-o para fora da pressão dos meus dentes.

– O tempo vai estar perfeito. Podemos fazer o casamento durante o nascer do sol, se você quiser. Bem perto da água. Ou podemos fazer outro dia. Planejar de outra maneira. Eu só pensei…

O olhar de Rowan desvia do meu, como se ele não conseguisse manter contato visual. Ele se move, inquieto. Franze o nariz. Quando seus olhos voltam a encontrar os meus, estão brilhando.

– Eu só quero me casar com você. Quero fazer isso sem você se torturar com o que os outros querem. Eu só me importo com nós dois.

Este homem. Às vezes parece que ele nunca vai parar de expandir meu coração para caber mais dele dentro.

As feições de Rowan ficam nebulosas do outro lado da película aquosa que cobre o mundo quando pisco.

– Sério?

O primeiro sinal de esperança e alívio surge na expressão de Rowan.

– Sim, Corvo. Sério. Mas só se você quiser mesmo.

Nem deixo Rowan terminar a frase e mergulho em um abraço desesperado.

– Quero – sussurro. – Quero, sim.

– Ah, porra, ainda bem – diz, apoiando o queixo no meu ombro e me envolvendo em seus braços. – Eu estava tendo outro momento de dúvida do tipo "anel no buraco do olho". *Tem certeza?*

Assinto contra o peito dele.

– Certeza absoluta?

– *Rowan…*

– Tá bem, ótimo. Sendo assim, eu preciso ir.

Em um movimento rápido, Rowan me solta para pegar seu capacete e caminhar em direção à porta.

– Como assim? – pergunto.

– Dá azar os noivos se verem na véspera do casamento – diz ele, me lançando um sorriso atrevido quando para na soleira. – Amo você, docinho. A gente se vê amanhã.

A porta é fechada antes mesmo que eu consiga sair do lugar no meio da sala, mas ainda digo:

– *Eu vou cortar suas bolas.*

– Ameaças vazias – responde ele, enquanto seus passos se afastam pelo corredor.

Quando Anna e Lark voltam com champanhe, sorrisos e risadinhas bobas, sinto como se tivesse sido atingida por um furacão.

E esse sentimento permanece comigo durante todo o resto do dia, a noite e até a manhã seguinte. Como se eu estivesse presa em uma tempestade. E é assustador, mas talvez emocionante também. Como se eu mal pudesse esperar para ver como será o outro lado, como o mundo poderá mudar depois disso. Talvez eu seja levada pelos ventos e aterrisse em algum lugar novo, em algum lugar onde nunca esperei estar.

Conforme os minutos passam, meu cabelo e maquiagem são feitos e o vestido é colocado, a tempestade se concentra nas profundezas do meu coração e vive lá dentro em cada batida quando pego o braço que Lachlan me oferece e espero ao lado dele até que as portas se abram. Assim que isso acontecer, caminharemos até o deque banhado pela luz da manhã. Seguiremos pelo caminho de pedra até onde Rowan espera na falésia com vista para o mar, e então vou me casar com meu melhor amigo. O amor da minha vida.

Lachlan mantém minha mão pressionada à lateral de seu corpo de uma maneira que faz meu coração doer. Ele acena com a cabeça em direção às portas à nossa frente.

– Tem certeza de que quer se casar com aquele mané? Se fizer isso, não vai ter mais como escapar dele.

– Ninguém nunca escapou de Rowan Kane. Eu ia odiar que isso acontecesse – digo, sorrindo para Lachlan.

Lachlan solta um murmúrio baixo e pensativo. Seus olhos azul-escuros parecem um pouco mais claros que o normal. Um pouco mais suaves.

– Você é uma pessoa legal, Dona Aranha.

– Você também não é tão ruim assim. Na maioria das vezes, pelo menos – respondo enquanto volto a atenção para a frente. – Mas é meio babaca com a minha melhor amiga.

– *Puta merda*. Eu ajudei ela a se *mudar*. Já viu o tamanho do sofá dela? Você disse que ela não tinha muita coisa...

– Mesmo assim, um babaca. Dá um jeito nisso.

Lachlan bufa e se remexe, inquieto.

– Pra uma assassina em série metódica e reclusa, você é bem insolente.

– É o dia do meu casamento. Vou aproveitar, o que acha? Mandar nos meus cunhados, me casar com o Açougueiro de Boston, comer bolo. Parece ótimo, na verdade. Então sim. Você precisa dançar com a Lark. Ordens da noiva.

– Então espero que aproveite enquanto eu odiar cada minuto disso.

– Lachlan Kane, você é igualzinho ao seu irmão – digo, lançando um sorriso radiante e letal para ele. – Sempre me ameaçando com diversão.

Lachlan bufa, mas desvia o olhar um pouco devagar demais para esconder o brilhozinho de alegria nos olhos.

– Pode deixar, Dona Aranha... Você que manda.

A música começa. As portas se abrem. A outra mão de Lachlan repousa sobre a minha.

Inspiro fundo.

E então deixo as sombras em direção ao sol.

AGRADECIMENTOS

Obrigada por dedicar seu tempo a esta jornada alucinante com Rowan e Sloane. Espero que tenha gostado dessa aventura desvairada. Foi uma alegria imensa escrever essa história, e me diverti muito dando vida a esses personagens. Espero que essa alegria tenha transbordado das páginas até você.

Muito obrigada a Najla e à equipe da Qamber Designs, que criaram as capas impressionantes para os três livros desta série. Foi um enorme prazer trabalhar com todos, que fizeram um trabalho incrível dando vida à essência dessas histórias!

Muitíssimo obrigada aos incríveis leitores que receberam cópias antecipadas de *Cutelo & Corvo*, por dedicarem seu tempo a embarcar nesta jornada com Rowan e Sloane. É muito importante para mim que vocês queiram se envolver e fazer parte da vida desta história conforme ela cresce mais e mais. Eu não tinha mesmo ideia de onde isso pararia e está sendo uma alegria. Espero que tenham gostado do passeio.

Agradecimentos ainda mais especiais a Arley, que é sempre o primeiro com quem compartilho os primeiros capítulos e cujo feedback transformou *Cutelo & Corvo* em uma história melhor. Arley, você realmente me ajudou a encontrar o equilíbrio que eu esperava alcançar, obrigada!

Obrigada também a Trisha, que nunca deixou de me apoiar e me animar. Isso foi muito importante para mim. Sua disposição em compartilhar conselhos e orientações me ajudou a seguir em frente, mesmo nos primeiros dias, quando eu pensava "Que porra de história é essa?!". Obrigada! Faça um favor para si e confira os trabalhos de Trisha, se ainda não fez isso (recomendo começar com *Lovely Bad Things*!)

A Jess, por ter sido uma das primeiras entusiastas de Rowan e Sloane, e por sempre se preocupar comigo. Você sempre parece chegar quando eu mais preciso do seu pequeno impulso solar. Jess, sua energia tranquilizadora e seu apoio inabalável significam muito para mim!

E à minha amiga Lauren, que me ajudou a tirar *o máximo* proveito de David. Quando eu pensei, "será que esse cara lobotomizado é um pouco demais?", Lauren ficou, tipo, "de jeito nenhum", hahaha. Este pote de sorvete *cookies and cream* é para você, sua piranha gostosa. Por favor, dê uma olhada nos romances sombrios escritos por Lauren sobre pegar carona, começando com *Hitched*! E, Lauren, onde é que está o meu cara do vagão?!

Por último, mas com certeza não menos importante, aos meus incríveis meninos, meu marido Daniel e meu filho Hayden, que me ajudam a arranjar tempo para que eu possa escrever, que me trazem café e smoothies e que me dão os melhores abraços. Eu amo vocês, meus meninos. (Hayden, não se atreva a ler isso, estou falando com o universo.)

Leia a seguir um trecho do próximo livro
da Trilogia Morrendo de Amor

Couro e Rouxinol

PRÓLOGO

FAÍSCA
LARK

—Essas são as consequências dos seus atos, queridinho – digo, desenrolando o pavio dos fogos de artifício presos entre as coxas de Andrew.

Os gritos dele atingem um nível febril contra a fita colada em sua boca.

Olhando para mim, ninguém jamais imaginaria isso, mas é verdade... adoro o som do tormento dele.

Andrew soluça e se debate na cadeira. Abro um sorriso radiante e continuo recuando pelo descampado em direção às árvores, perto o suficiente para ver o medo em seus olhos, longe o bastante para estar protegida por troncos grossos ao deixá-lo sozinho na clareira. Seus gritos abafados são desesperados. A respiração acelerada faz o ar sair de seu nariz em nuvens de vapor que se estendem em direção ao céu estrelado.

– Sabe por que você tá aí com fogos de artifício amarrados no pau e eu aqui do outro lado do pavio? – grito.

Ele balança a cabeça e depois assente, como se não conseguisse decidir qual resposta vai acabar com essa tortura. A verdade é que não importa a resposta que ele dê.

– Se eu arrancasse a fita da sua boca, você provavelmente me diria que *sente muito mesmo* por comer a Savannah na nossa cama enquanto eu estava fora, não é?

Ele balança a cabeça descontroladamente, suas baboseiras previsíveis presas na fita em sua boca. *Desculpa, eu sinto muito, muito mesmo, nunca mais vou fazer isso, te amo, juro...* blá-blá-blá.

– Na verdade, não é bem por isso que a gente tá aqui.

Andrew fica me encarando, piscando os olhos, tentando decifrar o que quero dizer enquanto meu sorriso se torna feroz, e, quando isso acontece, o verdadeiro pânico se instala. Talvez sejam minhas palavras, ou talvez seja o brilho de prazer nos meus olhos. Talvez seja a maneira como o observo sem piscar. Ou talvez seja a risada que dou quando meu polegar risca o isqueiro que tenho na mão. Talvez sejam todas essas coisas combinadas que façam ele se mijar. A urina brilha em riachos iluminados pela lua, escorrendo por suas pernas nuas e trêmulas.

– Isso mesmo, queridinho. Eu conheço os seus segredos. *Todos eles.*

Meus olhos permanecem fixos nos de Andrew enquanto lentamente aproximo a chama do pavio.

– Merda, quase esqueci – digo, deixando a chama se apagar.

O corpo de Andrew cede de esperança e alívio.

Esperança. Que gracinha.

Acho que não posso ser tão severa com ele. Um dia, também tive esperança. Esperança em *nós*.

Mas fui ingênua ao pensar que Andrew era o homem certo para mim, com seu jeito de bad boy. As duas tatuagens bem posicionadas eram muito sexy. O cabelo sempre desgrenhado dava um ar de *não tô nem aí*. Até mesmo sua incapacidade de manter um emprego parecia descolada, embora eu não saiba por quê. De alguma maneira, eu me convenci de que ele era um rebelde de verdade.

Só que aí ele trepou com nossa amiga Savannah enquanto eu estava fora da cidade, e eu me dei conta de que ele não é um rebelde.

Ele é um mané.

E não apenas isso. Depois que descobri que ele havia me traído, peguei o celular dele e descobri que o tempo todo eu estava muito equivocada sobre o cara que eu chamava de namorado. Encontrei mensagens para garotas, algumas delas jovens demais para saber que não deveriam confiar em um baterista gostoso que dizia que elas eram lindas e lhe prometia toda a atenção do mundo. Encontrei mais do que apenas um bad boy.

Encontrei um predador.

Alguém que havia conseguido se infiltrar nas minhas defesas. E, anos atrás, prometi a mim mesma uma coisa:

Nunca mais.

Ao erguer os olhos para o céu noturno, não é Andrew que vejo. Não são nem lembranças da raiva e do nojo que senti quando vasculhei o celular dele. É uma memória das torres de pedra cinzenta do prestigiado Ashborne Collegiate Institute, com pontas cobertas de cobre apontando para as estrelas. Mesmo agora, anos depois, ainda consigo evocar a sensação de pavor que se escondia por trás de cada respiração minha dentro daquele lugar. Era um palácio de salas escuras e segredos repugnantes. Um castelo de arrependimento.

Predadores como Andrew abarrotam nosso belo planeta como uma maldita invasão de gafanhotos. Às vezes, parece que nenhum lugar está livre da infestação, mesmo fortalezas que deveriam ser sagradas, como o Ashborne Institute. Bonito e grandioso. Isolado. *Seguro.* Tal como na natureza, as coisas mais belas são muitas vezes as mais venenosas.

E o Sr. Laurent Verdon, o diretor do Departamento de Artes do Ashborne Institute? Bem, ele fez promessas muito bonitas.

O arrependimento toma conta de mim. Arrependimento pela morte do Sr. Verdon. Mas não da forma que se imagina.

Eu *deveria tê-lo matado.*

E agora minha melhor amiga Sloane vai passar o resto da vida carregando esse fardo e suas consequências nos ombros.

Vejo manchas brilhantes de luz branca ao fechar os olhos, cada vez com mais força. Quando os abro de novo, o passado está outra vez guardado em segurança. Naquela época, eu não tinha poder. Mas agora é diferente.

Predadores podem fazer belas promessas, mas a minha é simples e direta.

Nunca.

Mais.

Pode não ser tão bela, mas dou o meu melhor para cumprir minha promessa de forma *espetacular.*

Respiro profundamente o ar puro de outono. Então sorrio para Andrew e vasculho minha bolsa até encontrar o alto-falante portátil e conectar meu celular.

– Um climinha é tão importante nessa hora, não acha? – pergunto, colocando "Firework", de Katy Perry, para tocar no volume máximo.

Previsível? Sim. Perfeito? Também.

Canto junto e não me preocupo em disfarçar meu largo sorriso. Pode não haver nenhuma chance para Andrew, como Katy sugere, mas ele definitivamente vai sentir uma faísca por dentro.

– Bom, acho que chegou a hora de começar o show. E você sabe o que fez. Eu também. Nós dois sabemos que não posso deixar você se safar. Como eu disse, gato – digo, em meio à música com um dar de ombros. – Consequências.

Acendo o pavio ao som do desespero renovado de Andrew.

– *Ciao*, queridinho. Foi… sei lá – grito por cima do ombro, entrando na floresta para ficar em segurança.

Os gritos de Andrew criam uma harmonia agradável com o crescendo da música e a percussão dos fogos de artifício que estalam e explodem na noite. Seu sofrimento é um grande espetáculo de faíscas coloridas, uma salva de luzes brilhantes e sons estrondosos. Para falar a verdade, é uma morte mais majestosa do que ele merece. Todo mundo deveria ter essa sorte.

É absolutamente magnífico.

Nem sei dizer quando os lamentos de Andrew param, não depois que os rojões começam a explodir. Essas coisas são *barulhentas*.

Quando a erupção cessa e as últimas faíscas são pouco mais que estrelas cadentes, entro na clareira. O cheiro de salitre, enxofre e carne chamuscada emana da forma enegrecida e fumegante no meio do descampado.

Com passos cuidadosos, vou até ele. Não sei dizer se ainda está respirando e não vou verificar seu pulso. De qualquer forma, não vai fazer diferença. Mesmo assim, observo por um bom tempo, a música ainda tocando ao fundo, onde deixei o alto-falante, na grama alta. Talvez eu esteja procurando por sinais de vida. Ou talvez esteja esperando que eu mesma dê sinais de vida. Uma pessoa normal sentiria culpa ou tristeza, não? Quer dizer, eu o amei por dois anos. Pelo menos, achava que sim. Mas o único arrependimento que sinto é de não ter enxergado o verdadeiro Andrew antes.

Até mesmo esse tom de remorso é embotado por um sentimento de realização. De alívio. É algo poderoso descobrir segredos e explodi-los provocando uma luz linda e brilhante. E mantive minha promessa. Ninguém mais sofre, exceto aqueles que merecem. Eu mesma me certifiquei disso. Se a alma de alguém vai ficar marcada por esta morte, que seja a minha.

Nunca mais.

Um gemido baixo atravessa a música. A princípio, não acredito, mas depois emerge novamente sob uma nuvem de fumaça.

– Minha nossa, gato – digo, logo depois de uma risada incrédula. Meu coração canta sob os ossos. – Não acredito que você ainda tá vivo.

Andrew não responde. Não sei se consegue me ouvir. Seus olhos estão fechados, a pele carbonizada e em carne viva, sangue escorrendo das bordas deformadas das queimaduras. Não tiro os olhos da névoa que sai de seus lábios entreabertos enquanto vasculho as profundezas da minha bolsa até encontrar o que procuro.

– Espero que tenha gostado do show. Foi belíssimo – digo, sacando a arma do coldre e pressionando o cano em sua testa. Outro gemido baixo escapa noite adentro. – Mas eu não trouxe fogos de artifício suficientes para um bis, então você vai ter que usar a imaginação.

Aperto o gatilho e, com uma explosão final, há um gafanhoto a menos no mundo.

E só consigo me sentir de uma maneira.

Absolutamente invencível.

1

SUBMERSO
LARK

— Não prende a respiração! – grito para o homem no carro que está afundando enquanto bate na janela e implora por misericórdia. – Escutou?

Acho que ele não me ouviu. Mas tudo bem. Apenas sorrio e aceno com uma mão, a arma apontada para ele com a outra, caso a janela se abra e ele consiga escapar.

Felizmente, a pressão da água que sobe torna sua fuga praticamente impossível e, em poucos instantes, o veículo fica submerso. Bolhas estouram na água escura conforme o carro desliza sob as ondas suaves do reservatório Scituate. Os faróis apontam para as estrelas, piscando, as conexões elétricas sucumbindo à inundação.

– *Merda.*

Isso não é bom.

Na verdade, é incrível. Mas também é um enorme pé no saco.

Mordo o lábio e observo até que as luzes se apagam e a superfície fica imóvel. Quando tenho certeza de que tudo permanecerá em silêncio, pego meu celular e abro a lista de contatos. Meu polegar paira sobre o número de Ethel. Era sempre para ela que eu ligava quando as coisas iam por água abaixo. Tudo bem, um carro-caixão no fundo de um lago talvez seja extrapolar um pouquinho a definição habitual de *ir por água abaixo*, mesmo que ainda fizesse diferença receber ajuda de Ethel.

Com um suspiro, seleciono o número logo acima do dela. Dois toques, e ele atende.

– Lark, minha rouxinol – cantarola meu padrasto do outro lado da linha.

Reviro os olhos e sorrio ao ouvi-lo me chamar do jeito que fazia quando eu era criança.

Meu tom cauteloso é o primeiro sinal de que pode haver algo de errado quando digo:

– Oi, papai.

– O que houve, meu amor? Tá tudo bem?

– Claro...

– Alguém vomitou no tapete? – pergunta ele.

Posso supor que ele tomou alguns drinques na própria festa de Halloween, uma vez que ainda não percebeu que não há nenhum baixo pesado nem vozes estridentes ao fundo do meu lado da linha.

– Vou pedir pra Margaret providenciar uns produtos pra você fazer a faxina logo de manhã. Não se preocupa com isso, meu bem.

Uma bolha final e contundente irrompe do lago como um ponto de exclamação.

– Humm, não é bem dessa faxina que eu preciso...

A ligação fica muda. Engulo em seco.

– Pai...? Você ainda tá aí?

Do outro lado da linha, uma porta se fecha ao fundo, abafando as risadas, as vozes e a música. Ouço a expiração instável do meu padrasto logo em seguida. Quase consigo visualizá-lo, provavelmente esfregando a testa em uma tentativa inútil de esfriar a cabeça.

– Lark, que porra é essa? Você tá bem?

– Tô, eu tô ótima – respondo, como se fosse apenas um pequeno inconveniente, apesar da camiseta enrolada e ensanguentada que pressiono contra o local na testa em que começa o cabelo, onde um corte profundo lateja.

Devo estar sorrindo feito uma lunática. A fantasia de Arlequina e as vinte camadas de maquiagem que estou usando provavelmente também não ajudam, então acho que há mais de um motivo para estar grata por não haver ninguém por perto.

– Eu mesma posso resolver se você me der o número.

– Onde você tá? A Sloane fez alguma coisa?

– Não, de jeito nenhum – digo com a voz firme, e meu sorriso desaparece no mesmo instante. Embora eu odeie que ele conclua logo que a culpa é da minha melhor amiga, engulo minha irritação em vez de liberá-la. – A

Sloane deve estar enfiada em casa com um livro indecente e aquele gato demoníaco. Vim passar o fim de semana fora. Não estou em Raleigh.

– Então onde você tá?

– Rhode Island.

– Puta merda.

Sei o que ele está pensando, que estou muito perto de casa para uma merda dessa natureza.

– Foi mal, mesmo. O carro só... – Busco as palavras certas para explicar, mas apenas uma vem à mente: – ... afundou.

– O *seu* carro?

– Não. O meu... – Olho para trás, para o meu Escalade, os faróis estilhaçados me encarando. – O meu já viu dias melhores.

– Lark...

– Pai, eu consigo resolver. Na verdade, só preciso do número da pessoa que faz a faxina. O ideal é que ela tenha um reboque. E, quem sabe, equipamento de mergulho.

A risada dele não tem nenhum humor.

– Você só pode estar de brincadeira.

– Em relação a quê?

– Tudo, espero.

– Bem – digo, me inclinando sobre as rochas para espiar a água –, talvez alguém que saiba mergulhar com snorkel já resolva. Não acho que seja *tão* fundo assim.

– Meu Deus do céu, Lark.

Um suspiro sofrido atravessa a linha. Odeio a sensação de decepcioná-lo. É como se ele estivesse bem ao meu lado com aquele olhar que já vi tantas vezes, aquele que diz que ele gostaria que eu pudesse me sair melhor na vida. Mas ele simplesmente não suporta a ideia de partir meu coração dizendo isso em voz alta.

– Tá bem – responde meu pai, por fim. – Vou te dar o número de uma empresa chamada Leviathan. Você vai precisar fornecer a eles o código da conta. Mas *não* diz o seu nome pra eles. Nem por telefone, nem quando chegarem. Eles podem ser profissionais, mas são pessoas perigosas, filha. Quero que você me mande mensagem a cada meia hora pra me avisar que está bem até chegar em casa, entendeu?

– Claro.

– E *nada* de nomes.

– Entendido. Obrigada, pai.

Um longo silêncio se estende entre nós antes que ele finalmente fale outra vez. Quem sabe ele queira dizer mais, chamar minha atenção, fazer algumas perguntas incômodas. Mas não faz nada isso.

– Te amo, filha. Toma cuidado.

– Pode deixar. Também te amo.

Assim que desligamos, recebo uma mensagem do meu padrasto com um número de telefone e um código de seis dígitos. Quando ligo, uma mulher educada e eficiente atende e anota os detalhes. Suas perguntas são diretas e minhas respostas são curtíssimas. *Você está machucada?* Não. *Quantos mortos?* Um. *Algum pedido especial para facilitar a limpeza?* Equipamento de mergulho.

Depois que ela me passa os termos, condições e detalhes de pagamento, desligo e volto para o meu Escalade, o sistema de arrefecimento funcionando sob o capô amassado. Eu poderia esperar dentro do veículo, onde está quente, mas não faço isso. Esse acidente vai afetar o meu sono, que já é péssimo, então não preciso sentar nos destroços e evocar mais pesadelos. Mesmo assim, valeu a pena encarar as consequências só para ver aquele predador de merda afundar no reservatório.

Mais um gafanhoto exterminado.

Quando uma amiga de Providence mencionou boatos a respeito de um professor pervertido na escola da irmã mais nova dela, não demorou muito para que o desgraçado mordesse a isca: minhas contas falsas nas redes sociais. Em pouco tempo, ele estava pedindo fotos e implorando um encontro com "Gemma", meu alter ego adolescente. E eu pensei: *porra, por que não? Posso ir pra minha cidade fazer uma visita, festejar o Halloween e me livrar de um verme.* Tecnicamente, acho que tive sucesso, embora na verdade não tivesse a intenção de atirar o Sr. Jamie Merrick na água. Eu queria forçá-lo a parar no acostamento da estrada e dar um tiro na cara dele, encontrar um troféu digno para levar comigo e depois deixá-lo lá feito o lixo que ele é. Infelizmente, ele percebeu que estava metido em confusão e quase escapou. Acho que acabei dando a ele uma pista com minha tentativa fracassada de atirar em um de seus pneus quando ele se recusou a encostar. Gargalhar feito uma louca enquanto sacudia a arma pela janela também não deve ter ajudado.

Pode parecer surpreendente, mas na verdade não é tão difícil se safar depois de atirar em alguém numa estrada deserta e ir embora. O problema é que é um pouco mais difícil cobrir os próprios rastros quando parte do seu carro está impressa no carro alheio.

Por outro lado, jogar o veículo daquele babaca no lago deu um toque mais teatral.

– Vai dar tudo certo no final – sussurro, usando uma moeda para afrouxar os parafusos da placa traseira.

A placa da frente é uma folha de metal amassada (catei do meio da estrada). Quando termino, pego meu casaco no Escalade e visto um moletom cinza por cima do shortinho minúsculo e da meia arrastão. Com a arma guardada em segurança dentro da bolsa, reúno a papelada dentro do porta-luvas antes de jogar a alça por cima do ombro e fechar a porta.

Por um instante, fico parada na encosta íngreme de pedras onde o carro de Jamie capotou, sendo catapultado para a vida após a morte. O rosto dele está nítido na minha mente, iluminado pelos faróis no instante anterior ao acidente. Olhos arregalados e apavorados. Cabelo loiro cacheado. A boca aberta em um grito silencioso. Ele estava aterrorizado. Sabia que estava prestes a morrer e não tinha ideia do porquê.

Será que eu deveria me sentir mal por isso? Porque não me sinto. Nem um pouco.

Pisco para afastar a fúria que ainda perdura em minhas veias e sorrio para a sepultura de água à frente.

– Às vezes, o carma precisa de uma forcinha extra, não acha, Sr. Merrick?

Com um suspiro de satisfação, caminho em direção à costa rochosa.

Mando uma mensagem para meu padrasto para que ele saiba que estou bem e programo um cronômetro para o envio da próxima mensagem. Depois, subo pelas rochas irregulares até encontrar um lugar fora de vista para quem vem da estrada. Com o capuz puxado sobre as tranças e o corpo dolorido por conta do acidente, eu me deito em uma das pedras de granito e olho para o céu, o lugar perfeito para esperar.

E é isso que faço.

Por quase três horas.

Durante este tempo, um veículo ou outro passa de vez em quando, embora não possam me ver nesse lugar, onde estou escondida nas sombras das pedras. Nenhum deles encosta para verificar o Escalade. Consegui estacioná-lo próximo à vala perpendicular ao lago antes que ele morresse por completo e, a menos que alguém passe prestando atenção nessa estrada pouco usada, é difícil ver o dano. Então, quando um carro antigo com motor barulhento se aproxima lentamente e para ao lado do meu SUV, noto no mesmo instante. Meu coração troveja sob meus ossos enquanto permaneço agachada entre as rochas para observar.

Meu celular vibra com uma mensagem de um remetente desconhecido.

Aqui.

– Curto e grosso – digo para mim mesma antes de me levantar.

Minha cabeça gira um pouco e minhas pernas ficam meio bambas no começo, mas consigo me recompor e me aproximar do carro.

O motor desliga. Seguro a bolsa junto ao corpo com uma mão dentro, as pontas dos dedos apoiadas no cabo gelado da arma.

Quando paro hesitante no meio da estrada, a porta se abre e um homem sai, o corpo musculoso coberto por uma roupa de mergulho preta. Uma máscara cobre seu rosto de modo que apenas seus olhos e boca fiquem visíveis. Sua constituição física é vigorosa, mas cada movimento é gracioso conforme se aproxima.

Minha mão aperta a arma.

– Código – diz ele entredentes.

Esfrego a cabeça e tento lembrar a sequência numérica que repeti para mim mesma diversas vezes desde que meu padrasto me passou. Com esse cara esquisito me encarando, levo um pouco mais de tempo para me lembrar do que provavelmente deveria.

– Quatro, nove, sete, zero, seis, dois.

Mal consigo ver os olhos do homem na noite sem luar, mas posso *senti-los* à medida que deslizam do meu rosto até os dedos dos pés e sobem de volta.

– Machucada – sussurra ele, como se estivesse tentando dar a impressão de que engoliu cascalho.

– O que…?

Ele se aproxima. Recuo, mas não dou mais de três passos antes que ele pegue meu pulso. Os pensamentos sobre minha arma evaporam quando a mão dele aquece minha pele fria, seu toque firme, mas gentil, enquanto ele acende uma lanterna e aponta para minha testa, onde começa pelo meu cabelo.

– Pontos. – É tudo o que diz.

– Ah… bem, não deu pra fazer isso na hora – respondo.

Dou um grunhido, como se fosse problema *meu* não ter costurado meu próprio ferimento na cabeça.

Puxo o braço, mas ele me segura. Minha tentativa de me libertar da sua mão também é inútil; ele apenas segura meu pulso com mais força antes de apontar a luz para o meu olho esquerdo, depois para o direito.

– Inconsciente? – pergunta ele.

Quando estreito os olhos e franzo o nariz em uma expressão confusa, ele bate na minha cabeça com a lanterna.

– Ai…

– Inconsciente? – repete ele com um tom de comando, embora sua voz seja pouco mais que um sussurro.

– Você tá querendo saber se eu desmaiei? Não.

– Enjoo?

– Um pouco.

– Concussão – declara ele com a voz áspera.

Ele solta meu pulso como se eu tivesse alguma doença contagiosa e então se vira, caminhando em direção ao cruzamento onde atropelei uma placa de PARE para atingir a lateral do carro de Jamie Merrick.

Sigo o homem enquanto ele mantém a luz apontada para o asfalto. Ele não me diz o que está procurando, mas presumo que sejam pedaços dos veículos deixados para trás em razão do impacto.

– Eu nunca tive uma concussão antes. Posso entrar em coma? – pergunto, tentando alcançá-lo, seguindo-o de perto.

– Não.

– Você acha que estou com algum sangramento cerebral?

– Não.

– Mas como você pode ter certeza? Você é médico?

– *Não.*

– Ah, que bom, porque seu trato com o paciente é péssimo.

O homem bufa, mas não se vira. Quando ele para de repente, quase dou de cara com suas costas. Estou tão perto que posso sentir o cheiro persistente de mar em sua roupa de mergulho. Não é preciso muito esforço para imaginar a vastidão dos músculos escondidos sob a fina camada de borracha sintética que nos separa. Será que eu deveria estar me perguntando se ele também surfa, ou como seria vê-lo tirar o traje molhado na praia? Provavelmente não. Mas estou.

Afasto dos meus pensamentos a imagem de seu corpo irritantemente atlético e me concentro no movimento lento da lanterna que ele carrega, a luz atravessando a estrada de uma vala a outra.

Ele aponta a luz para os pés e fica imóvel, como se tivesse sido enredado por um pensamento que o impede de sair do lugar.

E, quanto mais tempo fica ali, mais fácil é lembrar que ele é meio babaca.

Minha mente pode estar um pouco confusa e lerda agora, mas rapidamente me atenho aos fatos: esse cara é um babaca monossilábico que grunhiu um diagnóstico não qualificado, como se eu não tivesse nada com o que me preocupar.

Concussão, disse ele.

– E se...

– Bêbada? – pergunta ele, mal-humorado, ao se virar na minha direção.

Fico olhando para ele. A raiva se atiça no meu peito.

– Como é que é?

– *Bêbada*?

Ele se inclina para a frente. Nosso rosto está a centímetros um do outro. Minha fúria latente entra em erupção quando ele respira fundo pelo nariz.

Eu o empurro com as duas mãos. *Meu Deus*, é como tentar derrubar uma estátua de mármore. Ele se afasta de mim, mas apenas porque quer, não porque eu o obriguei.

– Não, não estou bêbada, seu babaca monossilábico. Não bebi nem uma gota de álcool.

Ele bufa.

– E aí? – falo. – Sentiu algum bafo quando estava colado na minha cara, cheirando meu hálito feito um psicopata de merda?

Ele bufa em resposta.

– Isso mesmo. Então, obrigada por sua opinião que ninguém pediu, ô cosplay de Batman – digo, apontando com desdém para seu macacão de neoprene –, mas jamais que eu iria beber e dirigir. Na verdade, não sou muito de beber.

Ele resmunga o que talvez seja apenas um grunhido de alívio.

– Certo.

– E quero que saiba que sou uma bêbada muito agradável. Não do tipo que provoca acidentes.

– Acidentes – grunhe ele, e embora seja apenas uma palavra, o sarcasmo em seu tom é inegável. Ele gesticula ao nosso redor com a lanterna. – Nenhuma freada.

Dou uma risada sarcástica.

– Freada... que tipo de freada?

Um suspiro frustrado sai dos lábios dele.

– Freadas. Marcas de pneu – vocifera ele, e dou uma tossidinha em uma tentativa fracassada de conter o riso. – Deve haver marcas de freada no local onde você tentou parar.

Dessa vez, não consigo me segurar: dou uma boa gargalhada. E mesmo que o cosplay de Batman esteja usando uma máscara, posso sentir seu olhar fixo em mim.

– Eu sei que você provavelmente vive numa caverna com o Alfred, mas isso é de um filme. *Chumbo grosso*. Freada. Sabe, aquele com o Simon Pegg e o Nick Frost...? O Timothy Dalton acaba empalado na torre da igreja da vila em miniatura, sabe? É muito engraçado.

Há um instante prolongado de silêncio.

– *Fala sério* – provoco. – A frase mais longa que você conseguiu pronunciar em sua performance sussurrante de cosplay de Batman é sobre freadas, e você espera que eu não dê risada?

– Ele não é muito de falar – diz outra voz no meio da noite.

Há um lampejo de movimento à minha direita. Antes mesmo que eu possa me virar, o braço do Batman envolve minha cintura, me puxando para trás dele. Minha bolsa cai no chão, e meu rosto bate na parede de tijolos revestida de neoprene que são as costas do Batman.

– *Filho da...*

– Abaixa a arma, cara. Sou eu – diz a nova voz, interrompendo a enxurrada de palavrões que eu estava prestes a lançar.

O cara novo ri, e o Batman me solta. Agora que minha cabeça parou de girar, entendo o que aconteceu. Como que por instinto, ele se colocou entre mim e o perigo, me mantendo fora de vista.

Olho por cima do ombro do Batman e vejo outro homem mascarado parado a poucos metros de distância. As mãos dele estão erguidas em sinal de rendição e a postura é indiferente, apesar da arma que meu protetor aponta para seu peito.

A *minha* arma.

– Seu babaca, isso é *meu* – falo. – Devolve.

O cosplay de Batman zomba quando bato em seu bíceps. Ele baixa a arma na lateral do corpo.

– Não – responde ele, e depois vai embora.

Ele me deixa no escuro e se aproxima do cara novo, minha bolsa descartada aos meus pés, o conteúdo do meu estojo de maquiagem espalhado pelo asfalto. Os dois homens falam em voz baixa, e ouço uma frase ou outra enquanto reúno meus pertences em meio à penumbra. *Rebocar o carro dela... O corpo está no lago... Provavelmente estava no celular. Só um acidente besta...*

Um acidente besta.

Minhas bochechas esquentam sob a camada de maquiagem branca. A vontade de responder com a verdade é tão forte que vem até a garganta, mas eu a engulo e me abaixo para recolher o conteúdo da minha bolsa derramada, enfiando tudo ali dentro e lançando olhares para os dois homens, mas eles não veem.

E realmente importaria se eu explicasse as coisas? Esses caras são *faxineiros* profissionais. Eles resolvem problemas para pessoas muito mais assustadoras e perigosas do que eu. Tenho certeza de que já viram de tudo, desde acidentes de verdade até tortura e tudo mais. Que mal faria se soubessem a verdade?

Mas não posso correr o risco de essa confissão impactar minha família. Eles podem não ser as pessoas mais íntegras e corretas, mas tenho um papel a desempenhar, e embora *agente do caos* possa ser adequado, *assassina* definitivamente não é.

Então abro um sorriso radiante, penduro a bolsa no ombro e vou até eles.

– Detesto interromper a reuniãozinha de sussurros dos super-heróis, mas provavelmente deveríamos colocar a mão na massa, não acham? Faltam quatro horas e 22 minutos para o sol nascer – digo, apontando a lanterna para meu relógio de pulso.

Quando ergo os olhos, o cara que acabou de chegar inclina a cabeça como se estivesse surpreso com a velocidade do meu cálculo. Provavelmente isso se justifica, dada a primeira impressão duvidosa. Quando desvio o olhar para o Batman, seus olhos são uma fenda estreita atrás da máscara. Mas endireito os ombros e levanto o queixo, me protegendo do julgamento dele.

– Então? Quanto mais cedo resolvermos isso, mais cedo nunca mais vamos nos ver.

– Por mim, tudo bem, Barbie Sem Noção – retruca meu Cavaleiro das Trevas de roupa de mergulho.

Percebo a cadência de um sotaque, apesar de sua tentativa de escondê-lo, mas não consigo identificar a origem.

– Não vá se afogar, Batman. O que Rhode Island faria sem suas habilidades exemplares de atendimento ao cliente e seus diagnósticos médicos cheios de empatia?

O cara que chegou por último bufa. Cruzo os braços e encaro o Batman, me envolvendo em uma disputa que parece durar seis anos. Ele por fim desvia o olhar e passa minha arma dentro do coldre para seu ajudante com instruções estritas de não me devolvê-la. Em seguida, ele se vira, irritado, e segue em direção ao carro para pegar seu equipamento de mergulho.

O novato e eu observamos em silêncio enquanto nosso companheiro rabugento verifica os tanques de oxigênio, transporta o equipamento até a margem, troca as botas por pés de pato e submerge na água escura.

– Eu sou o Conor – diz meu novo companheiro, sem tirar os olhos do lago enquanto estende a mão em minha direção.

– Barbie Fodona – respondo, aceitando o aperto de mão. – Também conhecida como Arlequina, só provisoriamente.

– Imaginei. Bacana a maquiagem.

– Obrigada. Não sei se seu amigo concorda. Ele é sempre tão babaca assim?

– Na maior parte do tempo. É, sim.

– Ótimo.

– Normalmente, ele é mais desses que gostam de irritar e atazanar as pessoas. Hoje ele tá sendo só mais um babaca mesmo.

– Ah, então ele tem várias facetas quanto à capacidade de ser babaca. Bom saber.

Conor ri e me passa a arma, mas a segura até que eu o encare.

– Não faça nenhuma burrice.

– Prometo.

– E se alguém arrumar confusão com você, atira – diz Conor.

Eu assinto, e ele solta a arma. Eu a puxo de suas mãos de forma lenta e cuidadosa. Com um olhar final e avaliador, ele se vira e se afasta pela estrada deserta.

– E se o seu amigo arrumar confusão comigo? – pergunto.

– Atira nele, sem dúvida. É só mirar no joelho. O resto ainda pode ser útil.

Sorrio e coloco a arma na bolsa, voltando minha atenção para o lago. Consigo ver o brilho suave de uma lanterna à prova d'água sob a superfície ondulante. Não demora muito para que o som de um motor se aproxime e um reboque pare ao lado do meu Escalade. Conor trabalha com eficiência para guinchá-lo e, assim que termina, dirige-se à margem para esperar seu companheiro. Pouco tempo depois, um corpo sobe à superfície, seguido pelo meu Cavaleiro das Trevas rabugento.

Meu coração dispara quando ele cospe a válvula do respirador e passa o braço ao redor do cadáver para trazê-lo até a margem. Eu me pego mexendo na alça da bolsa ao observá-lo avançar. Neste breve encontro, o escrutínio em seus olhos foi como uma queimadura na minha pele. Mesmo agora, embora não consiga rastrear seu olhar a distância na escuridão da noite, ainda posso senti-lo me engolindo, me atravessando como uma lâmina invisível. Por que eu deveria me importar com a maneira como ele olha para mim? Com o que ele está pensando? Ele não sabe nada sobre mim ou o que é isso tudo ou por que isso teve que ser feito.

Ele não sabe da promessa que preciso cumprir.

CONHEÇA OS LIVROS DE BRYNNE WEAVER

TRILOGIA MORRENDO DE AMOR

Cutelo e Corvo
Couro e Rouxinol
Foice e Pardal

Para saber mais sobre os títulos e autores da Editora Arqueiro,
visite o nosso site e siga as nossas redes sociais.
Além de informações sobre os próximos lançamentos,
você terá acesso a conteúdos exclusivos
e poderá participar de promoções e sorteios.

editoraarqueiro.com.br